"不在沉默中爆发就在沉默中灭亡"

鲁迅先生

魅丽文化　花火工作室

野鹤

秋流萤 著

江苏凤凰文艺出版社

图书在版编目（CIP）数据

野鹤 / 秋流萤著. -- 南京：江苏凤凰文艺出版社，2025.4. -- ISBN 978-7-5594-7045-4

Ⅰ. I247.5

中国国家版本馆CIP数据核字第20243YS373号

野鹤

秋流萤 著

出版统筹	曾英姿
责任编辑	周颖若
特约编辑	朵 爷 图 南
装帧设计	苏 荼 李 娟
封面插图	六 月
出版发行	江苏凤凰文艺出版社
	南京市中央路165号，邮编：210009
网 址	http://www.jswenyi.com
印 刷	长沙金鹰印务有限公司
开 本	880mm×1230mm 1/32
印 张	10
字 数	307千字
版 次	2025年4月第1版
印 次	2025年4月第1次印刷
书 号	ISBN 978-7-5594-7045-4
定 价	46.80元

江苏凤凰文艺版图书凡印装、装订错误，可向出版社调换，联系电话 025-83280257

目 录

第一章
红宝石误会
/001

第二章
笨蛋跳舞
/034

第三章
粉钻吊椅哄人
/070

第四章
摩天轮七夕
/097

第五章
解决烂桃花
/121

第六章
心血来潮送饭
/144

目 录

第七章
真的……喜欢吗?
/165

第八章
跋山涉水的明月
/187

第九章
圣诞节快乐
/216

第十章
我喜欢你
/243

第十一章
野鹤与皎月
/270

番 外
鹤先生与鹤太太
/304

第一章
红宝石误会

"沈月瑶同韩星金灿勋夜宿酒店被拍。"

"沈月瑶和长乐集团总裁鹤云行的婚姻出现危机。"

沈月瑶,南城寰宇集团沈家大小姐,跟 G 市长乐集团总裁鹤云行结婚已经一年有余,当初盛大奢华的婚礼备受关注。

两人本是众人看好的一对豪门夫妇,各自却频繁传出各种绯闻。

于是,他们便被网友们称为"假模假式的夫妻模板",无人可超越,大家也都觉得他们会离婚。

法国巴黎。

塞纳河就在埃菲尔铁塔的旁边,它静静地流淌着,就像一条碧绿的绸带环绕着巴黎。

河上,几艘游船悠然地漂着,沈月瑶就坐在其中一艘的船头。夕阳西下,余晖映在她微卷的如瀑长发上,清风拂过,她清纯的脸庞因为精致的妆容而添了几分昳丽。

沈月瑶婚后经常上话题热度榜,娱乐版的媒体记者像跟屁虫似的,隔三岔五地登报,不是说她铺张浪费,就是说她有了私生子……

其实没什么好解释的,都是些外人的闲言碎语。

沈月瑶收起手机,望着波光粼粼的河面发呆,懒懒地打了个哈欠。

许是坐久了,沈月瑶伸了一个懒腰,忽然,左手无名指上的钻戒脱离手指,"咕咚"一声掉进河里。

沈月瑶眨了眨眼睛,内心有点儿犹豫——虽然有些心疼婚戒的价值,可她总不能跳下水去找吧?

算了。反正他们是假模假式的夫妻,戒指丢了也没什么要紧。

这时,手机微信的提示音响起。沈月瑶拿起手机,点开微信,是李助理——鹤云行的人。

沈月瑶按了拒接,并将对方的微信号拉进了黑名单。

船只缓缓靠岸,她从船上下来,轻抬高跟鞋踩在地面上。

沈月瑶走到街头,一辆劳斯莱斯早已停靠在路边。

李助理从车上下来,拦住她的去路:"太太,鹤总来了巴黎,让我接您过去。"

沈月瑶面无表情:"谁?我不认识。"

她来巴黎半年了,上一次跟那人见面还是三个月前,要不是今天话题热度榜提醒她还有个老公,她早不记得这号人物了——他一来就要见她,凭什么?

李助理见过沈月瑶在沈家人面前乖巧听话的样子,可不知为何,每次面对鹤总,她就变成了另一幅样子。

沈月瑶扭头就走,李助理只能卑微地跟上:"太太……"

"别跟着我。"沈月瑶招来了一辆出租车,扬长而去。

夜幕笼罩着浪漫唯美的巴黎,充满异国风情的酒吧里,旖旎而柔和的音乐尽情地流淌着。

沈月瑶坐在吧台前点了一杯鸡尾酒,她穿着一身白色抹胸长裙,腰肢被勾勒得无比纤细。

一个金发碧眼的法国人上前跟她搭讪,浓郁的香水味儿扑鼻而来。

而此时,一辆劳斯莱斯停在了酒吧门口,一个男人从车上下来,他身材颀长挺拔,五官深刻、英俊,淡色的薄唇透出一股寡欲冷淡的气息。

他西装革履,领口扣着一枚别致的黑宝石胸针,显得矜贵不已,左手手背上有若隐若现的黑色文身,男性荷尔蒙浓烈得让人沉迷。

男人拿出银色打火机,抿着烟,右手挡风,头微低几分,漫不经心地点火。

李助理跟着下来,对男人汇报着:"鹤总,太太就在这家酒吧里,还有,国内那边已经安排人辟谣了。"

"嗯。"

别人或许不清楚沈月瑶的德行,但鹤云行与她认识将近六年,从订婚开始,他们就住在一块儿,对她还算了解——他的太太喜欢追星。

沈月瑶自己书房的书架上摆满了各种明星的杂志,她还在他书房的书架上堆满了她的杂志,就连墙壁上也挂着超大的海报。如果不是他不同意,那些海报早已经贴在了卧室。两人各自的生活习惯有很大的出入,所以时常会吵架。

他看了看腕表,然后把烟掐了,迈开长腿,不紧不慢地往酒吧走去。

吧台前,沈月瑶对着一个外国人笑得天真烂漫,风情摇曳。鹤云行双手插着兜,好整以暇地看着她。沈月瑶像是察觉到对方的视线,一转头,就跟男人的目光撞到了一起。

不知为何,两个人明明只是三个月没见面,却仿佛已经过了好几年一样。他越发成熟有魅力,难怪别人说他是"行走的荷尔蒙"。

但在沈月瑶眼里,他本质没有变——小心眼儿、记仇、阴险狡诈。

酒吧的音乐并不吵——

鹤云行启唇:"沈月瑶,过来。"

沈月瑶根本不想搭理他——你让我过去就过去,那我岂不是很没面子?她转而对旁边的外国人道:"那个男人是我的变态追求者,你可以带我离开这里吗?"

沈月瑶本就外表清纯勾魂,加上她的这番话,这个外国人瞬间升起一股浓浓的保护欲:"我带你走!"

只是,刚出门口,两人就被几个人高马大的保镖拦住了。

沈月瑶娇娇地提高分贝:"让开!"

"太太,别为难我们。"为首的保镖一动不动。

这时,鹤云行已经走到了她身后,他伸出长臂搂住她的细腰,轻轻松松地将人拎起来。不管她怎么挣扎,他都不放。等到了车旁,鹤云行才把她放下来:"闹什么?自己上车。"

沈月瑶怎么可能会听他的,转身就想从左侧开溜,鹤云行一手撑在车窗上将她拦住,她走右侧,他又伸出另一只手。很快,高大挺拔的身影笼着她,让她没有退路。

鹤云行失笑:"变态追求者?三个月不见,你怎么变得这么野了?"

"你都说了三个月没见,可见我们没有很熟。"

"最近工作比较忙。"

"我不想听你解释,你离我远点儿。"

"你都骂我变态了,我怎么可能会放你走?"

沈月瑶还想说什么,但鹤云行没再给她机会,亲了下去。

再睁眼时,沈月瑶睡在一张豪华大床上,她换了一个睡姿。她还没完全睡醒,整个人有点儿呆,下意识地用白嫩脸蛋蹭了蹭枕头。

沈月瑶醒来后没见着鹤云行,心情并不美丽。她被沈家娇养着长大,难免有大小姐脾气,在鹤云行面前,她也从来没掩饰过。

沈月瑶从鹤云行的行李箱里翻出一件衬衫穿上,鞋子也没穿,就开始找人。

书房里,鹤云行本来在处理公务,忽然接到 Eva 打来的电话,他寻思一番才接。

"云行,你已经在巴黎了吗?"

"嗯。"他声音冷淡,手握着钢笔,在文件上签字。

Eva 温温柔柔地说着一些废话,鹤云行眉眼间开始浮现出不耐烦。

"我新设计的珠宝作品已经送到南城展馆拍卖,这次的作品比较繁复奢华,和我以往的作品风格不太一样,真担心别人驾驭不住,不敢拍。"

"不用担心。"这语气过于冷淡,听起来不像是安慰,只是在陈述事实。

电话那头,Eva 思绪万千。

在 Eva 看来,鹤云行跟沈月瑶并没有什么实质性的感情,不过是豪门联姻罢了,沈月瑶对他来说并不重要。他反而对自己有求必应。可……他对自己到底是存的什么心思呢?

Eva 试探性地问:"我看网上说你太太出轨……"

可她话还没有说完，沈月瑶凶巴巴的声音便响起了："鹤云行，你昨晚弄坏了我的裙子，你赔我！"

显然，网上的言论并没有影响这两人的婚姻。

Eva想不明白，他们结婚一年多，两人的花边新闻满天飞——他们的关系明明不好，到底是怎么做到能同处一个屋檐下的？

鹤云行放下笔，目光落向沈月瑶。他的黑色衬衫穿在她身上显得宽松肥大，衣摆遮到大腿处。她刚睡醒，长发凌乱地散落着，整个人性感又魅惑，她自己却全然不知。

"李助理已经去给你买衣服了。"鹤云行目光缓缓地落到她的青葱玉指上，"你的婚戒去哪儿了？"

沈月瑶耸了耸肩："有戒指跟没戒指有什么区别？"

言下之意，有老公跟没老公有什么区别？

鹤云行声音低沉："你是在抱怨我没花时间陪你？"

谁稀罕啊！

沈月瑶瞥了他一眼，轻哼了一句后说道："本小姐才不需要你陪！你有本事别见到我就逮我呀！"

鹤云行云淡风轻地回道："我没本事。你有本事，可以找我爷爷说去。"

这直接掐住了沈月瑶的软肋——鹤老爷子对她比对他的亲孙子孙女还要好，她根本开不了这个口。

鹤云行看着沈月瑶，她掐着腰——三个月不见，她的腰又细了一圈，脸上的婴儿肥也不见了，五官更加精致了，表情倒是一如既往的生动，就差没扑上来咬他了。

多亏了她，他的生活才多了几分乐趣。

"把戒指戴上。"

"它在塞纳河里流浪，你给我捞上来，我就戴。"

沈月瑶像是扳回了一城，心里舒坦多了。她就见不得每次较量都是鹤云行占上风。

这时，Eva的声音从手机那端传来，沈月瑶才知道他在跟他的"心尖尖"打电话。

女人的声音温柔如水："云行，我不打扰你跟沈小姐谈话了，谢谢你刚才听我发牢骚安慰我。你工作别太劳累,我先挂了,拜拜。"

鹤云行微微蹙眉,淡漠地"嗯"了一声便挂断了。

沈月瑶内心万分鄙视他——已婚男人还跟"心尖尖"频繁往来。

吃饱喝足,沈月瑶回到房间换衣服,门却忽然被推开。沈月瑶把衬衫撩起来,回头:"不会敲门?"

鹤云行站在她身后,西装革履的,但脖子一侧有一个淡淡的痕迹,他神态漫不经心,肆意地打量着镜子前的她。

"这是我的房间。"鹤云行回道。

"我不管。"沈月瑶回答得理直气壮。

"真想对你做什么,就凭你那三脚猫功夫能拿我怎么样?"

沈月瑶练过跆拳道,打前男友的时候从没失手过,但对上鹤云行,就没讨到过好处。后来她才知道,他居然是 G 市大学的散打冠军,一般人打不过他。

"我还有公事要处理,得出去一趟。晚上你别乱跑,跟我去见梅女士。"

梅女士全名叫梅丽芳,是鹤云行父亲再娶的妻子,不知是什么原因,她跟鹤云行的感情似乎不好。

梅女士常年居住在法国尼斯,脾气古怪阴郁,当初沈月瑶跟鹤云行结婚的时候给她敬茶,她竟故意把茶杯弄倒烫伤了沈月瑶的手,像是用这种方式告诉沈月瑶,她并不满意这门婚事。

沈月瑶当场就炸毛了,堂堂沈家大小姐忍不了这口气!于是,第二次敬茶的时候,她故意泼了回去。

对此,鹤云行并没有责怪她,鹤老爷子亦无。婚礼结束后,鹤老爷子就把梅丽芳大骂了一顿,第二天就把她赶回了法国尼斯。

沈月瑶来巴黎半年了,没去拜访过她一次。听鹤云行说要带自己去见她,沈月瑶浑身抗拒:"不想去。"

鹤云行知道沈月瑶不喜欢梅丽芳,压低了声音安抚道:"听话,见一见就走。"

"……哦。"

鹤云行离开后,沈月瑶立刻拿出手机买了一张今晚回国的机票,随后打车去了一家药店。

吃完避孕药,她接到了莺莺打来的电话。

莺莺是她在 G 市最好的朋友,两人有相同的爱好:追星和逛街。但今天莺莺打电话来并不是要和她说这些,而是——

"瑶瑶,我跟你说件事,我在中环购物的时候遇到了鹤总的堂妹 Jenny,她是不满意鹤总娶了你吗?"

"她一直在外人面前说你只是一个不学无术,就知道混吃等死的富家千金,不像她们,是不靠家里,努力打拼事业的正经名媛;又骂你到处拈花惹草,哪里都比不过 Eva。我好气啊!"

沈月瑶感慨:"习惯了……"

自从沈月瑶婚前在酒吧跟 Jenny 结下梁子后,两人就一直不对付。在 Jenny 眼中,沈月瑶本就不如 Eva,最后却取代 Eva 成了她的堂嫂,这根本就是火上浇油。

沈月瑶的确没有什么远大志向和野心,但跟不学无术并不沾边。她的专业是设计,而且学得不错。

"你可是她的堂嫂,她未免太不尊重你了!你不给她点儿教训,她会一直在你头上撒野的。"

"我今晚回南城,以后有的是机会教训她。"敢坏自己的名声,沈月瑶怎么可能视而不见!

"不是过两天再回吗?"

"……太想南城的火锅了,我一刻都等不了了。"

莺莺接受了这个理由,与国内相比,国外真的是美食沙漠。

"其实我看过 Eva 设计的珠宝,很一般。你就不一样了,我巴不得我卡里有足够的钱,把你设计的珠宝全买下来。"

莺莺是一个珠宝狂热爱好者,她去沈月瑶家做客的时候,看见她工作室里全是珠宝设计图,然后发现她居然是 Orli!

Orli 作为国际上鼎鼎有名的珠宝设计师,众多顶尖珠宝品牌都抢着想要和她合作,她设计的作品屈指可数,但每一个作品都惊艳全场,且以不可思议的高价卖出。

关键是沈月瑶还低调,从不拿这个身份张扬。

"拒绝踩一捧一。"

"我没有踩她，我说的是实话，她的设计真的很烂！"

这隔着屏幕都要溢出来的嫌弃真实不已。

沈月瑶想，Eva能有现在的名气和地位，跟自己这个便宜老公应该脱不了关系。

暮色四合，鹤云行处理完手上的工作回到酒店，却发现偌大的总统套房已不见沈月瑶的踪影。

他给她打电话，却提示暂时无法接通，自己的微信则是被沈月瑶拉进了黑名单。

"鹤总，查到太太的行踪了，一个小时前，她坐上了回南城的飞机。梅丽芳那边——"李助理顿了顿，没继续往下说。

梅丽芳指名道姓要见太太，若是见不到，估计会对鹤总大发脾气吧。

沈月瑶这么作，还不听话，鹤云行觉得自己功劳不小。不过，她跑了，也在他预料之内，这也是他想看到的结果。

鹤云行从口袋里掏出烟跟打火机，点火抽了口烟："备好飞机，我一个人去。"

莺莺知道沈月瑶回了南城，便从G市过来找她玩。两人喝完下午茶，就去了美容店。

店里，香薰宜人，VIP（贵宾）房间里，她们惬意地趴在美容床上，曼妙的身材彰显着她们的年轻与活力。

"你回来了，鹤总没找你吗？"

"我把他的电话、微信全拉黑了。"沈月瑶的声音软软糯糯的，语气却理直气壮。

被狗咬一晚上就算了，又坐了十几个小时的飞机回来，她现在浑身酸痛。

"帮我按一下腰，谢谢。"

"好的，沈小姐。"

沈月瑶"哼唧"了一声，莺莺瞬间就觉得全身酥酥麻麻的——哪个男人受得住啊！鹤总有个肤白貌美的娇妻在怀，却不会享受，真的太不上道了。

做完美容和按摩,莺莺因为家里有事被催着回去。

沈月瑶穿好衣服,撩了撩头发:"你回去吧。你要的珠宝,我给你拍下来。"

"呜呜呜——好,爱你!"莺莺在心里感叹:瑶瑶真的是全天下最人美心善、接地气的千金小姐。

晚上八点,沈月瑶出现在南城现代艺术博物馆里,她看中了一款红宝石耳坠。

红宝石在珠宝界一向稀有而珍贵,这款耳坠还是她喜欢的顶尖珠宝设计师生前最后的作品,无论如何,她都要把它买下来。

到内馆时,拍卖还没开始,她便坐在指定的席位上,一边吃着工作人员端来的甜品,一边优哉游哉地看着今晚的拍卖品手册。

其中有一款作品是 Eva 设计的,是一枚胸针。沈月瑶瞥了一眼,不禁撇了撇嘴。作品的确不怎么样,可只要有人捧,鱼目也能被捧成珍珠。

沈月瑶感觉有人在看自己。她抬了抬眸,立刻和对面坐着的男人四目相对。

是鹤云行。没想到他回来得这么快,她都没有一点儿心理准备!

不过,Eva 设计的珠宝作品今晚在这儿拍卖,鹤云行又那么帮衬她,会现身在此,也不足为怪。

"鹤总,是太太。"李助理低头道。

"看见了。"

沈月瑶别开目光,仿佛不认识对面的男人。

鹤云行漫不经心地转着无名指上的婚戒,眸色深沉,不动声色。

馆内的照明灯光忽然暗下来,只有台上亮起一道光束,拍卖会正式开始。

很快,第一款珠宝被呈了上来。

竞争十分激烈。

沈月瑶用了五百万竞拍下了莺莺想要的那款蓝宝石皇冠。

一切都进行得挺顺利的,直到竞拍品轮到沈月瑶想要的顶级红宝石耳坠——

"六百万!"沈月瑶举起牌子叫价。

"六百万一次,六百万两次,六百万——"

"七百万。"

熟悉的嗓音穿过耳膜,让沈月瑶不禁捏紧手心——鹤云行这是要跟她抢红宝石?!

"一千五百万。"沈月瑶再次举牌。

鹤云行冷静加价:"两千万。"

沈月瑶没有再叫价了,她被气到了。鹤云行该不会是为了哄小情人开心故意跟她作对吧?!

"两千万一次!两千万两次!两千万三次!恭喜鹤先生拿下日落红宝石!"

沈月瑶倏地起身离席,后半场的拍卖,她也不想参加了。自己喜欢的红宝石没拍到就算了,还被自己老公抢去了,她心里实在憋屈。

沈家人并不知道她回来了,沈月瑶本来打算今晚给家里人一个惊喜,结果现在兴致全无。她还喝了酒,回去铁定挨骂。

于是,她回到了跟鹤云行结婚后的住处——景苑。

鹤云行还没有回来,沈月瑶把大门密码改了之后反锁了门,动作一气呵成,做完这些,她才满意地上楼。

深夜,一辆迈巴赫停在门口。

鹤云行站在门外输入密码,结果——密码输入错误!

李助理:"鹤总,要找人来开门吗?"

鹤云行:"不用了,在公司附近开个套房吧。"

黎明取代了黑夜,偌大的豪华房间里,一丝亮光透过窗帘洒落下来。沈月瑶穿着一件白色的蕾丝睡衣,曼妙的身材显露无遗,长发散开,慵懒恣意,白皙的长腿压在一只白色的狗熊玩偶上。她双眸轻闭,睡得正香。

美人睡着,总是让人不敢打扰。只是,旁边的手机在不停地狂响。

沈月瑶被吵醒,眼睛却没睁开,脸颊下意识蹭了蹭柔软的枕头,摸到手机后,她迷迷糊糊地"喂"了一声。

电话是莺莺打来的:"瑶瑶,你跟鹤总是怎么回事?大家都在说你们夫妻俩拍卖会抢夺红宝石。"

昨晚的珠宝拍卖会,有熟人认出了他们,还拍了照片发朋友圈。

照片里,鹤云行眉目清冷淡漠,身着黑衬衫和黑西裤,一米八九的身高在一行人里气场全开;对面的沈月瑶则漫不经心地玩着手机,对自己的老公视若无睹。

有圈内朋友评论:"这对夫妻绝了!去珠宝拍卖会都是分开坐的!别的豪门联姻夫妻在外还会做做样子,他们却巴不得告诉外人他们的关系很差。太好笑了!"

沈月瑶一听到这件事,脑海中关于昨晚拍卖会的记忆便蜂拥而至。她瞬间睡意全无,一脚就把白色狗熊踢到地上泄愤,又觉得不够解气,接着把旁边还沾着鹤云行清淡冷香气息的枕头狠狠地扔了下去。

"就是你看到的那样。这日子过不下去了,我要跟他离婚!"

莺莺问:"鹤总为什么跟你抢宝石啊?是不是有什么误会?"

沈月瑶漫不经心地回道:"谁知道,可能是想送给小情人吧。"

闻言,莺莺猛然想起一件事:"啊——过两天好像是 Eva 的生日,G 市那些阔少全在给她准备生日礼物。"

沈月瑶更生气了:"我这就找律师准备离婚协议!"

临近中午,莺莺来找沈月瑶拿宝石,两人便约在了一家熟悉的酒楼吃饭。

沈月瑶还真的拟定了一份离婚协议:"替我瞅瞅。"

"真要离啊?"

"嗯。"

她们正说着话,突然听到隔壁传来的声音——这里的隔音效果一向不太好。

隔壁来的客人是用粤语交流的,莺莺只觉得两人的声音越听越耳熟,然后不由自主地看向了沈月瑶:"好像是 Jenny。"

沈月瑶:"晦气。"

隔壁包厢里,Jenny 道:"Eva 姐,还好你在南城。我说我要来南城出差,我那大堂嫂的家人一点儿表示都没有,高冷得像是我们鹤家高攀了他们一样。"

——有没有可能,是因为你上不了台面?

沈月瑶觉得好笑不已。

Eva 披着一头黑长直的秀发,端着一张无害而纯良的脸,淡淡莞尔:

"我这两天都会在南城，你有什么要帮忙的，尽管开口咯。"

"好呀！对了，你的生日宴会是不是也在南城举办？"

"要回G市办。"

"我感觉我大堂哥拍下那对红宝石耳坠，就是打算作为生日礼物送给你。"

"别瞎说。你哥他有老婆的，怎么可能跟他老婆作对，把红宝石送给我呢？"

虽然知道这不太现实，但是话从Jenny的嘴巴里说出来，Eva又莫名有些期待——那对红宝石耳坠会不会真的是送给自己的？

"为什么不可能？他们关系那么差，迟早会离婚的。我大堂哥对你多好，那对红宝石耳坠，肯定是送给你的生日礼物。"

两人的对话，被隔壁的沈月瑶听得一清二楚。——鹤云行敢送，她就敢把那对红宝石耳坠扔进海里。

一顿饭结束，Jenny出来时，正好看到打开门出来的莺莺。

"怎么是你？"

"为什么不可以是我？"莺莺笑着反问。

Jenny脸色变了变，余光又看到里面有个曼妙的身影正慢条斯理地整理妆容。女人出来时，Jenny才发现那竟是半年不见的沈月瑶——她的大堂嫂。

沈月瑶目光微冷地看向她，缓缓启唇："想让我沈家招待你？你什么身份？"

这话直戳Jenny的心窝子，她顿时脸色难看得说不出话来。她是私生女，鹤老爷子虽然让她回鹤家了，可是一直以来，她在鹤家都没什么存在感。

Eva出来的时候，只看到沈月瑶的背影和侧脸。

当初沈月瑶跟鹤云行举行婚礼时，Eva故意不出席，原本是想试探鹤云行的反应，最后却不了了之。之后，她也没机会和沈月瑶正面交锋。

沈月瑶在G市时不出席任何的交际活动，鹤云行也没带她出来见过朋友。

女人肤色如羊脂玉，花容月貌。她就像一块被打磨得极其精致的稀世珍宝，浑身散发着耀眼夺目的光芒。她跟鹤云行的确是门当户对。

所幸，他们只是商业联姻，鹤云行根本不爱她。

从酒楼离开后，沈月瑶为了发泄情绪疯狂购物，不过，逛街途中，她被母亲的一通电话叫了回去。

南城，沈家。

一辆兰博基尼跑车停在别墅门口，沈月瑶从车上下来。沈月瑶在沈老爷子离世后不久就去了巴黎，半年没回来，倍感亲切，是家的感觉。

"瑶瑶，你买的东西有点儿多，我帮你拿进去吧。"

"不用，我自己可以。你先回去吧，今天就不留你做客了，下次再约你向你赔罪。"

莺莺知道沈月瑶今天心情不好，没多说什么，就驱车离开了。

进门后，沈月瑶就看到母亲正在给快三岁的弟弟喂食。

沈知棠一见到她就奶声奶气地喊："姐姐。"

沈月瑶放下手里的东西，往弟弟嫩生生的脸蛋儿上掐了一把，又亲了一口。

三岁的弟弟都比鹤云行好！

杨澜问："瑶瑶，你回南城了怎么不跟家里人说一声？"

沈月瑶心里苦啊！都怪鹤云行，不然她昨晚就跑回来了。

听到母亲关切的话语，沈月瑶心里更委屈了，想诉苦，可是话到嘴边，又说不出口。

沈月瑶脸上堆起笑容："妈，我又不是小孩子了，本来昨晚想回来给你们一个惊喜的，结果我吃错东西，拉肚子了，就没回。"

是吗？不是跟鹤云行吵架了？

杨澜打量着她。

见母亲大人还想说什么，沈月瑶立刻从沙发上弹起来："妈，我好累啊！时差没倒过来，我上楼睡会儿。"

这性子还是和以前一样，遇事就喜欢逃避。

沈月瑶往楼上卧室走去，灯都懒得开，整个人直接倒在床上。不知为什么，这床没有预想中的柔软舒服，她好像压到了什么活物，整个儿硬得跟铁块似的！

她连忙爬起来，打开灯，一低头，目光便跟"活物"的视线撞到了一起。

鹤云行！

男人的脸棱角分明，黑眸冷沉幽深，从她这个角度看去，他的唇透着薄红，正微微抿着。

回来得倒是够快啊！不仅抢她的红宝石，还敢抢她的床！

沈月瑶把手机落在莺莺的车上了，好在莺莺才开一会儿就发现了，赶紧折返回沈家。跟沈家长辈打过招呼后，莺莺便上了楼，轻车熟路地找到了沈月瑶的卧室。

见门半掩着，她不客气地直接推开门，结果就看到——沈月瑶正骑在鹤云行身上，手里还拽着他的领带，而男人的两只手分别落在她大腿和腰上……

两人的关系看起来也没有外界说的那么糟糕嘛！

莺莺迅速把门关上："瑶瑶，你的手机我放在门口了。"

莺莺是不是误会什么了？

沈月瑶愣了一下，没来得及反应，便被身下的鹤云行用力一个翻转，把她压在下面。

沈月瑶不停地挣扎，美眸含怒地瞪着他，一张小脸染上了薄红。

鹤云行盯着她问："景苑的大门密码改成什么了？"

沈月瑶声音扬了扬："我辛辛苦苦改的密码为什么要告诉你？"

"你确定你还记得密码？"鹤云行的语气充满了打趣。

沈月瑶鱼一般的记忆，他是领教过的，跟她在一起这么多年，她总是丢三落四。不常用的密码，又不记备忘录，她肯定记不住。

"鹤云行，你少看不起我！密码是783……"沈月瑶不服气的声音戛然而止，旋即带着几分恼怒，"你休想套路我！还有，景苑、沈家都是我的地盘，明天我就把你的东西全扔出去，我要跟你分居！"

"分居后是不是还想跟我离婚？"

沈月瑶轻哼："你还算有点儿自知之明。"

鹤云行将额头贴着沈月瑶缓缓挪动，温热的气息落在她耳朵上："离婚是不可能的，你得陪着我过完这一生，下辈子我也不会放过你。"

好歹毒的男人！

不肯离婚就算了，下辈子也不肯放过她，她造的什么孽！

忽然，耳垂被吻住，沈月瑶身体不禁一僵，什么话也说不出来了。

男人肩膀挺直，他不紧不慢地扯下领带。

沈月瑶做了一个梦。

梦里，有一头野狼疯狂地追着她，嘴里嚷嚷着要吃了她。

直到阿姨的敲门声传来，沈月瑶才缓缓醒来。

房间里已经不见鹤云行的踪影，浴室却传来了水声。

沈月瑶抬手揉揉眼睛，被手上多出的戒指蹭得脸发疼。她定睛一看，右手无名指上多了一枚粉钻戒指，和原来的婚戒款式差不多。

沈月瑶抿了抿唇，她记得这枚粉钻也是昨晚拍卖会上的拍品之一。

她是要跟他离婚的，谁允许他往她手指上重新戴戒指的？

沈月瑶又想起红宝石，然后猛地掀开薄被，快速下床，拿起鹤云行挂在椅子上的西装外套，伸手摸进口袋里。

"你在做什么？"身后传来鹤云行的询问。

沈月瑶吓了一跳，而后迅速把西装扔到地上，抬起白皙小巧的脚踩上去："你又弄坏了我的衣服，所以我也要弄坏你的。"

女人的幼稚，不分年龄。

楼下，餐厅。

鹤云行把剥好的虾放进沈月瑶的碗里。鹤云行没有把红宝石交出来，沈月瑶心里有气，把虾夹了出去。

"瑶瑶！你怎么回事儿？"杨澜见状，出声。

"我不想吃他剥的。"沈月瑶赌气地回道。

"让你自己剥，你又不乐意。"

不愧是沈月瑶的亲妈，自己生的女儿被娇惯成什么样，心中有数。

沈月瑶喜欢吃虾，但的确懒得自己剥，于是只好把虾夹回来塞进嘴里，还恶声恶气地说："我还要！"

鹤云行倒是纵着她，剥了一只又一只。

沈月瑶觉得他很会在自己父母面前表现出好女婿的形象。每次他出了什么绯闻，家里人基本不过问；轮到她出绯闻的时候呢，家里人生怕她在外面做错事,每次都得教育她一番。

她父亲沈盛元问:"你在巴黎跟那个男明星是怎么回事?"

"我就是跟他吃了一顿饭。"

女儿喜欢追星这件事,沈盛元清楚,他也不反对:"以后跟别的异性吃饭不要选在晚上,容易给人留把柄,影响夫妻感情,知道吗?"

她跟鹤云行没感情——心里虽然是这么想,但是沈月瑶嘴上依旧应着:"知道了,爸。"

吃过晚饭后,沈盛元把鹤云行叫去书房谈话。

沈月瑶站在书房外,耳朵贴着门——鹤云行居然跟她爸说红宝石是买给她的?有病啊?

干吗多浪费那么多钱?他们再有钱,也不能这么铺张浪费啊!当时直接让她拍了多好。

沈月瑶没再偷听,回到房间,趴在床上,跷起腿交叉轻晃着,心情显然好了不少。她拿着手机,给莺莺发语音:"鹤云行跟我抢红宝石不是为了送给 Eva。"

莺莺秒回:"那是要送给谁?我记得落日红宝石的寓意是坚不可摧的爱情。"

沈月瑶回:"他跟我爸说是要送给我的。"

莺莺:"他会不会是忽悠你爸啊?"

沈月瑶:"不至于。他要是敢把红宝石送给小情人——"

"这么说也没错。"鹤云行慵懒低沉的声音在身后响起。

沈月瑶脸色一变:"鹤云行,你居然敢骗我爸!我这就去找我爸,说你忽悠他!"

她从床上跳下来,鹤云行立刻伸手揽住她的腰,而后坐在椅子上。

沈月瑶光着脚坐在他的大腿上,因为怕摔着,小手紧紧地抓住搭在她腰上的手臂,背贴着他的胸膛。

鹤云行的声音低沉性感:"哪里说错了?你不就是我的小情人?"

沈月瑶放软声音反驳:"我是你明媒正娶,八抬大轿娶回家的老婆,才不是什么小情人。"

"你有半点儿做我老婆的本分?"

……算了,看在红宝石的面子上,不跟他一般见识。

在南城拍卖会上展示的红宝石其实是仿品，真品还得从英国由专人护送过来。鹤云行给的地址是 G 市的，他这段时间办公的地点也在 G 市。因为鹤老爷子之前就说想沈月瑶了，隔天，鹤云行就带着沈月瑶一起回去了。

鹤家家宴来了很多人。除了 Jenny，沈月瑶跟鹤云行其他的弟弟妹妹关系还算不错，相处得还算和睦。

这种场合下，Jenny 再不喜欢沈月瑶也不敢当众摆脸色，只能礼貌喊人："大堂哥。"顿了顿，"大堂嫂。"

鹤云行微微颔首，沈月瑶却压根没理会她。

沈月瑶以前好歹会回应一下，现在是要把两人关系不好的事实搬到台面上了？

Jenny 抿了抿唇，不在意她的态度，径直在沙发上坐下。她脸上扬着笑，非要跟鹤云行聊天，想要巴结他的意图很是明显。

"大堂哥，我有个项目——"

Jenny 的话还没有说完，沈月瑶突然拽住男人的袖子："鹤云行，我想吃草莓、樱桃、大西瓜。"

闻言，Jenny 暗自恼怒——桌子上摆着草莓、樱桃、大西瓜，沈月瑶伸手就可以拿到，老佛爷都没有她来得金贵，吃水果还要喂！

鹤云行拿起一颗草莓，沈月瑶目视前方的液晶屏幕，张嘴咬住他喂过来的草莓。

"你是吃草莓还是啃我的手指？"

沈月瑶松开贝齿，看向他："谁让你整颗往我嘴里塞？拿去给我切成小块。"

真难伺候。心里虽是这么想的，鹤云行还是端起草莓去了厨房。

大家震惊了——整个鹤家，就只有沈月瑶敢这么指挥鹤云行了吧！

鹤云行在鹤家威望高，而且性子冷淡，不假辞色，时常让小辈们望而生畏。以前敢这么跟大堂哥相处的还有三堂哥，可惜……

对于沈月瑶打断自己，Jenny 很不爽，但因为要仰仗鹤云行行事，她只能隐忍。

等鹤云行端着草莓回来后，Jenny 立马开口："大堂哥，我那个项目——"

"鹤云行，客厅的空调有点儿冷，我要外套，你去给我拿。"

再次被打断，Jenny紧握双手，微微颤抖着，鼻翼一动一动，好似一头发怒的母牛。

如果说第一次是意外，那么第二次，可以看出来——沈月瑶她就是故意的！

鹤云行蹙了蹙眉。

"你快去。"沈月瑶催促着，摸了摸冰凉的手臂，打了一个喷嚏。

鹤云行起身时，Jenny的目光落向了摆在桌上的热水。

鹤云行像是察觉到了Jenny的心思，目光平缓地看向她："工作的事午饭后再找我谈。"

沈月瑶开始不愉快了。

鹤云行混迹商界多年，最会把控人心，看人脸色，他不会看不出来，她在给Jenny使绊子。

Jenny的脸色立刻有所好转："好，大堂哥。"

鹤云行去给沈月瑶拿外套，Jenny则扬扬得意地看向她。

接下来一整天，沈月瑶都没给鹤云行好脸色。

谈完工作上的事后，见沈月瑶不在客厅里，Jenny端起茶杯，抿了一口水："大堂哥，沈月瑶脾气这么差，你怎么受得了她？"

"她是我的妻子。"

"可是——"

鹤云行打断她："找我拿钱可以，但你给我管好自己的言行举止。再有下一次，别怪我不顾兄妹情。"

鹤云行在警告她，甚至在威胁她。

Jenny错愕不已。

——是她低估了沈月瑶在鹤云行心里的地位。

午后的G市艳阳高照，空气闷热，花园里的花被晒得无精打采。

卧室的门被反锁了，鹤云行进不去。

他从隔壁房间翻过阳台，沈月瑶听到动静，见他从阳台推门进来，眼皮都不带动一下。

她中午吃撑了，现在肚子有点儿不舒服。她眼皮低垂，像只生病的小奶兔，需要人安慰。

鹤云行问："哪儿不舒服？"

"你别在我面前晃，我就舒坦了。"

"你在生气？"

"明知故问！"

鹤云行解释："Jenny心思多，不是什么好人，别和她闹得不愉快，你会吃亏的。"

沈月瑶压根听不进去，扬声道："鹤云行，是她先惹我的！再说，我吃亏，你不会帮着我吗？"

她们之间的梁子早就结下了。

"我要是没帮你，刚才你的手就被烫成猪蹄了。"

Jenny刚才居然想用热水烫她？！

沈月瑶看着自己漂亮的手，后怕不已。

"好吧，就算是这样，我心里还是很不爽。"

"我警告过她了。"

"……行吧，勉强原谅你了。"

鹤云行见她把手搭在肚子上，立刻转身出去找了药拿给她："把药吃了。"

沈月瑶一嗅到整肠丸那股呛人的味道，立刻捏住鼻子，猛地摇头。

鹤云行一把捏住她的嘴巴，把药塞了进去。

"吞下去。"

就不能温柔一点儿？

温水从沈月瑶的嘴角溢出，弄湿了她胸前的衣服，她擦了擦唇角："我要一个人睡，你去书房。"

鹤云行却充耳不闻，直接躺在她身侧。他一躺下来，柔软的床就凹陷下去了。

沈月瑶使劲推他："你去不去？不去我去……"

鹤云行一把将人拽进怀里："乖点儿。"

沈月瑶动弹不得，放弃挣扎，干脆拉起他的手放在自己的肚子上："揉。"

鹤云行还没来得及揉，沈月瑶又催促道："快点儿。"

鹤云行将温热的掌心贴在她的肚子上轻轻揉着。

房间里安静了下来。

在鹤云行掌心的按揉下，沈月瑶肚子里那股不舒服的感觉神奇地有所缓解，她不禁眯了眯眼睛，软软地哼了一声。

鹤云行按揉的动作停了下来："沈月瑶，乱哼什么，是不是想我收拾你？"

沈月瑶不想说话。

延庆寺，绿荫蔽日，蝉鸣鸟叫。

鹤云行的父亲鹤令山在鹤家排行老四，自从撂下鹤家的担子后，一直在佛堂住，整日吃斋念佛，已经算半出家了。

佛堂里，沈月瑶跪在蒲团上，腿都麻了，经文在脑子里盘绕，听得她直打瞌睡。

大概半个小时后，鹤令山才放下手里的经书："瑶瑶。"

沈月瑶提了提神，打招呼："爸。"

两人又寒暄了几句后，鹤令山问："阿行在外面等你？"

"嗯。"

鹤令山曾经想见鹤云行，便打电话让他来一趟寺庙。鹤云行却说自己是凡夫俗子，就不进来惊扰神佛了。但鹤令山知道，鹤云行不想见这个父亲的成分大一些。

沈月瑶感觉鹤令山挺想见鹤云行的，但鹤云行好似对他父亲有偏见，态度有些冷漠，于是，她开口问道："爸不是可以出佛堂吗？为什么不出去？"

鹤令山神情深沉，沉默片刻后，他面色平静地说道："我的心愿还没实现，不可以出去。"

什么心愿，如此执着？如果一辈子都不实现，岂不是一辈子就在佛堂里度过了？

李助理从外面进来："太太，鹤总一个小时后有应酬，让我进来通知您一声，该回去了。"

鹤令山眼睛里的光隐隐暗下去，他看向沈月瑶："瑶瑶，能不能麻烦你，劝阿行来见见我？"

一辆黑色的劳斯莱斯停在寺庙北门，风把树叶吹得沙沙作响，鹤云行在树下打着电话。

他处理公事的时候，低沉浑厚的声音里全是不近人情、冷漠，压迫感十足。对方应该是出了什么岔子，鹤云行的语气里，还有暴躁。

他挂了电话后，就掏出了烟和打火机。

他咬着烟，下颌骨紧绷，谁要是现在撞上去，无异于火星撞地球，是一场灾难。

沈月瑶上前戳了戳他的手臂，在他微微低头时说："鹤云行，你跟我进去。"

天气太热，沈月瑶一头海藻般的长发梳成丸子头，莹白的耳垂上挂着珍珠耳坠，身上穿着白色纱裙，脚踩五六厘米的高跟鞋，鞋带缠绕着小腿，整个人看起来清丽可人。

鹤云行声音冷淡："不去。"

"为什么？"

鹤云行不想解释。

"反正你都来了，就进去见见嘛！"沈月瑶突然对他撒娇。

她以前耍赖的时候就喜欢撒娇，还掉小珍珠。鹤云行知道这是她一贯的伎俩，他可以不纵着她，但似乎总是会心软。

真难哄！——沈月瑶嘴皮子快磨破了才把他哄进去。

沈月瑶功成身退，开始四处转悠。

沈月瑶从寺庙回到鹤宅时，Jenny已经恭候多时了。

沈月瑶无视Jenny，准备上楼，但对方挡在她面前："我有话跟你说。"

沈月瑶语气平淡："你想说，我就要跟你聊？"

"沈月瑶，别以为大堂哥上次护着你，你就把自己当回事。你们之间不过只是逢场作戏，在他心里，你根本比不上Eva。"

鹤云行跟她感情不好，已成为别人笑话她的常用话术了。

沈月瑶语气懒懒的："我劝你不要在我面前嘚瑟。我这个人记仇，你再多说两句，不出明天，我就会让你把从鹤云行那里得到的好处全吐出来。"

作为沈家的大小姐,她想做点儿什么,一点儿都不难。

Jenny当即讪笑了一下:"大堂嫂别动怒。你不爱听实话,我不说就是。我今天只是来替Eva邀请你去参加她的生日会而已。"

说着,Jenny拿出一份邀请函递了过去。

沈月瑶漫不经心地收下,然后不着痕迹地皱了皱眉——这上面的香水,真难闻。

Jenny见她收下,就准备离开。

"我说让你走了?"沈月瑶轻软的声线透着几分凌厉。

Jenny咬了咬唇:"你想干吗?"

沈月瑶:"对长辈不敬,给我道歉。"

Jenny握紧拳头,咬牙切齿:"对不起,大堂嫂。"

沈月瑶心里愉悦不已,她从不拿身份压人,但Jenny欠收拾。

洗完澡,沈月瑶趴在沙发上看漫画,手机放在一旁,屏幕是亮着的,她正在跟莺莺打视频电话。

莺莺开口:"我就看不惯Jenny那副小人得志的面孔。她真把你当软柿子,以为你好欺负呢!"

沈月瑶嫁入鹤家之后,才发现自己以前被家里人保护得太好了,简直不谙世事,不懂人间疾苦。

嫁个人,好像把酸甜苦辣全尝了一遍,她还要花费心思去应付那些对她不友好的外人。

"最关键还是鹤总的态度,他帮着你,就不是问题。"

沈月瑶想了想:"我也不清楚他什么态度。"

莺莺安慰她:"没关系,他不帮你,大不了离婚!"

"嗯!"

"还有Eva,我怎么觉得她过生日邀请你意图不轨呢?"

"大家都盼着我跟鹤云行离婚,更何况是她。"

"你们结婚才一年多,她这就急了?"

"鹤云行在她眼里就是一块大肥肉,她能不馋?"

"那你去吗?"

"去吧,反正无聊。"

沈月瑶不搞事业。她以Orli的身份打响名气后，其实有很多工作邀约发送到她的邮箱，但她几乎不怎么看——尽管她在巴黎是为了进修，但进修与搞事业是两码事。沈月瑶不搞事业，无聊的时间也多，索性去看看Eva到底想要干什么吧。

忽然，聊天的话锋一转。

"啊啊啊——瑶瑶，我看到Mike最新的行程变动了，他要拍写真，后天会来G市取景！他要过来跟我们这边的粉丝见面了！"莺莺激动的声音穿过手机听筒。

沈月瑶的眼睛倏地亮起："排面搞起来！这可是Mike火了以后第一次来G市。"

聊着聊着，天马上就要黑了。

沈月瑶伸了伸懒腰："不说了，我化个妆，去会会Eva。"

莺莺化好妆来找沈月瑶的时候，简直惊呆了，她虽然一直都知道沈月瑶好看，但现在——这是什么人间仙女啊，瑶瑶也太好看了吧！！！

沈月瑶穿的礼服是Georges Chakra今年的春夏高定，是耀眼的白色，布料看着毛茸茸的，实则轻薄，肩部是交叉穿梭设计，袖子一长一短，裙摆曳地，设计感十足。

她还搭配了一款镶有蓝宝石的白色流苏耳环，耳环尾部在锁骨上轻轻晃动。

沈月瑶雪肤红唇，美艳妩媚。不管是人还是宝石，莺莺都想抱回家私藏。

说实在话，这条裙子，五官不精致的人绝对穿不出这种仙气飘飘、仙女遗落人间的感觉。

沈月瑶开走了鹤云行的爱车布加迪。

夜晚的G市正是热闹的时候，车辆川流不息，一盏盏车灯仿佛一颗颗疾速划过的星星。

别墅里，G市那些被邀请的阔少、名媛们早已经交谈起来，一片欢声笑语。

Eva也穿了一条白裙子，身上佩戴着闪闪发光的钻石，光彩照人。

Jenny一顿猛夸："Eva，你今天好漂亮啊⋯⋯"

"你就喜欢夸我，我让你帮我把生日会邀请函给沈月瑶，她怎说？"

说到沈月瑶，Jenny 就想起自己在鹤家受的委屈，她的脸色一阵难看："沈月瑶肯定会来的。"

Eva 看出来了："在她那里受委屈了？"

"别提了，要是 Eva 你是我大堂嫂该多好！"Jenny 道。

Eva 浅笑了一下，却又流露出失落："我也想，只可惜，我连争取的机会都没有了。"

"肯定会有的。四婶根本不满意沈月瑶这个儿媳，他们肯定会离婚！"Jenny 的语气笃定不已。

Eva 知道 Jenny 口中的"四婶"是鹤云行的后妈，可那要等到什么时候？她并不想坐以待毙。

泳池边，红酒佳肴应有尽有。因为天气热，参加生日会的人有的已经脱下西装，下水泡着了。

他们你一句我一句地聊着：

"阿行在忙什么啊？怎么还不来？有人给他打过电话吗？"

"打了，没人接，估计在忙。"

"今天晚上可是 Eva 的生日，他居然还迟到。等他来了，必须罚他喝酒。"

"他来了，你们估计一句话都不敢说，还说什么罚他喝酒。"

"赵森，你跟阿行关系最好，你再联系联系他呗。"

赵森坐在躺椅上玩着手机："急什么啊，晚点儿再问问。"

别墅外传来跑车的声音，在二楼阳台吹风的人看到那辆布加迪，立刻对着楼下泳池里的人喊："应该是鹤大少来了，我看到他的布加迪了。"

鹤云行这台布加迪，是他们的梦中情车，可惜，全球限量三台，就算有钱，也很难买到。

之前，他们之中有人想向鹤云行借车，但毫无例外，统统被拒绝了。

二楼某个人道："不是鹤大少，是鹤大少他老婆。"

沈月瑶开鹤云行的车来 Eva 的生日会？！

这是大家继婚礼之后，第一次在私下聚会里看到沈月瑶。

媒体都说他们夫妻之间关系不好，鹤云行在外也不怎么提沈月瑶。久而久之，大家也潜移默化地认为他们感情并不好。

Eva 也以为是鹤云行来了,但看到沈月瑶跟莺莺从布加迪里下来后,Eva 的脸微微一僵——不是鹤云行就算了,没想到沈月瑶今天也穿了一条白裙子,而且那条裙子衬得她好看到让人挪不开眼。

Eva 的神情很快恢复正常,面带微笑地迎上前:"沈小姐,久仰大名。我是 Eva,总算是见到你本人了,你很漂亮。"

沈月瑶:"你也不错。"

莺莺把两人的生日礼物递上去:"生日快乐!"

Jenny 用质问的语气说道:"大堂嫂,我记得这辆车是大堂哥的宝贝,你开出来,经过他同意了吗?"

"你问他呀,要车,还是要老婆?"沈月瑶敢开,就不怕鹤云行找自己算账。

Jenny 一脸不爽。沈月瑶仗着有鹤老爷子护着,天不怕地不怕。

Eva 笑容不减:"沈小姐、莺莺,里面坐。"

那些少爷、名媛知道沈月瑶的身份,纷纷上前打招呼。不过,有几个跟 Eva 关系好的人选择对沈月瑶视而不见。

鹤氏集团,鹤云行刚刚结束手头的工作,李助理就忙把他的手机递上前。

"鹤总,开会的时候,您的手机一直响,由于是私人电话,我就没接。"

"还有,红宝石已经从英国空运过来了,鉴于您今晚还有一个应酬和飞日本的行程,我已经让司机把红宝石送往鹤家了。"

"嗯。"鹤云行翻看完未接电话,根本没有回电话的兴致。

只是,电话又响了,是黄琦君打来的。加上这一通电话,对方统共给他打了三个电话,但说实话他们关系一般。

鹤云行想了想便接了,语气冷漠:"什么事?"

黄琦君:"总算是接电话了。今晚 Eva 生日,你不来吗?"

鹤云行:"没时间。"

鹤云行不来,也不妨碍这些人觉得 Eva 在鹤云行心中的地位不一般——男人那么帮助一个女人,怎么可能没半点儿心思呢?

黄琦君:"你老婆都来了,开了你的布加迪来的。鹤大少爷这么舍得把爱车给你老婆折腾?我刚才看了一下你的车,有剐蹭,你看了准心疼。"

鹤云行："哦。"

就这样？没了？不生气？

鹤云行一向珍爱他的车，有谁给弄坏了，他准发脾气。不管是哪个兄弟，玩得再好，毫无例外——怎么到沈月瑶这里一个"哦"字就打发了？

鹤云行："把电话给赵森。"

赵森接过手机："行哥，你找我？"

鹤云行缓缓道："看着点儿我老婆。"

沈月瑶不太擅长交际，面对他们一口一个"嫂子"，她脸都要笑僵了，不过除了一个赵森，别的人她全没记住。

Eva心里泛酸，明明她才是今晚的主角，却没想到光芒都被沈月瑶抢走了。

"说了这么多话，沈小姐应该口渴了吧？这是上好的碧螺春，口感特别好，是云行专门找人给我带的，你尝尝。"

不愧是话术大师，字里行间，全在彰显她在鹤云行那里待遇有多好。

Jenny突然开口："Eva姐，我记得你手上这个镯子也是大堂哥送的吧？"

沈月瑶和莺莺下意识看向Eva手上的镯子，那是一个天然翡翠镯，成色满绿无瑕，市面价估摸不低于两千万。

Eva浅浅一笑："哪里比得上云行送给沈小姐的珠宝。"

谁不知道一对红宝石耳坠，鹤云行都要跟沈月瑶抢啊，精心给她挑选礼物就更不可能了。

Jenny嗤笑一声，对沈月瑶的不屑肉眼可见。

"不说这个。沈小姐，喝茶吧，茶凉了口感就没那么好了。"

莺莺瞅了一眼沈月瑶，沈月瑶却面色平静："我不喜欢喝茶，Eva小姐还是给我一杯饮料或者红酒吧。"

"抱歉，我刚才应该问你喜欢喝什么才是。"Eva做出一副抱歉的表情。

"Eva小姐这么喜欢喝茶，我还挺意外的，毕竟鹤云行对茶叶过敏，从来不喝茶。"

Eva脸色僵了几秒——有这种事？

"我怎么不知道大堂哥对茶叶过敏?"Jenny 反驳道。

"他什么时候喝过茶?你见过?"

Jenny 被噎住,印象里好似的确没见过……

沈月瑶又说:"对了,Eva 小姐,我没结婚之前,你喊我沈小姐没什么问题,但我结婚已经一年多了,你还是喊我一声鹤太太比较好。"

Eva 脸色变化得更加明显了,也没有先前那般怡然自得:"我去拿酒。"

两人都走后,莺莺笑着给沈月瑶竖起大拇指:"看她脸色白的,哈哈哈,瑶瑶,干得漂亮!"

沈月瑶却毫无喜悦之感,鹤云行对茶叶过敏是沈月瑶瞎掰的。他们再没有感情,她也是鹤云行明媒正娶的老婆,在她面前装什么郎情妾意,真恶心!

还有 Eva 手上佩戴的镯子,如果是婚前送的,她无话可说,要是婚后送的,那相当于把一坨泥巴往她嘴里塞。

生日会融洽愉快的氛围不是沈月瑶能融入进去的,她也不想融入。

"嫂子,你吃过晚饭了吗?"赵森上前询问。

"没吃。"

"我去给你切点儿水果。"

沈月瑶端着酒杯,闷头喝着。

"瑶瑶,你酒量不好,还是少喝点儿。" 莺莺有点儿担心。

有的公子哥儿虽然对赵森的殷勤表示不理解,但鹤云行对沈月瑶把车弄剐蹭了都毫不在意,他们就更没什么可说的了。

别墅的门铃响起,好似又有客人来了。

Eva 从外面回来后,脸上堆起了笑容。

"是谁来了啊?"Jenny 见状,忙问。

"是云行让人送礼物过来了。"

Jenny:"什么礼物啊?拆开给我们看看呗!"

Eva 推拒了一下,就顺着他们的话把礼物拆了。

莺莺看了直想翻白眼。

沈月瑶酒量的确不好,才一杯红酒下肚,她就已经头重脚轻了。

"天哪,是日落红宝石!"

"Eva，你看我说什么了？我说这红宝石是送给你的吧！"Jenny故意说得很大声。

"鹤大少爷对你也太好了吧！"

Eva看向沈月瑶，沈月瑶虽然表情依旧冷漠，可是，Eva知道，自己赢了。

这个生日会，沈月瑶是一秒都待不下去了。

赵森端着水果出来的时候，沈月瑶跟莺莺已经不见了。

鹤云行在去机场的路上接到了沈月瑶打来的电话，她怒不可遏："鹤云行，离婚！我要跟你离婚！我最讨厌别人骗我！"

鹤云行听得出她不是在开玩笑，皱眉发问："我骗你——"

"嘟嘟嘟嘟……"一阵忙音。

鹤云行再打回去时，电话已经被拉黑了。

"李助，把你的手机给我。"

然而，鹤云行用李助理的手机打给沈月瑶，亦是无人接听。

鹤云行喉结滚动："调头。"

"日本那边的行程——"

"往后推。"

果然，只要事关太太，鹤总便无法保持冷静。

鹤云行又给赵森打了电话，这才知道发生了什么事。

本来是要给沈月瑶送去的红宝石，却不想被司机阴错阳差地送到了Eva的手里。

Eva简直不敢相信日落红宝石真的是送给自己的！

她脸上的笑几乎没有停下来过，虚荣心被强烈地满足了，也因为沈月瑶被打脸而感到愉悦，刚才在沈月瑶那里受的憋屈瞬间烟消云散。

"Eva，你把红宝石戴上给我们看看啊！"

"是啊，两千万的红宝石耳坠呢！我们还想多看两眼。"

Eva说："这身衣服跟它不是很搭，我换一身衣服再戴给你们看。"

就在她打算上楼换衣服的时候，鹤云行来了。

鹤云行工作太忙，他们这些兄弟朋友，十天半个月都见不到他一次，更别说是Eva。

鹤云行没结婚之前,是女人心目中最想嫁的人。Eva 在鹤云行那里得到的待遇,让人羡慕不已。鹤云行给她花钱,对她那般好,两千万的宝石说送就送,还一点儿都不顾及他老婆的面子。

"鹤少,你不是说没时间来吗?原来是骗我们的啊!是不是想给 Eva 一个惊喜才那么说的?"

Eva 在众人的揶揄下,表情羞涩起来,就连心跳都快了几拍。

鹤云行眸色沉黑,他走到她面前,开门见山道:"红宝石不是送给你的。"

Eva 的笑容僵住了。

鹤云行身后的司机也立马站出来解释:"Eva 小姐,不好意思,您的礼物是这一份才对。红宝石是李助理吩咐我送去给太太的,我不小心搞混了,把太太的红宝石送到您这儿了。"

Eva 内心原有的喜悦瞬间消失了——红宝石耳坠不是送给她的就算了,竟还是给沈月瑶的?!

Eva 扯了一抹笑出来,但这个笑比哭还难看:"原来是乌龙。我真的以为红宝石是你送给我的惊喜……"

鹤云行仿佛听不出她话里的受伤和难过,直接道:"把红宝石给我。"

鹤云行拿到红宝石,一句"生日快乐"都没对 Eva 说,只跟赵森他们寒暄了两句就走了。

Jenny 总觉得哪儿不对劲。

因为沈月瑶喝醉了,所以莺莺只好把她送回去。

布加迪停在车库里,沈月瑶手里拿着一个小锤子,摇摇晃晃地爬上车头,一副要砸车的模样——离婚之前,她得把这车也砸了解气。

"瑶瑶,你别摔着了。"莺莺在下面想伸手扶她。

沈月瑶抡起锤子,重力瞬间往后,人因为喝醉了手根本没力气,手里的锤子"啪"一声掉落并砸在车头,她整个人则往后倒。

"瑶瑶,稳住!"莺莺连忙喊道。

本来就因为喝醉了头晕,站在高处,沈月瑶更觉得头重脚轻了。

莺莺根本扶不稳,只好站到她身后,打算给她当人肉护盾。

万幸的是,鹤云行来得及时。

他推开莺莺,接住了倒下来的沈月瑶,见人不舒服,就把她放在车头上坐着。

沈月瑶脸颊染着绯红,眼神迷离,第一眼看向他的时候,还有点儿呆滞,过了几秒,就转成了愤怒。

沈月瑶抬起右手,把粉钻戒指摘下扔过去,冷嘲热讽:"还给你!送给你的小情人去吧!"

鹤云行精准地接住戒指,然后不假思索道:"我没有除你之外的小情人。"

鹤云行想要给她重新戴上戒指,沈月瑶却不依,挣扎间,她反手一巴掌打在了他的脸上:"我眼睛还没瞎!"

天哪!高高在上的鹤总被老婆扇耳光了!这场面,够刺激!

但这一行为也让现场气氛变得着实恐怖,莺莺恨不得自己是一个隐形人。

鹤云行喉结滚了滚:"气撒够了?可以听人解释了吗?"

这就到了李助理发挥作用的时候了:"太太,是这样的,红宝石是鹤总买给你的。今天下午英国那边送过来的时候,因为鹤总工作太忙,我就让司机送去家里。结果,司机给 Eva 送礼物的时候拿错了,这才造成您对鹤总的误会。红宝石鹤总已经拿回来了。"

莺莺突然又觉得自己行了,一颗八卦的心瞬时燃起来——鹤总把红宝石拿回来了?那 Eva 的表情应该特别精彩吧?空欢喜一场啊!

可尽管如此,沈月瑶心里的怒火也无法平息。

"别人碰过的东西,我不要,扔了吧!"

李助理倒没觉得沈月瑶无理取闹,换作是他的话,他肯定闹得更疯。但就鹤总跟 Eva 的关系,说实话,鹤总还是挺冤的。

虽然鹤总的确在 Eva 的事业上提供过帮助,但私底下,他们鹤总压根没跟她见过几次,每年对方的生日礼物全是李助理挑了送过去的。怎么就传成了她跟鹤总关系不一般呢?

"我说了,我跟她没关系。"他一字一顿,眼神沉肃冷凝。

"没关系,你给她送茶叶?没关系,你给她送好几千万的镯子?我跟她才第一次见,她就巴不得把你对她的好全部摆在我面前,向我耀武扬威。鹤云行,她敢这么放肆,你敢说没你半分功劳?"

什么茶叶？什么镯子？

别说鹤云行愣住了，李助理也有些傻眼了。

沈月瑶酒醒了几分，她躺在家中的沙发上，手撑着脑袋，任青丝随意散着。

房间里只开了一盏照明的壁灯，沈月瑶的裙摆曳地，裸露的纤细小腿慵懒地交叠在一起，脚指甲粉嫩——从头到脚，她都精致无比。

沈月瑶懒洋洋地打了一个哈欠，脑子里还回响着李助理说的话。

"太太，鹤总平时不爱喝茶，他给人送礼都是送人参，送酒，没送过 Eva 茶叶。至于镯子，我翻了一下以往给她的送礼清单，您可以查阅，绝对没有您说的什么几千万的镯子！最贵的礼物也才三百万，还都是我挑的，鹤总从未费心过，您误会他了。"

所以，这一切全是 Eva 的自导自演，故意在她面前表现出自己跟鹤云行关系不清不楚？

这个女人还真是有本事，把所有人都欺骗了。

楼下，李助理还没离开。

鹤云行开口："出差回来，你去找 Eva 一趟，警告她不要在太太面前胡说八道。"

"咔嚓"一声，鹤云行推门而入。

沈月瑶听到动静，下意识闭上眼睛。直到男人的呼吸落在她颈间，他的薄唇贴在她皮肤上："你想装睡到什么时候？"

沈月瑶耳尖泛红，她缓缓睁开眼睛，故作淡然："我没装睡，我刚醒。"

鹤云行没拆穿她的谎话："先把水喝了。"

沈月瑶接过他递来的温水，三两下喝完，然后起身光着脚踩在地毯上："我去卸妆洗澡了。"

走到浴室门口，她转过头，见鹤云行坐在沙发上没缠着过来，不禁松了口气，庆幸这个腹黑又爱计较的男人没有跟她算那一巴掌的账。

卸完妆，沈月瑶站在镜子前，手往后伸，欲把衣服拉链拉开，脱下衣服后再回浴室洗澡，毕竟高定的裙子经不起随便对待。

身后，鹤云行突然出现。感应灯亮了，又暗下去。

他不怀好意，她看出来了。

女人的细腰被长臂紧搂,背后抵着的身体让她无所适从。

"我原定今晚飞去日本出差,因为你一通莫名其妙的电话改了行程,你知道我损失多少吗?"

"我又不差钱,你说个数,本小姐赔给你。"她的声音软了几分。

"我还挨了你一巴掌。"鹤云行把她转过来,拉起她的手心贴在自己脸颊那清晰可见的红印上厮磨。

"我说了赔钱!"

"不要钱。"鹤云行握起她的右手,把粉钻重新戴上,声音嘶哑性感,"别再把戒指取下来。"

翌日,沈月瑶一睁开就看到男人黑色短发上滴落着水珠,左臂文身妖冶邪气,荷尔蒙气息扑面而来。

沈月瑶还迷迷糊糊的:"你怎么还在家呀?"

鹤云行:"现在才凌晨六点。"

沈月瑶饿得浑身没劲,只想下楼找点儿吃的。她迈开长腿,结果没站稳,差点儿摔了,她慌忙抱住男人。

鹤云行:"睡迷糊了?"

"闭嘴吧!"沈月瑶骂道,她脑子的确还有点儿混沌。

鹤云行把她带到镜子前,镜子里的漂亮女人像只昏昏欲睡的兔子,很可爱。

"自己洗漱一下,洗完下楼。"

沈月瑶刷牙的时候还是很困,直到洗脸的时候,凉水扑到脸上,她才渐渐清醒。

下楼后,沈月瑶就看到一碗热腾腾的番茄鸡蛋面摆在桌子上,还有一杯牛奶。这会儿还太早,用人没来得及做早饭。鹤云行煮的面,马马虎虎能吃吧,她也不指望味道有多好。

沈月瑶饿极了,没一会儿就吃饱喝足,回到卧室,卷起被子,继续睡。鹤云行什么时候离开的,她浑然不知。

再醒来已经是中午了,沈月瑶懒洋洋地坐在客厅靠窗的懒人椅上,嘴里抿着酸奶管子,晒着太阳。

门外突然来了人,像是来装修的工人,沈月瑶问一旁打扫的用人:"阿姨,他们来干什么?"

"先生说衣帽间和浴室的镜子太小,要换成大的。"

沈月瑶闻言,被呛到了,她缓了一下,忙阻止:"不准换!我喜欢小的。"

装修工人听见后,纷纷露出为难的表情。

直到又有人送来春夏季好几家牌子的新款裙子,还有好几款亮晶晶、漂亮又昂贵的珠宝——

"太太,这都是先生去日本出差前专门替您挑选的,您看看喜欢吗?"

沈月瑶唇角微微扬起:"还行吧。"

鹤云行还知道买裙子和珠宝取悦她,沈月瑶心里总算是舒服多了。

"那镜子……"装修工人欲言又止。

"不准听他的!"沈月瑶还是不允许。

"好的,鹤太太。"

鹤云行对此没有说什么。

沈月瑶高高兴兴地试着珠宝,用人们看到那些珠宝,眼花缭乱——谁说先生不宠太太的?

试着试着,沈月瑶突然想起什么,拿起手机给李助理发去消息:"未来三天 G 市地铁、各个大厦、商场的巨幕广告位,全都替我买下来。"

李助理:"好的,太太。"

沈月瑶:"他在干什么?"

李助理:"鹤总在开会,太太要是想鹤总了,半个小时后可以给他打电话。"

沈月瑶:"本小姐怎么可能会想他?李助理,请你注意用词!"

李助理:"……"

太太,倒也不必如此。

第二章
笨蛋跳舞

Mike 来了 G 市后,内地许多粉丝蜂拥而至,整个 G 市都热闹了起来。

这几天的 G 市,不管是地铁里面的广告牌,还是高楼大厦和商场的巨幕荧屏,全都是 Mike。

Mike 来 G 市除了拍摄写真,还要参加一个 GCC 的线下品牌活动。

沈月瑶和莺莺都有这场活动的内场邀请名额。

夜幕来临,场馆外,粉丝围得水泄不通,Mike 从车里下来时,粉丝的叫声瞬间响破天际。

Eva 也是今晚的受邀对象,从车里下来看到这一幕时,她皱了皱眉头,然后加快脚步,飞快地进入内馆。

Eva 是在国际上都有名的珠宝设计师,许多明星见到她,都会上前跟她打招呼,言语里客客气气的。

毕竟 Eva 有自己的品牌,倘若能够佩戴她设计的珠宝出席活动,也很有面子。

Eva 今晚来,是打算跟 GCC 谈一谈新一季的高级珠宝设计的合作。

Eva 目光转了一圈,便看到了沈月瑶——她穿着 GCC 的绿色吊带礼裙,莺莺站在她旁边,两人正在跟泰国最近很红的一个男明星要签名。

沈月瑶要到签名的时候,笑得合不拢嘴。看得出来,她真的很喜欢这位男明星。

Eva 拿出手机,拍了一个视频,然后抿了抿唇,将视频发给 Jenny:"你大堂嫂也来了。"

Jenny 秒回:"你看她那疯狂的样儿!快把视频发给我大堂哥啊!"

"好。"

Eva 把视频发给了远在日本出差的鹤云行,又发了信息:"在 GCC 的展会活动碰到你太太了,她笑得很开心。红宝石的事,她没有跟你生气吧?毕竟是司机弄错了。"

鹤云行向她要回红宝石,Eva 自然觉得颜面尽失。只是,越是难堪,她就越要表现得大方包容。

本来,她一直以为,鹤云行之所以帮她是因为对她存有别的心思,可通过这件事,她认识到,之前的那些猜测只不过是她的幻想。

可越是如此,Eva 就越不甘心。所有人都认为他心里有她,Jenny 更是恨不得拿她当嫂子,凭什么她不能把大家的误会变成真的?!

鹤云行看到信息的时候本来没打算理睬,但"你太太"三个字让他点了进去。

视频里,沈月瑶穿着绿色吊带裙,一副春意盎然的模样,明艳动人得让人舍不得挪开视线。

她笑意盈盈地看着手里的签名海报,像是在欣赏什么绝世珍宝。

鹤云行抿了抿唇,然后慢条斯理地拿出一根烟,开始吞云吐雾。

——沈月瑶穿着他挑的裙子去见她喜欢的明星?

GCC 今晚的展会除了展出包包,还有珠宝。

沈月瑶身为沈家大小姐,GCC 的几位高管来和她打招呼,她自然免不了要与他们寒暄几句。

只不过,Eva 强行介入了他们的聊天。她先跟 GCC 的高管打了招呼,然后才看向沈月瑶:"沈小姐、莺莺,晚上好。"

沈月瑶淡淡地瞥了她一眼,只敷衍地点了点头——这个女人是怎么做到若无其事跟她打招呼的?

Eva今天来是有正事,见沈月瑶不怎么搭理自己,就径直和GCC的高管聊了起来。

这时,沈月瑶对Mike发出邀请:"Mike,可以跟我到旁边拍几张照片吗?"

Mike:"当然可以。"

莺莺:"我也要拍,我也要拍!"

简直是大型追星现场,一点儿都不顾及自己的身份。Eva对此表示不可理解。

拍完照片后,沈月瑶到洗手间补妆,忽然有人进来,是Eva。

Eva拿出气垫补妆:"看得出来,你的确喜欢年轻又好看的男人。以你的条件,没有婚姻,想怎么玩都行。鹤云行工作那么忙,他更适合一个能照顾好他,对他忠诚的妻子。沈小姐,我就是有感而发,希望你不要介意。"

补完妆,沈月瑶把口红扔回包里,然后淡淡地开口:"我家的用人能照顾好他,而且忠诚。你也想应聘的话,明天就可以入职。"

Eva的脸色白了白,原本她来洗手间只是想补个妆,可一看到沈月瑶,她就忍不住说出了那番话。

就算自己还没有得到鹤云行,Eva也想在沈月瑶面前晃悠,硌硬她。毕竟,鹤云行和沈月瑶关系不好。

虽然这世道的商业联姻,夫妻各玩各的再常见不过,但许是沈月瑶不论是样貌还是身份都过于优越,却无法得到鹤云行的喜欢,这就容易让人产生卑劣的幸灾乐祸的快感。

还有,她哪句话说得不对吗?恢复单身不是可以让沈月瑶毫无束缚地追星,想怎么玩就怎么玩?

"我可是在给你接近鹤云行的机会,你不好好把握?" 沈月瑶自诩泰国豪门狗血剧没少看,Eva在她面前找这种存在感,无异于直接撞到她枪口上。Eva敢再多嘚瑟两句,她就敢一耳光扇过去。

"沈小姐,你可以侮辱我,但不要曲解我的意思。"

"用人怎么了?你看不起用人?也是,一个月赚钱赚到手抽筋的国际知名珠宝设计师怎么舍得为爱去当用人!"

Eva 咬了咬唇，沈月瑶就是在侮辱她！

沈月瑶直视她："你要是真有本事，就去讨鹤云行的欢心，别拿不切实际的事忽悠别人来满足自己的虚荣心。"

这突兀的一句话让 Eva 闻之一愣——难道沈月瑶知道茶叶跟手镯不是鹤云行送的了？毕竟这种事，沈月瑶只要找鹤云行身边的助理查一查，就可以知道真相。

"茶叶的事，我承认我撒谎了；但是手镯，是他们误会了而已，我可从来没说过是他送的。"

沈月瑶轻笑了一下："可你也没否认。"

Eva 提高分贝，反击："他也不爱你，不是吗？"

"他不爱我是他的损失！这么好看又可爱的小仙女，他上哪儿找第二个？"沈月瑶高傲地抬着头，墙面贴着冷感透光的玻璃，倒映着她漂亮的面孔和勾人的曲线。

回到展内，沈月瑶仍是笑意盈盈，似乎完全没有受到 Eva 的影响——她怎么能因为一个无关紧要的人在偶像面前冷下脸来呢？

Mike 主动跟她说话："瑶瑶，感谢你，我的粉丝。"

"感谢我什么？"沈月瑶一脸疑惑。

莺莺笑着解释："刚才 GCC 亚洲地区总裁联系了 Mike 的经纪人，说会推荐他担任 GCC 的东南亚形象大使。"

"这跟我没关系。"

Mike 道："对方是看在你的面子上才愿意推荐我的。"

沈月瑶笑了笑："那也是因为你的形象符合 GCC 的品牌要求，对方才会推荐你，我并没有那么大的影响力。"

片刻后，见沈月瑶跟 Mike 聊完了，莺莺才问："你刚才去洗手间怎么补妆补那么久？"

沈月瑶把在洗手间遇到 Eva 的事简单描述了一遍，莺莺听完后，只想到一句话——人不要脸，天下无敌。

Eva 从洗手间出来后也装作若无其事的模样，继续跟 GCC 的高管谈起了工作。

GCC 有专属的设计师，但也不是没有跟行业内知名的设计师联名合作过作品。

这一次，他们想打造一期 Z 国传统元素主题的珠宝设计，但他们的专属设计师不了解 Z 国，设计出来的作品，他们不是很满意。

GCC 亚洲区总裁行程排得太紧，私底下约不到，Eva 只好趁着这个活动来见他一面。

李总裁："我知道 Eva 小姐是国际有名的珠宝设计师，我当然愿意给你机会，但前提是，你的作品得让我满意。"

"当然，我明白您的意思。"

"主题可以我来定吗？"

"没问题。"Eva 的言语里充满了自信。

莺莺一直在观察 Eva，她耳朵灵，把两人的谈话听得清清楚楚。今天 Eva 表面上是来看秀，其实是来谈工作的。

沈月瑶还全神贯注地看着展台上的珠宝，猛地被莺莺拽到了 GCC 李总裁面前。

"不好意思，打扰一下。"莺莺甜甜地扬起笑容，"李总裁，我们瑶瑶也是学珠宝设计的，设计珠宝她也特别在行，您要不要也给她一个大显身手的机会？"

不！我不想！

沈月瑶一脸抗拒。

李总裁想和沈月瑶他们这群人交好，且并不认为加一个人会对结果产生什么影响，毕竟如果沈月瑶设计得不好，到时候可以刷掉，于是爽朗应下："好啊！"

"她开——"

沈月瑶"玩笑的"三个字还没说出口，莺莺就笑眯眯拦截了她的话："那就这么说定了！"

Eva 根本没把莺莺的挑衅放在心上。沈月瑶学珠宝设计的事她听说过，但从未听过或见过沈月瑶毕业后设计过什么作品，估计技能早就荒废得差不多了，根本不足为虑。

活动举行了一个半小时，总算是结束了。GCC 还在隔壁酒店办了酒会，酒会的主题是"神秘"，所以每个人进场前，工作人员都派发了面具。

华丽的宴会厅里，觥筹交错，大家谈笑风生。

沈月瑶没怎么吃晚饭，这会儿有点儿饿了，正在吃着点心。莺莺则挑选了一名男伴,到舞池里跳舞。

沈月瑶倒是不缺男人邀请跳舞,不过,她兴致不高。况且,她的交际舞,拿不出手。

"你好,可以邀请你跳一支舞吗?"Mike上前,绅士地问她。

沈月瑶穿的这身绿色裙子,很容易让人认出身份。

而Mike邀请她跳舞是存了私心的——沈月瑶长得太好看了,会让人忍不住有点儿别的想法。

沈月瑶还没来得及拒绝,就看到对面有个挺拔的身影朝自己走来,好像是……鹤云行?

Eva给鹤云行发消息的时候,他刚落地G市。一路上,他发现到处是Mike的广告。

他的太太,为了欢迎这位男明星,砸了几百万,买下了三天的巨幕广告位。

李助理坐在驾驶座上,明显能感受到车后座的低气压。原本这次出差就很忙碌,鹤总工作完就马不停蹄地飞回来了。下飞机后,鹤总应该是想回去休息的,但上车后,他临时改变了主意。

酒会里,光线旖旎,有种浪漫的氛围。就算是戴着面具,挡住了男人半张脸,沈月瑶也还是认出了鹤云行。

他出的什么差?昨天早上去的,今天晚上就回来了?

"她已婚。"鹤云行用的是英文,显然是对Mike说的。

Mike自然知道沈月瑶已婚的事。来了G市,在他看到这么多的巨幕广告后,经纪人便跟他讲了不少关于沈月瑶的事。

今晚看到她的时候,Mike就觉得她很好看,尤其是她笑起来的时候,最让人心动。

不过,他只是想跟仙女粉丝跳支舞而已,再往深的想法,倒不敢有。成也粉丝,败也粉丝的道理,他还是懂的。

他只是想在回泰国之前,留下一个美好的记忆。

沈月瑶不服:"谁规定我已婚了就不能跟别的男人跳舞了?"

她对鹤云行板着一张脸,看向Mike的时候却笑成了一朵花:"好呀!"

Mike不知道面前的男人就是沈月瑶的老公,冲他点了点头后,很绅士地朝沈月瑶伸出手去。

沈月瑶毫不犹豫地搭了上去。

周围的气氛一下子冷了几分。

就在Mike想带着沈月瑶往舞池走去的时候,他的经纪人匆匆上前,把他叫走了。

不用猜,肯定是鹤云行让人背地里找Mike的经纪人说了什么。

沈月瑶站在舞池边,孤身只影,尴尬不已。

这时,鹤云行径直拉起她的手往舞池走去。

舞池里,绿色裙摆和黑色西裤交贴在一起。不知为何,鲜艳的颜色和暗色系撞在一起,让人不禁浮想联翩。

沈月瑶甩不开他的手,反而被他十指紧扣。他另一手搭在她的腰上,指腹轻轻摩挲着她背上的肌肤。后背是裸空的,她能清晰地感受到他指尖的温度。

沈月瑶就喜欢跟鹤云行作对:"我不跟你跳!"

"扭什么?"他声音哑了哑。

沈月瑶感觉自己挣扎的时候,腰无意地蹭到了他的金属皮带扣,她的身体立刻微微顿住。

"你别抱我,我就不扭。"

鹤云行没松手,领着她开始跳,一边问她:"那么多漂亮的裙子和珠宝都哄不好你?"

"你什么眼光,自己心里没点儿数吗?买的那些裙子一件比一件保守,也就身上这件合我的心意。珠宝也是,适合我妈戴。下次还是让李助理来挑吧。"

沈月瑶声音娇软,话语间却是对他嫌弃得不行。

平时鹤云行给沈月瑶送的东西,大多数是李助理挑的,但昨天的衣服、珠宝,是他挑的。

沈月瑶昨天很明显地察觉到了衣服和珠宝的风格变化。

怀里的女人娇贵,眼光还挑剔,这一点,鹤云行很清楚。他刚想说点儿什么,但被沈月瑶踩了一脚。

沈月瑶笑眯眯地看着他:"是你非要跟本小姐跳的,不怪我。"

鹤云行想起两人在他们的婚礼上第一次跳双人舞的情景。当时,沈月瑶踩了他十几脚，那支舞，简直就是灾难现场。偏偏，他还不得不从开始跳到结尾。眼下她这个幸灾乐祸的神情，和当初一模一样。

鹤云行笑了："怎么还是这么笨？"

你才笨！沈月瑶又踩了他一脚。

Eva在暗处，望着那道绿色的身影，随着舞姿的转换，裙摆扬起好看的弧度。跟她跳舞的那个男人，却因为光线太昏暗，连轮廓都看不清。不过看那个男人的身高，应该是男明星Mike吧。

Mike也是的，掌心贴在沈月瑶的后背上，两人的姿势看起来甚是亲密。

Eva轻笑一声，录了段视频发给Jenny："感觉她跟这个男明星暧昧不清。"

Jenny："拍下证据发给我，我明天拿去给我爷爷看，揭穿她花心的真面目，到时候大堂哥一定会跟她离婚！"

沈月瑶跳了一会儿就累得不想跳了，她把面具摘了下来——最主要是，别人跳得很优雅，而她频频出错，衬得她非常笨拙。

从舞池里下来，一个女人不小心撞到了鹤云行，她手上的红酒泼了他一身，几滴红色液体从他的下颌沿着喉结滚落下来。

"先生，你没事吧？抱歉，我喝醉了，没站稳。"女人向他道歉。

沈月瑶回头看去，忍不住笑了——被她踩就算了，还被陌生女人泼了一身红酒。

鹤云行喉结滚了滚，把西装解开，松了几颗衬衫扣子，然后拿着手帕慢条斯理地擦拭。

GCC的工作人员服务很到位，为鹤云行提供了房间和换洗服务。

"瑶瑶，你去哪里了啊？我找不到你了。"莺莺跳完舞就开始找沈月瑶，结果发现她不见了踪影。

沈月瑶坐在沙发上给她回信息："在上面的总统套房。"

莺莺倒抽一口气："你这么喜欢Mike？"

姐妹要干大事，她得替姐妹打掩护！

"想什么呢！我要是真这么做了，我妈能打断我的腿。"沈月瑶解释，"鹤云行从日本回来后也出席了GCC的酒会，他的衣服弄脏了，我被他抓上来的。"

至于她心甘情愿留下来的原因，则是她被小龙虾和奶茶诱惑了。

沈月瑶本来就没吃饱，刚才跳了一支舞，现在又饿了："上来陪我吃小龙虾吗？"

莺莺刚想答应，鹤云行的声音却从听筒里幽幽地传来："沈月瑶，你当我不存在？还找人陪你吃小龙虾！"

沈月瑶被这突然响起的声音吓了一跳，她的手机"啪嗒"一声掉在地上。

莺莺连忙回道："瑶瑶，我想起我还有事，小龙虾你自己吃吧，我先挂了。"

沈月瑶：……就挺没义气的。

鹤云行坐在沈月瑶对面，他长腿交叠，身上的黑色浴袍系得随意，腹部肌肉若隐若现，像审犯人一样，漆黑如墨的双眸盯着她，嗓音低沉："我陪你吃小龙虾还不够？"

沈月瑶捡起手机，眼睛灵动地眨了眨："你什么时候吃过小龙虾？"

每次她吃小龙虾，鹤云行都是在旁边干看着，直言小龙虾是垃圾食品，还不让她多吃。

"现在。"鹤云行坐了下来，还戴上手套剥了一只小龙虾，可闻着那个味儿，他又犹豫了。

"你倒是吃呀！"沈月瑶催促他。

鹤云行抿了抿唇，还是把小龙虾放进了嘴里。

沈月瑶没想到他真的吃了。

房间的电视机正放着电影，沈月瑶吃得津津有味，渴了就喝一口奶茶。不过，她的注意力总是被对面大厦的海报吸引——Mike这张照片真是帅！

"你还有心思看外面的海报？"鹤云行神色晦暗。

沈月瑶扭头："我就看怎么了？"

鹤云行二话不说，低头吻向她。

突然被亲，沈月瑶有点儿抗拒，但是根本反抗不了。

两人现在的关系真畸形，做着世界上最亲密的事，却又不相爱。

不是过不下去，有时候她反而觉得生活挺不错的，如果最近没有烦人的家伙在她面前找存在感就更好了。

沈月瑶搂着他的脖子,声音嗲嗲的:"我不看行了吧!你快放开我呀!我要继续吃小龙虾,还要你剥的——"

前一秒还嚣张跋扈,后一秒立马就变脸了。鹤云行知道,她又开始使用她一贯的伎俩了。

沈月瑶心里很着急——他怎么还不表态?

沈月瑶按捺住着急的心情,捧着鹤云行的脸,红唇在他的鼻尖轻轻碰了碰。

——本小姐主动亲你,是你的荣幸,再跟我计较,今晚就让你睡沙发!平时可没有这么好的福利,要懂得珍惜,知道吗?

鹤云行喉结滚动,他的呼吸里,全是沈月瑶身上香香的味道,她用的香水总是能让他心旷神怡。

鹤云行在她的红唇撤离后,手覆在她脑后,薄唇又追了上去。

直到门铃声响起,鹤云行才松开她。

门外,是GCC的工作人员送来了干净的衣服。同时,李助理生怕他们两人不够吃,又送来了小龙虾、奶茶以及烧烤。

沈月瑶脸还有点儿红,却已经是一副嗷嗷待哺的模样。

"李助理,拿来这里,我要边看边吃。"

"好的,太太。"

放下东西后,李助理问:"鹤总,今晚还回去吗?"

鹤云行看了看时间:"不回了,今晚在酒店住一晚,明早带我们的换洗衣物过来。"

李助理应了声"好的",就识趣地出去了。

房门刚被关上,沈月瑶就猛吸一口奶茶,然后盘着腿坐在地毯上继续看电影,露出一脸满足的愉悦表情。

小龙虾有蒜香味和麻辣味的,就是吃起来比较麻烦,她没戴手套,直接剥了一只扔进嘴里。

鹤云行打开一瓶啤酒,在她旁边坐下。

电视上放的是一部鬼片,沈月瑶把客厅的灯调暗了。

看恐怖片,亮着灯有什么意思啊!

平时沈月瑶一个人不敢看,现在有鹤云行这尊大佛在,机会难得。

沈月瑶聚精会神地看着屏幕,随着剧情发展,她看得越来越着迷。

很快,两斤小龙虾就被她吃光了。

忽然,一个恐怖镜头闪过,她吓得手一抖,小龙虾掉了回去,身体忍不住往鹤云行那边靠了靠。

"怕就别看。"

真是不解风情的闷葫芦!

"鹤云行,如果没有鹤爷爷,你这辈子怕是娶不到我这么好的老婆。"

损人还要把自己夸一顿。

鹤云行笑了笑:"没有如果。"

沈月瑶吃完小龙虾,意犹未尽地吮了吮手指:"我要纸巾,在你那边,帮我拿一下。"

鹤云行抽过纸巾,面无表情地替她把手指上的油擦掉。

沈月瑶微微愣住:"谢谢。"

"嗯。"

莫名其妙地又客套起来了。

这就是他们平时的相处状态。

看完电影已经很晚了,沈月瑶吃饱喝足,躺在沙发上,困倦地眯了眯眼睛。其实,看到一半的时候,她就已经犯困了,但她想把整部电影看完。

鹤云行又冲了一个澡,出来时,电视机里已经在放另一部电影了,沈月瑶却在沙发上睡着了。

鹤云行把桌子收拾干净,然后蹲下身子,捏了捏她的脸:"沈月瑶,起来洗完澡再睡。"

沈月瑶哼哼了两声:"我再睡十分钟……"

鹤云行看到落地窗外的海报还亮着光,眼神暗了暗,不疾不徐地说道:"我帮你洗也不是不行。"

沈月瑶的瞌睡虫一下子跑了,她迅速爬起来:"我不要!"

鹤家的客厅里,鹤老爷子的面前放着一些照片,正是 Jenny 让 Eva 拍的照片。

Jenny 道:"爷爷,你看大堂嫂趁大堂哥出差,她就迫不及待地跟男明星去酒店了。"

鹤、沈两家结亲,鹤老爷子功劳不小,他对沈月瑶这个孙媳妇好到让人眼红。

"爷爷,那个男明星一来 G 市,街上就四处可见他的巨幕广告,我听说了,全是大堂嫂花钱投放的。"

Jenny 手里的照片和视频就是沈月瑶出轨的证据,这样一来,就可以让鹤老爷子看清楚沈月瑶水性杨花的真面目,也可以完成四婶交代的任务。

鹤老爷子戴上老视眼镜,拿起照片仔细看了看,照片里,一个戴着面具的男人正拉着他孙媳妇的手往电梯里走。

有几个角度的照片里,孙媳妇看着有点儿不情不愿,男人不知道跟她说了什么,孙媳妇脸色一变,高高兴兴地跟着上了电梯。

这组照片在他们进入房间后结束,至于那个男人……鹤老爷子淡定地喝了口茶,不轻不重地把照片扔在桌子上——什么男明星!他的眼睛还没瞎。

"几张照片和视频能说明什么!"

爷爷还真是喜欢沈月瑶这个孙媳妇,到现在居然还替她说话。

Jenny 不依不饶:"爷爷,现在时间还早,你不信的话,我们可以去酒店看看,大堂嫂昨晚一夜未归。"

鹤老爷子见她不肯罢休,非要定沈月瑶的罪,便拄着拐杖站起来:"行,那就去一趟。"

希尔顿酒店,一辆劳斯莱斯停在门口。

沈月瑶早上起来后还有点儿迷糊,一副没睡醒的状态。昨晚吃了太多小龙虾和烧烤。一觉起来后,她觉得无比口渴。

阳光透过落地窗洒落下来,她的皮肤在阳光下显得细腻不已,没有一点儿瑕疵,身影纤细婀娜,完美得似个玉人。

沈月瑶觉得光线有点儿刺眼,抬手挡了挡。

余光里,她看到鹤云行正从健身房出来,身上只穿着一条灰色长裤,手里拿着一瓶矿泉水。鹤云行常年健身,相当自律,所以身材保持得很好;他手臂上的文身,让他有一种亦正亦邪的气息。

男人性感又邪性,惹人惧怕。

但是，她想喝水。

沈月瑶看着那瓶水，声音有些嘶哑："鹤云行，水……"

鹤云行见她两眼发光，忙把手上的水递了过去。沈月瑶捧着水，仰头咕噜咕噜地喝了起来。

只不过，可能是丝质睡袍腰间的带子没有系结实，从鹤云行的角度，可以看到女人若隐若现的饱满的曲线。

喝了水，解了渴，总算是舒服多了。沈月瑶舔了舔唇，心情似乎还不错："早啊！"看到瓶口上湿漉漉的，她又道，"我去给你拿一瓶新的。"

"不用了。"鹤云行接过瓶子，一点儿也不介意她喝过，瓶口抵在薄唇上，喉结滚动。

他的手很好看，细长，骨节分明；手背上的青筋彰显出力量感，显得更性感了。

他运动完后，身上的味道还是很干净，肌肉线条非常紧致。

沈月瑶抬起手，碰了碰男人左臂上的文身。上面的画栩栩如生，仿佛下一秒，她就会被他手臂上的巨兽吞噬。

"咚咚咚！"敲门声响起。

沈月瑶的理智一下子回笼。她有点儿难为情，有些害羞，还有些懊悔，声音闷闷的："去开门，有人来了。"

然后，她一溜烟儿跑回了卧室，并把门重重关上。

门外站着的赫然是鹤老爷子跟Jenny。

Jenny想，这么突然前来，一定能打得沈月瑶措手不及。

门终于开了，是个男人。

Jenny得意的笑容刚浮上嘴角，可一抬起头，看到的却是鹤云行那张满是冷漠的俊脸。

怎么会是大堂哥？！

片刻后，沈月瑶听到动静，穿好衣服，笑容甜甜地在沙发上坐下："爷爷。"

"欸，瑶瑶。"鹤老爷子亲切地对着她笑。

可转头，鹤老爷子就眼神冰冷地看着Jenny："你连你大堂哥的背影都认不出来,还非要过来打扰你大堂哥和大堂嫂。我早上本来还要去钓鱼的,也被你耽误了。"

面对鹤老爷子的指责,Jenny心里有苦说不出。就一个背影和半边脸的下巴,这怎么能认得出是她大堂哥?

她平日里能见着鹤云行的机会少之又少,而且谁又能想到,他居然出差回来了呢?还一回来就去GCC酒会找沈月瑶。两人放着豪宅不住,竟然在酒店住了一晚上……

Jenny一脸不自然:"对不起,爷爷。"

"还有呢?"

她捏着拳头,转头看向沈月瑶:"对不起,大堂嫂,是我误会你了。"

沈月瑶笑里藏刀:"平时也没见你这么关心你大堂哥,今天一大早就跑过来,真是辛苦你了。"

照片不用问,肯定是Eva拍的。真是好笑,Eva明明惦记着鹤云行,却认不出来戴面具的人是他。

Jenny哪里听不出沈月瑶是在讽刺自己,心里憋屈不已,但当着鹤老爷子的面,她又不好反驳。

从酒店离开,Jenny就给Eva打了电话:"别找媒体传播出去了。昨晚跟沈月瑶在一起的根本不是什么男明星,而是我大堂哥。"

Eva听到后,脸色一白——昨晚跟沈月瑶跳舞的男人是鹤云行?!她居然没有认出来!要是认出来的话,她就有机会接近他了。这么好的机会,她竟白白浪费了!

挂了电话后,Eva的脸色有点儿难看,鹤云行的助理却突然在这时登门了。

会不会峰回路转,鹤云行让他助理来约她了?

可李助理说的话瞬间击碎了她的妄想:"Eva小姐,鹤总让我来给你带句话,请你务必谨言慎行,别在我们太太面前——胡说八道。"

…………

酒店闹剧结束之后,Mike也回了泰国。

这两天,沈月瑶不是陪鹤老爷子钓鱼,就是跟莺莺逛街。鹤云行则早出晚归,睡前,沈月瑶见不着他,醒来时,他已经上班去了。这个男人，有兴致时就来烦她，没兴致了，连人影都见不着。

第三天，GCC的李总裁拉了一个群，群里除了她，还有十多位设计师，Eva也在内。可见这次竞争还挺激烈。

李总裁把设计主题发在了群里，他给出的时间不多——十天。

这次的设计主题跟《千里江山图》有关，这幅画，是我国十大传世名画之一。

欣赏过这幅名画的都知道，整幅画画面雄浑壮阔，气势磅礴，将自然山水描绘得如锦似绣，分外秀丽壮美……

《千里江山图》是我国传统山水画中少见的巨制。

有很多设计师喜欢从国外名画中获取灵感而后进行创作，比如达·芬奇的《蒙娜丽莎》、莫奈的《睡莲》、梵高的《鸢尾花》等，由此创作出来的作品深得消费者喜欢。

沈月瑶本来对这件事还不是很上心，但是在看到设计主题之后就认真起来了。

我国文化底蕴深厚，古人留下来的东西，很多都可以化作灵感，后人由此设计出新的作品。

按李总裁的意思，提取画里面任意一个元素作为设计思路即可。

沈月瑶立马就买了一张飞往大都的机票，这幅画在大都博物馆珍藏着，她想近距离看看它，再构思设计。

她积极起来的时候，行动力一向是很强的。

所以，这天，当鹤云行提早从公司回来时，偌大的豪宅里，女主人竟不见了身影。

鹤云行问用人："太太呢？"

用人回："太太下午飞去大都了。"

"有说什么时候回来吗？"

"没说。"用人想起什么，又说，"先生让我煮的山楂桂枝红糖汤没煮好，夫人就走了。"

闻言，鹤云行皱了皱眉——沈月瑶的经期就要来了，她还到处跑。

沈月瑶经期的时候总是疼得直不起腰，鹤云行见过她好几次疼得脸色发白、额头冒汗的样子，甚至有一回严重到去了医院。

他拿出手机给她打电话，却发现电话根本打不出去。

那头,沈月瑶已经住进了大都博物馆附近的酒店。突然,房间里响起雨水敲击窗户的声音,原来大都下起了小雨。很快,外面的世界就多了一层朦胧的美感。

沈月瑶躺在柔软的大床上,听着莺莺在电话那头问:"李总裁太会出题了,不过时间那么紧迫,你能设计出来吗?"

沈月瑶懒洋洋地打着哈欠:"有灵感的话一切好说,没灵感的话,给一年时间我也设计不出来。"

"保佑你灵感源源不断!你说你,多久没好好出作品了?"

沈月瑶想了想:"快一年了吧。"

要不是因为过往的作品太过惊艳,还得过许多国际大奖,就她这个失踪人口,怕不知道要被遗忘到哪个角落。

说来也奇怪,她Orli的身份越神秘,反而越容易被人记住。她在国外的社交媒体账号,粉丝已经好几百万了。

"你休息好久了,是时候支棱起来了,用沈月瑶的身份大放异彩吧!"

莺莺有私心,她不想沈月瑶被别人说是花瓶千金,沈月瑶现在的形象都被Jenny败坏了。

沈月瑶跟莺莺打完电话,就开始犯困,本来还想打两把游戏,结果洗完澡躺在床上不久就睡着了。

睡前,她脑子里冒出一个念头:鹤云行回家没见到自己,居然一条消息都没给自己发,一个电话都没给自己打?

第二天早上八点,沈月瑶就起来了,洗漱完,吃了早餐,她就直奔大都博物馆。

《千里江山图》很宏伟、壮观,沈月瑶耳朵上挂着耳机,隔绝了外界所有的声音,把注意力全部集中在了画上。

当年壮丽的河山仿佛就在眼前,冈峦起伏的群山和烟波浩渺的江湖,渔村野市,水榭楼台……所有的一切,不管是人,还是山河,都生机勃勃,让人惊艳……

一天下来,沈月瑶全神贯注,只在中午吃了一个饼,而手里的草稿纸早已用完了,博物馆也到点要关门了,不得已,她只能离开。

只是,外面大雨倾盆,压弯了不少树枝,像是在摧残它们的生命。

不过，夏日的闷热散了不少。

沈月瑶站在屋檐下，有些发愁。她没带伞，雨水溅湿了裙摆。她无奈不已，拍了一个视频发朋友圈："大都好大的雨，把我困在了这里。"

朋友们纷纷评论：

"沈大小姐，我去接你啊！"

"你在哪儿？我给你跑腿送伞啊！"

"瑶瑶，我也在大都，位置甩来，我去接你。"

朋友们都分外热情。

沈月瑶接到了徐扶熙打来的电话，徐扶熙是她的小婶，两人的关系好得不行。

沈月瑶眉开眼笑，正要接电话，谁知道手机突然黑屏——没电了！她之前一直在听歌，一门心思画着手稿，压根没注意手机的电量。

"轰隆"一声，电闪雷鸣。

沈月瑶吓了一跳——这雷声是真吓人。

她旁边本来站着一个女孩儿，不久一个男生撑着伞把她接走了，两人相互依偎着离去，真甜蜜啊！

手机没电，雨又下得这么大，本来她等一等也没什么，但是，狂风忽地吹来，她不禁打了一个寒战，身体莫名感觉冷，随后，肚子隐隐约约传来不舒服的感觉……

突然，有脚步声由远及近地传来，沈月瑶抬起头，就看到了男人锃亮的皮鞋，雨水打湿了他的西裤。

哇，她的便宜老公居然来了，不敢置信。

沈月瑶被鹤云行抱上了车。

虽然刚才有李助理在他们身后撑伞，可是，毕竟是狂风暴雨，到车里的时候，鹤云行已经浑身湿透了大半，黑色衬衫贴着身体，勾勒出清晰的肌肉纹理。沈月瑶的裙摆也湿了大半，衣服贴着小腿。

此时，沈月瑶唇色发白，疼得蜷缩着身体。她从小被娇养着长大，但宫寒比较严重，每次到了生理期，都会痛得躺上一天，第二天才会慢慢有所好转。

鹤云是有备而来的，暖宫贴、红糖姜水齐上阵。

暖宫贴隔着衣服贴在她的肚子上，还没有开始发热。

鹤云行:"张嘴。"

沈月瑶听话地含住吸管,拼命地把红糖姜水往嘴里吸。她闭着眼睛,像一个易碎的瓷娃娃。

她忽然想起什么,忙检查包里的草稿纸——幸好没有被雨水打湿。

"给我吧。"

"嗯。"

"住的哪家酒店?"

"附近的宝格丽酒店。"说话间,沈月瑶已经把保温杯里的红糖姜水全喝光了。

车子缓慢地朝着酒店驶去。

虽然肚子很痛,但是,沈月瑶第一次没有被痛得想哭——以往每一次,她都很想掉眼泪。

便宜老公千里送温暖,沈月瑶心里欣慰不已。

暖宫贴很快就起了作用,沈月瑶感觉肚子上凝聚了一股热流,再加上红糖姜水暖了身体,她已经没那么难受了。

唯一尴尬的是,她把鹤云行的西装弄脏了。他的西装都是私人定制的,一件几万到十几万不等,现在却被她垫在屁股下面……

"我手机没电了,借你的手机给我打个电话,我要给扶熙报个平安。"沈月瑶拽了拽他的袖子。

鹤云行声音慵懒:"有个条件。"

怎么借一下他的手机还有条件?难道他的手机里有什么不可告人的秘密?

他继续道:"把我从你的黑名单里放出来。"

沈月瑶咳了一声,以掩饰尴尬,然后说道:"知道了。"

回到酒店后,沈月瑶直奔洗手间,一套洗漱流程如行云流水,然后头沾上枕头,裹紧被子。

沈月瑶不知道自己是什么时候睡着的,醒来也不知道是几点,只是睁开眼时,房间里还亮着灯,旁边有翻文件的细微声响。

她缓缓转过身去,看到鹤云行还在工作。

她要怎么感谢鹤云行千里送温暖啊?要不要赔他一件西装?

"醒了?"

"嗯。"沈月瑶声音闷闷的,"几点了?"

"快零点了。"

她睡了这么久?！都零点了,鹤云行还在看文件。

沈月瑶舔了舔唇:"你怎么知道我在博物馆?"

鹤云行继续盯着文件:"问了你的朋友莺莺。"

所以,他是知道她生理期快到了,专门飞过来找她的。特定的时间里,鹤云行都会履行身为丈夫的职责。

沈月瑶弯了弯唇角,盯着他看。他认真工作的样子看起来过于冷峻,鼻梁高挺,黑眸如墨,怎么看都有一股不近人情的味儿。

她撑起身体,伸手抽走他的文件:"你别看了,睡觉。"

鹤云行挑眉,看向她:"身体好点儿了就皮痒了?"

沈月瑶眼神纯情地看着他:"我是在替你着想好吧！男人熬夜多了,容易体虚。"

体虚?这玩意儿跟他没关系。鹤云行笑了笑:"把文件给我。"

"不给。"沈月瑶把文件塞进被子里贴在自己肚子上,两手紧紧地抱着。

但是很快,文件就被他抽了回去。

沈月瑶也不气馁,搂住他的腰:"鹤云行,你陪陪我嘛——像上次那样再帮我揉揉肚子。"

见鹤云行不为所动,沈月瑶的情绪立马就变了,她松开搂住男人的腰的手,背过身去。似乎是翻身的动作太猛,肚子又开始一抽一抽地疼。

女人变脸真的比翻书还快。

鹤云行看着灯光下纤细的背影,最终抵不过她的胡搅蛮缠。

不多时,床头灯灭了,整个房间陷入黑暗。

鹤云行朝她的身体贴了上来,手覆在她肚子上,却没有动:"我要是付出了劳动力,你打不打算支付薪酬?"

"上次你都没要。"

"嗯,所以这次打算一起要。"

她就不该提！

沈月瑶犹豫了一会儿,最后开口:"大不了下次你提什么过分的要求,我不拒绝你就是了。"

鹤云行喉结滚了滚:"好。"

次日,沈月瑶睡到了上午九点。

鹤云行晨起后就一直在书房开各种视频会议,他得乘下午一点的飞机回 G 市。

沈月瑶打算跟他一起回去,因为,她已经有灵感了。

她肚子还隐隐作痛,所以吃过早餐后,她重新躺回床上了。但昨晚睡太饱了,她睡不着,闲着没事,她干脆趴在床上画设计图。她越画越有感觉。不知过了多久,微信提示音突然响起,是莺莺给她发了一个直播的链接:"Eva 这个女人真会哗众取宠!"

是 Eva 在直播。她在柠檬视频有五百多万的粉丝。她长相不错,既是小有名气的珠宝设计师,营销又很到位,所以被网友夸得天花乱坠。

Eva 也来了大都博物馆,此时此刻正在观摩《千里江山图》。

莺莺又给沈月瑶发了微信:"我看不惯她忽悠无知网友,说了两句不好听的话,就被她助理踢出了直播间。"

沈月瑶忍不住笑了,敲字回复:"无所谓。这次跟 GCC 的合作联名设计,我势在必得。"

Eva 的路之所以走得这么顺畅无阻,这里面还有她便宜老公不少的功劳呢!

沈月瑶几乎没怎么花过鹤云行的钱,她平时购物,全是花的自己的钱,她连他的副卡都没有。

吃过午饭后,他们夫妻俩就去了机场,结果因为天气不好,航班延迟了。

机场的免税店里,沈月瑶朝着鹤云行摊开手心:"卡。"

沈月瑶还是第一次问他拿卡买东西,以前给她卡的时候,她还一脸傲气地说自己有钱,不需要他的。

鹤云行慢条斯理地拿出自己的副卡递过去:"肚子不舒服,还有心思买东西?"

"托你的福,我今早起来后生龙活虎。"沈月瑶拿到黑金副卡后,眼睛弯如月牙,眼中像是有星光在闪,然后踏着小碎步,一头奔向店里。

鹤云行坐在贵宾招待室里,只听得自己的手机一直在响,鹤太太又在买买买了。

回G市后,沈月瑶开始认真工作,比鹤云行还废寝忘食。

而鹤云行也难得见沈月瑶这么专注地干一件事情,便没有去打扰她。

转眼便到了交稿的时间,沈月瑶总算改好了最后一个精良版本,将设计作品整理好发送到李总裁的邮箱。

按李总裁的意思,三天后会公布结果。

搞定后,沈月瑶看了看时间,就准备去机场接人了。

马上就是六一儿童节了,徐扶熙跟她小叔沈听澜没时间带孩子过节,而两个小家伙想去迪士尼玩,夫妇俩便把这个艰巨的任务交给了她。

机场门口,她的小婶徐扶熙戴着口罩,身影娉婷,牵着儿子徐萧然和女儿徐卿卿朝她走来。

两个小家伙长得可爱精致极了,背着小书包,只看一眼就会让人的心都软了。

徐扶熙跟沈月瑶闲聊了几句,看了看时间后,柔声交代:"我飞意大利的航班在半小时后,然然跟卿卿就麻烦你了,后天你小叔会来接他们回去。"

"好!"

迪士尼是计划明天去的,所以从机场离开后,沈月瑶就带他们去了中环购物中心吃晚餐,顺便挑选儿童节的礼物。

沈月瑶踩着高跟鞋,红唇乌发,皮肤冷白,身上是一件无袖挂脖黑色背心,搭着碎花裙。年轻貌美的女人带着两个粉雕玉琢的奶娃娃,回头率百分之百。

娃娃机前,然然想要里面的玩具熊。沈月瑶小心翼翼地操作着摇杆,按下抓取键。遗憾的是,失败了。

突然,莺莺发来消息:"你在带娃,鹤总知道吗?"

沈月瑶抽空回她:"我忘记跟他说了。"

本来,徐扶熙托她照顾这两个小家伙的时候,她是准备跟鹤云行说一声的,结果因为设计稿的事,就忘了。

"他们在欣欣向荣会所组了局,你家鹤总今晚来了。"

莺莺发来一个视频:昏暗的包厢里,鹤云行在一众豪门公子哥儿里,鹤立鸡群。他姿态慵懒,五官立体而清俊,嘴里叼着烟,一副玩世不恭的模样。

沈月瑶轻哼,人模狗样!

"你家鹤总打牌一直赢……等等,谁把Eva叫来了?!"

包厢里,几个公子哥儿见到Eva,热情不已地上前打招呼。

"大设计师Eva总算是出关了。"

"辛苦了,今晚好好放松一下。"

"Eva,你喝点儿什么?我给你拿。"

Eva被他们围着,有一种众星捧月的感觉。她淡淡莞尔,极度享受这种氛围。很快,她的目光就被鹤云行吸引过去了。他太忙了,像这种朋友聚会,来得越来越少。她好几次来都没能撞见他,这一次,总算是看到他了。

忽然,她又想起鹤云行让他助理带给她的警告……

在别人眼里,Eva看他的眼神着实是让人浮想联翩。

众所周知,她在鹤云行心里的地位不一般,可鹤云行听从鹤老爷子的意思,娶了南城沈家大小姐。

有人喊了一声:"鹤哥,Eva来了。"

鹤云行缓缓抬头,他神色冷漠,眼神毫无波澜:"嗯。"

态度这么冷淡,鹤大少爷是移情别恋了吗?

他们疑惑之际,忽然发现莺莺就在旁边盯着,顿时一个个一脸恍然——莺莺跟沈月瑶关系好,鹤云行的确不能表现出对Eva态度不一般的样子,要不然,小报告一打,沈月瑶又得闹了。

"这群人几个意思?居然给她让位置!Eva坐在你老公旁边了!她眼珠子都快黏到你老公身上了!"

沈月瑶没去过鹤云行跟他朋友的聚会,鹤云行不带她去,他的朋友也几乎不会叫上她。

可Eva不一样,而且,她觊觎鹤云行,想当鹤太太的野心众所周知。

从上次珠宝的事就能看出来,鹤云行对待Eva并没有传闻中的那样,种种事件估计是Eva故意营造出来的假象。

就算自己跟鹤云行之间没感情又如何,沈月瑶并不乐意被别人那般野心勃勃地觊觎自己的位置。

沈月瑶心里不高兴极了。琢磨了一会儿后,她给鹤云行发了一条微信:"你老婆现在很不高兴!给你半个小时的时间来中环购物中心哄我,否则,今晚睡客房去吧!"

鹤云行的手机一直放在桌子上,微信提示音响起后,他看了一眼,慢条斯理地拿起手机。

看完消息后,他就迅速掐灭了手里的烟,扔了牌:"不玩了。"

Eva 脸色一变,她才刚来,鹤云行就要走?

其他人听到鹤云行的话,纷纷劝他:"好不容易你有空了,怎么这么快就走?不跟我们兄弟们多聚聚。"

Eva 也适时地开口:"云行,现在时间还早,再多玩一会儿吧。"

其他几个人闻言,又跟着一起劝。

鹤云行显然没听进去,起身拿起西装外套:"鹤太太心情不好,得去哄她。"

鹤大少爷要去哄老婆?!

破天荒地从鹤大少爷嘴里听到这句话,大家都觉得不可思议——不是夫妻关系不和谐吗?怎么就抛下他们去哄老婆了?

但是,仔细回想一下,从 Eva 生日那天,沈月瑶开了他的爱车出现,他知道后却一点儿反应都没有,就可以看出来,他非常地纵容沈月瑶。

他还把司机弄错的价值两千万的红宝石要了回去,而且东西拿到手就离开了,一刻也没停留。

显而易见,他们夫妻俩的感情不好是假的,沈月瑶在鹤云行心中有地位得很!

至于 Eva,好像失宠了一样,等等——

在他们的印象里,鹤云行似乎从来没哄过 Eva 吧!

鹤云行对 Eva 多好多好,他们也只是从别人口中听闻,从来就没有人亲眼看到过!

一时间,众人看 Eva 的眼神都有些微妙了。

Eva 今晚会来,就是因为听说鹤云行在,她想着有机会跟鹤云行交流,这样才能够朝着她的目标前进。

可是话还没说上两句,他人就已经离开了。

他们夫妻之间明明没有感情,他却公然把哄老婆挂在嘴边——他为什么要去哄沈月瑶?

最关键的是，剩下的那群人会怎么看自己？

跟鹤云行发完消息后，沈月瑶因为总是抓不到娃娃机里的娃娃，只好在店里买了两个，随后就带他们去电影院看电影了。

电影院里人不多，他们找到位置后，一一坐下。

沈月瑶捧着爆米花，先给然然和卿卿各喂了一口，再往自己嘴里塞了一口。

许是饮料喝多了，在电影开始了二十分钟后，沈月瑶就想去洗手间。

于是，她跟一旁跟着的保姆说："阿姨，我上个洗手间，你看好然然和卿卿。"

"好的，瑶瑶小姐。"

沈月瑶上完厕所后顺便补了个妆，然后她瞄了眼时间——从欣欣向荣会所过来这里，大概需要十五分钟，可差不多半个小时了，鹤云行居然还没有出现，真慢！

从洗手间出来，沈月瑶原路返回6号放映厅。

进去后，只有大屏幕亮着光，四周光线仍是昏暗不已，根本看不清楚往上走的台阶。

沈月瑶小心翼翼地走着，忽然，手被人拉住了，那是一只明显属于男人的手！可她来不及惊呼，脚下一踉跄，就直接跌坐在了那人的腿上。

沈月瑶还以为是哪个不长眼的人胆敢轻薄她，正准备反击，却发现那人是鹤云行。

他身上有独属于他的好闻的味道，还夹着一股淡淡的酒香，含着淡淡的甜意。

下一秒，男人像是与她心有灵犀，直接捏住她的下颌，没打声招呼就吻了下去。

他们的位置在中间第九排靠边，放映厅里电影的声音很大，根本无人注意到他们这边的情况。

沈月瑶才补好的口红又没了，冷感的男人薄唇上却多了一缕绯色。鹤云行的黑色衬衫领口敞开着，锁骨处露出一颗勾人眼球的痣，在屏幕亮光的映衬下，呈现出一种说不出的美丽。

一吻结束，沈月瑶睫毛轻颤，乌黑的眼眸里带着几分疑惑："你干吗总是神出鬼没的?"

鹤云行握着她的手指把玩,不答反问:"然然跟卿卿来了G市,怎么没通知我?"

"我忘了。"

怎么就变成他来问罪了?

沈月瑶的手在他手腕凸起的那块骨头上面画圈,语带不满:"我是让你来哄我的,你还想不想要薪酬了?"

"好,那鹤太太为什么心情不好?"

"我鹤太太的位置被某个女人觊觎,我能心情好?我不把你叫过来,你是不是准备跟你的红颜知己把酒言欢,并且打算夜不归宿了?"她将手指点在他的胸口,声音娇娇的,往他身上泼脏水。

鹤云行握住她不老实的手指,薄唇勾起浅浅的弧度——鹤太太这副像极吃醋的模样,真是少见。

"上次不是解释过了?"

"哼,那你之前为什么给她铺路?"

"总之,不是你想的那样。"

究竟什么原因,鹤云行就是不肯透露,一字不提。不说就不说,她才不想知道他的秘密。

沈月瑶微垂着眸,心情好了,又似乎没好。

巨幕上,霸王龙登场的时候,放映厅里的孩子们齐声欢呼。

鹤云行却在此时低头,在她肩膀上轻轻一吻,抬眸间,他的眼底藏着一抹轻笑,这笑里,透着一股浓烈而肆意的色彩。

6月1日,夏日炎炎。

沈月瑶一觉醒来,拿起手机一看,已经是下午四点多了——她居然睡了这么久!

幸好她本来就没打算上午带小朋友们去迪士尼,而是计划下午吃了饭再去,正好可以看晚上的烟花。

沈月瑶坐起来,又躺了回去,整个人软绵绵的,一根手指头都不想动。可是一想到可爱的弟弟妹妹,她又硬着头皮爬了起来。

洗漱后下了楼,沈月瑶才从用人口中得知,十分钟前,然然跟卿卿已经被鹤云行的助理接走了。

鹤云行有时间带孩子玩？

沈月瑶一时顾不上那么多，她快饿坏了。她一边吃着小蛋糕，一边点开微信，看了一眼鹤云行冷淡风的头像。

沈月瑶："我要看然然和卿卿，发视频给我。"

收到沈月瑶微信信息的时候，鹤云行正坐在车里。他穿着白色衬衫和西裤，手腕上的名贵手表，衬得他矜贵、优雅。旁边，然然和卿卿也乖巧地坐着。

鹤云行看完她发的信息，手指轻轻地敲击屏幕："自己过来看。"

沈月瑶还看到莺莺给她发了好几条消息。

"瑶瑶，鹤总昨晚当着所有人的面说去哄你的时候，我脸都要笑裂开了！"

用人再次端着食物上桌的时候，就看到他们的仙女太太脸上挂着浅浅的笑。

"你是没看到Eva昨晚的表情，精彩的呀！

"还有那群人，现在他们肯定不敢小看你在鹤总心里的重要性了！"

她是他名正言顺的妻子，能不重要吗？

不知不觉间，余晖已弥漫天际，天边像镶着一块巨大的血玉，红得灼人。

很快，天上挂上了稀稀疏疏的星星。

沈月瑶边吃边回消息，吃饱后，换了一身衣服，前往迪士尼。鹤云行带着她可爱的弟弟妹妹在那里等着她了。鹤云行还算有心，知道替她哄小孩儿。

次日下午，沈听澜如约来接走了两个小不点儿。

沈月瑶站在门口跟他们挥手告别，用人拿着她的手机走了出来："太太，您的电话。"

沈月瑶接过手机看了一眼，是GCC李总裁打来的电话。

"沈小姐，你设计的作品真是让我太惊喜了！这次联名设计，欢迎你的加入。"

对于这个结果，沈月瑶并不意外。

与此同时，其他设计师那里也一一得到了回复。

Eva 也没例外，接到电话的时候，她正在直播。她拿着手机，忙起身离开了直播间。

给她致电的是李总裁的助理："Eva 小姐，很遗憾，您的作品很好，但李总裁有自己心仪的设计，期待下次有机会合作。"

闻言，Eva 敛起笑容。对她看来，这个合作，她有很大的把握能拿下，怎么会没成功？

"可以问一下李总裁选了哪一位设计师吗？"

李总裁助理回复："是沈设计师。"

Eva 不解："哪位沈设计师？"

"沈月瑶。"

沈月瑶？怎么可能？！

Eva 捏紧手指，眼神冷了下来："好的，谢谢了。"

沈月瑶能有几分本事？李总裁选她，指不定是看在她是沈家大小姐的面子上。如此一来，自己如何能赢得了她？

挂了电话后，她整理了一下表情，再次回到镜头前。

而直播间的网友一直在追问怎么回事，Eva 勉强扯起了笑："抱歉，让大家失望了，GCC 没有选择我，他们选了沈大小姐。"

沈大小姐？沈月瑶吗？

沈月瑶出名主要有两点：其一，是因为她的小婶徐扶熙是赫赫有名的当红演员和小提琴家；其二，当初沈、鹤两家办了一场世纪婚礼，沈月瑶跟长乐集团总裁鹤云行这对夫妻的婚姻备受关注。

而他们对沈月瑶的印象无非就是含着金汤匙出生的千金大小姐，一个爱好逛街、追星的大小姐，现在却被告知她居然从那么多设计师里脱颖而出，还超越 Eva 这个知名设计师，获得了 GCC 的青睐，谁信？

直播间里大多数是 Eva 的粉丝，对于 GCC 没有选择跟她合作，反而选择了沈月瑶，大家都替她感到惋惜，同时谴责沈月瑶德不配位。

沈月瑶人不在江湖，可江湖上关于她的传闻不少。

沈月瑶正躺在沙发上刷微博，想要看看有什么热点内容可以看，结果就看到自己居然出现在文娱榜单上。

看到内容跟 GCC 有关，沈月瑶预感到事情不妙。看完大致内容后，她的脸上立刻浮现一丝冷意,原来是 Eva 因为没拿下跟 GCC 的合作在搞一些小动作。

舆论虽然不至于一边倒,但是看到那些看不起她的发言,沈月瑶心里多少有些不舒服。

是从什么时候开始,她被大家认定为一无是处?她只是低调了一点儿,不爱张扬自己有什么本事,这也有错?

早知如此,当初那些奇怪的言论出来的时候,她就不应该坐视不管,任由它们野蛮生长。

但这不是他们轻看她的理由,不清楚事情始末,他们就不该随意批判她。

但更硌硬沈月瑶是 Eva,胜败乃兵家常事,Eva 拿不下跟 GCC 的合作,竟在公众面前装可怜。

这时,莺莺发来了消息:"GCC 反应很快,已经发了官方声明,还把你设计的珠宝作品手稿发了出来……瑶瑶,你设计得也太好看了吧!"

莺莺被沈月瑶的设计手稿惊艳到了,恨不得当下就能见到实物。

沈月瑶设计的这个作品取名为《青山》。心中若能容丘壑,下笔方能汇山河。从立意上来看,它就已经赢了。

但莺莺翻了翻评论,却发现沈月瑶的风评居然差到这种地步。

好一会儿没听到莺莺吱声,沈月瑶便知道 GCC 发的声明用处不大。她的风评实在太差了,以至于哪怕她亮出了真本事,也没有网友相信。

她早就知道自己风评差,但是被 Eva 利用这一点而闹到了台面上,沈月瑶受不了这个气!

"别看了,找她算账去!"

G 市就那么大,想要知道 Eva 的行程是一件很容易的事情。

Eva 出席了一个高级宴会,她也看到了 GCC 放出来的沈月瑶的设计作品,那个作品,平心而论,的确设计得很好。

只是,若沈月瑶真有那个本事,那她毕业之后为什么游手好闲?

所以,Eva 更愿意相信,沈月瑶就是恶意跟她抢这次与 GCC 的合作。

"Eva 姐,你没事吧?"Jenny 也出席了这个宴会。

"我没事。"她淡淡地笑着,尽显优雅。

"沈月瑶真会仗势欺人！"Jenny吐槽。

此时，沈月瑶穿着一袭红丝绒肩带礼裙，在莺莺的陪同下，出现在了酒会现场。

不管是在南城，还是在G市，沈月瑶很少出席商业宴会，即便是婚后，她也从未跟鹤云行一起出席过任何宴会。

可她一出场，还是立刻就被人认出来了——她就是赫赫有名的鹤家大少奶奶，人间富贵花。她清纯又明媚，身着一袭红裙，行走间步步生莲，摇曳生姿。

沈大小姐来做什么？——这是所有人心中一致的疑问。

沈月瑶端起一杯红酒，又把另一杯里的红酒倒进来，满满的一杯，就快溢出来了。下一秒，她提着裙摆，抬高端着红酒杯的手，在众目睽睽之下，将所有的红酒倒在了Eva的头顶上，一滴不剩。

感觉到冰凉的液体从头顶落下，Eva几乎呆住了——她怎么敢？！

一想到自己现在是个怎样狼狈不堪的模样，Eva就忍不住浑身颤抖，面容狰狞。

Jenny反应过来："沈月瑶，你发什么疯？！"

沈月瑶冷静从容，声音是娇甜的，可是含着冰冷："我是你大堂嫂，你要不长记性多少次？"

要是可以，Jenny是一点儿也不想记得，可是这里人多嘴杂，要是被鹤老爷子知道，她在外头帮着Eva跟沈月瑶作对的话，鹤老爷子肯定会找她算账。

Jenny有所顾忌，哪里还敢放肆，说话的声音都小了些："大堂嫂，你和Eva有什么恩怨，不能私下解决吗？在别人的晚宴上闹事，你礼貌吗？"

"我已经跟宴会的主办方通过气，有什么损失，我会赔偿。你要是没事，就给我让一边去！"

难怪主办方的人不出来调解。Jenny咬了咬唇，她最不爽的就是沈月瑶在这方面压制自己。

解决完了碍眼的人，沈月瑶转头，冷冷地看着Eva："这一杯红酒是你该得的。"

Eva今天打扮得优雅得体，但现在湿透了的衣服贴在皮肤上，冰冷黏腻，这种滋味一点儿也不好受。她郁闷地想发泄糟糕的情绪，可是她不能，她还要维护自己的形象。

眼见众人纷纷将视线投过来，Eva强装镇定地拿纸巾擦了擦脸上的酒渍，妆花了，擦掉了粉底，露出原本的肤色——与粉底的白色形成鲜明的色差对比。

"沈小姐，GCC的事，我只不过随口提了句你拿下了合作而已，谁知道会让你被大家质疑实力。"

沈月瑶冷笑一声："你不提，这种事会发生吗？祸从口出，三岁小孩儿都懂的道理，你不懂？"

"沈小姐，你太蛮不讲理了吧！GCC没规定我不可以往外透露这件事，我还恭喜你拿下了合作，你至于拿我这般出气吗？"

"哦，至于。"

有心之过，为什么不至于？而且，你会是无心的？不会。

见沈月瑶这么理直气壮，Eva被堵得哑口无言。她太狼狈了，现下只想收拾一下，整理妆容。

"是我不该无心提了你害你被骂，一切都是我的错，对不起。你满意了吗？"Eva说得楚楚可怜，把沈月瑶衬得更像个恶人。

她一向会博取别人的同情，每个人心中对弱者都有保护欲，沈月瑶就静静地看着她演戏。

很快，其他认识Eva的人过来替她说话。

"鹤太太，你这么不可理喻，仗势欺人，鹤大少爷知道吗？"

"想不到沈大小姐的教养就是在公众场合欺负人，沈家的家教竟是如此不堪吗？"

沈月瑶笑眯眯地望着那个提及沈家的女人，懒洋洋地开口："我给你一次机会，你说谁家家教不堪？"

那人在她冰冷眼神的注视下，舌头顿时像打结了一样，忙道歉，生怕被秋后算账："对、对不起，是我口、口误。"

Jenny想带Eva去换衣服，她五分钟前已经给鹤云行发了信息，只要等鹤云行出现，到时候替Eva讨回公道就可以了。

那头，鹤云行刚结束一天繁忙的工作，正坐在车里。他扯了扯领带，往后靠了靠，微皱的眉心藏着一丝疲惫。

"鹤总，太太出事了。"李助理说道。

"什么事？"鹤云行问。

"太太在别人的宴会上闹事了。"

这时，鹤云行的手机一直在响，他点开后就看到了 Jenny 发来的信息，随即吩咐司机："去文华东方。"

此时酒会里，Eva 低着头，不想让人看到自己狼狈的模样。

看到 Eva 要走，沈月瑶一把推开那群名媛，扯住 Eva 的手臂，在 Eva 下意识抬起头时，她猛地一个耳光甩了上去。

"啪——"清脆的声音在整个宴会厅内回荡。

众人呆若木鸡。

沈月瑶心里舒坦了。

这一回，Eva 的眼睛是真红了，红得有点儿吓人。Eva 有点儿装不下去了，手背青筋凸起。

沈月瑶笑起来纯良无害，干净得像不染世俗的仙女，谁能想到她打起人来竟一点儿都不手软。

Eva 抬起手就要反击，沈月瑶却不给她机会，反应迅速地握住她的手腕。Eva 又用了几分力气，两人开始拉扯。

沈月瑶力气还是小了些，最后被 Eva 拽得跟跄了几步。

莺莺想上去帮忙，可是被 Jenny 拦下了。

一辆迈巴赫停在文化东方门口，鹤云行从车上下来，问："几楼？"

跟在后方的李助理回道："9 楼。"

鹤云行的出现，是所有人始料未及的。

沈月瑶没想到 Eva 看着瘦弱，力气那么大，对方的指甲掐在她的手腕上，痛得她眼泪差点儿没忍住掉出来。

Eva 看她的眼神格外阴沉，见她一脸痛苦，立刻浮现出若有似无的微笑。

就在这时，Jenny 看到了鹤云行，她立刻大喊："大堂哥，你来了！"

Eva 本想绊倒沈月瑶，可听到 Jenny 的声音，她立马松了手，整个人往后倒去，随即眼泪扑簌簌地落下："鹤太太，我都跟你道歉了，你还要我怎么样？"

沈月瑶呆住了，这个时候就突然叫她"鹤太太"了？这演技，任谁看了都得竖起大拇指夸个"好"。沈月瑶以前也在剧组演过戏，可都没眼前这个女人演得真切。

但是，好歹她还有几分演戏经验和功底呢，好吃懒做却善于学习的沈大小姐立马就学起来了，还有模有样的："老公，我好像扭到脚了，疼……"

Jenny见不得沈月瑶这副样子，心想：闹事打人的是你，不可理喻的是你，你装什么受伤的样子，大堂哥来是为了给Eva主持公道的。

沈月瑶皮肤白，鹤云行看向她的时候，一眼就看到了她手上的红印子，眸色瞬时暗了几分。

沈月瑶踩着高跟鞋，刚才在跟Eva拉扯的时候，的确扭了一下脚，手也被掐了，不过还好没破皮，只留下了印子，她皮肤太嫩，比较敏感。

鹤云行把她拦腰抱起，低声道："有事就喊老公，没事就骂我？"

沈月瑶弯了弯唇："不行啊？"

鹤云行没说行不行，但他的默认就是变相的纵容。他头也没回地吩咐身后的李助理："善后。"

不要说给Eva主持公道了，他连一个眼神都没分给她。

Eva的眼泪瞬间止住了，她不可置信地看着鹤云行的背影，整个人僵在了地上。其他人也沉默了，尤其是Jenny。

李助理看向众人："不好意思，打扰各位今晚的雅兴了，烦请各位不要把今晚的事外传，若拍了视频或照片，也请删除。"

宴会有专门给贵宾安排的休息室，沈月瑶坐在沙发上，鹤云行拿起她的手看了看："疼？"

"疼。"

"活该，细皮嫩肉的，还动手打人。"

居然还说她活该？！

沈月瑶有小情绪了，想抽回手，鹤云行却牢牢握住不放。

沈月瑶声线慵懒："Eva看到你来了就哭得楚楚可怜，不就是指望你替她主持公道吗？"

鹤云行给了她一个"你是笨蛋"的眼神："我是你老公，替她主持什么公道？"

他之前只是在事业上对 Eva 有所帮助而已，但也仅此而已，她其余的事跟他有什么关系？他从来不是一个喜欢多管闲事的人。若非 Eva 身份有点儿特殊，他根本不可能多看她一眼。

Eva 在他心里居然毫无地位吗？看来她错怪他了。

"我是来替你收拾烂摊子的。"鹤云行又加了一句。

什么烂摊子？她分明自己可以收拾。

但鹤云行出现了，且没有给 Eva 施舍一个眼神，这种对自己毫不过问的偏宠，让沈月瑶很满意。

沈月瑶是个不吝啬奖励的人，她正想奖励鹤云行一个亲亲，却被不识趣的人打断了。

Jenny 一把推开门外的工作人员，闯了进来："大堂哥，Eva 她一直在哭，根本停不下来。你就纵容大堂嫂这么欺负她？"

鹤云行看向她的眼神格外冷漠："不然？"

"Eva 都道歉了，是大堂嫂不可理喻，不肯善罢甘休在先。"

"那又如何？"他冷冷地盯着她。

Jenny 被看得浑身不自在，她忽然想起方才李助理对 Eva 说的话："Eva 小姐，鹤总以往对你帮助不少，今晚的事，希望您当作什么都没发生。"

她给鹤云行发信息就是想让他过来替 Eva 讨回公道，结果他竟然对 Eva 这么冷血无情！

Jenny 的眼神开始复杂起来，如此一来，四婶交给她的任务，根本不可能完成。鹤云行和沈月瑶这样下去，根本不可能会离婚。

李助理从外面进来："鹤总，处理好了。"

闻言，鹤云行把沈月瑶抱起来，迈步离去。

浅水湾，别墅里。

沈月瑶被抱到了客厅沙发上，家庭医生已经恭候多时。

她的脚扭得不算严重，休养一个星期就可以康复，不过也敷了药，缠上了白色纱布。

"鹤太太，这一周内，不要随意走动，以免加重伤情。"

"好，谢谢医生。"

沈月瑶的视线从脚上移到手上，上面的红印子已经淡了些，但估计会有瘀青。

李助理收到任务离开后,沈月瑶的注意力就落到了鹤云行身上。

他正在跟她爸打电话,此刻,他长腿交叠,姿态慵懒,矜贵又不可一世。

说来奇怪,明明是她在别人宴会上闹事,都传到南城去了,她爸却不给她打电话,反而打给了鹤云行。

"她没事,活蹦乱跳得很。"

沈月瑶目光落在他的左手婚戒和手背文身上,他手指修长,指甲修剪得干干净净。她一会儿转动他手上的银色婚戒,一会儿指腹沿着手背描绘着,似乎在觊觎他的手。

鹤云行只觉得手背发痒:"安分点儿。"

"你是我老公,我摸个手怎么了?"

说完,沈月瑶立马告状:"爸,鹤云行他好高贵,手都不让我碰。"

电话那头的沈盛元心想:看来自己的担心是多余的。

沈月瑶把鹤云行的手甩开,摸起手机——莺莺给她发了微信信息。

莺莺:"我回到家啦!鹤总今晚表现不错,大快人心。"

沈月瑶:"表现不错,但是他刚才手都不让我摸。"

这时,鹤云行把手机递给她,沈月瑶接过,甜甜地喊了一声"爸"。

鹤云行寻思这电话一时半会儿结束不了,便拿起桌子上放着的文件看了起来。

大概十分钟后——

"知道了,爸,你跟妈妈也要注意身体,晚安。"

放下手机后,沈月瑶伸了伸懒腰,手指戳向旁侧男人的手臂:"鹤云行,抱你的仙女老婆上楼洗澡吧,谢谢。"

浴室,沈月瑶躺在起满泡泡的浴缸里,缠着纱布的脚搭在浴缸上面,避免碰到水。

洗完澡,抹了身体乳,刚想拿衣服穿的时候,沈月瑶才发现鹤云行没给她拿睡衣进来,没办法,她只好裹着浴巾,扶着墙一蹦一跳地往外走。

只是鞋子有点儿湿,才跳了没两下,她就因为脚滑,差点儿跪在地上。

幸好鹤云行来得及时，她整个人顿时像考拉一样，挂在他身上。

"逞什么强？"

"你的仙女老婆受惊了，不许再凶我。"

鹤云行没再说什么，把她抱到床上："坐好。"

浴巾挂在她身上摇摇欲坠，沈月瑶忙一手捂住胸口："你去给我拿睡衣。"

穿好了睡衣的沈月瑶躺在床上，无聊地打了一把游戏。不多时，浴室里传来水声。

沈月瑶还想再打一把游戏时，鹤云行已经洗完澡出来了，他的头发上压着一条毛巾，头发湿漉漉的。

沈月瑶退出游戏后问他："你怎么不吹头发？"

"吹风筒坏了。"

坏了？估计是她之前用的时候，不小心把它放在洗手台里沾了水的缘故。

沈月瑶拍了拍床："你过来坐下。"

"做什么？"

"快点儿！"

鹤云行坐下来后，沈月瑶拿着毛巾替他擦拭。

她的指尖穿过他的发丝，比碰他的手时感觉还要痒，像是有羽毛在他心上轻轻拂过。

从认识到订婚，再到结婚，沈月瑶这副贴心的模样是很少见的，鹤云行倒也享受她的服务。

房间有冷气，鹤云行的头发又短，所以没擦多久，他的头发就已经干得差不多了。

沈月瑶把毛巾扔在床头柜上："好了。"

鹤云行摸了摸软软垂落的头发，声音懒懒的："鹤太太今晚怎么这么懂事？"

沈月瑶神秘兮兮地说："我还有更懂事的。"

鹤云行笑了，打量了她两眼。

万籁俱静，房间里只剩下淡淡的皎洁的月光从外面洒进来。

沈月瑶往他怀里靠，伸手碰了碰他的唇。

她身上的气味香香甜甜的，皮肤冰凉，他温热的掌心触碰到她的后背，只让他觉得舒服。

沈月瑶起来的时候，鹤云行已经去公司了。

床头旁边多了一根拐杖，应该是鹤云行让人放的。她拄着拐杖，心情很好地去阳台伸展腰肢，美好的生活，从今天开始。

沈月瑶吃早餐的时候，李助理给她打电话说先前的事情已经解决了。

她"哦"了一声，问："鹤云行在你旁边吗？"

"鹤总在会议室开会。"

"好吧。"

沈月瑶像是随口一问的，只是，贴心的李助理把鹤云行在会议室里开会的视频发给了她。

视频里，鹤云行坐在会议桌前，手里握着钢笔，正在听属下汇报工作。

鹤云行今天搭配的胸针好像是她前两年送的，想不到他这么喜欢，到现在还佩戴着。

沈月瑶吃着早餐，嘴角的弧度浅浅地扬起。

第三章
粉钻吊椅哄人

GCC 那边,虽然沈月瑶提交了珠宝设计图,但成品要在九月份秋展的时候才能公之于众。如今才六月份,还有足足三个月。

就在沈月瑶养伤的第五天,莺莺又给她找了一份工作。

这份工作,是给当红女明星万岁岁,也是莺莺的表姐,设计一条项链。万岁岁七月份要去参加百灵奖的颁奖典礼,她靠电影《破日》提名了最佳女主角,这次走红毯,她想成为百灵奖明星里最耀眼的存在。

"你怎么说服你表姐的?"

"我跟她说你设计的珠宝特别好看,还把之前你送我的生日礼物给她看了,她就同意了。"

"我需要给你发工资吗?你这么殷勤地给我接工作。"

"我任职期间,每年给我做一个小饰品就够了,珠宝玉石我来提供。"

沈月瑶每设计一件作品,就能在国际珠宝界引起轰动。

"你真要给我当经纪人?"G 市中世地产的千金要给她当经纪人,

这说出去也挺有面子的。

莺莺一脸满足:"有工作的感觉真好!"

于是,沈月瑶在脚好了以后,就随莺莺出门见了万岁岁。

万岁岁给她看了为了走红毯定制的礼服,她要根据礼服来搭配珠宝,要求是要华丽,要大气,要在当晚吸引所有人的目光。

"沈设计师,拜托了!"万岁岁真诚地握住她的手。

并不是没有品牌借珠宝给万岁岁,而是她觉得那些珠宝都不合适,恰好莺莺给她看了沈月瑶设计的一款珠宝,那种混合传统水墨丹竹文化元素的风格,让她心悦不已。

"好,设计出来了,我会发给你看,确定了之后,我们就把实物做出来。"

"合作愉快!"

沈月瑶也没想到,时隔一个星期,在餐厅里,她又撞见了 Eva。

Eva 的眼神里全是愤怒。

经历了上次鹤云行对自己的不管不问,Eva 认清了事实,鹤云行这个冷酷无情的男人,根本不是自己可以觊觎的。

可是,她真的不甘心。只因为沈月瑶是他的妻子,他竟然可以这般纵容。

虽然看见了 Eva,但是沈月瑶根本不想搭理她,脚步只一顿后便继续往前走。

"沈月瑶,你找我算账又有什么用呢?你看看网上那些人,哪个不觉得你是用手段抢来了合作。你看似赢了我,实则你才是输的那个。"

沈月瑶停下脚步,冷冷地看向她:"现在承认你是有心在直播间提到我了?"

"有心又怎么样?你还不是故意针对我,用恶劣的手段抢走我的合作?"Eva 反问。

"笑话!那么多人都参与了竞争,我拿下合作就是抢你的?你的脸怎么比盆还大!放心吧,就是没有我,GCC 也不会选你。"沈月瑶那张嘴,似乎天生就适合拿来气人,"再澄清一下,我是凭实力拿下的。"

她说话跟机枪似的,Eva 根本说不过她。

看着沈月瑶远去的身影，Eva咬了咬牙，她不会就这么算了的！

吃过饭，沈月瑶跟莺莺在中环购物中心又逛了一会儿。

她原本是想给鹤云行买一套西装的，她没忘记之前自己把他西装弄脏的事。只不过，沈月瑶不是很清楚他的尺码，定制西装，得要知道具体尺码。

沈月瑶点开微信，问鹤云行："你的衣服尺码是多少？"

长乐集团办公室里，鹤云行正在办公，听到手机"叮咚"一声，是沈月瑶给他发微信了。

半分钟前，他收到了她消费的短信记录，显然，沈月瑶脚刚好就跑出去逛街了。

鹤云行："自己来量。"

沈月瑶："不说算了，我去问李助理。"

李助理马上就接到了来自沈月瑶的语音电话，在鹤云行漫不经心的目光的注视下，他想了想，说："太太，要不还是您自己来量？"

沈月瑶抿了抿唇，脑子里忽然想到了什么，在有空调的商场里，莹白的小耳朵微微发红："不说算了。你告诉他，想骗我过去，我才不上他的当。"

等沈月瑶挂了电话，李助理咳嗽一声，跟鹤云行汇报："鹤总，太太让我转告您，想骗她过来，她才不上当。"

鹤云行开始检讨自己平时是不是太过分了，以至于沈月瑶对他误解这么深。

莺莺在旁边咬着奶茶吸管，默默地旁听他们的对话，觉得他们之间的氛围越来越甜了。

"瑶瑶，鹤总最近表现得不是很好吗？奖励一下也不是不可以。"莺莺小心翼翼地给鹤云行谋福利。

沈月瑶做了一个双手交叉的动作："他脸皮厚，我脸皮薄。"

看到他们夫妻最近相处得不错，莺莺还挺欣慰的。以前她真的觉得这两人没什么实质性的感情，但真出什么事了，鹤云行总是第一时间护着沈月瑶，对沈月瑶也很纵容。

虽然不知道这里面有没有爱的成分在，但看沈月瑶这几天心情愉悦，嘴角时不时翘起来，鹤云行的功劳不小。

"瑶瑶，你有没有想过，跟鹤总谈个恋爱试试？"

谈恋爱？！

沈月瑶眼睛瞪得像圆铃，差点儿没被嘴里的奶茶呛到："我们已经是老夫老妻了，还谈什么恋爱？！"

"结婚了也可以谈啊！你看现在的偶像剧，不是很多先婚后爱的类型吗？"

沈月瑶沉默了，她其实是有那么一点点心动的。可是光是她一个人也谈不起来啊！鹤云行就不像是会跟她谈情说爱的人。

其实上大学的时候，沈月瑶有过一段短暂而让她难受的恋情。

前男友跟她在一起，只是因为她沈大小姐的身份，他只是想利用她而已，其实对方心里面还有一个人。沈月瑶知道真相以后，毫不犹豫地把他甩了。

跟前任在一起的那段时间，没有甜甜的恋爱，全是辛酸。

虽然前任悔不当初，称自己洗心革面，想重新求得她的原谅，但是她从来不是一个会吃回头草的人。

然后，鹤云行借着她摔坏他的祖传玉佩一事上门求亲，在沈老爷子的安排下，两人很自然地订婚了。

沈月瑶曾经的确想要拥有一段两情相悦的爱情，但后来就再也没想过了。

她的前男友前两天还给她发私信，问她最近过得好不好。沈月瑶没搭理他，她好不好，跟他没有任何关系。

"说起来，你们真的好浪费时间！订婚那么长一段时间都在干吗啊？恋爱都不谈。"

沈月瑶和鹤云行从订婚到结婚，中间有五年的时间，回想一下，日子似乎很漫长，却也在不知不觉中就过去了，但谁也未曾主动过。

她曾经以为他心里有人，有一段时间甚至想要解除婚约，可是，她的家人对鹤云行很满意，特别是爷爷，可喜欢他了。

爷爷是最宠她的人，那段时间又生了重病，她不想爷爷再为她的事费心。

沈月瑶轻嗤了一声："他不会跟我谈恋爱的。他就是一个冷冰冰的机器，工作狂魔，我们认识这么长时间，情人节从来不过，约会……也没有。"

就连当初蜜月旅行时，鹤云行大部分时间都是在处理工作，陪她出去逛街游玩的时间少得可怜——虽然，她想要的东西他全都给她买了。

以前不在意，但现在回想起两人相处的点点滴滴，她又莫名有点儿在意了。

沈月瑶最后没买衣服，而是买了一条领带，可回家后再看着那条领带，她忽然不是很想送给他了。她为什么要这么上心啊，过好自己的生活不就好了？

她自己也有一件白色衬衫，正好这条领带是宝蓝色的，下次可以搭配试试。

沈月瑶洗完澡，原本是想在书房构思一下设计，奈何静不下心——莺莺说的那番话，让她沉寂许久的想谈恋爱的心思又破土而出了。

但她理应清醒地认识到，那点儿心动的感觉千万不能浪费在鹤云行身上，他不配。

沈月瑶不停地暗示自己后，那股心思总算是淡下去了。

而后，她去酒窖里拿了一瓶昂贵的红酒，又跑去影音室看搞笑电影舒缓心情。

夜里十一点，鹤云行缓缓而归。

卧室里没有沈月瑶的影子，倒是床上放着一条像是今天新买的宝蓝色领带。

鹤云行问了用人后，就去了影音室。屏幕上还放着电影，桌子上的红酒被沈月瑶喝了大半，她人则侧躺在沙发上，像是睡着了。

她睡姿很乖，白色丝质宫廷睡衣勾勒出她曼妙的身姿，露出来的脚指甲上涂着粉粉嫩嫩的指甲油，乌发散落，红唇瑰丽。

似是察觉有人，沈月瑶忽然睁开一双澄澈含水的眼眸，伸手摸了摸鹤云行的脸："啊，原来是我的便宜老公回来了啊！"

看来醉得不轻。

鹤云行问："看电影就看电影，怎么还喝这么多酒？"

沈月瑶的手缓缓滑落，扯住他的领带一把把他往下拽："仙女的事你少打听,咬你!"

鹤云行皱了皱眉,想不起自己今天哪里得罪她了。

三个小时后,沈月瑶彻底酒醒了。

鹤云行抱着她回了卧室,把她放在床上后,拿起床上那条宝蓝色领带:"领带是送给我的?"

沈月瑶从他手里把领带抽走了:"不是送给你的,这是我给自己买的。"

鹤云行看了一眼领带盒子上的品牌标志,如果他没记错的话,这个品牌卖的是男士领带。

歇了一会儿,沈月瑶光脚去了浴室,然后让已经在隔壁浴室洗好澡回来的鹤云行给她下楼倒水,等他出去后,她利索地把主卧的门反锁了。想到今晚鹤云行只能睡在客卧,她却能独占两米大的大床时,她的心情总算是好转不少。

鹤云行端着水上来,却发现自己被锁在外面时,陷入了久久的沉默。

次日,沈月瑶起了个大早。鹤云行晨跑回来,就看到平时只穿漂亮裙子的鹤太太换了风格——丝质乳白衬衫,百褶裙,那条宝蓝色领带就挂在领口,头发绾了起来,整个人就像清纯的学生。

可以看出来,领带分明过长了,可是她偏偏说是给她自己买的。显然,一夜过去,把他赶去客房睡的鹤太太心情还没有好转。

"这么早起来要去哪儿?"

"不想跟只知道欺负我的大坏蛋说话。"

然后,沈月瑶一早上没再跟他说过一句话。

到公司后,鹤云行在开会的时候还有点儿心不在焉。开完会,回到办公室,他立刻吩咐李助理:"去订一束玫瑰花送回别墅。"他又想了想,"鹤太太心情不好,想要哄好她,一束不够,得很多很多花才行。"

原来是太太心情不好,估计跟鹤总有关系。鹤总以前也没少哄太太,但在李助理看来,现在鹤总是越来越上心了。

李助理道:"鹤总,我有个好主意。"

沈月瑶今天出门是去购置切割打磨宝石的机器的。她在南城有自己的工作室,但是 G 市这边还没有。

不是不可以在设计图出来以后再找专业团队做，但是她想亲力亲为，这样会比较有成就感。

莺莺全程陪着她，这才知道，原来要把珠宝做好流程这么复杂。

"瑶瑶，你今天心情好像不是很美丽。"

沈月瑶以为自己隐藏得够深了，没想到还是被莺莺看出来了。

一上午过去了，鹤云行明知道她心情不好，居然没有一点儿表示！！！

"没什么，天气太热了。"

"瑶瑶，你佩戴的领带，不是要送给鹤总的吗？"

"不想送了。"

下午，沈月瑶跟莺莺去淘宝石，如果运气好的话，可以淘到质量很好，克拉又大，且价格合适的。就算款式不好，也可以翻新，自己重新做设计。

所幸的是，沈月瑶淘到了好几颗质地不错的祖母绿，还有粉钻、黄钻，她的心情被治愈不少。

天黑了，两人在外面吃过饭后，沈月瑶想了想："莺莺，今晚我去你家住吧。"

"好呀！"必须得让鹤总意识到老婆生气了的严重性。

家里用人一直联系不上沈月瑶，便把沈月瑶还没回来的消息告诉了鹤云行。

饭局上，李助理也接了一个电话。

"鹤总，完工了。"

鹤云行点点头，吩咐："查一下沈月瑶现在的位置。"

晚上九点，沈月瑶跟莺莺正在打游戏，鹤云行突然给她打来电话，她迅速挂掉。她不回家，他才给她打电话。

但很快，莺莺的手机响了。她没有沈月瑶的骨气，犹豫了一下，就接了电话。

鹤云行开门见山："文小姐，我在你家门口。还请告诉鹤太太，给她三分钟的时间，时间到了还没出来，我就进去找她了。"

莺莺开了免提，鹤云行说的话，沈月瑶听得一清二楚。

"好的，鹤总，我会转告瑶瑶的。"

沈月瑶不乐意回去，可是听鹤云行的语气，不把她带回去，他是不会罢休的。她打游戏的心情一下子没了，也不想留下来给莺莺添麻烦，于是拿起桌子上淘来的珠宝，板着一张脸出去了。

"太太。"李助理恭恭敬敬地给沈月瑶开车门。

沈月瑶上了车，对坐在身边的男人视若无睹。她看着窗外的风景，许是今天跑了一天，困了，她索性闭上眼睛，睡意一下子将她席卷。

司机开车开得很快，一个转弯，沈月瑶本来靠着窗那边的头，一下子偏过来，靠在了鹤云行的肩膀上。

鹤云行低下头看了她一眼，转而吩咐司机："开慢点儿。"

车子平稳地停在了别墅门口，鹤云行这才将沈月瑶叫醒。

沈月瑶是歪着头睡的，因此脖子酸得不像话，鹤云行的手覆在她的后颈，力度适中地替她揉捏着。

"买了什么？"

"珠宝。"沈月瑶没睡醒，下意识回道。

"舍得理我了？"鹤云行打趣道。

沈月瑶立马回过神来，挥开他的手，一本正经道："刚才没睡醒，不算。"

然后，她连珠宝也忘记拿就跑下车去了。鹤云行拿着她的珠宝不紧不慢地跟上，而后牵起她的手，拉着她往另一个方向走去。

"你要带我去哪儿？"

"到了你就知道了。"

沈月瑶被他带到了后花园，那里多了一间玻璃房。进去后，沈月瑶先是闻到了一股浓郁的花香，而后借助微弱的光线，她发现眼前是一大片橘黄色的玫瑰，那是世界排名前十的最贵的玫瑰品种之一，眼下，它们就在眼前盛放，争奇斗艳。

鹤云行从身后捂住沈月瑶的眼睛，她瞬间陷入黑暗，有些慌张："你干吗呀？"

沈月瑶不知道他是怎么做到在一天之内把这些新鲜的玫瑰种植在花房里的，但看到满室的玫瑰契合她喜好地布置着，她觉得很不错。

"往前走。"

沈月瑶按他的意思往前走。

"停下。"

随着鹤云行把手松开，沈月瑶的面前赫然出现了一个用数不清的粉钻镶嵌打造的豪华吊椅。在灯光下，吊椅散发着夺目的光芒，她只看了一眼，就喜欢得不行。

那些粉钻一个个都有大拇指指甲那么大，不知道镶嵌了多少颗在上面，这个吊椅的价值，加上人工费，必定昂贵不已。

鹤云行见她眼睛发光，不禁问道："鹤太太心情好了吗？"

沈月瑶唇角扬了扬，故作矜持："马马虎虎吧。"

鹤太太明显已经被哄好了，不过她要面子。鹤云行也不拆穿她，牵起她的手上前："上去坐坐。"

沈月瑶坐在亮晶晶的吊椅上，眉眼弯弯。花房的顶部玻璃打开了，她一抬头，就看到了满天繁星。她想，今晚让她睡在吊椅上也不是不可以。

只是鹤云行挡住了她的视线，他低着头，声音慵懒："现在可以说一说我昨天哪里惹你不开心了吗？"

沈月瑶撑在吊椅粉色坐垫上的手微微收紧，她要怎么跟鹤云行说，你的太太想跟你谈恋爱？如果鹤云行真的有那份心思，会六年了都没有动静？

花房、名贵的花和价值不菲的吊椅，可以看出来，鹤云行很用心地在哄她。但沈月瑶压根没底气跟他说要跟他谈恋爱这种话，鹤云行惯着她，大概率只因为她是鹤太太。如果她不是鹤太太呢？

跟他谈感情？他哪里有想跟她谈情说爱的样子？

还是算了，这种想法对沈月瑶来说太危险了。沈月瑶，你不要被他最近的过度纵容而迷惑了双眼，还是保持现状最保险。

鹤云行有的时候能看穿她的心思，但到底不会读心，像沈月瑶现在的情绪，他就看不懂，摸不透。

沈月瑶垂了垂眼眸，说："昨天碰到了Eva，想起你有小秘密隐瞒我，所以生气了。"

提到小秘密，显然鹤云行还是没有要跟她透露的意思。

谁都有不可言说的小秘密，她刚才只是拿来当借口，不是真的想知道。但看到鹤云行真的没有要跟她透露半分的样子，她清醒得更彻底了。

花房和吊椅很昂贵，沈月瑶也不是不识趣的人，她话锋一转，声音放软:"但看在你今晚哄我的分儿上,我不跟你生气了。"

见她恢复如常,鹤云行低头在她的眉心吻了一下:"好。"

一个已婚少妇跟老公谈什么恋爱,搞事业不好吗?

人生不可能想要什么就有什么,她的起点已经很高了,得不到的就不要太执着。

沈月瑶用了两周的时间画设计图,之后为了方便修改,她跟万岁岁又约在了中环购物中心的一家私密性很好的咖啡厅见面。

万岁岁只看了一眼设计图就喜欢上了。

"太好看了,完全就是我想要的珠宝款式!"

"有需要修改的地方吗?"

"不需要,完全按照你的设计来就好。"

Jenny 刚巧也在这家咖啡馆喝咖啡,抬眼就看到了这一幕——沈月瑶怎么会跟万岁岁认识?她记得万岁岁下个月要走红毯参加百灵奖颁奖典礼,难道,万岁岁找了沈月瑶定制珠宝?

想到这里,Jenny 立刻给 Eva 打去了电话。

Eva 回她:"万岁岁是文莺莺的表姐,如果是文莺莺推荐的话,倒不足为奇。"

说来也巧,也有一位女明星,找 Eva 定制珠宝。而这位女明星正好是万岁岁的死对头,她也提名了百灵奖最佳女主角。

Eva 想到沈月瑶自信满满的样子,开口道:"Jenny,我想看看她的设计图。"

"这件事交给我。"Jenny 毫不犹豫地应下。

沈月瑶选好珠宝以后就开始制作成品,这个过程需要耗费许多精力,大概需要二十天。

沈月瑶的工作室在地下负一层,在工作的时候,她不喜欢被打扰。

鹤云行从书房出来时,已经到休息的时间了。他知道沈月瑶最近在做什么,所以躺到床上后,留了一盏夜灯。

他明天一早要出差,很早就得起来,应该要早点儿睡的。可躺了没两分钟,他就起身下楼了。少了鹤太太,像缺了点儿什么。

工作室里,沈月瑶趴在桌子睡着了。隐隐约约地,身后有轻微的脚步声靠近，然后好似听到了手机拍照的声音，但这个声音很快又消失了……

迷迷糊糊中，有人把她抱了起来，她一闻到那人身上的气息，心就莫名地安稳了。

鹤云行抱着沈月瑶上楼，把她塞进被窝里，在沈月瑶缠上来抱住他时，他眉目舒展，然后关了灯。

七月中旬，酷暑难耐。

在鹤云行出差期间，沈月瑶从 G 市回了南城。她打算回来玩几天，顺便把珠宝带给已经在南城进组拍戏的万岁岁。

只是，在她开车到影视城，停好车，往万岁岁所在剧组走的时候，一辆摩托车飞驰而来，骑车人抢走了她手里的东西，而她因为下意识用力拽住，被拖了出去，而后她倒在地上，直接疼晕了过去。

她再睁开眼时，直接惊呼："我的珠宝！"

再仔细一看，在她面前的，是她的父母、小叔和小婶等人。

徐扶熙开口："我们已经报警了，警方正在找，你小叔也派人去调查了。"

沈月瑶问："明天就是走红毯的时间了，能找回来吗？"

"找不回来也有别的办法解决。下次别死抓着东西不放，你看你的手都破了。"杨澜这个做母亲的心疼不已。

"知道了。"

这时，病房门被推开，门外进来一个身影。

沈月瑶定眼一看，居然是高中时期认识的学长程序。

高中时，程序就是学校里的风云人物，现在也是极有名的演员。

沈月瑶会认识程序，是因为之前她进过学生会，他当时就是学生会会长。

"学长？"

"是你学长把你送来医院的。"徐扶熙对她说道。

程序笑得温煦："好久不见，瑶瑶。"

沈月瑶感谢他的救命之恩："好久不见，程学长，谢谢你啊！"

"不客气。"

两人没聊几句，程序就被助理催促着回去工作了，沈月瑶只来得及跟他交换联系方式。

在新加坡的李助理一收到国内传来的消息，就连忙告知了在商谈工作的鹤云行："鹤总，太太受伤了。"

闻言，鹤云行声音紧了紧："立刻准备回国的机票。"

莺莺听说沈月瑶受伤住院，丢下手里的宝石，就急急忙忙从G市飞往南城。

到了医院，正好撞见医生在给沈月瑶换药，莺莺皱起眉头说道："这么大的伤口，鹤总看了肯定得心疼。"

上次沈月瑶扭伤了脚，鹤云行就不太高兴，这一次可比上一次严重多了。

沈月瑶都不想说话了，谁像她一样隔三岔五地受伤？可怜她那好不容易才养出的白白嫩嫩的皮肤。好在医生说伤口不深，不会留疤。

"他敢不心疼吗？"沈月瑶噘了噘嘴。

那边，刚赶到机场的鹤云行就收到了沈月瑶发来的微信："你的仙女老婆不完美了。"

紧接着是一张她受伤的照片。伤口鲜红而狰狞，其实膝盖和手肘也有多处擦伤，但最严重的，就是手上这处伤口。

"我不嫌弃。"

你不嫌弃，我嫌弃我自己啊！不过，沈月瑶还是弯了弯唇，他这个回答，暂且给他满分吧。

"登机了，回去再说。"

"嗯。"

与此同时，莺莺还在说："我总觉得对方来者不善。你想想，你戴在手上的那么大的粉钻他不抢，抢你包得严严实实不知道里面是什么的袋子，那不是傻吗？除非对方知道你袋子里装的是什么。"

说到这件事，沈月瑶觉得莺莺的逻辑没有任何毛病。只是，现在最要紧的是先把珠宝找回来。

"等找到那个抢东西的坏人，我让小叔替我仔仔细细查清楚。"

"不是我阴谋论，一定要好好查。"

沈月瑶点点头。

医生给沈月瑶换好了药包扎好。她有轻微的脑震荡，头还有点儿晕，所以，她母亲没有替她办理出院，让她留院再观察一晚。

等医生出去后，沈月瑶又跟莺莺聊到了程序，莺莺稍稍瞪大了眼睛："没想到程序还是你高中学长啊！他名气很大的，还好，没有娱乐记者在现场捕风弄影。"

沈月瑶："当时附近没什么人，运气好吧。"

待在病房里太过无聊，也不能总聊天，沈月瑶除了看看手机，也做不了别的。无意识地，她想到了鹤云行。他这会儿应该已经起飞了，从新加坡飞到南城要五六个小时，现在是下午四点钟，他晚上才能到。

越看手机，头越晕，沈月瑶索性不看了，重新躺回病床上。

"瑶瑶，你睡吧，不用管我，你睡着了我再走。"莺莺很自觉地说道。

再醒来时，外面已经天黑了，莺莺也已经离开了。沈月瑶睡得头昏脑涨，下意识抬手揉了揉太阳穴。结果，抬起来的是受伤的那只手，不小心就撕扯到了伤口，疼得她倒抽了一口冷气，眼角憋出生理性的泪水。

泪眼模糊间，她看到了一个熟悉的身影。

鹤云行用指腹轻轻拂走她眼角的泪珠："为什么不让保镖跟你回南城？"

那次鹤云行说给她配保镖，不是开玩笑，他真的配了两个保镖给她。在G市，只要她出门，保镖就会跟着。

只是，沈月瑶觉得有保镖跟着太麻烦，太过引人注目，所以也就没让保镖跟着回南城。

沈月瑶心虚不已，侧眸看向他："你的仙女老婆都疼哭了，你是怎么做到在这时候来问罪的？"

鹤云行望着她那双湿漉漉的大眼睛："疼，你才会长记性。"

沈月瑶突然间就不想看到他了："你还不如留在新加坡继续出差，别回来了。"

李助理买好晚餐准备敲门时，正好听到睡醒的鹤太太气呼呼地让鹤总别回来。

一定是鹤总语气太严厉，把太太惹急了。

"太太，鹤总是心疼您才这么严厉的。"李助理试图亡羊补牢。

"是吗？没看出来。"

鹤总，您倒是有点儿表示啊！李助理心里干着急。

然而，鹤云行只说："明天他们会从G市过来继续跟着你。"

"哦。"沈月瑶面无表情地回应，恰巧，肚子这时在咕咕叫，她转过头，"李助理，我饿了。"

"好的，太太。"李助理忙把买回来的晚饭摆到小饭桌上，然后识趣地出去了。

沈月瑶抬手想拿勺子，结果手疼得厉害，眼圈瞬时又红了。

鹤云行拿起纸巾，替她擦眼泪："对不起。"

听到道歉，沈月瑶心里总算是舒坦了，吸了吸鼻子："我手疼，拿不了勺子。"

鹤云行："我喂给你。"

"我想吃桃子。"

"待会儿给你削。"

沈月瑶终于收起了眼泪。

鹤云行拿起勺子，舀起一口粥，吹凉后递到她唇边："张嘴。"

沈月瑶开始享受起鹤云行的喂粥服务，一口一口地吃着。

吃过晚饭，沈月瑶又啃起了鹤云行削的桃子。

没多久，医生来给她换纱布，换完后，还叮嘱："伤口不要沾水，避免发炎。"

"谢谢医生。医生，我能出院吗？"沈月瑶不想住院，她今天摔得脏兮兮的，想回家洗澡洗头。

医生又仔细询问了一下她现在的情况，见她精神不错，脑震荡的后遗症也比较轻，便点头道："如果你想出院的话可以去办理一下手续。"

鹤云行替她办理完出院手续之后，就带她回了景苑。

景苑许久没人住，不过钟点工阿姨会定期来打扫卫生。

沈月瑶在浴室洗澡，不小心把纱布弄湿了，于是裹着浴巾去书房找鹤云行："鹤云行，我的纱布沾水了。"

鹤云行在接电话，听到她的话，应道："回卧室等我。"

沈月瑶回到卧室后，先把纱布拆了——伤口好丑，不看了。而后，她乖乖躺在床上，等鹤云行来替她处理。

鹤云行拿着医药箱回来的时候，沈月瑶正闭着眼，好像睡着了。从他的角度看,她的膝盖、大腿和双手都有程度不一的小伤口。

鹤云行眼里的狠戾渐渐加重。替她重新缠上干净的纱布后,他捏住她的唇,吻了下去。

沈月瑶被吻醒:"鹤云行,我还受着伤。"

"亲一下都不行?"

"要温柔一点儿。"

"好。"

太温柔了!沈月瑶感觉自己要溺在里面,止不住地心动。

翌日下午,警方就找回了丢失的珠宝。珠宝一到手,鹤云行就让李助理给万岁岁送去。

不过,那个扒手似乎并不清楚这珠宝的价值,在听到是价值几千万的东西时,他当场就晕了过去。

对此,沈月瑶叮嘱鹤云行:"他可能是别人派来故意抢我东西的,你帮我跟警察说清楚哟!"

"等他醒来,警察会继续盘问。"

夜色撩人,灯火阑珊。

百灵奖的红毯仪式已经开始了,沈月瑶正在看线上直播,在线观看人数已经超过了一千万人。

万岁岁穿着一袭高定礼服,搭配着华丽的国风珠宝登场。

直播间里,弹幕滚动,让人眼花缭乱。

他们关注的焦点在万岁岁的美貌以及她佩戴的珠宝上。全场女明星的热度都没有她高,而她也顺利地拿下了今年百灵奖最佳女主角的荣誉。

颁完奖后,她接受了记者媒体的采访。

"岁岁,你今晚的珠宝跟你的礼服非常相配,听说是你专门找设计师定制的,不知道是哪一位设计师的作品,设计得这么好?"

万岁岁回应:"是沈月瑶,沈大设计师的作品。"

众人闻言,惊叹不已。

沈月瑶前阵子才因为拿下了跟GCC合作的珠宝设计项目,而被广大网友质疑是名不副实。如今再次看到她设计的珠宝,听到万岁岁对她的尊敬和推崇，众人纷纷对她改观不少。虽然质疑的声音依然有，但比起之前的群嘲，现在沈月瑶的风评已经好了许多。

反观提名百灵奖的另一位女明星陈露，却因为造型和佩戴的珠宝被群嘲了。

陈露的造型做得过于繁杂，显得不伦不类，脖子上搭配的珠宝又土里土气的，不被吐槽才怪。她佩戴的这款珠宝的设计师是Eva，众人纷纷吐槽Eva设计的作品真是越来越差劲了。

沈月瑶和莺莺又在微信里聊开了。

莺莺："风水轮流转，哈哈哈——"

莺莺："警察那边盘问出什么了吗？"

沈月瑶："人晕过去了，还没醒。"

莺莺："那人绝对是故意来抢你的东西的。"

沈月瑶："是的。"

虽然沈月瑶还没有怀疑目标，但她非常确定，如莺莺猜测的那样，有人故意针对她。

沈月瑶躺在床上，放下手机后，觉得有些无聊，忽然想起书房里有没拆封的漫画，于是欢欢喜喜地往书房走去。

景苑是她和鹤云行订婚后就一起住的房子，他们住在这里的时间比在G市同住的时间还要长。

鹤云行如果不是婚后完全接管了长乐集团，估计大部分时间都是在南城的。他跟她的小叔一样，在外面开创了自己的互联网科技公司，而且，公司在短时间内，估值就已经达到上百亿美元。

书房深色书柜上放着许多商业性和哲学性的书，偏偏墙壁上挂着明星海报，而且书架有一片区域，放着的全是色彩鲜艳的小说和漫画书。

沈月瑶有她自己的书房，不过她的书房里已经塞不下她的漫画书了，所以，她就把后来新买的没有来得及看的书放在了鹤云行的书房。

鹤云行从楼下上来，就看到沈月瑶霸占了他的办公椅。她曲着长腿，津津有味地看着漫画书，粉色的漫画书封面和简约的书房格格不入。

鹤云行慢条斯理地开口："鹤太太，去你的专属位置看。"

专属位置，是指搁置在书房墙壁旁边的懒人沙发。

沈月瑶懒洋洋地窝着："你的仙女老婆走不动。"

鹤云行好整以暇:"你受伤的是手,不是脚。"

"我不管,我就不走。"今天书房的宝座她占定了!鹤云行的办公椅比她的懒人沙发要舒服多了,还有按摩功能。

沈月瑶继续道:"鹤云行,你的人生里除了工作,就没有其他娱乐了吗?"

"如果你是指看漫画、看小说、逛街,那我的确没有。"

沈月瑶并不觉得自己的爱好丢人,这些全是她的快乐源泉。

她笑眯眯地看着他,一副"我不走,你能拿我怎么办"的表情。

鹤云行习惯了她耍赖的样子,直接上前搂住她的腰,把她抱起来,然后自己坐下去,把沈月瑶放在腿上,旋即,继续处理他的文件。

人形肉垫坐起来倒也挺舒服的,只是万一鹤云行发现了漫画里的内容,肯定会笑话她的。

沈月瑶摸了摸鼻子:"算了,我不占你的宝座了,本仙女去沙发上坐着看。"

谁知,她脚刚踩到地上,鹤云行的手机就响了,是小叔打过来的。沈月瑶也不急着走了,凑到他耳边跟着一起听。

沈听澜不疾不徐地说:"抢劫犯招了。他是在网上接的这个任务,跟他交易的账号已经注销了,不过,抢劫犯还记得对方的账号,以你的本事,应该可以查到这个账号之前登录的 IP 地址。"

"瑶瑶这事,小叔交给我处理就行。"

鹤云行马上打开了电脑。书房里,他敲键盘的声音快速而清脆。

时间不知不觉到了十点,沈月瑶扔下漫画书,起身去洗澡。

而鹤云行在查到那个账号的 IP 地址在 G 市的时候,眸光一沉,然后把地址发给李助理:"看看谁在使用这个账号。"

IP 地址居然是 G 市的,李助理心头一动:不会是 Eva 吧?

处理完后,鹤云行的视线缓缓转向懒人沙发上,沈月瑶已经不见了踪影,只留下漫画书跟手机。

G 市,中环,某大厦的工作室里。

Eva 在看到沈月瑶的设计图的时候,不得不承认,她的确是一个比自己有才华、有天赋的设计师。

此时此刻，如果有镜子的话，她就能看到，镜子里的自己满眼都是妒忌。

忽然，Jenny推门而入，面露担忧："Eva，那个人被警察抓了。你说，我雇他的事，会不会被查出来？"

Eva敛了敛情绪，安抚道："不会的，IP地址不是改了嘛，他们查不到你身上。再说了，你是在网吧做的这件事，监控没拍到你，不用担心。"

Jenny安心了不少，是啊，应该不会发现是她做的。

另一边，鹤老爷子知道沈月瑶在南城受伤的消息后担心不已，立刻就打电话关心她的伤势，又让鹤云行带她回G市，说他得见一见才放心，所以沈月瑶隔天就回了G市。

沈月瑶刚回到鹤家老宅，听闻她受了伤的鹤家小辈纷纷买了礼物回来探望。鹤家小辈里，要说哪个不懂事，除了Jenny，就没别人了。

"爷爷，我真的没事，你不用担心。"面对鹤老爷子的担忧，沈月瑶甜甜地笑着安慰道。

"手伤成这样怎么会没事？会不会留疤？"

"不会。"

不过，伤口结疤后就有点儿痒，沈月瑶强忍着才没去挠。

鹤老爷子还是担心会留疤，给了她一支药膏，叮嘱她每天按时涂。沈月瑶没有拒绝，眉开眼笑地收下："谢谢爷爷。"

午后的鹤家老宅热闹不已，沈月瑶吃着西瓜和葡萄，跟小辈们打起了麻将。客厅里，鹤老爷子坐在鹤云行对面，问道："查出来是谁对瑶瑶不利没有？"

"在查。"

"瑶瑶生来娇贵，是金枝玉叶，你平时要多关心她，别脑子里只有工作。要是把我给你找来的老婆弄丢了，到时候你哭都没地方哭。"鹤老爷子又叮嘱了几句。

麻将桌离客厅十几米远，鹤云行能看到沈月瑶的侧脸，她眉眼弯弯，笑得顾盼生辉。她身上那种快乐无忧的感觉，会让人的目光忍不住停留在她身上，不想挪开。

"嗯。"他的语气一如既往，淡淡的，听不出情绪。

鹤老爷子看到他这个样子，更担心了。永远都是这样子，要不是自己对他的婚事上心一些，他估计得孤寡一辈子，哪能娶到这么好的老婆？

李助理办事效率还是挺高的，鹤云行交代他的事，尤其是跟沈月瑶有关的，他不敢怠慢半分。

他费了不少人力和资源，把 IP 地址附近的监控彻查了一遍，又找到了一个人证，总算是发现了蛛丝马迹。

李助理站在街边，给鹤云行打电话："鹤总，查到了。"

沈月瑶今天手气挺好的，正高兴呢，忽然，鹤老爷子不知道听说了什么，大发雷霆："把她给我叫回来！真是岂有此理，居然敢找人伤害自家人！"

鹤家其他小辈也注意到鹤老爷子动怒了，但其实最让人感觉恐怖的是坐在沙发上沉默不语地抽着烟的鹤云行。

"过来。"鹤云行示意。

沈月瑶麻将也不打了，屁颠屁颠地走过去，问："是 Jenny 吗？"

"嗯。"

沈月瑶之前就猜到了，不是 Eva 就是 Jenny，她们两个是一条船上的。这件事只查到 Jenny，那 Eva 应该是没有出面。

此时，Jenny 还在忙着谈公司生意的事，只是项目谈得并不顺利，对方并没有看在她是鹤家小姐的面子上，给她好脸色。一个上不了台面的私生女，在鹤家就已经需要处处看人脸色了，何况是在外面。

Jenny 有些沮丧地从咖啡厅走出来，忽然，一辆摩托车迎面而来，直接将她撞倒在地。她连续翻滚了好几圈，手几次撞在地上后，整个人才堪堪稳住。她痛得脸色惨白，全身发抖。

助理连忙把 Jenny 扶起来："老板，你没事吧？"

她疼得连说话都发颤："送我去医院……"

话音还没落，一辆黑色宾利车就停在了她面前，随即两个男人走下车来。Jenny 一抬头就看到了坐在车上的李助理，她还没来得及反应，就被那两个男人粗鲁地拽上了车。

坐上车后，Jenny 也顾不上身上的疼痛，脑子里只有两个字：完了！

Jenny被带回了鹤家老宅。刚进门,她就被按着跪在了地上,手疼得她直冒冷汗,差点儿就要晕过去了。她父亲也在,只是不敢开口替她求情。

鹤老爷子手里拿着鸡毛掸子:"Jenny,瑶瑶是你的大堂嫂,你居然找人去抢她的东西害她受伤,你居心何在?!"

Jenny忍着痛,没开口。

"你不说,云行也可以查。"

"大堂嫂得罪了我,我想给她一点儿教训而已。"Jenny的语气里明显带着几分不服。

闻言,鹤老爷子直接一鸡毛掸子下去,打得她嗷嗷叫。

"得罪你?你大堂嫂从来不是惹是生非的人,她跟其他弟弟妹妹玩得多好,偏偏除了你!你从小心眼儿就多,不找自身的原因,反而把错都归到你大堂嫂身上,该打!"鹤老爷子话里的偏袒显而易见。

但他说的确没错,从一开始,就是Jenny找沈月瑶的麻烦,之后又一直对她不喜,没少帮着Eva挤对她。

沈月瑶看她挨揍,拿出手机,拍了小视频发给莺莺。

莺莺:"我当时就猜到这事不是Eva就是Jenny干的,反正她们是一伙的。"

沈月瑶:"没有证据证明Eva参与了。"

莺莺:"能教训一个是一个。"

沈月瑶:"鹤爷爷偏袒我的样子,让我想起了我爷爷。"

想起在沈家最疼爱自己的沈老爷子,沈月瑶忽然鼻子一酸,有点儿想哭。

莺莺:"抱住,我也想我爷爷了。"

莺莺的爷爷,去年也不在了。

此时,Jenny已经被鹤老爷子打了好几下,然而,没人替她求情。可见她平日里在鹤家的人缘有多不好。

沈月瑶憋不住眼泪,默默去了洗手间。她不想让别人发现自己的异常,让他们担心。

但鹤云行注意到,沈月瑶的情绪突然就变了,她跟莺莺的聊天内容,他也看到了。

洗手间里，沈月瑶本来想拿纸巾擦一擦没憋住的眼泪，没想到鹤云行跟了过来。

她背过身去："鹤云行，你果然是变态。我上洗手间你还跟过来，你快出去！"

沈月瑶以为他不会出去的，然而，鹤云行只是给她递了手帕后就出去了。

沈月瑶虽然嘴上嚷着让鹤云行出去，但心里还是希望他能哄哄她，给她一个拥抱。但他那张嘴，在这种时候就成了摆设，冷冰冰的，什么都不会说。

你就不会安慰一下你的仙女老婆吗？不会替我擦一下眼泪吗？关键时刻总是掉链子！

沈月瑶眼睛里水色潋滟，她站在镜子前，捏着手帕，寻思着要不要把手帕扔了算了。

罢了！她不能指望一个在她住院了只会教育她，她掉了眼泪却只知道道歉的老公说好话哄她。

鹤云行在某种时候就是一根筋，要不是有李助理给他出谋划策，他更加不知道怎么哄她吧。

沈月瑶整理好情绪后就打开了洗手间的门，却没想到鹤云行还站在外面。

鹤云行刚把烟拿出来，准备抽根烟慢慢等她，但没想到里面的人这么快就出来了，于是默默地把烟塞了回去。

沈月瑶走过去，把手帕塞回他手里："刚才拿来擦马桶了，你自己洗吧。"

鹤云行眉一皱，手一僵，像是拿了个烫手山芋。

鹤老爷子已经教训完Jenny了，并且让她跪在客厅里不准起来。

沈月瑶并不同情她，Jenny活该！胳膊肘往外拐就算了，还帮着外人欺负她，在Jenny的眼里，根本就没有自己这个大堂嫂。哪怕到现在被打、被罚了，Jenny看沈月瑶的眼神也是充满了怨恨。

不过，今天Jenny的损失，才是最让她本人心痛的。

鹤老爷子手里有一大笔资产，他原本是打算离开人世后再公布这笔资产具体的分配和继承的，但今天他当众宣布，这笔资产，Jenny一分钱都拿不到。

"鹤总,还有一件事。"李助理上前。

等鹤云行示意后,李助理低声道:"Jenny 有让人监视您,不出所料的话,她应该是把您的日常行踪传给了梅丽芳。"

李助理汇报完之后,就发现鹤总的神情分外冷沉,那股寒意,令人发怵。

那边,Jenny 到底是生命力顽强,即便跪得双脚发麻,痛得没知觉了,人也没晕过去。她抬起头,就对上了鹤云行那双深黑的眼,一股冰冷窒息的感觉扑面而来,她的心里惶惶不安。

Jenny 立刻就明白了,自己伤害沈月瑶的惩罚不会就此结束。

果然,就在短短的两天内,Jenny 的公司被查倒闭,而且因为她是抢劫案的背后主谋,所以她被移交给了 G 市警方。

虽然抢劫未遂,但因珠宝价值过高,她的罪名被宣告成立,这也就意味着,她将面临牢狱之灾。

Eva 想见 Jenny 却见不到,有什么话只能通过律师传达。

鹤云行对堂妹竟也这样冷酷无情,这不禁让 Eva 想起那些人说的话:跟鹤云行作对,就是自寻死路。

所以,那些人在她被沈月瑶打的时候才没有替她出头——他们不敢得罪鹤云行。

沈月瑶已经两天不搭理鹤云行了。李助理自然能感受到鹤总心情不好,毕竟,处理工作的时候,鹤总的脾气比以往暴躁了不少。高管们为此苦不堪言,纷纷找李助理诉苦。

李助理想了想,还是问了鹤云行:"鹤总,您是有什么烦心事吗?"

鹤云行想了想,薄唇轻启:"我的微信又被拉黑了。"

李助理心想:我就知道,肯定是跟太太有关。

李助理控制住想要上扬的面部肌肉,提醒道:"鹤总,您想想这两天有没有哪里惹太太不高兴的地方。"

鹤云行沉默了几秒,有些无奈地开口:"那天在老宅,我没哄她。"

娇贵的大小姐想起去世的爷爷,躲在洗手间里掉眼泪,他跟上去的时候,才恍然意识到自己的出现会让她难为情——不知道从什么时候开始,他好像对沈月瑶的一举一动过分关注了。意识到这一点后,他只递了手帕给她,便出去了。

但沈月瑶让他出去,好像只是嘴上说说,要不然,她出来的时候怎么会对他没好脸色。

今天早上,他想让沈月瑶把一份文件拿给司机,便发了一条微信给她,结果只显示了一个红色的感叹号。

李助理想了想,那天太太虽然不搭理鹤总,但应该不至于因为这个就拉黑他。于是,李助理又问:"除了这个,还有吗?"

鹤云行掸了掸烟灰,忽然想起昨晚他处理完文件回房躺下的时候,沈月瑶拉住他的衣摆问他:"你8月4日那天有什么行程?"

她突然这么一问,鹤云行便认真地想了想,8月4日不是他们的结婚纪念日,也不是她生日……于是,他回:"除了工作,没别的安排了。"

沈月瑶"哦"了一声就没下文了。

鹤云行问李助理:"8月4日是什么节日吗?"

李助理查了查日期,沉默了一下,然后回:"鹤总,那天是七夕节。"

在看了万岁岁在百灵奖颁奖典礼上戴的珠宝后,很多明星都想要找沈月瑶定制珠宝,所以,沈月瑶变得很忙碌。

沈月瑶昨晚问了鹤云行七夕节那天的行程,得到的答案居然是工作后,她看着他的头像越想越气,就把他拉黑了。

反正七夕节鹤云行不陪她过,她索性收拾行李,一大早回了南城。

保镖也跟过来了。他们本想把太太回南城的消息告诉他们老板,但是沈月瑶不允许:"你们现在是我的保镖,我不准你们向鹤云行泄露我的行踪。"

所以,当鹤云行买了礼物回去想哄老婆的时候,扑了一个空。

回南城的当天,沈月瑶就约了薛琪琪和方清如晚上出来聚一聚,两人是她认识徐扶熙后结识的朋友,她还寻思着找个时间请程序吃顿饭,好好感谢一番。

思及此,沈月瑶给程序发了信息:"学长,你什么时候有空?我把欠你的饭补上。"

程序:"我8月3日中午有时间。"
沈月瑶:"那我们约在云庭楼可以吗?"
程序:"可以。你的伤口好些了吗?"
沈月瑶:"好得差不多了,谢谢学长关心。"

回完信息后,沈月瑶就在衣帽间挑选起了衣服。她选了一件星空蓝的吊带裙,换好后,坐在梳妆台前化妆。

夜色降临,江风徐徐。沈月瑶裙摆摇曳,路过的行人见到她,只觉得是惊鸿艳影,湖水皆香。

鹤云行拿了李助理的手机给她打电话:"回南城了?"

现在才找老婆?

沈月瑶用手托着下巴,假装听不出鹤云行的声音:"你谁呀?"

"你老公。"

"你打错电话了。"

鹤云行听到电话挂断的声音,揉了揉眉心。人在身边还好哄一些,这隔了一座城市,又是大晚上的,怎么哄?

李助理的声音在身后响起:"鹤总,七夕节那天的工作行程已经给您往后安排了。"

"嗯。"

以前的各种节日,鹤云行基本都是送一些昂贵的礼物,他以为沈月瑶不需要自己陪。

其实关于七夕节,七月初的时候,李助理就跟鹤云行提过,毕竟要给沈月瑶准备七夕礼物的话,得提前订。

鹤云行在那时就已经挑选好了礼物,并且会在七夕节当天送到沈月瑶手里,只不过,他不知道八月四日是七夕节。

沈月瑶挂了电话后,便察觉到好朋友投来的打量的目光。

"又跟鹤云行闹小脾气了?"

"没有哟,我在跟他冷战。"

薛琪琪和方清如忍不住笑了,能把冷战说得这么理直气壮,大概只有沈月瑶了。

方清如:"你这小脾气在他面前是嗖嗖嗖地往上涨啊!"

沈月瑶也不想发脾气,可是她控制不住。

他们以前明明从不一起过七夕节,她也没觉得有什么——她才不稀罕鹤云行陪。

但现在,她很介意在本来应该两个人待在一起的节日里,鹤云行没把时间空出来陪她吃一顿饭。

这次闹情绪,她也不对,明明可以跟他说,让他空出时间来陪她吃饭,但她愣是没提过半句。

她心里想要鹤云行自己主动,可他没有。有的时候,他对她明明已经足够关心了,可她就是觉得不够——她越来越贪心了。

"谁让他是块榆木疙瘩,就知道气我。"沈月瑶小声回道。

"任何问题都是需要沟通的,你这么挂断电话,解决不了任何问题。"薛琪琪劝道。

沈月瑶摸了摸鼻子:"本仙女绝不给他打回去。"

"不打也没事。"方清如吃着小零食,"鹤云行乐意哄着你,惯着你,六年了,这点儿小事算什么。"

除了不给她爱,这样的老公的确没什么好挑剔的。她在他面前这么娇纵,也都是他惯的。

沈月瑶本来酒量便不佳,和好朋友们见面吃饭聊天,小酌几杯鸡尾酒后,就开始醉了。醉了之后,她就抱着一个酒瓶打嗝儿:"你们都有老公来接,就我没有……"

喝醉酒的人是根本没法跟她说理的,光鸡尾酒她刚才就喝了好几杯,这个小麻烦就交给鹤云行去处理吧。

很快,鹤云行就收到了薛琪琪发来的视频——沈月瑶抱着酒瓶,醉意朦胧,委委屈屈地说自己没有老公接,不肯回去。

他回复:"还有十分钟到。"

十分钟后,一辆迈巴赫缓缓停在清吧面前,浓墨的夜色里,路灯昏黄,矜贵的男人从车里下来。

薛琪琪轻轻地把沈月瑶的脸抬起来:"你老公来接你了,小仙女可以回家了吗?"

沈月瑶眨了眨眼睛,好像真的是她老公。她感觉这个世界好虚幻啊,面前的男人像是有重影,她是在做梦吗?

鹤云行走到她面前:"还能站起来吗?"

沈月瑶摇了摇头。

不确定沈月瑶是不是还在生他的气,鹤云行问:"我抱你上车?"

沈月瑶立刻像啄木鸟一样点头,没有吵闹,很乖地任由鹤云行抱上了车。

车里,沈月瑶跨坐在男人腿上,手捧着他的脸,仔仔细细地打量:"你真的是我老公吗?"

她每次喝醉了都会表现得很单纯很可爱,鹤云行总是会忍不住想欺负她。

她今天穿着一条星空吊带裙,完美的头肩颈比例,脸颊晕着淡淡绯色,乌发及腰,美人娉婷,绰约多姿。

"如假包换。"

"老公,我好想你。"沈月瑶忽然搂住他的脖子,嗲声嗲气地撒娇。

太太这是在跟鹤总撒娇啊?!

李助理默默地放下挡板。

鹤云行搭在她腰上的手猛地收紧,沈月瑶圈住他的脖子,像一只猫一样,脸颊在他脖子上蹭。软软糯糯的声音闯入他的耳朵,像有一股电流在身体里蔓延开。

沈月瑶抬起头,眨着乌黑双瞳:"老公,你怎么不理我?"

"理。"

"你今天有想我吗?"

"有。"

鹤云行在工作期间很少会想私事,但因为鹤太太最近隔三岔五地闹脾气,他已经好几次在处理工作的时候开始想私事了。

沈月瑶捧起鹤云行的脸,在他的眼尾亲了一口:"奖励你一个亲亲。"

被亲的地方沾上了她的口红,俊美的男人此刻更为妖冶。

沈月瑶抓着他的衣领,没佩戴领带的领口原本就随意地敞开,结果愣是被她扯开了两三粒扣子。

沈月瑶的手指压在他的锁骨上:"老公,你这里有一颗美人痣。"

鹤云行喉结滚动,"嗯"了一声。

"老……"沈月瑶的嘴被男人的掌心堵住,她哼哼唧唧的,说话都说不清楚。

鹤云行眸光深沉地望着她:"乖,别喊了。"

李助理花了三十分钟的时间把两人送回景苑,然后溜之大吉了。

鹤云行给沈月瑶脱了鞋,抱她上楼,到了浴室,又动作熟练地替她卸妆。

沈月瑶头晕晕乎乎的,脸上洗得干干净净的,露出原本比化了妆还瓷白好看的脸。她软绵绵地挂在鹤云行的身上:"谢谢老公,爱你。"

婚后这一年,沈月瑶喊他老公的次数屈指可数,今天,他可听够本了,而且听得心浮气躁。

她裙子上吊带的链子是珍珠的,此时从肩膀滚落,他凑近了些,闻到她身上的酒气:"今天喝了几杯酒?"

"四杯?五杯……"沈月瑶记不清了,她现在感觉醉酒后的反应越来越强烈,而且想吐。

鹤云行碰了碰她的唇,先是浅尝辄止,而后缠绵悱恻。

最后,沈月瑶因为不舒服,双手紧紧抓住鹤云行的衣领,哭得稀里哗啦:"老公,我……我想吐……"

第四章
摩天轮七夕

次日,沈月瑶头痛欲裂地醒过来,缩在被子里,不肯出去。

仙女的脸在昨晚都丢光了!

为什么昨晚的记忆,这么清晰地印在脑海里?!

沈月瑶羞愤难堪,那么嗲声嗲气地喊鹤云行老公的女人是自己吗?他们明明还在冷战的,她怎么可能一见到他就跟孔雀开屏一样?

而且,昨晚她还吐了他一身,真的是没脸见人了!

鹤云行穿着一身裁剪得体的条纹西装,好笑地看着那团鼓起的被子:"鹤太太,你要在被子里躲到什么时候?"

沈月瑶咬了咬唇,掀开被子,露出微微泛红的脸和红通通的耳朵。

"喝酒醉的小仙女跟你说过的话和我没关系。"

鹤云行见她总算是舍得出来,又是这般可爱的模样,不禁抿唇:"嗯。"

沈月瑶手揪着被子:"实际上我们还在冷战。"

被单方面冷战的鹤云行:"鹤太太,单方面冷暴力不利于夫妻生活的和谐。"

"你先检讨一下自己再来说我！"沈月瑶觉得头还很痛，不想跟他废话。她重新躺下，抱着被子，还是觉得昨晚她的行为过于羞耻。

鹤云行坐在床边，把早就买来要哄她的小礼物塞到她手里："我已经自我检讨过了。明晚跟我一起吃顿晚饭，赏脸吗，鹤太太？"

手上多出了一个小礼物，沈月瑶手指微动："你确定是明天晚上吗？"

"嗯。"

"你不是要忙工作吗？"

"不忙了。"

如果鹤太太只是想七夕节那天他陪她一起过的话，他这个做丈夫的没理由拒绝她这个小小的要求。

沈月瑶眉开眼笑："行吧，勉为其难答应你。"

见她终于不闹脾气了，鹤云行眸色柔了几分，缓缓道："你以后想要我做什么，直接跟我说，我能做的，都会满足你。"

沈月瑶幽幽地看着他："我直接跟你说有什么意思啊！你就不能多花点儿时间陪我吗？"

鹤云行工作忙，最缺的就是时间，然而，他还是不假思索地说："可以。"

哄好人之后，鹤云行又回G市了。

房间里只剩下沈月瑶一人，她拆开小礼物，里面是一个用粉色水晶雕刻的小兔子造型的钥匙扣，特别精致可爱。

她喜欢得不得了，拍下照片，发了朋友圈。

李助理看到太太发了朋友圈，觉得欣慰不已——这是鹤总给太太送了这么多礼物后，太太第一次晒照发朋友圈。

"鹤总，太太把您送的水晶小兔子发朋友圈了，您快给太太点个赞。"

鹤云行不怎么看朋友圈，但还是停下手里的工作，打开沈月瑶的朋友圈，默默地给她点了赞。

看到鹤云行的点赞，沈月瑶心情愉悦不已。

给她朋友圈点赞的还有程序，他还评论："瑶瑶学妹中午见。"

"好的,学长。"

沈月瑶跟程序约饭的事不知怎么传开了,还有很多人托她要程序的签名。

然后,这消息传着传着,就传到了鹤云行的耳朵里。李助理看向自家鹤总,他看起来虽然没什么表情,可是浑身的低气压让人觉得压抑。

高级餐厅里,沈月瑶如约而至。

两人边吃饭边聊天,程序忽然问:"瑶瑶学妹,你老公知道我们在一起吃饭吗?"

"不知道。"

"你老公会不会吃醋,然后针对我?"程序开玩笑道。

沈月瑶慢条斯理地吃着菜:"学长,你放心吧,他才不会吃醋。"

程序并不清楚两人的感情状况,但看沈月瑶上午发的那条朋友圈,暗戳戳地说是某人的道歉礼物,这个某人应该指的是鹤云行。

提起鹤云行的时候,她嘴上虽然嫌弃,但一双眼睛很亮,熠熠生辉。

程序又笑着说:"男人的占有欲都很强,他不可能不吃醋的。"

是吗?鹤云行会吃醋吗?

沈月瑶摇了摇头,并没有把程序的话放在心里。

吃过饭后,程序因为工作关系,很快就离开了。沈月瑶则是又发了一条朋友圈,照片里有美食,还有一张跟程序的自拍照,以及程序的签名照。

一分钟后,沈月瑶再次收到鹤云行的点赞。

看吧,根本不会吃醋,还有心思给她点赞呢!肯定是李助理教他的。

七夕当天上午,沈月瑶收到了鹤云行送的节日礼物——一辆粉紫色的跑车。这个颜色真的很特别,一下子就戳中了她的少女心。

她给鹤云行发微信:"七夕节礼物已收到。"

鹤云行:"嗯。"

沈月瑶腹诽:跟老婆聊天的时候真是惜字如金,多打几个字会怎么样嘛?

鹤云行像是听到了她的心声一样,又发来一条微信:"还满意吗,鹤太太?"

沈月瑶弯了弯唇："还不错。今天天气很好，可以开车出去兜风。"

鹤云行："注意安全，晚上见。"

沈月瑶："晚上见。"

沈月瑶的车技差到离谱，剐剐蹭蹭，必不可少。鹤云行已经做好了今天就送这辆粉紫色的跑车去维修的心理准备。

天空蔚蓝，上午的天气还没那么闷热，沈月瑶拿着车钥匙，开车出去了。

和煦的风吹拂脸庞，沈月瑶绕着别墅附近的湖转了一圈。

夕阳西下，渐渐地，夜幕降临。

沈月瑶一下午的时间都花费在挑选衣服和化妆上了，换上鞋子，她从景苑出发去蓝色海岸。

停好车，坐上电梯抵达二十八楼，一进餐厅，她就收到了店员递来的一支娇艳欲滴的玫瑰花。

餐厅里，音乐浪漫，灯光旖旎，舞池里，成双成对的成年男女在跳舞。

鹤云行还没到，五分钟前，他说路上堵车，会晚点儿来。这倒没关系，反正蓝色海岸今天十一点钟才会关门。

只是，她没想到的是，在浪漫的七夕节，她竟会目睹情侣分手。

隔壁桌的两人长相都不错，只是打扮精致的女人满脸冰冷："程序，我们分手！"

程序？那不是学长的名字吗？

"好。"

听到声音，沈月瑶微微吃惊，还真的是学长。

对面的女人见他没有任何挽留，眼睛一红，端起桌子上的柠檬水就猛地朝程序泼去，撂下一句"你会后悔的"，然后就起身离开。

等女人的身影消失在餐厅后，沈月瑶望着隔壁桌男人的身影，踌躇片刻后开口道："程序学长？"

程序回过头，发现是沈月瑶后，淡淡莞尔："抱歉，让瑶瑶学妹见笑了。"

此时，一辆黑色迈巴赫缓缓抵达蓝色海岸楼下。鹤云行从车里下来，手里捧着一束鲜艳夺目的玫瑰花。这个身高将近一米九的男人，矜贵清俊，身姿出众，高挑惹眼。

李助理:"鹤总,蓝色海岸顶楼有摩天轮,跟太太吃过晚餐后,您可以带太太看看夜景。"

"嗯。"

"需要我吩咐人准备烟花吗?"

"去办。"

"好的,鹤总。"

李助理放心地回到车内,启动车子离去。

今晚的夜空,银星满天,皎月冰清玉洁。

鹤云行抵达餐厅之后,目光环视,寻找沈月瑶的身影。

很快,沈月瑶的身影就映入了他的眼帘,她身穿黑色低领的短裙,裙摆绣着一簇簇玫瑰花,长发微卷,灯光下,她肤白如雪,梨涡浅笑。

原本应该在等着他一起吃饭的女人,此时,正坐在另一个男人面前,两人聊得很起劲。

这就是在微信上发了一个可爱猫咪表情图,声音甜甜地说在等他的鹤太太。

那个男人并不难认,是当红明星程序,沈月瑶的高中学长,之前出现在她朋友圈里的人。

不知道两人说了什么,沈月瑶拍了拍对方的手臂。鹤云行看着这一幕,顿时双眸沉得像是深夜里的寒潭,冰冷中透着刺骨的寒意。

程序有所察觉地抬起头,直直地对上了鹤云行投来的视线,也直观地感受到了对方眼中的漠然与冷冽。

程序淡然自若地对沈月瑶说:"瑶瑶学妹,你老公来了。"

闻言,沈月瑶迫不及待地顺着程序示意的方向看去。捧着花的鹤云行今天帅得过分,她的心湖像是被投进了一颗石子,荡起层层涟漪。

程序见状,起身离席:"瑶瑶学妹,谢谢你的安慰,我就不打扰你和鹤总的烛光晚餐了。"

"好。"

随即,程序戴上口罩和墨镜,笑眯眯地起身离去。

沈月瑶跟着起身,走到鹤云行跟前,声音里带着撒娇:"你好慢啊!"

鹤云行声音冷淡:"嫌我慢?我看你跟程序聊得挺开心的。"

这语气听起来好像挺正常,但是又有点儿不正常。沈月瑶并不确定,她抬头打量他的神情，一如既往的冷漠，瞧不出端倪。所以，应该是错觉吧？

"一般般啦！"学长七夕节被甩，她挺同情的。不过，鹤云行怀里的那束花让她满心欢喜，沈月瑶双手伸过去，"花。"

鹤云行把花递了过去，沈月瑶接过后低头嗅了嗅玫瑰的芳香，然后回到原本的位置坐下。

鹤云行拉开椅子在她对面坐下后，不紧不慢地问："跟他聊什么了？"

"我答应了学长替他保密的，不能说。"

他们的位置离其他客人比较远，其他人根本不知道刚才发生了什么，而蓝色海岸的工作人员更不可能把客人的交谈泄露出去。除非当事人肯说，否则鹤云行对他们的谈话内容一无所知。

鹤云行的眸色又沉了几分，只是，沈月瑶毫无察觉。

沈月瑶催促道："我饿了，快叫人上菜吧。"

桌子上点着蜡烛，烛火骸跽，悠扬的钢琴旋律更添几分浪漫。

牛排煎得很嫩，鹤云行拿着刀叉把牛排切成小块。

沈月瑶支着下巴，望着他的举动。

他手指修长，用力的时候，手背的青筋特别明显，腕上的名表和文身，让这个男人看起来矜贵又邪性。

鹤云行把切好的牛排放回沈月瑶面前："吃吧。"

"谢谢。"沈月瑶唇角微微上扬。她叉起一块牛肉放进嘴里，牛排酥酥软软，配着红酒的醇香，食欲一下子就上来了。

两人点的牛排口味不同，沈月瑶红唇潋滟："鹤云行，我要尝尝你的牛排。"

看着她一副等待投喂的样子，鹤云行叉起一块牛肉，递了过去。

沈月瑶张嘴咬住那块牛肉，然后伸出粉嫩舌尖舔了舔唇。

沈月瑶抬手撩了撩头发，精致的锁骨乍然露了出来，脖颈儿间佩戴的鸽血红宝石衬得她明媚极了。

鹤云行注视着她："还要吗？"

沈月瑶将身子微微往前倾："要。"

然而，没想到的是，刚才离开的程序又回来了。

沈月瑶有些疑惑："学长，你这是？"

程序一脸无奈："有记者和粉丝在楼下，我一时半会儿离不开。"

今天其实是程序的私人行程，他身边没有助理和保镖跟着，一旦被发现行踪，可就麻烦了。

现在他的经纪人正在想办法疏散在蓝色海岸蹲守的粉丝和媒体。

"学长，你可以吃了晚餐再走。"沈月瑶道。

餐厅里全是成双入对的情侣或夫妻，程序一个人吃饭，会显得他格外孤独。

"只能这样了。"说完，程序唤来店员点餐。

他们的位置离得近，沈月瑶还给他推荐菜品，然后又介绍："学长，这是我老公，鹤云行。"

"你好，鹤总。"程序笑着打招呼。

鹤云行微微颔首："嗯。"

男人一向这么傲慢，沈月瑶习以为常。

考虑到程序帮过她，今天他又分手了，有些可怜，沈月瑶便跟他多聊了几句。

但在鹤云行眼里，程序的孤身只影显得很碍眼，许是位置离得不远，给人一种这仿佛不是两人的约会，而是三人行的感觉。

沈月瑶转过头，往他盘子里夹菜："鹤云行，你尝尝这个。"

鹤云行眉目稍稍舒展开："别再左顾右盼，好好吃饭。"

这是让她别再跟程序说话吗？沈月瑶眨了眨眼睛，鹤云行这是在吃醋吗？是吗？

因为鹤云行以前从未在她面前表现过对她身边出现的其他男人的在意，所以沈月瑶不太确定。

一顿晚餐，在惬意的氛围下，吃得七七八八。

末了，鹤云行抿了一口红酒，随即起身："我去上个洗手间。"

"好。"沈月瑶回道。

身为男人，程序能察觉到鹤云行身上散发出来的低气压，只是他的学妹好像真的以为鹤云行不介意自己的存在。

他挺无辜的，想离开，还走不了。

程序特别想提醒沈月瑶别跟自己说话了，眼神可以杀人的话，你老公已经杀我千百回了。

　　说去洗手间的男人却到了外面的抽烟区,银色打火机亮起幽蓝火光,烟点燃后,他双指夹着,坐在椅子上,姿态散漫。他慢条斯理地抽着烟,烟灰在他的轻掸下飘落,有一片轻飘飘地落在男人的黑色皮鞋上。

　　抽完烟后,鹤云行拿出手机,给沈月瑶发了微信:"上来,我带你去坐摩天轮。"

　　沈月瑶其实有点儿恐高,但是坐摩天轮,好像是情侣间才会做的事。所以,收到消息后,她犹豫了一会儿,还是回了"好"。

　　沈月瑶上到顶楼后,鹤云行伸出手把她拉进了座舱。

　　坐下后,沈月瑶也不敢往外面看,忐忑不已。

　　鹤云行察觉到她的紧张,说道:"害怕的话就抱住我。"

　　随着摩天轮的启动,座舱不停地升高,沈月瑶再也绷不住,整个人往鹤云行身上扑,双手颤抖,紧紧地揽住他的脖子。

　　鹤云行一把将她揽坐在自己腿上,柔声道:"聊一会儿天,可以转移你的注意力。"

　　沈月瑶把头埋在他的脖颈儿处:"聊什么?"

　　鹤云行:"你跟程序,以前关系很好?"

　　沈月瑶的注意力一下子就被转移了——他问了,他问了!

　　沈月瑶内心有点儿激动,控制不住地雀跃起来。可她蓦然抬起头,却对上了鹤云行深黑难测的眼睛。

　　咦?他怎么还是这一副冷冷淡淡的表情?怎么还是一点儿情绪都没有?

　　沈月瑶不想他表现得这么冷静从容,她想看到他为自己失控,情难自制。

　　沈月瑶流光溢彩的眸子转动着,红唇微微翕动:"高中的时候,我在学生会,学长挺照顾我的,我们关系还不错。"她顿了顿,开始试探,"你问这个干什么?"

　　"转移你的注意力。"鹤云行一脸平静。

　　见他这副满不在乎的模样,沈月瑶不禁怀疑,好像是她想多了。

　　沈月瑶因为跟鹤云行一起坐摩天轮而升起的喜悦心情一下子散去不少。

摩天轮上升得很慢,但摩天轮本就在三十层楼顶,本身高度就已经很吓人了。

座舱里空间够大,但因为两人的身体紧紧靠在一起,沈月瑶能嗅到他身上的清冽暗香,混着淡淡的烟草气息。

沈月瑶突然就想坐到他对面去,独自欣赏今晚的良辰美景。

许是心里不舒服,她说话有些刺人:"你知不知道网上很多人让我跟你离婚,然后和学长在一起啊?"

鹤云行眸色中多了一丝冷意:"我不知道。"

离婚?他们的婚姻如何跟网上这些人有什么关系?咸吃萝卜淡操心!有那个闲工夫在网上瞎说话,不如想想怎么赚钱来得实在。

他从未想过要跟她离婚,沈月瑶是他的妻子,他这辈子都只会是她的丈夫。

"他们还说我跟学长很般配,什么'人间富贵花'和'温柔男明星',说我们没有夫妻感情,让我把你这个不解风情的……"

剩下的话没有机会再说出口——她的唇突然被堵住,男人的吻强势且不容拒绝。

沈月瑶的腰都被他掐得有点儿疼,他好似是动怒了,吻得一点儿也不温柔。

沈月瑶的心跳紊乱不已,不是不在意吗?那干吗这么生气地亲她?

她的手紧紧地拽着他的衣领,头却往后仰,就是不想让他亲。鹤云行却不依,手托在她的后颈,把她按了回来。

男人的薄唇轻轻地玩弄着她耳朵间的钻石耳坠,吊坠晃动着,像极了它主人的心,越来越乱。

"他们说什么我不想听,我只知道你这朵人间富贵花是我摘的,是属于我的。"

"我跟学长……"

"别再提他!"他突然冷下脸来。

沈月瑶的嗓音娇软,听起来很甜美,那一声声"学长"听着就十分不顺耳。

闻言,沈月瑶微微怔住,但很快弯起唇角,主动搂住他。

鹤云行就是吃醋了!但是他好像很要面子,不肯承认。

这份情绪波动在沈月瑶看来还是不够,但以目前两人的关系,这已经很好了。

沈月瑶是贪心地想要更多,但是又不敢太过贪心。

鹤云行察觉到自己不小心语气重了些,他本以为沈月瑶听了后会委屈地说他凶了她,正想着该怎么哄,她却不按套路出牌,反而淡笑着主动回搂住了他……

沈月瑶唇角勾着弧度:"好吧,不提就不提。"

沈月瑶表现得乖巧,没有闹小脾气,这让鹤云行心里彻底舒坦了。

不知不觉中,摩天轮已经升到了最高的地方,他们可以俯瞰整个南城的夜景。

波澜壮阔的璀璨灯海,象征着繁荣昌盛。天上的繁星和月亮感觉近在咫尺,星星汇聚成一道流光溢彩的银河桥,她仿佛能看到一对有情人在这座桥上约见。

"鹤云行,你快看!"沈月瑶示意他看天上。

鹤云行顺着她的目光看向窗外,只扫了两眼,目光重新落回沈月瑶身上。她的红唇比今晚他送的玫瑰还要娇艳欲滴,水色潋滟。

忽然,"砰"的一声巨响,绚丽的烟花在夜空里炸开。那绽放的烟花像是流星雨一般淅淅沥沥,又像是华丽的翡翠流苏。烟花放了几分钟后结束了,虽然短暂,但它的美,永远定格在人的心中。

"喜欢吗?"

所以,烟花是鹤云行准备的?!

"喜欢啊!"沈月瑶笑靥如花,欢欢喜喜地在鹤云行脸上亲了好几口,"奖励你的。"

要说外界为何一直传他们没什么实质性的感情,其实责任不在沈月瑶一个人身上。

好似是从他们婚后在国外度蜜月时,沈月瑶一个人逛街被认出身份后,外界才开始传他们夫妻之间感情不好。

毕竟以外人的角度看,蜜月期间,老公没有陪在身边,只有她孤孤单单一个人逛街,不是感情不好是什么?

而且鹤云行的花边新闻其实不少,虽然这些新闻刚出来不久就会被清除得干干净净,但还是有不少人看到了。

沈月瑶那个时候根本不在意别人说他们怎么样,反而觉得他们的关系的确像大家说的一样挺一般的,不说鹤云行没时间陪她,更关键的一点是他们之间没有爱。

现在,他们之间的情况好太多了,鹤云行对她越来越舍得花心思了。

车子在景苑别墅缓缓停下。

今晚月色真美。

用人们早就下班回去了,屋里黑漆漆的。

沈月瑶输入密码进去后,手摸到墙壁上的按钮轻轻一按,客厅里明亮的吊灯倏然亮起。

她鞋子都没换,心情怡然地找来花瓶和剪刀。花瓶挺名贵的,上面雕刻的纹路古典雅致。她来到客厅,把鹤云行今晚送她的花剪去枝叶,然后耐心地一朵接着一朵地插进花瓶里。有水滋养的玫瑰花盛放得更加艳丽动人了。

鹤云行忽然唤她:"鹤太太,过来。"

沈月瑶转过头去,顺着他的视线,她看到了客厅里的那架钢琴。用意很明显,但是——

"干吗呀?"她明知故问。不是她想逃避,而是她从小就不爱碰乐器,她五音不全,是个音乐白痴。

但其实沈家会弹钢琴的人不少,比如她小婶徐扶熙,不仅会弹钢琴,现在还是享誉国际的小提琴家,会演戏;她小叔弹钢琴也有一手。

鹤云行也会弹钢琴,但两人认识六年,沈月瑶只见他弹过寥寥几次。他弹琴时给人的感觉不一样,像是优雅的疯子,孤独又傲慢,仿佛没有人可以触碰到他,让她感觉自己离他格外遥远,和小叔、小婶弹琴时给她的感觉完全不同。

沈月瑶忽然想到一个问题,其实她对过去的鹤云行,知道得很少。

她只是偶然从鹤老爷子口中得知,鹤云行从前是一个坏小子,不听管教,老是惹他生气。

鹤云行以前的生活是怎样的?钢琴是什么时候学的?他的文身又是在什么情境下文上去的?他为什么跟自己的父亲关系不好……

"讨要七夕礼物。"鹤云行似乎没发现她走神,只淡笑着说道。

客厅里这架钢琴是他的,他工作忙,弹琴的机会并不多。

沈月瑶回过神来,有些难为情地开口:"你干吗为难我呀?我只会弹《小兔子乖乖》……"

说归说,她还是坐到了钢琴前。月光透过落地窗洒进来,昂贵的水晶灯下,客厅玻璃桌上修剪好的玫瑰花落下斑驳的影子。

沈月瑶打开钢琴盖,先试了一下音,鹤云行坐在她的旁边,似笑非笑地等着她弹一曲《小兔子乖乖》。

沈月瑶的指甲涂着一层粉嫩的护甲油,她将双手放在琴键上,动作生疏地弹起了曲子。

一曲结束后,她扭头,眸光亮晶晶的,一副求夸奖的表情:"弹完了。好听吗?"

鹤云行笑了:"弹得这么敷衍,你怎么好意思开口的?"

沈月瑶敛起了笑,苦着一张脸:"你干吗为难我?你好讨厌!"说着,起身要走。

鹤云行一把抱住她,让她坐在自己腿上:"我教你弹。"

两人的侧影投落在光滑的地面上,穿着黑色短裙的漂亮女人坐在男人腿上,她不矮,可是被身姿挺拔的鹤云行搂着,被衬托得娇小可爱,像是被圈在他的一片天地里。

他将下颌抵在她的肩膀上,呼吸掠过她的发丝和耳朵。这最是磨她的心态,她喜欢这样的亲昵,又害怕会迷失在他的温柔里抽不开身,甜蜜又煎熬。

男人低沉而充满磁性的声音在耳边响起:"把手放上来。"

沈月瑶敛了敛情绪,不再去想那么多,将手搭在他的手背上。

她的手指正好陷入他的指缝里,在黑白琴键上,十指交缠,色差鲜明的肌肤紧紧相贴,有一种说不出的暧昧。

沈月瑶不动声色地调整好手指的位置,唇角微微翘起:"好了,开始吧。"

鹤云行对于教沈月瑶弹琴这件事极其有耐心,仿佛乐在其中。

不过,鹤太太学弹琴是真的没有什么天赋。他故意放慢节奏,慢慢等她把整首曲子的音符记下,结果她一个人弹的时候还是会弹错。

"我再来一遍。"沈月瑶学得很认真,还因为自己弹错一个音,打算重来一遍。

她的葱白玉指继续在黑白琴键上跳动着,终于,一整首《小兔子乖乖》成功地演奏完毕。

她满心欢喜地转过身去,漂亮精致的脸蛋堆满明媚灿烂的笑意:"鹤云行,我成功了!"

"嗯,弹得不错。"

都说眼睛是心灵的窗户,鹤云行眉目深邃,如墨的双眸含有漫不经心的笑意,给人一种宠溺感。他看着沈月瑶的时候,产生了某种奇怪的磁场,让人忍不住想要深陷其中。

看着他灼人的眼神,沈月瑶止不住地心跳加快。

这暧昧的氛围感,让人总觉得接下来会发生点儿什么……

鹤云行不像是花了一晚上的时间陪她吃饭过节,还教她弹钢琴,却不索取任何报酬的人。

沈月瑶眼神躲避,一只手垂落搭在腿上,有点儿无措地揪着裙摆。

"怎么不敢看我?"他的声音喑哑了几分。

沈月瑶想,一个人的兵荒马乱太过折磨人了。她想平复一下心情,起身就要走,只是,下一秒,强有力的手臂扶着她的腰,将她托起。

沈月瑶惊呼一声,整个人坐在了钢琴上。

他一手环着她的腰,眸里含着笑意:"跑什么?"

"我没有。我就是口渴了,想喝水。"沈月瑶回道。

"鹤太太,你跑不掉。"鹤云行缓缓地与她额头相抵,薄唇轻轻地蹭着她的鼻尖,而后往下,轻轻吻她的红唇,"你的七夕过了,我的七夕才刚刚开始。"

翌日,沈月瑶迷迷糊糊地醒来,旁边的位置已经凉透了,薄被上也沁着凉意。

她依稀记得,回房的时候,落地窗外的天是灰蒙蒙的,仿佛下一秒,太阳就会从东边升起。

景苑不像在 G 市的家有那么多用人,她和鹤云行若是回来住,只有两名阿姨早晚轮流照顾他们,晚上九点就会准时下班回去。

她的闹钟响了?她怎么会设闹钟?

沈月瑶平日里起床是不靠闹钟的，一般晚上不熬夜的话，早上八九点必然会醒。

但今天的闹钟是十二点的，沈月瑶伸手摸到手机，把闹铃关掉，然后愤怒地敲打着手机屏幕："鹤云行，你不是人！"

鹤云行："醒了去吃饭。"

沈月瑶："你不是人！"

她又发了一张一只小猫咪抡起爪爪往另一只猫的头顶上疯狂暴打的表情图。

高楼大厦，会议室里。

众多高管好似看到平日开会时冷峻、不苟言笑的鹤总笑了笑。

瞬间，他们觉得会议室里充斥的那股压迫感淡了不少。

他们内心喜极而泣，十分感谢此时此刻给鹤总发消息的人。

这到底是何方神圣？居然让这个脾气暴戾、行事雷厉的男人工作时间开小差，还笑了！

是鹤太太吗？

但这夫妻俩是出了名的感情不好，应该不可能是鹤太太……

鹤云行："醒了就下楼吃饭，阿姨在等着你。鹤太太，下午记得回G市。"

沈月瑶磨蹭了许久才下楼，阿姨已经做好午饭在等着她了。

沈月瑶饥肠辘辘，不过，她此时唇角微翘，比任何时候都要明艳动人，脸颊绯色，双眸含春，像是被清晨的露水洗礼了，干净透亮。

莺莺给她打来电话："瑶瑶，我就知道事情没那么简单，你看微博了吗？"

沈月瑶不慌不忙："正在看。"

有一个国外的设计师发表了指控沈月瑶借鉴、抄袭他的设计的博文，他放出了所谓的证据和设计图纸，有了热度后，自然传到了国内。

沈月瑶点开他放出来的所谓证据——一张设计图，这张设计图跟她给万岁岁设计的珠宝极其相似，只不过细节不同。

这个所谓的外国设计师希望借助舆论的力量替他讨回公道，替他的设计正名。

对方有理有据，有些人恨不得立刻就坐实了沈月瑶是抄别人设计的小偷，不断地煽风点火。沈月瑶之前好不容易扭转的风评，一下子又跌回了谷底。

要说谁会蓄意给她制造那么多麻烦，想让她身败名裂，除了Eva，不会有别人。

Eva在Jenny要坐牢的情况下还敢找沈月瑶的麻烦，不得不说，真的是胆大包天。

沈月瑶仔细地看了对方给出的证据，他说他的作品在六月份的时候就设计完成了，还放了作品水印和签名日期的图，以及画得稀碎潦草的草稿图。

如果她拿不出任何证据证明她的才是原创设计，按对方的那些措辞和指控，的确足够冤枉她偷了他的设计。

所幸的是，她听了莺莺的话，创作期间，她给自己录了不少视频。

只是她疑惑的是，自己的设计稿是什么时候泄露的？

正寻思着，鹤云行的电话打了进来，沈月瑶便先中断了跟莺莺的微信通话。

"家里有个用人是Jenny派来监视我的，那晚你睡着了，那个用人去过你的工作室，估计是那个时候偷拍到的。"鹤云行听了李助理的汇报后，得知沈月瑶被人诬陷偷设计，现在陷入了非议中，所以在想到关键信息后，立刻给她打去电话，"我会找到证据，替你澄清。"

话筒里传来鹤云行不疾不徐的低沉的嗓音，她只觉得耳朵酥酥麻麻的，似是有电流穿过。

"Jenny为什么要监视你？"沈月瑶不解地问道。

鹤云行的语气里听不出什么情绪："这件事不用你操心，我会处理好。"

沈月瑶有点儿不乐意他有事瞒着自己："鹤云行，你干吗不告诉我？我是你太太！"

"正因为你是我太太，你只需要在我身边过得无忧无虑，那些复杂不纯粹的事情不应该惊扰到你。"鹤云行说得理所当然。

而且，沈月瑶本身就怕麻烦，要不然，上次在巴黎，在他提出要见梅丽芳的时候，她就不会自己偷偷溜回国了。

不见是最好的，只有不接触，才能避免许多麻烦。

她溜了是正确的决定，他太了解她的性子了，所以那时一点儿都不意外。

沈月瑶承认自己一直被鹤云行保护得很好。鹤家家大业大，除了鹤老爷子，那些叔叔伯伯，她都不需要跟他们打交道，更不需要像别的豪门太太那样，替他操办各种事务。

她的生活里没有太多的烦恼，她可以像一条在湖里随意游动的鱼，可以像在森林里自由奔跑的麋鹿，想做什么就做什么。

沈月瑶以前简直不要太喜欢这种没被婚姻束缚的感觉。只是，当开始在意一个人的时候，你除了想跟他在肢体上有交流，他的精神世界也会想踏足和了解。

沈月瑶眼睫毛垂落，藏住那点儿少女心思："看在你最近对鹤太太那么好的分儿上，也不是不可以被惊扰。"

鹤太太的懂事和体贴，让鹤云行欣慰不已："知道了。"

沈月瑶抿了抿唇，她是认真的，但不知道鹤云行有没有把她的话放在心上。

不过，她自己的事情倒不用麻烦他操心："被冤枉偷设计的事情我可以自己解决，我手里有证据，待会儿可以自己澄清。"

沈月瑶虽然说不需要他帮忙，但泄露设计图的用人是 Jenny 的人，Jenny 拿到设计图会给谁？可想而知，只有跟她关系最好的那个人。

鹤云行刚挂完电话，李助理就从外面敲门进来："鹤总，那位设计师不出意外的话是 Jenny 进去之前联系的，至于 Eva 那边，没查到他们有往来，但我猜测，这位设计师应该是 Eva 推荐的。"

Jenny 的交际圈里根本没有什么国外的珠宝设计师。可以说，Eva 全程没有出面，所有的罪名都让 Jenny 承担了，以后指不定做什么事还会继续打着 Jenny 的名号去做。

只是，他们鹤总的容忍度是有限的，之前的警告 Eva 不听，还敢搞出这种幺蛾子，阴魂不散地缠着鹤太太，鹤总必然不会再手下留情的。

鹤云行拿出烟跟打火机，漫不经心地问："她最近有什么动向？"

"她有一个作品，最近在频繁接触苏富比拍卖行，在 G 市还有一个私人展会在办，场地定在艺术博物馆。"

鹤云行吩咐："联系苏富比那边，拒绝她的作品进入拍卖，再联系艺术博物馆,取消她的私人展会。"他顿了顿,"配合好太太做书面的澄清工作。"

"是,鹤总。"

针对网上的热议,沈月瑶回应得简单利落,把自己从灵感获取到创作设计的全程的录像发在了微博,并配上文字:"我不需要偷任何人的东西,我就是我,是颜色不一样的烟火。"

录像里,她在创作的时候,露出绝美的侧脸。她一开始趴在桌子上,手指把玩着桌子上的一颗宝石,像是在构思创意。因为视频过长,开了加速。渐渐地,她的笔尖在白纸上妙笔生花,让人惊艳的作品慢慢地从线稿到成型,而且在这期间,她还反复修改过。

关键是,她的澄清录像,有一个 GB(千兆)之大。

这个澄清视频放上微博后,GCC 和万岁岁都转发了,寰宇和长乐集团的官方微博紧随其后,程序也转发了这条微博支持她。

长乐集团官方还发出了那位外国设计师在珠宝创作比赛中抄袭某小众品牌的前科及证据,并且联系了英国当地律师对他发出律师函,状告对方诋毁他们鹤太太的名誉。

沈月瑶打心里感谢莺莺,要不是她要求自己录下视频,这番设计图泄露出去,恐怕还没办法这么快做出回应。

沈月瑶发出的澄清视频,彻底证明了她是一位实力与颜值并存的富家千金。但艺术总会有人欣赏不来,还是有人不认可她的才华。

沈月瑶对那些言论表示无所谓,她开始收拾东西,打算回 G 市。

她寻思着,给鹤云行带点儿滋补的汤品,甚至都吩咐阿姨买材料了。可就在她准备启程时,鹤云行突然在微信里说:"有个紧急的工作要出差,归期不定,鹤太太可以留在南城多玩几天再回去。"

——好吧,出差就出差,你的仙女老婆本来想给你带炖好的靓汤的,可惜你没有这个福气喝。

虽然很突然,但沈月瑶心情还是很好的。这是鹤云行为数不多的主动跟她说自己要去出差,以后要是都这么懂事就好了,主动报备行踪。

"去哪儿?"

"伦敦。"

"去吧,本仙女已阅。"

沈月瑶没事做，加上今天不是很想工作，便下楼看看阿姨在厨房怎么炖汤。

"太太，您是想学吗？"

沈月瑶否认："不是，我就看看。"

阿姨还是笑眯眯地把炖汤的整个过程详细地说了一遍。

沈月瑶听完后，又一本正经地强调："阿姨，我真的没有想学。"

阿姨的笑容更深了："好的，太太。"

汤熬了快两个小时，美味又鲜甜，沈月瑶咕噜噜喝了两碗，最后还意犹未尽地舔了舔唇。

莺莺给她发了微信："瑶瑶，大喜事！我听说 Eva 的作品被苏富比拒之门外了！"

沈月瑶："有时候作品没被拍卖行选上是一件很正常的事。"

莺莺："不止，她的个人珠宝展会也凉了，G 市艺术馆那边不让她办展了，这肯定是鹤总干的。Eva 仗着有 Jenny 背锅，就以为整件事和她毫无关系，她在做梦！"

本来珠宝没被拍卖行选中是常有的事，哪个著名设计师没经历过？但现在看来，Eva 之所以被拒，肯定是因为鹤云行做了什么。

沈月瑶咬着勺子，眉目缓缓舒展，满心愉悦："那也是鹤云行应该做的。"

Eva 能有她这个老婆重要吗？不能！

得知自己的珠宝上不了苏富比拍卖会，以及个人珠宝展无法举行，Eva 的第一反应就是去找鹤云行。

所有的一切明明都是 Jenny 做的，跟她有什么关系？

难道鹤云行想把她这些年收获的名利全都收回去吗？这跟杀人诛心有什么区别？

得知鹤云行要飞去伦敦，她抿了抿唇，对助理说："替我订后天的机票去伦敦。"

鹤云行出差已经有一周了，沈月瑶前两日也回到了 G 市。

她最近一直忙着 GCC 的作品设计，收完尾，她点开李总裁的邮箱，把设计图发了过去。

沈月瑶伸了伸懒腰，总算是忙完了，一看时间，已经晚上九点了。

这一次出差，沈月瑶从李助理那里得知，鹤云行这趟行程大概要半个月，本来是下个月的行程，因为意大利分公司出了问题，所以愣是往前挪了。

沈月瑶离开工作室，回到卧室，躺在深灰色的大床上，黑色丝质睡裙贴着她玲珑曼妙的身躯。

她抱起鹤云行的枕头，鼻尖动了动，独属于男人的味道淡了不少，那股淡淡的气息，让她怅然若失。

随即，沈月瑶又像是拿了烫手山芋似的把枕头扔掉。对于自己在想鹤云行这件事，她有点儿不知所措。

鹤云行有什么好想的！

现在英国的时间是凌晨五点，按照鹤云行的生活习惯，他大概会在六点起床，那她现在提前叫他起床应该不过分吧？

沈月瑶寻思着，弯了弯唇角，拨了一个视频通话过去。

响了两声后，手机里就传来鹤云行沙哑低沉的嗓音。

那边，鹤云行被吵醒后也没说什么，坐起身子开了灯。从视频里，沈月瑶可以看到男人睡衣衣襟宽松地敞开着，戴着婚戒的手随性地撩了一下额前的短发。

"鹤云行，你的仙女老婆怕你早上起不来，特地给你提供叫早服务，开心吗？"

鹤云行抬眸，看向视频那头的女人，喉结滚动："鹤太太，你确定你不是想我了？"

沈月瑶后知后觉地拢了拢领口："我怎么可能会想你！我就是无聊，你陪我聊聊天。"

鹤云行呼吸沉了沉："聊什么？"

"随便聊。你在伦敦很忙吗？"

"忙。"鹤云行看了一眼时间，"吃晚饭了吗？"

沈月瑶："吃了，今天有你最爱吃的一道菜，可惜你吃不着。"

她话很多，但嗓音轻柔悦耳，不会让他觉得烦。

这一聊，就是半个小时。

沈月瑶困了，想睡觉，便打着哈欠说："先说好，我没睡着之前，没我的允许，你不许挂！"

"鹤太太，你是越来越霸道无理了。"男人道。

沈月瑶捏着被子，理直气壮地回："那你也得受着。"

镜头黑漆漆的，只有沈月瑶浅浅的呼吸声传来，仿佛她就睡在他的身边，触手可及。

鹤云行早就毫无睡意，视频通话也没有挂断，而是起身去浴室冲了一个冷水澡。

第二天，沈月瑶就接到了李总裁的回复，他说自己在伦敦开会，作品他已经看了，总公司的高管也很满意。如果她有时间的话，可以到伦敦接受一家杂志社的采访，顺便看秀。

沈月瑶一听说去伦敦，眼睛瞬间亮了，表示自己有时间。确定好行程后，她立刻就买了飞往伦敦的机票，想给鹤云行一个意想不到的惊喜。

莺莺知道她要去伦敦，给她送来了两套衣服："嘿嘿，我觉得你们用得上。"

沈月瑶看着那轻薄的布料，脸颊绯红："本仙女是去工作的。"

"我知道，我知道，顺便大发慈悲去看看鹤总嘛！万一你去了以后来了兴致，正好可以用。"

沈月瑶本来把那两套衣服塞进了衣柜，犹豫再三后又塞进了行李箱。

英国，伦敦。

沈月瑶下飞机后，GCC总部的工作人员来接了她。她把酒店定在了鹤云行也居住的希尔顿，办理入住后，她就给鹤云行打了语音电话，但接的人是李助理："太太，鹤总在参加一个酒会，稍后我通知鹤总，让他给您打回去。"

沈月瑶问："什么酒会？在哪里？"

得知了鹤云行所在的地点后，沈月瑶就打开行李箱，精挑细选了一件宝蓝色抹胸长裙穿上，自带的蓝宝石腰带紧扣腰身。随后，她把头发绾起来，又挑了一对珠宝耳坠。

她补了点儿妆，踩上细长的高跟鞋，清纯又美艳的风格，她驾驭得很好，还有一种说不出的贵气，一看就知道她出身不一般。

沈月瑶坐上车，出发前往鹤云行参加的酒会场所。

沈月瑶肤白如雪，着一袭宝蓝色长裙，仿若人间富贵花，顾盼生辉。她在抵达酒会会场后，立马就引来无数为之惊艳的目光。

沈月瑶给李助理打电话："我在酒会门口，出来接我。"

李助理压根没想到沈月瑶也飞来了伦敦，急匆匆地赶出来："太太，您来了怎么不提前说一声？我好派车去接。"

"我是来工作的。"沈月瑶说，"带我去找鹤云行吧。"

他怎么觉得太太是来查岗的呢？也有可能是想鹤总了。毕竟，太太跟鹤总最近关系特别和谐甜蜜。

李助理："我现在就带太太过去。"

富丽堂皇的英伦宫殿风大厅里，沈月瑶一出现，就有不少英俊绅士纷纷上前邀请她跳舞。

沈月瑶一一婉拒，很快随着李助理消失在他们的视线中。

鹤云行今晚喝了不少酒，许是最近连轴转地工作，烈酒烧喉，易醉，身体有点儿负荷不过来，他现在正在休息室里休息。

休息室响起敲门声，李助理叫了一声"鹤总"，鹤云行听到后回了一句"进来"。大门被推开，沈月瑶站在门口朝里看，只见鹤云行斜躺在沙发上，领带扯开，脖颈儿皮肤薄红，凸起的喉结缓缓滚动，眉头紧皱着，很不舒服的样子。

"太太，您进去吧。"李助理很识趣地停住脚步，"有需要的话喊我就行。"

"嗯。"沈月瑶微微颔首。

她进去后，休息室的门就被关上了。

沈月瑶缓缓上前，脚下是柔软的地毯，高跟鞋踩上去没有声音。她在沙发上坐下，朝鹤云行探身过去，一低头就嗅到他身上那股浓郁的酒香气。他薄唇紧抿，呼吸沉沉，对她的到来毫无察觉。

见他如此毫无防备，沈月瑶突然起了捉弄他的心思。

沈月瑶对他一向是胆大妄为，她的指腹从他领带的位置一路往下滑，手猛地被抓住了。

鹤云行睁开墨色瞳眸，里面全是冷冽，对这个冒犯自己的女人很无情,手上的力气大得惊人。

沈月瑶痛得倒抽一口冷气,紧接着就被鹤云行用力地往后一推,眼见就要一屁股坐在地上,她惊慌失措地忍不住"啊"了一声。

听到女人熟悉的声音,鹤云行这才反应过来,目光落向她,迅速地伸手把她拽了回来。

原来是沈月瑶,她来伦敦了。

这一瞬的动作冲击力太强,男人顺势倒在了沙发上,沈月瑶则半个身子压在了他身上。

虽然没倒下去,沈月瑶还是闷哼了一声——鹤云行当不了肉垫,他的肌肉太结实,硬得跟石头一样。

她声音幽怨:"鹤云行,你是想弄疼你的仙女老婆吗?"

捉弄了他还倒打一耙!

鹤云行声音低沉:"我以为是别的女人。"

沈月瑶疼归疼,可是并没有生气。鹤云行对于别的接近他的女人的处理,让她无比满意。

她唇角弯了弯:"好吧,算你的反应勉强合格。"

对于沈月瑶来伦敦这事,鹤云行感觉挺意外的。以往沈月瑶都巴不得他不在家,好一个人霸占那张大床。

但现在的她不一样,不仅出现在这里,还打扮得光彩照人,头发绾起,露出肩颈大片雪白的肌肤……

他眸色深了几分:"你来伦敦做什么?"

"我来工作呀!"沈月瑶理直气壮地回道。

其实按照沈月瑶的性子,应该不会接受那家杂志社的采访,毕竟她懒,要跑一趟英国,麻烦得很。

李总裁介绍的那家杂志采访,在国际上有一定的影响力,不少行业的名人都想争取上这家杂志。

但沈月瑶考虑得更多的还是她的便宜老公,他来伦敦已经一个多星期了,估计也没这么快回去,夫妻分开太久容易生疏,她不想好不容易营造的跟鹤云行越来越好的氛围,在他出差之后又变得生分,所以,她把懒劲儿放到一边,飞过来了。

"你别多想,反正你只是我顺便探望的对象而已。"沈月瑶的语气里，全是傲娇。

鹤云行轻笑一声，没有说话。

此时，沈月瑶撑着他的肩膀起来，鹤云行一眼就看到她的手腕被勒红了一圈。

他沉默两秒后，向她道歉："抱歉。"说完，他轻握着她的手腕仔细检查。

鹤云行嗓音喑哑："手疼不疼？"

"疼呀！鹤云行，原来你对不熟的女人这么暴力。"

"……你已经很幸运了。"要不是他反应快，按照他的力气，后果不堪设想。

鹤云行又缓缓道："所以下次不要再这么贪玩。"

沈月瑶"哦"了一声，眉眼弯弯："我下次还敢。"

沈月瑶会乖乖听话，那就不是沈月瑶了。

"那我只好尽量在那之前认出是你。"

他现在怎么可以这么惯着她啊？为什么啊？沈月瑶满心不解。

鹤云行又细细检查了一遍她的手，好在除了被捏红了一圈，其他没有什么问题。

沈月瑶一直看着他，目不转睛，不知道在想什么。

鹤云行问一直盯着自己看的女人："这么看着我做什么？"

沈月瑶按捺住蠢蠢欲动的心："你仙女老婆多看你两眼怎么了？"她抓着他的领带卷着玩，"谁让你喝那么多酒，难受了吧？"

鹤云行一把将她搂到腿上坐着："麻烦鹤太太替我揉揉。"

说完，他头往后靠，合上深邃狭长的眼。

沈月瑶笑了笑，抬起手，将指腹压在他的太阳穴上轻轻揉着，一边揉一边寻思鹤云行是不是感冒发烧了，不然为什么他的体温好像比往常的要高。

她下意识地低头，将自己的额头抵在他的额头上。

鹤云行倏然睁开眼。

两人的鼻子差那么几厘米就碰到一起了，呼吸相互纠缠着。沈月瑶身上那股柑橘蜜桃的清香，让鹤云行的眸色越来越深。

沈月瑶抬起了头："鹤云行，你生病了，知道吗？"

鹤云行身体素质过硬，感冒发烧的次数很少。但人始终不是铁打的，总是高强度地工作，身体肯定会吃不消。他当然有所察觉，但他只想休息片刻，并未有早点儿结束今晚的行程离开的意思。

李助理不是看不出来鹤云行身体不舒服，也劝过了，但人称"工作机器"的鹤总只想在酒会休息十五分钟后继续应酬。

"不碍事。"

"生病了还不碍事？你跟我回酒店休息。"

他就知道仗着自己身体好乱来，她允许了吗？

沈月瑶不等他说什么，就把李助理喊了进来："李助理，备车，我们回酒店。"

李助理迅速回应："好的，太太。"

鹤总的确需要好好休息了，还是太太管得了鹤总，换作旁人，鹤总不可能会乖乖听话的。不得不说，太太来得真是时候。

李助理立马去为两人安排车，鹤云行跟酒会的筹办者史密斯先生打过招呼以后才离开。

奢华酒会仍然在进行。

不多时，Eva身穿华丽的礼服前来。

今晚来参加酒会的东方美人不多，面前这一位，打扮得很精致，身上的珠宝熠熠生辉。只是，他们之前看到过让人更加惊艳的东方美人，便觉得面前这一位黯然失色了。

Eva来酒会的目的，就是想见鹤云行。因为，来伦敦好几天了，她都没办法见到他。

直到知道鹤云行今晚会来这里应酬，她才想方设法弄到了邀请函。

这一周里，她诸事不顺。倘若失去了鹤云行的帮助，那么，她将没有办法登上珠宝界更高的舞台。

Eva想，只有掌握了鹤云行的把柄，她才能继续让他捧着自己。否则，以她的本事，不仅不能撼动沈月瑶现在的地位，还会把自己推向深渊。

只是，她转了一圈，压根就没见到鹤云行的身影。

她赶紧找人打听，这才知道鹤云行身体抱恙，已经离开了。

身体抱恙？那她的机会是不是来了？

第五章
解决烂桃花

沈月瑶把鹤云行带到了她所住的套房,让他躺在床上后,给他盖好被子。

医生已经恭候多时了,片刻后,鹤云行的嘴里就含了一支温度计,额头则敷着一张退烧贴。

量完体温,38.8摄氏度,高烧,但没什么其他问题。

按照鹤云行的意思,不用打针,开退烧药就行。

沈月瑶很贴心地给他倒来一杯水,盯着他把药吃完,生怕他糊弄自己似的。

躺回床上后,鹤云行的状态越来越差,薄唇的颜色比平时还淡,平日里那股压迫感消失得无影无踪。

见鹤云行吃了感冒药就闭上了眼睛,似乎是睡着了,沈月瑶便趴在床边,手戳着他的婚戒,一边问:"李助理,接下来我要做点儿什么?"

李助理想了想:"太太可以替鹤总解开领带、皮带,让他睡得更舒服一些;还可以打湿一条毛巾,替他擦擦身体,散散热。"

"好。"

李助理看了看时间:"太太,那我先回房间了,您有事再喊我。"

得到沈月瑶的应允后,他把鹤云行房间门的房卡放下就离开了。

沈月瑶伸手替鹤云行解开领带,轻轻地放到床头柜上,又替他把衬衫扣子全解了。

鹤云行缠住她的手指:"别折腾了,我不用你照顾,你去卸妆洗澡。"

沈月瑶平日里十指不沾阳春水,什么粗活都没干过,照顾他,他都觉得委屈了她。

"哦,那你好好休息吧,哪里不舒服记得跟我说。"

沈月瑶把护肤品和衣服拿出来,她一向磨蹭,从洗脸到放精油泡澡,花费了一个多小时的时间。

她从浴室出来时,床头柜上鹤云行的手机正好响了。鹤云行再一次醒过来,伸手拿起手机接听。

只不过,他还没说到两句话,手机就被身后靠过来的鹤太太抽走了,随后,人也被她按回床上去了。

鹤云行看到沈月瑶一脸严肃,好似生气了。

"鹤云行,你仙女老婆让你好好休息,你在干什么?"

鹤云行解释:"只是接个电话。"

"不行,你一工作起来就没完没了。"说完,沈月瑶拿着他的手机,对电话那头的人道,"你有什么事找李助理,鹤云行今晚不处理任何工作上的业务。"

"好的,鹤太太。"

电话挂了以后,沈月瑶还把他的手机关机了。

鹤云行见状也没说什么,只是下一秒,他的双手忽然被沈月瑶用领带绑了起来。

鹤云行眯了眯眼:"鹤太太,你在做什么?"

沈月瑶使劲给领带打了一个结:"避免你趁我熟睡后又开始工作。"

做完这些后,沈月瑶就把灯关了,爬进被窝里,而后双手搂住男人的腰身,在他脸上轻轻地咬了一口:"惩罚你不听话。"

鹤云行呼吸沉了沉:"鹤太太,我劝你解开。"

沈月瑶哪里会听他的,裹紧被子转过身去,只留给他一个背影。她懒洋洋地打了一个哈欠:"我明天起来就解开,晚安。"

鹤云行沉默几秒后,最终接受了他被沈月瑶用领带绑住手的事实。

"晚安。"

沈月瑶原本是侧着睡的,只是,熟睡后,她一个转身,腿压在鹤云行腿上,一只手搭在他腰上,把他当成人形抱枕了……

沈月瑶醒来的时候,本来大脑还混混沌沌的,但在没见到鹤云行后,瞬时清醒了。

她立刻想要坐起身来,却发现自己的一只手好像动不了。她转头一看,这才发现原本绑在鹤云行手上的领带居然绑在了她的手上。

鹤云行果然是小心眼儿的人,这就报复回来了。

沈月瑶费了好一会儿才把领带解开。

起身后,她才发现鹤云行的手机还放在桌子上,唯独房卡不见了,估摸是上楼洗澡去了。

昨晚鹤云行生着病,沈月瑶就没让他洗澡,这个有洁癖的男人肯定是受不了了。

楼上房间里,Eva等了一晚上也没等到鹤云行回来,后半夜,她忍不住在沙发上睡着了。好在醒来时,房间里还是空的。

此时,她隐隐约约听到房门"滴"的声音,应该是鹤云行回来了。

总算是没白等,房间里,她安装了摄像头。

鹤云行的衬衫没换,还睡出了褶皱,裤子上没有腰带,他昨晚睡在哪里?不是身体抱恙吗?

男人拿起新的衣服,朝着浴室方向去。

望着他高大的背影,Eva抓紧了手里的东西,在浴室响起水声的时候,小心地朝浴室走去。

鹤云行衣服还没脱,先把花洒的水打开了。

凌晨时,他就已经退烧了。

浴室的门突然被打开,这样的时间点和私密的空间,鹤云行满以为来人是沈月瑶,然而,目光一侧,发现门口站着的女人居然是Eva后,他的眼神顿时变得阴森恐怖。

沈月瑶见鹤云行迟迟没下来,怀疑他是不是背着她去工作了。于是,她踩着粉色棉拖,问李助理要了鹤云行房间的备用房卡——以防有事要找鹤总,李助理问酒店多要了一张房卡。

沈月瑶刷了房卡进了鹤云行的房间后,就闻到一股奇奇怪怪的香味。而且客厅没有亮灯,倒是浴室里,好像一直有动静。

疑惑地走近浴室后,沈月瑶脸色微变,怎么会有两个人的身影?鹤云行房间里还藏着别的女人?

火上心头,沈月瑶冷着脸,一脚把门踹开,然后就发现——鹤云行神色阴沉,一只手掐着 Eva 的脖子!

Eva?她怎么会出现在这里?

沈月瑶一时不知道该怎么反应,表情有些呆愣。

鹤云行没想到沈月瑶会突然出现,担心自己阴沉恐怖的样子会吓到她,也怕她误会,他忙松开了掐住 Eva 脖子的手。

Eva 差点儿以为自己要被掐死了。鹤云行的样子太恐怖了,他眼里流露出的对她的恶心刺得她浑身冰冷难受,仿佛她是什么脏东西。

然而,如果沈月瑶不出现的话,也许她还是有机会的——毕竟,她是有备而来的。

但现在,Eva 背靠着墙,缓缓地滑落,坐到了地上。

此时此景,沈月瑶还有什么不明白的,她二话没说,直接冲了上去,抓住 Eva 的头发,然后猛地甩了她一巴掌:"千里迢迢从 G 市飞来伦敦就是想做这种事?你家里长辈没教过你怎么做人是吗?"

Eva 红着眼睛,发泄着情绪:"要不是鹤云行,我根本不会变成这种人!是他给了我希望,让我以为他喜欢我。直到你出现,他为了你,一次次地让我难堪,甚至要收回我现在拥有的一切。"

"不就是给你花了点儿钱?是你不知足。"沈月瑶不知道鹤云行为什么帮她,听她这么说,心里那股闷闷越来越重。

Eva 反驳:"一个无缘无故帮你成名的男人,你能不动心?"

沈月瑶双拳捏紧,看向鹤云行:"你自己的烂债,你自己解决!"

见她转身要走,鹤云行忙抓住她的手,沉声解释:"你别生气,是她自己想多了,我从来没有那个意思。"

他对 Eva 从来没有过任何暧昧。

Eva 见状，就知道沈月瑶对这件事介意得很。沈月瑶不舒坦，她心里就舒服多了。

只是，鹤云行明显很在意沈月瑶的情绪。

沈月瑶这一次甩开了他的手："跟我没关系！反正就算我问你，你也不会跟我说明原因。"

鹤云行忙从身后抱住她，不假思索道："是因为我同父异母的弟弟。Eva 是他暗恋的人，而我有愧于他。"

同父异母的弟弟？是梅丽芳的儿子吗？

沈月瑶跟他认识六年都不知道他有个同父异母的弟弟。她也从来没听鹤家人提起过，仿佛根本就没有这个人。

"我怎么不知道你有个同父异母的弟弟？他为什么没在鹤家出现过？"沈月瑶像个好奇宝宝一样追问。

"他在法国尼斯。"

所以，梅丽芳一直居住在法国尼斯，是因为她的儿子在那里啊！上次如果去见她的话，说不定就见到这位弟弟了。

"你有愧于他什么？"沈月瑶又问。

鹤云行眸色沉沉："这个跟 Eva 的事没关系。"

沈月瑶打量着他，发现他的确不乐意再提同父异母的弟弟的事，他之前不说，估计也是因为这个弟弟吧。

Eva 倒没想到居然有这么一层关系，原来，这一切跟鹤子鸣有关系。

鹤子鸣喜欢她？

她根本没见过鹤子鸣几次，后来他出事，就更不可能见到了。

Eva 接受不了这个原因："你在撒谎！"

鹤云行眼神冰冷："我从来不骗我太太。"

Eva 还在不依不饶，但沈月瑶已经被顺了毛——算了，鹤云行能在她生气的时候立马解释，已经有进步了。她发现自己还是很好哄的。

不过听到 Eva 的声音，沈月瑶还是表现出生气的样子："你看看你的烂桃花债。"

鹤云行低头，开始蹭她的耳朵："以后她不会再出现在你面前了。"

他根本不管 Eva 还坐在地上，径直把沈月瑶转过来，抬起她的下颌，将薄唇贴了上去。

鹤云行眼睛微微泛着红，他在她鲜红欲滴的唇上，不知餍足地亲吻，好半晌才停下来，问："还生气吗？"

沈月瑶心软了："看在你第一时间跟我解释的分儿上，不生你的气了。"

鹤云行把一整天的行程都取消了。

沈月瑶醒来的时候，伦敦的夜色再次袭来，外面车水马龙，夜景迷人。她躺在床上，无精打采的，像霜打的茄子。

鹤云行也刚醒不久，他喊来李助理："别再让她回 G 市。"

鹤云行已经无法容忍 Eva 的恶劣行径了，他有愧于鹤子鸣，所以在得知 Eva 是他喜欢的人，而 Eva 家里又面临破产时，他才会看在鹤子鸣的分儿上，帮了她一把。

如果不是今天让李助理查了 Eva 的过往，鹤云行都不知道 Eva 是如何费尽心思地营造"她是鹤云行的心上人"这件事的。G 市的那些朋友，碍于他已婚，从未在他面前直白地说过什么，以致所有人都以为 Eva 在他心里是很特别的存在。

难怪沈月瑶每次提起 Eva 总是一脸不愉快，总是冲他发脾气，也难怪结婚之前，她就一副不想嫁给他的样子。要不是他在沈老爷子面前表现得好，或许现在娶她的人，根本就不是自己。

"好的，鹤总。"

其实想要解决这件事很简单。

没有他们鹤总的扶助，以 Eva 那点儿拿不出手的才华，很快就会体验到这个行业的残酷。用不了多久，她就会被珠宝设计这个行业淘汰。

李助理拿出一个药袋子："鹤总，您要的药膏。"

鹤云行接过药膏，他手里还拿着沈月瑶专门喝水用的吸管杯，她每次出门都会带着，底部刻有她的名字。粉粉嫩嫩的杯子，镶嵌着亮晶晶的钻石，少女感十足。

他知道这个杯子的来历，是沈老爷子送她的十八岁生日礼物。

给杯子装上温水，鹤云行就回房去了，谁知刚到门口，就听到鼓起一团的被子里，传来女人委委屈屈的哭声。

鹤云行快步走上前，伸手拉开被子，就看到沈月瑶抱着枕头，满脸泪痕。

沈月瑶看见来人，愣了一下——鹤云行居然还在？那她哭什么？

沈月瑶发现自己居然因为鹤云行不在就矫情地哭了，顿时觉得五雷轰顶——她已经不再是那个风风光光、惬意潇洒的大小姐了！

看着女人哭得梨花带雨，那双漂亮的杏眼都蓄满了水光，鹤云行一条腿跪在床上，一只手抬起她的脸，用指腹轻轻抹去她脸上的泪痕，心疼地问："哪里难受？"

鹤云行又拿过床头的纸巾替她擦拭，而后连人带被子把她从床的另一端拉到自己身侧："不说我就自己来检查。"

沈月瑶已经不哭了，小仙女怎么能因为鹤云行哭得稀里哗啦？她濡湿的睫毛颤了颤，声音沙哑："你刚才去哪里了？"

"在客厅。"鹤云行一脸歉意，"穿衣服起来吃点儿东西？"

"嗯。"

鹤云行便起身去给她拿衣服。

只是，沈月瑶突然想起行李箱里那两件性感睡衣——这万万不能被鹤云行看到！鹤云行现在对这件事的热衷程度让她头皮发麻。

于是，她慌忙道："我只带了一件睡衣，我要穿你的。"

沈月瑶一副心里有鬼的模样，让鹤云行怀疑她行李箱里是不是放了什么见不得光的东西。

他现在对她细微的表情变化了如指掌，尤其是她想遮掩什么的时候的表情。

不过，鹤云行并没有拆穿她。

他的行李半小时前就已经被李助理统统收拾好了，他很快找来一件黑色衬衫给她穿上。

黑色衬衫被她穿得像条裙子，刚好挡住大腿，领口松松垮垮的。袖子过长，鹤云行帮她把袖口卷了起来。

沈月瑶坐在床上，背靠着枕头，手捧着水杯，咬着吸管，疯狂地补充水分。

他沉默三秒后，问："鹤太太，你真的没有睡衣了？"

沈月瑶下意识眨了两下眼睛："没有了。抱我出去吃东西，我饿了。"

"鹤太太，你眨……"

"我说没有就没有。"沈月瑶打断他。

鹤云行好整以暇地看着她。

"你快点儿!"她故意装凶。

鹤云行只好先抱她出去吃东西。

餐桌上,已经放有煮好的养颜美容粥、几道清淡的粤菜,还有半只香喷喷的烤鸡。

在她吃烤鸡的时候,鹤云行忽然伸手,指腹压在她唇角,抹掉上面的酱汁。

沈月瑶心跳如雷。她不得不承认,她那点儿心思,怎么藏都藏不住,尽管她不愿意承认。按照这种情况发展下去,她会沦陷得越来越深。

她想要两情相悦的爱情——跟鹤云行的爱情。

只不过,她什么都有,唯独缺少勇气。

她像是一个刚学车,磕磕碰碰上路的新手,试探性地问:"鹤云行,你以前谈过恋爱吗?"

鹤云行的声音懒懒的:"没谈过。"

沈月瑶不敢看他,假装随意地问:"那你想过谈恋爱这件事吗?"

"没想过。"

"没谈过恋爱就娶了我,没有尝试过两情相悦的爱情,你不觉得很可惜吗?"她鼓起勇气问他。

沈月瑶试图让他接收到自己的信号,说出她想听的话。

只是,能轻易看穿她心思的鹤云行,在某些时候又很迟钝,又或者,尽管现在他们越来越亲昵,他也未曾往爱情那方面想过——因为是夫妻,所以他觉得两人之间的亲密理所当然。

鹤云行的声音本就冷淡,他情绪不高的时候,听起来就很冷漠:"我不觉得。"

鹤云行往她碗里夹了些菜,"我们现在很好,鹤太太,不要胡思乱想。"

沈月瑶有些窘迫:"只是问问而已。"

她那点儿心思因为他的话再次偃旗息鼓,她顿时觉得嘴里的鸡肉变难吃了。

翌日。

一觉醒来，鹤云行发现自己身边空空如也。他还是第一次见沈月瑶这么早起床，这显然不符合她的生活习惯。

鹤云行俊秀的眉微微蹙起，他昨天哪里做得不好，惹她生气了？

但昨天晚上，他把她当祖宗一样来伺候，自认并没有哪里出错。

鹤云行思虑片刻，给沈月瑶打了电话："起这么早，去哪里了？"

沈月瑶的声音淡淡的："在GCC分部，我在忙工作，没什么事，我挂了。"

沈月瑶说挂电话就挂电话，GCC的李总裁一眼就看出来她心情不好，不禁问："沈小姐跟鹤总吵架了吗？"

"不是，我们平时就这样，各玩各的，互不干扰。"沈月瑶用打趣的口吻道。

酒店里，鹤云行穿戴整齐后，对等候他出门的李助理道："查一下太太的行程。"

鹤云行休息了一天，今天的行程没办法再推掉。一整个上午，他都十分忙碌，又是开会，又是处理项目。

此时，他刚签署完一份文件。平时工作起来，不到午休时间绝不会休息的男人，忽然放下手里的工作，主动问起来："她在做什么？"

"她"指谁，不言自明。

李助理立刻回道："太太在接受采访。我已经联系李总裁了，让他对太太多加关照。"

沈月瑶在那之前，根本没有怎么接触过职场。她现在是声名远扬的珠宝设计师，可以说，这是她第一次因为工作而出差。

沈月瑶娇贵，鹤云行担心她吃不消。另外，她一大早招呼都不打就往外跑，明显是在跟他生气，鹤云行不可能不在意。

现在两人都在忙着工作，私事可以晚上再谈。

"问李总裁拿一下她的采访视频。"

"好的，我这就问李总裁要。"

鹤云行又吩咐："去买点儿她喜欢吃的零食，再准备下午茶让人送过去。"

李助理一一应下。

李总裁速度很快，没过两分钟，就发来了视频。

视频里，沈月瑶穿着吊带小白裙，脚下踩着米色长靴，头发扎了起来，腰细腿长，明艳又抢眼。

采访记者正好问道："沈小姐，你之前有以爱情为元素设计过作品吗？"

沈月瑶："没有。"

采访记者："为什么呢？"

沈月瑶："得不到灵感吧，毕竟我跟我丈夫是……"

是什么？

她的回答里显然提到了他的，只是，鹤云行没听到她的回答——视频就此中断了。

好在很快，李助理又发了一个视频过来。

不过，这个视频里的沈月瑶脸色似乎不好，精神微微恍惚，手一直压在小腹上，黛眉紧蹙，似乎一直在隐忍着。

鹤云行脸色一变："跟李总裁说她不舒服，叫医生过去看看。"

正在接受采访的沈月瑶，突然间有一种恶心、头晕的感觉，甚至想吐，但她都忍下来了。毕竟，工作认真的小仙女是不允许出现失误的！

结果就是采访结束后，她刚站起来，整个人却差点儿倒了下去，幸好采访记者扶了她一把。

"沈小姐，你还好吗？"

沈月瑶缓了缓，点头："我挺好的，能帮我倒杯水吗？"

"好的，你稍等。"

采访记者赶忙给她倒了一杯水。

李总裁也很快带着医生来了，还把鹤云行派人送过来的小零食和下午茶一块儿带了过来。

医生给沈月瑶做检查时，李总裁在一旁笑着说："瑶瑶，你丈夫很关心你，只是从视频里就看出你不舒服了。"

李总裁跟沈月瑶的小叔沈听澜是同辈，两人一起打过高尔夫，经过这几天和沈月瑶的相处，李总裁已经将"沈小姐"这个称呼改成"瑶瑶"了。

沈月瑶嘴角微微上扬，但是又控制住了，抿了抿唇："李总裁，您快把他拉黑。"

李总裁大笑:"你们俩真有意思!说实在话,我看不出来你们没有感情,你们的相处方式反而有点儿像刚谈恋爱的小情侣。"

沈月瑶本来在喝水,听到这话,被呛了一下——刚谈恋爱的小情侣?!李总裁这是什么眼神?

李总裁问:"是不是跟鹤总闹别扭了?"

"没有。"只是她一个人在生闷气而已。即便他从来没想过要谈一段两情相悦的恋爱,但她表现得还不够明显吗?他怎么一点儿都不懂?

沈月瑶虽然说"没有",但李总裁知道真实的答案。他们夫妻之间的感情挺好的,和外界传的截然相反。

这时,医生温和地问:"沈小姐上午吃了什么东西吗?"

沈月瑶张了张嘴,本想说早上吃了药,但是又改了口——她不想让鹤云行知道。

他想要孩子,如果知道她不乐意生,不知道会怎么想。

"没吃什么。我现在好很多了,谢谢医生。"

"我给你开点儿药。"

"好。"

那种难受的感觉不算强烈,但足够磨人,所以还是吃点儿药好。

李总裁继续说:"鹤总还贴心地给你准备了点心和小零食,你先吃一点儿,如果实在不舒服,晚上的秀就不去了,我让人送你回去,你好好休息。"

沈月瑶看到李总裁的助理手里拎着的小零食和茶点,摇摇头:"要去的,我很期待今晚的时装周大秀。"

接着,沈月瑶端起温水把医生开的药吃了。

此时,鹤云行发来微信消息:"好些了吗?"

沈月瑶只回了一个猫猫冷漠脸的表情图。

鹤云行:"为什么生我的气?"

沈月瑶:"你自己想。"

鹤云行回忆着昨天的点点滴滴,忽然就想起晚饭时,沈月瑶提到的问题。

"李助理。"

李助理立马回应："鹤总,有关太太的事,您尽管问。"他这个爱情军师必然能把问题给他们鹤总梳理得明明白白的。

鹤云行便简要地把沈月瑶提到的问题跟他说了一下。

李助理想了想,说:"鹤总,我猜太太可能是想跟您谈恋爱,才会问您那种问题。毕竟结婚只是一种形式,谈恋爱却是两个互相有好感的男女决定走在一起而进行的一种社交活动,是两者相互了解、相互沟通的重要过程,更是精神上的一种感情需要。但您和太太的情况比较特殊,太太可能是觉得你们之间没有什么感情,所以想通过谈恋爱的方式跟您培养一下感情,好让你们夫妻之间的关系更加坚不可摧。"

听完之后,鹤云行抽了一支烟。缓了缓后,他回:"嗯,知道了,你出去吧。"

"好。"

李助理在鹤云行身边当助理很多年了,他一直觉得他们鹤总平日里冷冰冰的,缺少点儿人情味,不像是会谈情说爱的那种男人。

在以前,能让他稍微没有那么冷漠无情的只有鹤老爷子,现在,多了一个鹤太太。

而且,他对沈月瑶已经越来越重视了。

英国伦敦,晚上九点。

沈月瑶坐在秀场T台旁看秀,比起台上腿长腰细的女模特,一眼望过去,她更能吸引人的目光。

沈月瑶总觉得对面有人在频繁地看自己,她将目光缓缓转过去。

是一个长相还不错的男人,西装革履,打扮得体,双腿优雅地交叠在一起。见她看过来,男人朝她露出一个迷人的微笑,很绅士,宛如春日里拂过的清风。

沈月瑶以前比较喜欢清俊长相的男人,前男友就是那种类型。不过,现在看到这种类型的男人,她已然心如止水。

沈月瑶并没有搭理对方的示好,缓缓移开视线,继续看秀。

人是会变的。

如果问她现在的择偶标准是什么类型,她脑子里只会浮现出鹤云行的样子。

这场时装秀在一个小时后落下帷幕,不过场下依旧热闹不已,那些来看秀的名人、达人在相互拓展他们的交际圈。

沈月瑶也没离开,她在跟别人交谈的时候,突然收到了一位工作人员捧来的花和一份礼物。

沈月瑶呆愣了几秒:"是不是送错人了?"

工作人员:"小姐,没有送错,是一位先生让我拿给您的。"

"可以还回去吗?"

"抱歉,那位先生已经离开了。"工作人员把东西给她之后,就微笑着走开了。

沈月瑶低头看了看,礼物是GCC的一个很精致的定制款的包,稀有而昂贵。

她有点儿无奈,除非生日,平时她从来不会收陌生人的东西。

这时,GCC李总裁来到她面前:"瑶瑶,你老公来接你了。"

鹤云行在李总裁助理的带领下进入了内场,他看到沈月瑶的同时,也看见了她手里的花和那个包装精致的盒子,眼神顿时低沉了几分。

李助理还生怕他不懂,给他解释:"鹤总,太太手里捧的那束花是桔梗加并蒂莲。"

如果是秀场的工作人员送花,必然不会送象征爱情寓意的花束,而且,沈月瑶手里还捧着一个包装精美的盒子。

"我看见了。"他之前就了解过一些常用花的花语。

沈月瑶听说鹤云行来了,也没有显露出高兴的神情,只说:"李总裁,能不能帮我查一下,送我花和礼物的先生是谁?"

"行,我待会儿找人帮你问问。" 这里是GCC的专场,要想知道送礼人的身份,不难。

说完,李总裁又示意她往某个方向看。

沈月瑶转过头,便看到鹤云行顾长挺拔的身影。

鹤云行走到她跟前,低声问:"现在回去吗?"

"结束了,我自然会回去。"

鹤云行沉默了。他一直觉得两人的现状很稳定,他也很喜欢这样的相处状态。只是,没想到,这却不是沈月瑶想要的——鹤云行从来没想过沈月瑶有朝一日会想跟他谈恋爱。

他对谈恋爱毫无兴致，但沈月瑶想要，他会满足——他对她一向是没有什么底线的。

谈恋爱好像要花更多的心思，但他一直以来对沈月瑶就没少花心思，再多一点儿，似乎也没什么。

一旁的李总裁热情地跟他打招呼："鹤总，你来了。"

鹤云行跟他握手，不疾不徐地攀谈起来。

"有时间再跟鹤总好好吃顿饭。"说完，李总裁又对沈月瑶道，"瑶瑶，我查出来是谁给你送的礼物后，会发微信告诉你。"

"好的，谢谢李总裁。"

从秀场离开后，沈月瑶和鹤云行坐上劳斯莱斯返回酒店。一路上，车内异常安静，两人都保持着沉默。

沈月瑶有点儿不习惯这种氛围，她垂着眼眸，手碰了碰桔梗的花瓣，有些心不在焉。

但这一幕落在鹤云行眼里，却让他以为沈月瑶对这束花情有独钟。他缓缓启唇："陌生人送的东西，还是还回去比较好。"

沈月瑶本来就是这么想的，不过，在鹤云行主动提及后，她就起了逆反心理："也不是多值钱的礼物，收下也没什么。等李总裁告诉我对方是谁，我可以回送他一份礼物，就当交个朋友了。"

鹤太太还想交个朋友？

鹤云行不是什么都不懂的榆木疙瘩："鹤太太，对方不只是想跟你做朋友那么简单。"

"是吗？不就是一束花和一份礼物？怎么就不简单了？"

鹤云行将声线压得更低："礼物跟花交给李助理处理。"

鹤云行伸手想要拿走这碍眼的东西，但是沈月瑶故意坐远了些，把花偏向另一边。

"不要。"

只是，男人手长，车里空间就那么大，他俯身过去，把花抢走了。

紧接着，鹤云行示意司机："靠边停车。"

司机闻言，在路边停下，然后接过鹤云行递过来的花，按指示拿出去丢掉了。

沈月瑶质问:"你怎么能扔掉我的花?"

"我看着心烦。"鹤云行面无表情地说。

沈月瑶失笑:"怎么?你吃醋啊?"

鹤云行薄唇紧抿,没有回答。

沈月瑶见状,顿时心里有火在烧,这个问题有这么难回答吗?

"你不是吃醋的话,那干吗把我的花扔掉?鹤云行,我们只是联姻,并没有什么实质性的感情,你这样会让我很困扰。"沈月瑶一张小嘴不停地输出,"你真烦人,就知道欺负我!要不是有李助理,我看你连哄我都不会。这婚结得还有什么意义?我看不如离婚算了!我找个人帅声甜的小哥哥哄着我,还可以陪我打游戏,陪我谈恋爱,不好吗?"

她的话刚说完,鹤云行似乎被她"离婚"和"找小哥哥谈恋爱"的言辞刺激到了,捏起女人的下巴就重重地吻下去。

好一会儿,鹤云行才松开她,让她喘气。

沈月瑶胸口起伏不定,几秒后,她把头凑过去,又在他的薄唇上狠狠地咬了一口,咬得都渗血了。

解了恨,沈月瑶这才别过头去,抿了抿唇:"谁让你亲我了!"

"别气我。"鹤云行轻启薄唇吻她的眼尾,修长的手指撩开她垂落在耳边的乌发,缓缓移到了她小巧莹白的耳朵上。

"我不懂那是不是吃醋,但我很介意别的男人觊觎你。"鹤云行握住她的手,十指紧扣,"想跟我谈恋爱为什么不直说?"

沈月瑶身体僵了一下,耳根冒红,她紧紧地揪着男人的领带,面无表情:"仙女的想法有时候比较多变,我现在已经不想了,你已经被我踢出局了。"

鹤云行握着她的手指,捏了捏她的小拇指:"再给个机会?"

一个连吃醋和占有欲都分不清的男人会产生想跟她谈恋爱的念头,李助理这个爱情军师应该功劳不小吧。

"你确定真的想跟我谈恋爱吗?"

"如果是你,没什么不可以。"

这句话听起来很让人心动。

沈月瑶垂着眼眸:"男人的嘴,骗人的鬼。"她顿了顿,又说,"我得先看看你的诚意和表现。"

"好。"

沈月瑶今天的郁闷一扫而空。她抬起头,发现男人被她咬的那个位置,颜色殷红,衬得他又多了几分的邪魅。

沈月瑶抬手碰了碰他的唇角:"疼不疼?"

"没你之前咬得痛。"

见沈月瑶已经不闹脾气,还关心起他的伤口,鹤云行不禁低头,又抬起她的下颌,薄唇缓缓印下去。

这个吻很温柔,却让沈月瑶心颤无比。

那份礼物,在他们回到酒店后,就被李助理处理了。

沈月瑶从李总裁那里得知了对方的身份——今晚坐在她对面,三番四次打量她的那个男人。

对方是南城人,英文名是Williams,这些年一直在伦敦生活。

难道是对她一见钟情?——沈月瑶也不是第一次遇到这种情况。

沈月瑶没有多想,回到酒店后,就脱掉高跟鞋,穿上鹤云行新买的兔子拖鞋。卸妆洗脸的时候,她才发现头发没有绑好,全部松散下来了,但现在手上全是泡沫,不方便扎头发。正巧这时,鹤云行给她拿了睡衣进来。

"鹤云行,帮我绑一下头发。"沈月瑶忙唤他来帮忙。

鹤云行放下睡衣走到她身边,不太熟练地替她把散落的头发抓起来。她的头发很软,乌黑又润泽,有时候欺负狠了,她一有小情绪,他就会轻抚她的长发。

镜子前,卸完妆的沈月瑶脸蛋嫩生生的,水珠轻盈地滚落下来。

鹤云行根据沈月瑶的指示,拿出一根小皮筋,把头发绾了起来。一切做完后,沈月瑶开口:"好了,你出去吧。"

鹤云行沉默了一下,依言出去了。

浴室里,沈月瑶泡在浴缸里舒悦地眯了眯眼睛。其实她很想知道,鹤云行接下来会怎么表现。

沈月瑶在伦敦的工作已经结束了,她设计的珠宝成品会由GCC的专业珠宝团队来制作。

珠宝展举行的时间要么是九月下旬，要么是十月初，而她作为这个作品的原创设计师，到时候只要参加即可，只是地点还没有定下来。

估摸这两天就会离开伦敦，飞回G市，于是沈月瑶特地把自己后天上午回G市的机票信息截图发给了某人，并配文："我后天上午回去。"

鹤云行："把机票退了，坐我的飞机回。"

他这一次来伦敦，是坐的私人飞机。

沈月瑶想了想，她回去之前必然会在伦敦买不少东西，乘私人飞机会方便许多，于是她听话地把买好的机票退了。

只不过，她会告诉鹤云行自己后天离开，是想告诉他：你的仙女老婆后天就要走了，两人相处的时间就剩下这么两天了，你不得好好珍惜，抓紧机会表现吗？

但显然，他没有任何表示。

于是，沈月瑶回了一个"哦"字。

鹤云行看到后，一下就猜到鹤太太对他的回应不太满意了。她刚才说的话其实暗示得够明显了，他再迟钝也还是听出来了。

沈月瑶："你给李助理涨点儿工资吧。"

鹤云行回了一个问号，要知道，李助理的年薪是许多人都达不到的高度。

沈月瑶发了一个"猫猫扭头"的表情图。

不懂她的暗示就算了！毫无情趣的大笨蛋，我现在就给你减分。

第二天，伦敦天气不错，风和日丽。

沈月瑶昨晚十点钟左右就躺下休息了，而鹤云行很晚才回来，熟睡的她毫无察觉。

她慢悠悠地起身练了会儿瑜伽，舒展一下筋骨。运动结束后，她吃了早餐，又做了一个美容护理，还酝酿了下一个作品的灵感。

到了中午，她享用完午餐，休息二十分钟后就开始午睡了。

沈月瑶计划下午三四点出门逛街购物，晚上则去米其林餐厅吃晚饭，将行程安排得明明白白。

下午一点，沈月瑶躺在床上正睡得香甜，忽然感觉有人抱住自己——能随意出入她套房的人只有拥有另一张房卡的鹤云行。

沈月瑶眼睫轻颤，睁眼一看，果然是鹤云行在"偷袭"她。她把他稍稍推开："你怎么回来了？"

鹤云行意犹未尽地吮了一下她的红唇："鹤太太不是想我陪你逛街买东西吗？"

"什么叫我想？这是你应该做的。"沈月瑶刚睡醒，声音娇娇嗲嗲的。

"下午和晚上的时间都是属于你的。"鹤云行注视着她，"还满意吗，鹤太太？"

沈月瑶勾了勾唇："又是李助理给你排忧解难了？"

"不是。"

沈月瑶有点儿意外，他居然进步了，不需要爱情军师李助理的帮助。她嘴角的笑容深了些，抬起头，奖励了他一个亲亲。

"再接再厉啊，老公。"

伦敦，牛津街，哈洛德百货。

沈月瑶踩着绑带高跟鞋，纤细的身影频繁地出现在各种奢侈品店，包包、衣服、鞋子、香水、珠宝……

不少路人都见证了一位气质矜贵的男人陪在一个漂亮女人身边，不停地替她在不同的店里刷卡付钱，不禁艳羡不已。

在专卖店里，沈月瑶挑了几双鞋子，准备试一试。

招待沈月瑶的是一位高大、长相帅气的男店员，他拿着鞋子，在她面前缓缓蹲下。

沈月瑶今天穿的是短裙，即便是坐着，长腿看起来也很纤细、白皙。

男店员拿起一只鞋子，正要说什么的时候，鹤云行却一下取走他手里的鞋子："这里不用你。"

男店员也没多话，起身退到了一边："好的，先生。"

鹤云行在沈月瑶跟前蹲下，英俊冷感的男人像是电影里20世纪高贵的公爵，动作轻柔地抬起她的脚，然后慢条斯理地把鞋子给她穿上。

被他温热的掌心托着脚底，感受到他的温度，沈月瑶不禁脚趾微微蜷缩。

她托着下巴，忍不住嘴角上扬："你干吗抢人家的活？"

"我在争取表现的机会。"鹤云行认真地回道。

一个下午,沈月瑶收获满满。晚上,她又在鹤云行的陪伴下去了米其林餐厅吃晚餐。这一天,沈月瑶感觉体验还不错。

翌日。

回 G 市的飞机是上午十点的,沈月瑶七点就醒了。起来后,她跟鹤云行一起吃了早餐,时间就到八点了。

这时候,鹤云行该出门了。他正在穿衣服,黑色衬衫塞进劲瘦的腰身里,衬衫扣子还没完全系好,领带松散地挂在脖颈儿上。

沈月瑶出现在他身后,看镜子里的他正系着袖口的纽扣。她伸手抓了抓他的衬衫,问道:"你什么时候回 G 市啊?"

"至少还要一周。"

其实沈月瑶留下来等他一起回去也不是不行,只不过,他发现,只要她在他身边,他就没办法专心地工作,与其让工作效率变低,倒不如完成工作之后再分出时间陪她。这样一来,工作和谈恋爱两不误。

沈月瑶"哦"了一声,说:"行吧,你仙女老婆在家等你回来继续表现。"

"好。"

"你走吧,待会儿保镖会送我去机场。"

说完,沈月瑶想了想,踮起脚尖,亲了他一下。

沈月瑶回 G 市之后就去了鹤家,她给鹤家的长辈和年轻小辈都带了礼物,这个鹤家大少奶奶,她做得很称职,即便是之前她觉得两人的婚姻畸形,也没有愧对自己的这个身份。

之后她就每天陪鹤老爷子出去钓鱼、散步,然后每天追追剧,再工作一会儿,顺便等鹤云行回来。

唯一尴尬的问题是,鹤老爷子突然问起他们小夫妻打算什么时候要孩子。

沈月瑶倒不排斥生孩子,如果接下来鹤云行表现好,怀孕也没什么问题。

周五那天,她还接到了鹤云行的朋友赵森打来的电话:"嫂子,周日那天你有时间吗?我女朋友从国外回来了,我们的婚期也定下来了。

周末我打算办个派对,行哥说他来不了,你要不要来?"

沈月瑶想起他之前在 Eva 的生日会上对她挺照顾的,于是没多想就应了下来:"你把地址发给我,周日我会准时过去。"

挂了电话后,她就给鹤云行发了消息:"你的朋友赵森有未婚妻了,你见过吗?他们谈了很久吗?"

鹤云行回复得很快:"没见过。他们谈了很多年了。"

关系不错的朋友谈了好几年的女朋友,鹤云行都没见过,可见他这个人平日里对朋友是多么不上心。

沈月瑶又问:"除了赵森,你还有关系比较要好的朋友吗?"

"没有,那些都是泛泛之交。"鹤云行回答得也很直接。

所以,其实 G 市那些人跟鹤云行的关系大多都很一般,最多只是维持一下表面友谊。

如此一来,后天若是有人跟她发生冲突的话,她完全不需要给他们面子。

她会生出发生冲突的念头,Eva 自然是功不可没的。

Eva 自从去了伦敦之后就再也没有回来,许是她的工作室因为售卖的珠宝出现质量问题被强制关闭后,她的名声也败坏了。

这些都不重要,即便是 Eva 现在回不来,会替她出头的人,估计也不少。

周日晚上很快到来,沈月瑶开着鹤云行送的那辆粉紫色的布加迪威龙出了门。

既然是介绍未婚妻给他们认识,沈月瑶自然是要准备礼物的。

莺莺也会去,不过是跟她分开去的,毕竟她们两家的方向不一样。

沈月瑶到了目的地,这是赵森名下的一栋靠海边的别墅。海风吹拂,别墅里正播放着动人的音乐。

赵森带着女朋友出来接人,见到沈月瑶,热情不已:"嫂子,你来了,介绍一下,这是我女朋友,橙橙。"

橙橙热情地打招呼:"嫂子,你好。"

赵森的女朋友说话温温柔柔,普通话不是很好,但是长得娇小可爱,手一直勾着赵森的胳膊,旁人一眼就能看出两人感情很好。

沈月瑶把见面礼递了上去:"你好,橙橙,这是我跟我先生鹤云行给你的见面礼。恭喜你们订婚了。"

"谢谢嫂子。"橙橙礼貌地接过。

赵森问:"行哥什么时候回来?"

"不清楚,估计就这几天吧。"说完,沈月瑶反问,"你们什么时候摆喜酒?"

"10月8日,嫂子到时候记得来。"

"好。"

沈月瑶随他们进入别墅后,先到的那群人见到她,多少有些不自在。他们没想到赵森把沈月瑶请过来了。

Eva现在落魄了,去了伦敦后就没有再回来,甚至人都联系不上。他们很难不去联想和猜测:Eva现在这么惨,会不会是沈月瑶的手笔?

正是有这样的揣测,有些人即便对Eva爱莫能助,对上沈月瑶时,还是想替Eva鸣不平。

"赵森,不是吧,你怎么把沈大小姐请过来了?"有个男人语带嘲讽,"请个祖宗来给自己添麻烦?"

赵森脸色有点儿难看:"黄琦君,不会说话就给我闭嘴!"

其他人纷纷开口打圆场:"嫂子,他喝多了,别管他。"

赵森也赶忙向沈月瑶道歉,并将她请到别处坐下。

沈月瑶笑着应下,而后冷冷地瞥了黄琦君一眼,一脸不以为意——他再胡说八道,嘲讽她,她是不会跟他客气的。

不愧是人间富贵花,就连一根头发丝都透露着高贵和娇艳。

沈月瑶优雅地在沙发空位上坐下后,不少人纷纷友好地跟她问好。她见到了许多生面孔,估计是橙橙的朋友。

沈月瑶勾着浅笑,不太熟练地跟他们打招呼、寒暄。

这里没有熟人,沈月瑶也不是什么社交达人,她懒得交际这件事情在这些年里从来没变过。

赵森知道沈月瑶的习惯,赶忙让橙橙来招呼她,场面这才热络起来。

女生之间很容易有共同话题,只要涉及奢侈品、珠宝、衣服等,她们可以聊上大半天,热情绝不消退。

沈月瑶被她们邀请一起打扑克,她应下了。

那边欢声笑语,这边不欢迎沈月瑶到来的黄琦君坐在另一处,端起红酒一饮而尽，一脸的烦躁和不耐。

其他朋友见状，纷纷劝说：

"你别当众跟沈月瑶闹，别忘了，鹤大少对他这个老婆还是很重视的。"

"是啊！再说，得罪沈大小姐，小心沈家找你麻烦。"

"闹得不愉快也让赵森夹在中间很难做，冷静一下吧。"

黄琦君是他们这些人里面跟 Eva 玩得最好的，在他们看来，他是醉翁之意不在酒，只不过没本事让 Eva 看上罢了。他家里虽然有钱，在 G 市也排得上名号，但跟沈、鹤两家这样的大家族根本没法儿比。

黄琦君却对他们的劝言充耳不闻，甚至咄咄逼人地质问："你们还是 Eva 的朋友吗？你们知道她现在的处境有多惨吗？这肯定跟沈月瑶有关，可你们连替她鸣一句不平都没有，太让我失望了！"他很清醒，但是因为喝了酒，多少有些不理智，"还有鹤云行，娶了沈月瑶之后，对 Eva 就不管不顾，换作以前，肯定不会的。"

"我一直以为他会娶 Eva，结果呢？他真是太让我失望了。Eva 这些年一直没有找男朋友，就是在等他，可她等来了什么？"黄琦君的声音提高了不少，倒显得理直气壮。

其他人并没有接话。他们心里门儿清，如果鹤云行心里真的有 Eva 的话，不会在她出了这么大的事后无动于衷的。Eva 的确是他们的朋友，但他们不会为了一个女人，去得罪沈月瑶，得罪鹤云行。

面对他们一言不发的态度，黄琦君心灰意冷，对沈月瑶的敌意更加重了，看向她的眼神也是阴沉沉的。好一会儿后，他仰头又喝了大半杯红酒。

黄琦君嗓门大，所以那些言论，沈月瑶都听到了。

黄琦君事到如今还认为 Eva 在鹤云行心里是有分量的，只是，现在鹤云行不爱她了而已，所以他还在为 Eva 愤愤不平。

而某些人虽然没有附和他，但到底被 Eva 误导了这么多年，鹤云行本人又没出来澄清过，肯定也会有跟黄琦君一样的想法。

正想着，沈月瑶就收到鹤云行的微信："在赵森那里？"

看到他发的消息，沈月瑶一点儿回复他的心情都没有，索性假装没看见。但是，她发了一条朋友圈。

此时，鹤云行乘坐的飞机降落G市国际机场没多久，早前就安排的车，已经在停车场等候多时。

上车后，李助理问："鹤总，我们回哪儿？"

"去接鹤太太。"

第六章
心血来潮送饭

别墅里,沈月瑶看到莺莺来了,就把牌给她玩了——心情不佳,沈月瑶玩牌的心思都没了。她抿着没喝完的果茶,拿起手机刷视频。

鹤云行出现在别墅的时候,众人都愣了一下。

在伦敦出差的男人,突然回来了。没人知晓他的行程,所以见到他的时候,皆是一副意外的模样。

"瑶瑶,鹤总来了!"莺莺拽着沈月瑶的手提醒她。

沈月瑶抬起头,正好对上鹤云行投过来的目光。她咬着吸管,把脸别了过去。

众人面面相觑,如此不把鹤云行放在眼里的,大概只有沈月瑶了吧。

鹤云行却仿佛没看到沈月瑶的反应,径直朝她走去,在她旁边坐下。

"你干什么呀?这是别人的位置,她上洗手间去了。"沈月瑶开口赶人。

鹤太太连跟老公坐在一起都不乐意,这得多嫌弃对方啊!别的女人可是上赶着都碰不到鹤云行衣袖口的一分一毫。

鹤云行挑了挑眉,直接把沈月瑶抱起来,自己坐在了她的位置上,而她坐在他的腿上。

沈月瑶穿了一件墨绿色的挂脖长裙,侧坐在鹤云行身上,细腰被男人环抱着。

"我坐你的位置,总行了吧,嗯?"

沈月瑶手里还拿着果茶,红唇微微翕动:"你的腿太硬了,我不想坐。"

"鹤太太,我刚下飞机就来找你了,还给你带了礼物。"鹤云行意有所指。

沈月瑶见他眉眼间藏着淡淡的疲惫,顿时心软了:"你回来怎么也不说一声?"

"想给你一个惊喜。"

"好吧。"沈月瑶眉头微微舒展。

"鹤太太,我口渴了。"鹤云行见她的小情绪被哄好了不少,也愿意搭理他了,于是故意转移话题。

"我去给你拿。"

"用不着那么麻烦,你手里不是还有大半杯?"说完,鹤云行抬高她的手,低头,抿住留有沈月瑶浅浅牙齿痕印的吸管。

"行哥。"赵森拉起橙橙的手走到鹤云行面前,"这是我的未婚妻橙橙,10月8日我们举行婚礼,请你跟嫂子一定记得来。"

鹤云行微微颔首:"好。恭喜你们。"

闻言,赵森笑得一脸傻样,橙橙也在众人的欢呼声下羞涩地浅笑着。

沈月瑶嗅到了爱情的味道,这才是心意相通、两情相悦走到一起的感觉吧,跟她经历的截然不同。

"行哥,他们在娱乐室玩,要过去跟他们聊两句吗?"赵森问。

鹤云行一脸漠然:"我只是来接我太太回家的。"

"行,知道了。"

知道鹤云行没想在这里逗留,沈月瑶不禁唇角微弯:"我上个洗手间就回去啦!"

橙橙原本想陪她去,但沈月瑶没让:"你陪赵森跟鹤云行多聊一会儿吧,我自己去。洗手间在哪个方向?"

橙橙给她指了指："楼下洗手间若是有人，可以上二楼的。"

莺莺跟着站起身来："瑶瑶，我跟你一起去。"

"好。"

两人穿过客厅，朝洗手间走去。

只不过，她们明明是按照橙橙指的方向走的，结果却阴差阳错地走到了娱乐室。

娱乐室的门是敞开的，里面那些人正在玩台球。

她们本想掉过头，忽然一颗球从里面飞了出来。

莺莺眼明手快，赶忙把沈月瑶拉开了。

台球是实心的，很有重量，一个鸡蛋从高处掉落都能砸死人，更别说那么沉的一颗球砸到人身上。

沈月瑶吓了一跳，转头一看，那颗球砸到了她身后的墙壁后，"哐当"一声掉在了地上。

娱乐室内，黄琦君捏紧球杆，没想到沈月瑶居然躲开了。

"琦君，你疯了？！"朋友小声地问。

"没疯，也没醉，失手而已。"他漫不经心地说着，根本不当一回事。

"要是真砸到人了，明天清醒过来后你可别后悔！别怪做兄弟的没提醒你。"

"是啊，你快点儿跟沈大小姐道歉吧！"

"我的球又没打到她，我道什么歉？就算打到了，我把她的医药费全包了还不行？"黄琦君的态度狂妄不已。

是医药费的问题吗？到时候可能就不只是赔医药费了。

忠言逆耳，但人家不听，也没办法。

沈月瑶回过神来后，漂亮艳丽的眼睛里闪过冷然。失手？她可不信。

莺莺已经开始输出了："黄琦君，你是嫌你爸养着你还不够累，要给他增加麻烦是吧？黄叔叔有你这个儿子，真是家门不幸！Eva 是给你下什么迷魂药了？"

黄琦君脸色难看起来："你再骂一句试试？"

但莺莺哪里会怕他，何止是骂一句，她一连骂了好几句。

黄琦君脸色难看极了，但又没办法，要是当着大家的面打女人的事传出去，他就彻底没有名声了。况且，他对莺莺也没那么大的敌意。

莺莺刚骂完，沈月瑶便踩着绿色细跟鞋上前，一把抓住黄琦君的手臂，猛然给了他一个利落的过肩摔。

黄琦君毫无防备，直接被摔倒在地，砸得头昏眼花。

沈月瑶本来就学过散打，只是很久没舒展筋骨了，虽然有点儿生疏，但不妨碍她把人摔倒在地。

沈月瑶居高临下地看着地上的人："Eva在伦敦因为打鹤云行的主意被他收拾了，你想替Eva打抱不平，找鹤云行理论去，找我干什么？"

所以，Eva是冲着鹤云行去的伦敦？

黄琦君难受地爬了起来，但到了这个时候，他还不忘帮Eva甩锅："Eva去伦敦只是想问鹤云行为什么要破坏她的展会，是你这个女人，嫉妒心强，容不下Eva！鹤云行三心二意也就罢了，现在还比以前更冷漠无情，连Eva都不在意了。"

"我怎么不知道Eva在我心里有分量，你是我肚子里的蛔虫，这么了解？"鹤云行的声音忽然响起，语气冷漠刺骨。

看到鹤云行，黄琦君身体一僵，眼里闪过一丝无措，但想到Eva在电话里对他梨花带雨的哭诉，他硬气了一回："你要是个男人就承认。"

鹤云行面无表情："不存在的事情，我为什么要承认？"

"你以前对Eva有多好，我们都看在眼里。"

这番言论，荒唐至极。鹤云行冷笑："我以前有多好？你说说，我听听。"

黄琦君开始在脑子里搜索关于鹤云行对Eva有多好的点点滴滴，然而，脑子里却是一片空白。

黄琦君硬着头皮反问："她是你唯一关照过的女人，不是吗？"

鹤云行的声音冰冷如霜："如果你是指在她事业上那些不值一提的帮助，我不过是看在她是鹤子鸣喜欢的人的分儿上而已。"

说起鹤子鸣，大家都知道他是鹤云行同父异母的弟弟，也知道他是真心把鹤云行当大哥，处处想要讨好鹤云行，更知道因为梅丽芳的存在，鹤云行一直很厌恶他。

可是，刚才鹤云行说的话表明，他并不像表面上那么讨厌鹤子鸣。

所以，他们这些年一直误以为鹤云行喜欢Eva？

有些人之前其实看得挺明白的，但就是墙头草，听到一点儿风吹草动,就容易摇摆不定,他们已经被Eva严重误导了。

但现在鹤云行站出来澄清,他们就不会再有那种误会了。

只有黄琦君还是不愿意相信:"鹤云行,你拿鹤子鸣出来挡枪有意思吗?你除了在事业上帮助Eva,私底下还送了Eva那么多昂贵的礼物,几千万说给就给。现在,你不爱了,就翻脸不认人?"

鹤云行清俊的眉目仍含着冷意:"几千万的礼物,我只送过一个女人,那就是鹤太太。"

黄琦君脸色微微发白——所以,一切都是Eva在撒谎?

鹤云行继续说道:"趁着大家都在,我澄清一下——Eva从来都不是我鹤云行的心上人,以前不是,以后更不会是。我只有一个明媒正娶的妻子,她是寰宇集团的大小姐,沈月瑶。"

沈月瑶听到男人掷地有声的澄清的时候,乌黑眼眸里流动着世界上最动人的光彩。她唇角微微上扬,心里像灌了蜜一样甜丝丝的。

黄琦君显然还是接受不了Eva谎话连篇并且欺骗他的事实,他本想替Eva出气,结果到头来,自己竟成了一个笑话?!

"鹤太太,到我这里来。"鹤云行语气一转,尽是温柔。

沈月瑶虽然腰有点儿疼,但脚下生风,三两下就走到了男人身侧。

见人到了自己身边,鹤云行摊开手,示意赵森:"那颗球,递给我。"

在客厅的人都能听到那颗球砸到墙上的巨大响声,更别说,当鹤云行知道这颗球差点儿砸在沈月瑶身上时,他有多控制不住情绪。光是想想那个画面,他就止不住内心的狠戾。

赵森捡起地上那颗球递给鹤云行:"给,行哥。"

赵森也觉得黄琦君欠教训,台球这玩意儿能拿来砸人?

鹤云行捏着台球,面容冷峻,目光森寒地盯着黄琦君。

认识鹤云行的人都知道,他从不心慈手软。

"琦君,你愣着干啥啊?道歉啊!"有人赶紧出声。

黄琦君也被鹤云行的眼神吓住了,他想张嘴,可是喉咙像是被封印了一样,一句话也说不出口,只有浑身冒着冷汗。

鹤云行把球扔向他时,他甚至没反应过来,小腹就被台球打中了。一股难以忍受的疼痛,让他的脸扭成一团,忍不住双脚跪地。

月亮被乌云挡住，四周陷入一片朦胧。

车子停在别墅门口时，用人们已经在门口迎接了，有人负责拿文件和行李箱上楼，有人问两人需不需吃夜宵。

沈月瑶穿上粉蓝色拖鞋后在沙发上坐下，她下意识地把手按在腰上，慢慢地轻揉着。

"闪到腰了？"

"嗯。"沈月瑶自己揉累了，"老公，替我揉一下。"

此时，沈月瑶抱着一个抱枕趴在沙发上，催促着："快点儿呀！"

能使唤得动鹤云行的除了鹤老爷子，也就只剩下沈月瑶了。

鹤云行在她身边坐下，大手放在她的细腰上，刚一用力，她就娇娇地喊疼。

"你轻点儿呀！"

"以后能不自己动手就不要动手。"

沈月瑶趴在枕头上，声音有点儿闷："我当时正生气呢，哪里管得了那么多！再说，还不是怪你？"

这件事，鹤云行承认是自己的问题，是他太忙于工作，而这种流言蜚语他们从不敢传到他面前，所以他虽然之前警告过几次，但依旧小看了Eva编谎话的能力和众人的想象力。

揉完之后，鹤云行又给她涂了药，之后去整理行李箱。他从箱子里拿出好几个精致的小盒子，放到了床上。

沈月瑶立马眉开眼笑："我在伦敦不是买了很多东西嘛，你怎么还给我买呀？"

"当时不是还有几样东西没买到？都给你带回来了。"

沈月瑶捧着小盒子，眼睛灿若繁星，然后毫不吝啬地送给鹤云行几个亲亲，以彰显她的开心。然后，她就什么也不顾了，盘着双腿，在大床上拆着男人带回来的礼物。

一个男人真正用心把你放在心上，是能感受到的。

从他们订婚开始，鹤云行就对她挺用心的。但是，现在这份用心，比以前更加明显，更让她欢喜。

鹤云行对她这么好，如果没有一点点喜欢她，应该做不到这么纵容她吧。

翌日，一觉起来，沈月瑶昨晚拆的那几份礼物还摆在床头，有亮晶晶的钻石手表、耳环、一顶镶着粉红钻戒的皇冠、一瓶香水……看着就让人开心。

鹤云行一大早就去公司了，沈月瑶吃过早餐后，打算煲一锅汤送去给他补一补。

此时，沈月瑶绾着头发，系着围裙，把鸡肉切成小块扔进汤盅里。

手机放在一边开着免提，她正在接听莺莺打来的电话："瑶瑶，身为你的经纪人，有必要跟你汇报一下最近有多少人联系我，想找你预约明年的珠宝设计。另外，有人问你有没有以往的作品，对方想买。还有高奢品牌想找你做推广，他们觉得你很适合他们家的珠宝。"

沈月瑶一边把洗好的药材往里放，一边理智地回："可以接，但尽量少接。以前的设计作品，我都放在南城景苑，得回去收拾一下，才知道有没有可以出售的。"最后一句话，她尾音拉长，有点儿小傲娇，"我什么高奢品牌的珠宝都合适！"

"那你接不接推广？对方给价挺高的。"

"多高？"

莺莺说了一个数。

沈月瑶听后，眉毛微微扬起，这个价格的确很高，没想到她的身价已经这么高了，有钱不赚白不赚。

"接呀，不过拍摄地点只能在G市或者南城，我最近不打算去别的地方。"

"行，我回头跟对方谈，没什么问题的话，到时候我就直接把合同签了。"

"嗯嗯。"

莺莺听到那边的动静，疑惑发问："瑶瑶，你在干什么呢？"

"我在煲汤。"

"给鹤总的？"

"鹤云行每天辛苦工作，是时候该补补身子了。"

此时，汤盅里已经放够了水，她把盖子盖好，定好时间。

煲汤的确没什么难度，但做饭对于沈月瑶来说，难度还是挺大的。

不过她想着既然汤都煲了，干脆把午饭也做了。

沈月瑶还是第一次来长乐集团，整栋大厦总共有35层，十分气派。一辆劳斯莱斯停在大厦门口，此时正好是中午，员工进进出出的。

只不过，28层会议室里，长乐集团各个部门的高管却正围坐在一起挨训，所有人大气儿都不敢喘一下。

收到消息后，李助理就赶紧下来接人了："太太，鹤总还在开会，您先到他办公室等吧。"

"好。"

路过的长乐集团员工在看到一个漂亮女人从车里下来的时候，一眼就认出她是他们的总裁夫人。

他们虽然没见过沈月瑶本人，但集团官网上，有关于她的介绍。

沈月瑶提着保温桶，问李助理："他什么时候可以结束？"

"说不准，有可能十分钟，有可能半个小时后。"他说的还是保守的，今天，说不准要一个小时。

电梯停在35层，经过总经办的时候，沈月瑶看到有个女助理在哭，其他助理都在安慰她，估计是被鹤云行骂哭的。

"李助理，鹤总要的文件，你给送去吧，我们现在都不敢去。"有个女助理见到李助理，宛如见到了救星。

沈月瑶见她们一副胆怯的模样，好奇地问："鹤云行现在在发脾气？"

李助理认真地回："是的，太太，鹤总现在在发很大的脾气。"

他们总经办的人，没一个敢去他面前晃悠，生怕被殃及。

沈月瑶心道：真是辛苦他们了。鹤云行发脾气的时候的确挺恐怖的。

沈月瑶体恤他们："把文件给我，我去吧。"

听到沈月瑶的话，李助理几乎要喜极而泣，真心实意地感谢沈月瑶拯救他们于水火之中。

如果太太去送文件的话，鹤总就算生再大的气，也不会给太太脸色看的。太太今日真的来得太及时了！

其他助理也都是一脸看到了救星的表情。他们是第一次见到沈月瑶，不得不说，沈月瑶本人比照片上还要好看，简直就是妥妥的人间富贵花啊!

于是,沈月瑶将保温桶放到鹤云行的办公室桌上后,李助理就将鹤云行要的文件交到了沈月瑶的手里。

李助理把人带到了28层,会议室的百叶窗没有拉,他们可以透过玻璃看到会议室里面的情景。

此时,鹤云行坐在会议桌前的办公椅上,双腿交叠,一只手撑在椅子上,在看完手里的报告书后,把它用力地摔在了桌子上。

男人眼里含着冷冽,下颌线条绷紧。这个男人纵然长得再好看,此时此刻,也没有人敢直视这张脸。

即使听不到声音,沈月瑶也能感觉到那些高管被吓得不轻,瞧他们个个低垂着头,动都不敢动。

李助理敲门后,就领着沈月瑶推门而入了。

众人稍稍抬头看了一眼,就发现李助理身边跟着一个漂亮女人。有些人眼不够尖,加上看到的只是一张侧脸,又或者是被鹤云行骂得头昏脑涨,一时间,他们居然没有人认出来她是沈月瑶。

看着她拿着文件站在李助理旁边,他们心里只有一个念头——这人估计是总经办新来的助理吧。光看侧脸,就知道她长得出挑好看。

但是众所周知,鹤总绝对不会因为对方是女人,就给她好脸色,他一向是以能力论人才。

李助理给了沈月瑶一个眼神,示意她把文件递上去。沈月瑶心领神会,上前把文件放在了桌子上。

沈月瑶今天喉咙莫名地痒,不知道是不是吃多了烧烤,她忍不住咳了几声。

鹤云行的声音冷漠无比:"拿份文件为什么拿了这么久?"

咳嗽声还在,但他无动于衷,显然还没意识到来人是谁。

李助理心想:幸好不是我一个人面对这样的场面。

喉咙没那么难受后,沈月瑶缓缓启唇:"路上遇到了点儿事,所以耽搁了。"

鹤云行身形微微顿住,过了两秒后,他缓缓转过头,鹤太太那张清丽的脸就出现在了他眼前,那双熟悉的似清水的眼眸正含笑看着他。

鹤云行刚才脾气还恶劣又暴躁,却愣是在看到她后,平静了些许。

沈月瑶勾起唇角，声音甜腻："鹤总，您还有什么要吩咐的吗？"她还偷偷地踢了踢鹤云行的腿。

鹤云行语气好了不少："去给我冲杯咖啡。"

"好的，鹤总。"

会议室里陷入了一片沉默——居然没骂人！新助理运气真好。

不过，那个"新助理"一离开，办公室里的气氛又变得很压抑。直到十分钟后那抹鲜艳浓丽的身影又回来了，他们才感觉会议室里明媚了许多。

"鹤总，您的咖啡。"沈月瑶微笑着把咖啡放到鹤云行面前，"还有什么需要我做的吗？"

咖啡冒着浓香，鹤云行尝了一口，忍住龇牙的动作——自家太太冲的咖啡，够苦。

"找张椅子坐下。"

"哦。"沈月瑶拉开他旁边的椅子坐下，用亮晶晶的双眸盯着他看。

会议继续。

鹤云行暴躁的脾气收敛了许多，和刚才的他形成鲜明的反差。

不用再被骂，真的太好了！各个部门的高管继续汇报总结部门的工作，不过大家的心情都轻松了许多。

沈月瑶听着他们说话，感觉回到了学生时期在课堂上听数学老师讲课的场景，太容易犯困了。

她听了一会儿便哈欠连连，眼尾泛起了红。她看了一眼时间，会议又开了将近二十分钟。

很快，沈月瑶撑不下去了，靠着椅背，闭上眼睛，撑着脑袋就睡着了。

众人见状，面面相觑，个个心里都像是经历了九级地震——

新助理果然无法无天，居然当着鹤总的面打瞌睡！

而且，他们鹤总分明看到了，却一句话都没说。

这时候，他们终于觉出不对劲了——这个漂亮的女人到底是谁啊？自从她出现后，鹤总就没有再发脾气了，但鹤总分明还是对他们很有意见，却努力地在克制自己的情绪。

"是总裁夫人。"总算是有人认出来了，开始小声议论。

"他们关系不是不好吗？"有人提出疑问。

此时,沈月瑶的脑袋摇摇欲坠,托着下巴的掌心一滑,眼看整个人就要倒下去。下一秒,男人用温热的掌心将她托住,让她不至于倒在桌子上撞到脸。

鹤云行一边托住她的脸蛋,一边吩咐一旁的李助理:"带她上去。"

沈月瑶睁开眼睛,因为没睡醒,整个人还有点儿迷糊:"老公,你还要多久啊?"

鹤云行:"很快。"

沈月瑶:"很快是多久?"

鹤云行沉思片刻:"五分钟。"

"那我在这里等你,你快点儿哟!"

然而,还不到五分钟,鹤云行就把会议交给李助理来主持,自己则带着沈月瑶离开了。

从会议室出来,沈月瑶的手机响了,她低头看了两眼手机,回过神的时候,才发现原本走在她旁边的鹤云行离她有点儿距离了。

沈月瑶下意识喊:"鹤云行,你不等等你仙女老婆,走那么快干什么?"

话音一落,沈月瑶便感觉到很多人朝她这边看,她顿时恍然回神,她刚才好像声音大了点儿,语气听起来有点儿凶?

鹤云行停下脚步回头,笑了一下。

刚才出会议室的时候,他本来是要牵她的手的,但是被她躲开了,沈月瑶还用眼神示意这里是公司,要注意分寸。现在她走路玩手机,没跟上,反倒成了他的不是。

等沈月瑶跟上来后,他示意:"把手给我。"

沈月瑶这次毫不犹豫地把手放在他的手上,让他牵住,大大方方的感觉,其实挺好。

回到办公室,沈月瑶献宝一样把保温桶递到他面前:"你仙女老婆今天特地给你带的午饭,感动吧?"

看着她一副求表扬的模样,鹤云行赶紧打开保温桶,看了一眼里面的汤和饭:"你自己做的?"

被鹤云行一眼看出来是自己做的饭,沈月瑶反而有点儿不好意思了,耳根泛着热气:"是我做的,能吃,毒不死你。"

鹤太太从小到大都没进过几次厨房,她能动手做饭,委实难得。

鹤云行大概能猜到原因,必然是昨天他的表现过于优秀了。他笑着捏了捏她软绵滑腻的小手:"鹤太太有心了。"

沈月瑶汤煲得挺好的,味道很不错,只是做的菜比较寡淡,但鹤云行并没有放下筷子的意思。

那头,会议总算是结束了。高管们收拾好资料文件后,跑去问李助理:"总裁夫人今天怎么来了?"

李助理边收拾手边的文件边说:"太太煲了汤,是来给鹤总送饭的。"

"鹤总夫妻之间感情挺好的,网上的谣言果然信不得,害我以为他们以后真的会离婚。"

李助理摇摇头:"不可能,鹤总不可能会跟太太离婚的。"

高管们纷纷点头,看出来了,凶别人,就是不凶老婆。老婆打瞌睡,还给老婆托下巴,而且反应那么快,想必是分心注意看老婆了。

眼下,长乐集团上上下下全在议论这两人的事。

"总裁夫人在家里一定是被鹤总宠着的那个吧,好甜!"

"他们私底下相处原来这么亲密啊!"

"这就是所谓的感情不和?我被骗得好惨。"

"真希望总裁夫人能经常来公司,她一来,整个公司像是沐浴在灿烂春光之下。"

"我也希望!"

只不过,鹤云行在公司就是一个工作狂魔,吃饱饭后还没休息几分钟就接着干活了。

沈月瑶坐在沙发上,目光转向办公桌——李助理一直进进出出,给她带了不少零食,还买了她喜欢喝的奶茶。

接下来的一周,长乐集团都陷入一种明媚灿烂、轻松无比的氛围,因为沈月瑶这几天都给他们的鹤总送来了靓汤。这也是长乐集团高管们过得最自在的一周,就算是有工作上的小失误,也不用被总裁骂。

总经办办公室,李助理拿出一个睡枕挂在脖子上,又拿出毛毯盖在自己身上。他想了想,自己跟着鹤总也有六七年的时间,但是从前根本就没有午休时间,现在鹤总已经连续一周陪鹤太太午睡了,连带着他也有了午休时间。

他把椅子往下调,舒适而心满意足地闭上眼睛——他爱午休!

休息室里,鹤云行的西装外套挂在衣帽架上,一个星期的时间,这里多了很多小物件,比如沈月瑶的粉色水杯、粉色拖鞋、粉色枕头……他办公桌上还摆有仙人掌、多肉之类的绿植。

"这几天给我煮的都是什么汤?"

沈月瑶屈着手指数:"乌鸡海参汤、首乌老鸭汤、杜仲乳鸽汤、党参鳝鱼汤……"

听到这些汤的名字,鹤云行沉默了一会儿,才缓缓地"嗯"了一声。

过了一会儿,微信上,莺莺给沈月瑶发来消息:"瑶瑶,明天你就要回南城拍珠宝时尚大片啦!机票我已经订好了,明早八点的,我会陪你一起去!"

沈月瑶抽空回道:"没问题。大概要拍多少天?"

"最多两天吧。我还买了海伦的演唱会门票,你陪我去呀!"

海伦是最近很火的一位男歌手,靠着百灵鸟般的天使嗓音,虏获了许多听众的喜爱,莺莺就是其中一位,她的车载音乐现在基本上都是这位男歌手的歌。

沈月瑶答应工作完后陪莺莺看演唱会。

莺莺:"明天我去你家接你。"

沈月瑶:"好的,宝贝。"

沈月瑶抿唇笑了一下,这时,鹤云行挑起她的下颌,温热的呼吸拂过她的眼睫:"明天过后别煮了,吃不消那么补的玩意儿。"

"好吧。莺莺给我接了一个珠宝品牌的推广,我明天会和她一起回南城,短时间内你也没有机会再喝到你仙女老婆给你煮的靓汤了。"

按照鹤云行现在的情况来看,未来一段时间他估计都不想再喝她的汤了。

"回去多久?"

"一周吧。"沈月瑶扯住他的领带,仰着头问,"鹤云行,我不在,你会想我吗?"

在鹤云行眼里,乌发红唇且满脸娇意的鹤太太有一种等着被宠爱的感觉,她眼里闪烁着一丝丝的期待,顾盼生辉,明亮动人。

鹤云行心里早有了答案："会。"

霎时间，沈月瑶的心里像是开了千万朵蔷薇，芳香四溢，生机勃勃。

她希望最后的结果，不是一个人的独角戏，不是一个人的空欢喜。

第二天一早，在莺莺的陪同下，沈月瑶飞回了南城。

临近十月，早上已经能感受到秋日的微凉了。

找沈月瑶推广珠宝的品牌是法国顶级奢侈品品牌VCM，这家的珠宝作品既有巴黎的艺术美感，又有高贵自然的气息，不管是在国际上，还是在国内，都深受大众追捧。

下了飞机后，她们就被VCM的专车接走了。她们先是见了这次推广项目的负责人高乔。

这次，沈月瑶除了要拍摄推广视频，还要配合VCM拍摄一期《LY》杂志的封面。《LY》杂志在国内的销量一直很高。

杂志拍摄工作安排在第二天，因为摄影师今天才飞到南城，场地也需要时间布置。

今天沈月瑶和莺莺随高乔去了VCM的一个展会，欣赏了他们品牌不少珠宝，晚上则是一块儿吃了顿饭。

沈月瑶一整天几乎没怎么看手机，她这一天过得很充实。

不适应的反而是一向忙碌的鹤云行，这几天他都被鹤太太缠着，现在人不在身边，他反而不习惯了。

他没有打扰鹤太太，因为一个小时前，鹤太太回复了他的微信，说她在跟VCM的项目负责人吃饭。

在饭局上，免不了要喝酒，高乔还是爱酒人士，她还大方地送给沈月瑶好几瓶自己珍藏的美酒，可见她对沈月瑶的喜爱。

饭局结束后，莺莺在保镖的帮助下，把喝醉的沈月瑶送回了景苑，又帮她卸了妆，然后才离开。

沈月瑶躺下后，感觉整个人像是踩在云朵上，有些飘飘欲仙，晕头转向。

她闭眼睡了一会儿，可是手在摸到旁边空空如也的时候，猛地睁开美眸，然后摸出手机，给鹤云行打电话。

已经临近十二点了，鹤云行刚回到家，坐在客厅的沙发上，用人们已经休息了，整个屋子显得空荡荡的。

最近这段时间沈月瑶在家的时候，他一般十一点就回来了。但是，沈月瑶回南城后，鹤云行回家的时间又更晚了。

客厅里，只有几盏壁灯亮着，昏暗的灯光下，鹤云行两手撑在沙发上，姿态慵懒散漫，头微微往后仰，脖颈儿上的喉结很明显，轻轻一滚，性感不已。

忽然，桌上的手机亮了起来，沈月瑶给他打来了电话。

但保镖十分钟前才跟他汇报，说沈月瑶今晚应酬的时候喝醉了，还醉得不轻。本应该躺下休息的人，现在却给他打电话？

带着疑惑接通电话后，鹤云行就听到那头传来女人浅浅的呼吸声。

沈月瑶抱着枕头："鹤云行，你是不是在外面拈花惹草了？这么晚不回家。"

显然，沈月瑶醉得已经把她自己去南城的事忘记了。

鹤云行极有耐心地解释："鹤太太，你今天一大早就飞回了南城。不是我不回家，是你回景苑了。"

沈月瑶撑大眼睛，看了看四周，好像真的是在景苑呢！

沈月瑶这个问责电话让鹤云行忍不住嘴角微微往上扬。

"老公，我头好晕。"

沈月瑶最近特别爱撒娇，这对鹤云行来说很受用。

"闭上眼睛，睡觉。"

"不想睡，我想听你唱歌哄我，要粤语歌。"

鹤云行有点儿头疼："鹤太太，我五音不全。"

"我不管！"

沈月瑶别的不会，就会无理取闹。

鹤云行哄她："要不我弹钢琴给你听？"

"……好。"

外面皎月凌空，月光如水，男人把手机放在钢琴上面，然后十指游走在黑白琴键上。此时，冷情冷性的男人身上多了几分温柔。

鹤云行弹了一首比较轻缓、容易让人入睡的曲子。

只是，一曲毕，沈月瑶仍然毫无睡意："鹤云行，我想你了，想跟你拥抱，跟你接吻……"

鹤云行清冷的影子倒映在光亮的地板上,男人的眼里却逐渐燃起一股火热。

沈月瑶没有听到鹤云行的回复,有些不满:"你怎么不说话呀?你的仙女老婆想你是你的荣幸,你不想我就算了。"

下一秒,她就把电话挂了。她突然间好困,想睡觉,不想搭理他了。这么想着,她立马就睡着了。

鹤云行再打过去的时候,已经无人接听了。

第二天一早,才七点钟,莺莺就把沈月瑶叫醒了。

沈月瑶躺在床上,眼睛半合着,头有点儿痛,整个人懒洋洋的,压根不想动。

莺莺笑眯眯地把醒酒药放在床头:"瑶瑶,鹤总让我给你带句话,你醒来后,给他回个电话。"

"哦。"沈月瑶下意识地应下,却没想起自己昨晚给鹤云行打过电话这件事。

等她摸到手机,看到昨晚的未接来电,还看到鹤云行发来的微信消息时,她才彻底清醒。

鹤云行只发了一个字:想。

沈月瑶不禁拉起被子挡住脸,真是丢脸丢到姥姥家了。

半晌过后,她润了润喉咙,慢吞吞地给鹤云行回电话。

一辆劳斯莱斯平缓地行驶在路上,车后座,一大早起来的男人穿戴得一丝不苟,清清冷冷的。

听到手机铃声后,男人接通电话,发出低沉的声音:"醒了?"

"嗯。"

"头疼吗?"

沈月瑶又"嗯"了一声。

鹤云行叮嘱道:"待会儿记得把醒酒药吃了。"

沈月瑶乖乖应着:"知道了。"

但该来的还是会来,只听鹤云行慢条斯理地问:"还记得自己昨晚说过的话吗?"

沈月瑶手抓着薄被的一角,忙不迭地开口:"昨晚的酒太烈,我不记得了。"

鹤云行听到她的否认，唇角勾起一道浅浅的弧度——不记得没关系，他记得清清楚楚。

"鹤太太，看来在我表现期间，你很想我。"

沈月瑶喉咙稍稍哽住，但是没反驳。听说人醉酒后说的都是真心话，那她说的那些话，不是正好映衬了她昨晚内心的真实想法？

"你的仙女老婆要起床工作赚钱了，再见。"沈月瑶慢慢地接受了现实，但只要她表现得云淡风轻，鹤云行就拿她没办法。

鹤云行轻笑一声："去吧。"

挂了电话后，鹤云行面无表情，询问坐在副驾驶位的李助理："这一周的行程哪天可以空出来？"

李助理不假思索地回："鹤总，大后天可以。"

莺莺看到沈月瑶一脸害羞的样子，就知道这次的通话不简单。

起来后，沈月瑶喝了醒酒药，缓解了宿醉的头疼，吃过早餐后，就随莺莺去了拍摄场地。

这个摄影棚是许多大牌杂志经常拍摄的地方，所以在这里能够遇到不少的红人或者明星。巧得很，沈月瑶遇到了程序，他们一行人在等电梯的时候碰到了。

自从七夕节在蓝色海岸偶遇，两人之后再也没见过面。

程序戴着鸭舌帽和口罩，穿着白色T恤和蓝白牛仔裤，先跟沈月瑶打招呼："瑶瑶。"

"学长。"

程序脸上是一如既往温煦如春的微笑："没想到会在这里见到你。"

沈月瑶解释："我接了VCM的珠宝推广，来拍杂志和视频的。"

程序也是来拍广告杂志的，他正想说什么，就发现沈月瑶旁边有一个娇小的身影正目不转睛地盯着自己看。

她比沈月瑶矮一些，扎着麻花辫，穿着堆堆袜和平底鞋，背着一个黑色小挎包，她的长相放在娱乐圈里，也是出挑的存在。

她满眼戒备，好像生怕他做出什么不合适的举动，这让他有些啼笑皆非。

莺莺当然是怕他打沈月瑶的主意，谁知道这个当红男明星会不会对他们家瑶瑶宝贝有什么想法！

程序挑眉，缓缓地问："这位是？"

"我的好朋友，莺莺。"沈月瑶介绍。

"你好。"程序嘴角微勾，主动伸出手。

莺莺对于他的主动并不以为意，只冷淡地回了一句："你好。"

电梯停在了三楼，她迫不及待地拽着沈月瑶出去："瑶瑶，我们赶紧去做妆造吧！"

沈月瑶回头，礼貌地跟程序地说了一句再见。

随着电梯门关上，程序不禁哑然失笑——他好像是第一次被女孩子无视得这么彻底。

到了摄影棚，高乔很热情地跟沈月瑶打招呼："瑶瑶，我先给你介绍一下摄影师。"

"好。"

沈月瑶跟着高乔往里走，便看到了一个清俊瘦高的身影。

高乔喊："Williams，今天拍摄的女主角来了，来认识一下。"

Williams本来在跟灯光师说着什么，闻声，缓缓抬头，目光转了过去。

沈月瑶总觉得面前清俊的男人长得有点儿眼熟，只不过一时半会儿想不起来。

但是在高乔喊了对方名字后，她总算是有些印象了——面前的Williams，正是她去伦敦参加GCC时装周时给她送花和昂贵礼物的男人。

高乔介绍："Williams，给你介绍一下，这位是沈月瑶沈小姐。"

"我们之前其实见过。"他笑着回答。

高乔露出意外的神色："那太好了！希望你们合作愉快。"

Williams的目光一直落在沈月瑶身上，他嘴角挂着笑："就是不知道沈小姐还记不记得我？"

沈月瑶也礼貌地笑了笑："没什么印象了。"

在伦敦的时候，对方送花送礼物，在沈月瑶的认知里，对方对她应该是有意思的。但她不只是沈小姐，也是鹤太太。

Williams的表情没有太多变化："没印象也正常,当初是我唐突了,沈小姐先去做妆造吧。"

　　从做头发到打造妆容、配衣服,沈月瑶花了整整两个小时,这才开始拍摄。

　　VCM找她推广的是具有浓浓巴黎气息贵族小姐风格的一款奢华珠宝,所以她的裙子很华丽,妆容很瑰艳。

　　莺莺拿着手机对着她狂拍："仙女下凡了,好漂亮!"

　　Williams在沈月瑶出来后,眼眸深了深。他脸上言笑晏晏,抬起相机,镜头对向她,按下快门……

　　他的眼睛,溢满了对沈月瑶的痴迷。

　　上次在伦敦,他就很想对沈月瑶说一句:瑶瑶,好久不见。

　　因为三年前的车祸伤到了脸,他不得不做了整容手术。

　　其实他的样子和以前还是有几分相似的,但是六年不见,沈月瑶对他已经陌生到形如路人了,根本认不出来他是谁。

　　不过也好,他回来了。

　　Williams在工作期间非常绅士,没有半分越界。

　　工作结束后依然有饭局,但沈月瑶没去。

　　沈月瑶的身子被养得娇气,所以,当晚回到家她就倒头大睡,次日还拉着莺莺去按摩、泡温泉。

　　泡温泉的时候,因为环境特别好看,莺莺又给她拍了几张在温泉里的美照。

　　沈月瑶观赏照片的时候,不由得给莺莺竖起大拇指："拍得真好看!"

　　"仙女不管怎么拍都好看。"莺莺的嘴甜得像吃了蜜糖。

　　沈月瑶把照片一一保存,忽然心头一动,把照片发给了鹤云行。

　　沈月瑶:"我好看吗?"

　　鹤云行:"好看。"

　　沈月瑶弯了弯唇:"允许你拿来做屏保哟!"

　　话虽如此,但是她也清楚,鹤云行的手机屏保一直都是出厂自带的,从未改过,他应该不会做这种花里胡哨的事。

　　鹤云行失笑,鹤太太还真是大方。

他应了下来:"嗯。"

过了一会儿,沈月瑶还真的收到了鹤云行用她的一张照片做屏保的截图。

当晚,沈月瑶陪着莺莺去了海伦的演唱会。

演唱会现场有七八千人,场面热闹不已,两人买了最前面的位置。

镁光灯闪烁,海伦的嗓音动听,莺莺沉浸在他的歌声里,如痴如醉。

演唱会结束后,两人驱车回家,只是车子才开了一会儿,就突然抛锚了。

沈月瑶寻思着车坏了,可以打车。可是,打车软件显示现在有几百号人在排队。现在唯一的办法就是让保镖开车来接了。

路灯下,马路边,粉色的保时捷还是格外抢眼的,沈月瑶正要给沈家的司机打电话,忽然,有一束强光照射了过来。

一辆宾利缓缓靠边停下,在车窗落下时,莺莺看到了坐在里面的人,她扯开嗓子:"瑶瑶,是鹤总!"

两人上车后,李助理接过了保时捷的车钥匙,留下来等待拖车。

可是,他们谁也没注意到,宾利离开后,还有一辆卡宴停着没离开,里头的男人,一直盯着宾利开走,直至没有任何踪影。

莺莺坐在了原本李助理坐的副驾驶位上,她的目光时不时落在副驾驶位的镜子上,看后面的动静。

沈月瑶脸上还贴着海伦头像的贴纸,鹤云行许是觉得碍眼,伸手撕掉了。

沈月瑶表情愉悦:"鹤云行,你是因为工作来的南城,还是特地来找我的?"

"来找你的。"

"你是想你仙女老婆了?"

"嗯。"他毫不犹豫地应道。

承认得倒是大方!

沈月瑶唇角扬起,往他靠近了一点儿。

这时,莺莺在微信上问:"瑶瑶,你跟鹤总真是越来越甜蜜了,要不要考虑让鹤总过关,开始谈一场甜甜的恋爱啊?"

"他还没有表白。"

鹤云行最近的表现的确没有任何差错，只不过，别人在谈甜甜的恋爱之前，不是都会经历表白这个流程吗？在谈恋爱之前得先征求对方的同意吧？

如果在这段婚姻里，鹤云行也像她一样希望两人的关系更进一步，那她是否能够亲耳听到他的表白呢？

鹤云行不说，沈月瑶只能从他的日常行为去分析他是不是喜欢自己。纵然她认为鹤云行心里是有自己的，但这和鹤云行亲口说，还是有着本质上的不同。

鹤云行这个时候是不是该想想，为什么他明明表现得那么好了，她还没有松口给他一个机会。

莺莺非常理解沈月瑶想要亲口听到鹤云行表白的心情，希望鹤云行赶紧准备一束花、一份礼物，毕竟，仪式感永远不会过时。沈月瑶要的其实很简单，只是想听鹤云行亲口说一句喜欢而已。

第七章
真的……喜欢吗?

十月来临,G市的白天依旧很热,所以,沈月瑶大多数时候都是穿短袖和裙子,夜晚冷的话,会再披一件外套。

这天,沈月瑶的父母带着弟弟从南城过来G市,要和她以及鹤家人一起吃顿饭。

吃过午饭后,她母亲杨澜问:"我看你最近跟鹤云行感情挺稳定的,你们两个打算什么时候要孩子?"

鹤老爷子自然是想他们明年能生个孩子的,不过如果沈月瑶不想要,他也不勉强,等她什么时候想要了再说。

他们鹤家的子嗣不像沈家那么单薄,他现在光是重孙就有好几个了。他唯一希望的就是鹤云行能够过得好,不要再和从前一样,过得那般混,如行尸走肉一般。

沈月瑶瞄了鹤云行一眼:"那得看鹤云行的表现。"

鹤云行则说:"不急。"

"女人晚育对身体伤害大。"杨澜冒着风险生下儿子后,身体是大不如从前了,三天两头就生病。"

闻言,鹤云行陷入了沉思。

他们俩新婚时,鹤云行以爷爷想要重孙为由,让沈月瑶跟他履行了夫妻义务,之后她表现出不想跟他生小孩儿的意愿,所以没过多久,他就去做了结扎手术。这就是沈月瑶这么久都没有怀孕的原因。

但现在看来,沈月瑶已经愿意跟鹤云行生小孩儿了。鹤老爷子想要重孙,鹤云行本人也的确想跟沈月瑶要个孩子,这件事情一直在他的人生规划里。

他最近的表现没有出什么差错,但是,沈月瑶就是没有松口再给他一次机会。

所以,到底要怎么样,她才能满意?

杨澜已经替他们规划好了:"要我说,你们现在开始备孕,明年开春就差不多了。"

沈月瑶坚持:"妈,我都说了,这要看鹤云行的表现。"

杨澜见女儿这般坚持,倒也没多说什么,她尊重女儿的意见。她之前总是担心她在鹤家会过得不开心,但现在看到她生活得挺好,倒是松了口气。

鹤家并没有亏待沈月瑶,鹤云行也方方面面做得周到,物质上和精神上对她是极好的。

晚上,从鹤家老宅回去的路上,鹤云行握着沈月瑶的手,问:"鹤太太,是我哪里表现得还不够好,所以你迟迟没有再给我一个机会?"

沈月瑶轻轻地把玩着他的银色婚戒,打算给他一点儿提示:"你想要我跟你谈恋爱,你是不是得表示点儿什么?"

坐在副驾驶位的李助理立马就听懂了——太太是让鹤总示爱!

"明白了。"鹤云行应道。

这么快就懂了?是真的明白了吗?

沈月瑶开始期待。

她在期待鹤云行表示的同时,也在准备赵森和橙橙的结婚礼物,毕竟过几天就是他们的婚礼了。

当晚,李助理给鹤云行分享了很多男人表白的视频。无一例外,他们都会对被表白的女人说"我喜欢你""我爱你"。

他们真切地通过言语，把心意传达给喜欢的人。

鹤云行看着这些视频，陷入了沉默。

沈月瑶等啊等，等到赵森都要举行婚礼了，也没等来鹤云行的表示。

这场婚礼的氛围很欢乐，婚宴分为两场。白天的仪式是非常正式的，晚上的则是一场和朋友们的轻松欢聚。

沈月瑶两场都参加了。

晚上这场，赵森被兄弟团的人扔下水池后，橙橙笑眯眯地上前蹲下，等着赵森从水里冒头。

很快，赵森从水里钻出来，在看到橙橙时，大声说："老婆，我爱你！"

橙橙笑得羞涩："我也爱你。"

月亮倒映在池水里，四周皆是浪漫动人的气氛。

沈月瑶很羡慕他们之间的感情，所有人都可以真切地感受到他们之间是相爱的。

她有点儿醉了，脸颊浮起淡淡绯色，在欢声笑语中，她不禁想到自己和鹤云行。

鹤云行一向是行动派，为什么这一次却一直没有动静？

沈月瑶心里闷闷的，鹤云行真的喜欢她吗？

鹤云行找到沈月瑶的时候，她正一个人躲在没人的地方，喝得醉眼蒙眬。

他把外套脱下来盖在她的身上，声音温柔："鹤太太，我们回家了。"说着，把她横抱起来。

沈月瑶看清是鹤云行后，搂住他的脖子，红唇凑到他耳边："鹤云行，你的仙女老婆偷偷告诉你一个秘密，你只要跟她说你喜欢她，她就会跟你谈恋爱，也会喜欢你哟！"

鹤云行立在原地半晌未动，他的眼里闪过一抹诧异，抿着唇，久久不语。

迟迟等不到他的回应，沈月瑶心里升起一股无名火："说喜欢我很难吗？"

翌日，沈月瑶醒来后，只希望自己能够忘记昨晚说过的话。

此时的房间里没有一丝光线，窗帘把光遮挡得死死的。

她头疼欲裂，紧绷的那根神经像要断开了。她难过地把整张脸埋在枕头里，手抓着枕头，脑子里不由自主地回想起昨晚的经过。

一切似乎回到了起点。

如果鹤云行在这段夫妻关系里对她的纵容和宠爱跟"喜欢"从来不沾边，而只是因为她是鹤太太，那往后的生活里，她要如何跟他相处？

长乐集团又陷入了乌云密布的氛围，总裁办公室里低气压环绕。

桌子上的烟灰缸已经堆满了烟头，这是鹤云行半天的"杰作"。

高管们不敢靠近，李助理也有些不知所措，跟在鹤总身边这么久，他已经有很久没见过鹤总表现得这么压抑了。

好在一到下班时间，鹤云行就离开了。

沈月瑶一整天都懒洋洋的，没什么精神。她穿着睡裙，头上还翘起了一根头发，压根没有收拾自己。在专属于她的小书房里，她拿着一本漫画书在发呆，后来，又不知不觉地睡着了。

书房的书架上全是封面五颜六色的漫画小说，窗帘拉开大半，黄昏的晚霞美得像一幅画卷，微透进来的光，在女人的雪肤上落下唯美旖旎的红，像是打了一层好看的胭脂。

书房里开了冷气，沈月瑶身上却什么都没盖就睡着了，露出白皙纤细的小腿。鹤云行碰了一下她的手，凉凉的，他忙拿起一旁的小毛毯盖在她的身上，然后一动不动地盯着她看。

沈月瑶其实已经醒了。

鹤云行很少会这么早回来，今天是怎么回事？

沈月瑶想起昨晚的事，觉得有些尴尬，所以没有立刻睁开眼睛。

但是，鹤云行看着她干什么呀？

沈月瑶的心，本来已经从封锁的城堡里迈出去很大一步，但鉴于鹤云行对她的表示无动于衷，且没有第一时间给她想要的回应，现在已经有收回去的迹象。

就在沈月瑶胡思乱想的时候，她忽然感觉到鹤云行的呼吸慢慢地落了下来。

沈月瑶不想在这种尴尬的时候再被鹤云行搅乱心绪，可是，在感觉到他温软的薄唇落在自己的额头时，心脏又狠狠地跳动了一下。

鹤云行居然偷亲她！沈月瑶的眼睫轻轻颤了一下。

鹤云行喉结滚动，他想亲就亲了。

身下睡着的女人这时却睁开了眼睛，两人四目相对。

沈月瑶想，自己或许可以给鹤云行一个申辩的机会，不要太早下定论，只是不知道他能不能把握这个机会。

她故作淡然地问："你今天怎么回来得这么早？"话语里并没有提鹤云行偷亲自己的事。

"公司没什么事。"

沈月瑶微微垂眸："那你来找我做什么？"

鹤云行："带你出去吃饭。"

维多利亚港，一艘私人游轮上，沈月瑶和鹤云行正在享用烛光晚餐，一旁有小提琴手在拉琴，琴声融入夜色和海风里，一切都是那么美好。

沈月瑶收到了花，也收到了鹤云行准备的礼物，是一块很精致的手表。他送的礼物，从来就没有不昂贵的，但她现在对他送的礼物，已经提不起什么兴趣了，看了两眼就放回了桌子上。

沈月瑶没什么胃口，整个人恹恹的。

和如果不是对的人谈恋爱，根本就是自寻烦恼。她明明栽过一次跟头，怎么就不长记性呢？

但显然，这一次比上次严重多了。鹤云行太影响她的情绪了，那是从来没有过的。

沈月瑶以为他带自己出来吃饭是打算表明心意的，结果两人乘坐游轮在港头绕了一圈，眼见着马上就要回到起始点，鹤云行却依然什么也没说，分明就只是带她出来吃顿晚饭而已。

沈月瑶觉得自己真傻，因为他的一个举动就有所期待，太容易被他牵着鼻子走了。

凉风拂过，头发被吹得微乱，沈月瑶忍不住撩了撩，只是，头发好像缠到了耳环上，一扯，疼得她倒抽了一口冷气。

"别动。"说完，鹤云行低头，小心翼翼地替她摘下耳环，又把缠绕在耳环上的头发解开，但没有重新替她将耳环戴上。

"谢谢。"沈月瑶的语气疏离。

鹤云行缓缓道:"我还没有准备好。"

你直接说不就行了?准备什么?按照现在的氛围,又没有外人,说一句"喜欢"很难吗?

沈月瑶抿了抿唇,不去看他:"随便啦,反正我也没有抱有期待。"

沈月瑶口是心非,不想让鹤云行觉得她很介意这件事。

鹤云行又抬手摸了摸她的耳垂,转移了话题:"耳朵还疼不疼?"

他的声音听起来温柔得像是幻觉,沈月瑶能感受到他的关心。只是,他的眼睛平静无波,沈月瑶从中窥探不到自己想要的情绪。

沈月瑶的耳朵的确有点儿麻麻地疼,于是,她点了点头:"有一点儿。"

鹤云行抬起她的下颔,用手机照明,察看她耳朵的情况。

"有点儿肿了,待会儿用药膏涂一下,这两天别戴耳饰了。"

"嗯。"

鹤云行能清楚地感觉到沈月瑶语气里的冷漠,但他现在根本无能为力,她想要的表白,他暂时给不了,因为他说不出口。

如果说最开始的那几天,沈月瑶还会有所期待的话,那么,经过时间的流逝,她现在已经完全调整好了情绪,不去想那些有的没的了。

沈月瑶拍摄的《LY》杂志在上市之后,不到一个小时就售罄了。

VCM还放了拍摄花絮,花絮里,除了沈月瑶,Williams也入镜了。

李助理在看视频的时候,整个人都不好了——鹤总近日心情本就不佳,要是看到太太跟这个男人亲密的样子,岂不是火上浇油?

李助理十分清楚Williams是谁,对方在伦敦送给太太的礼物,还是他送回去的。

"把手机给我!"鹤云行的声音突然响起。

李助理吓了一跳,连忙把手机递上:"鹤总,给。"

鹤云行把文件扔在桌子上,接过他的手机,眼里覆了一层寒冰。

Williams来南城,还跟沈月瑶有过接触,这件事,沈月瑶并没有跟鹤云行提起过。对于Williams再次出现在沈月瑶身边,鹤云行觉得这并不是偶然。

不管是被传他们夫妻感情不和,还是被人说沈月瑶跟别的男人更般配,他不回应,只是懒得搭理他们而已。沈月瑶是鹤太太这一点,永远都不会改变,她是他的,从六年前就是。

但是,懒得搭理他们,在他们眼里,反而成了他不在意沈月瑶,这是他不能容忍的。

须臾,鹤云行缓缓道:"上周拒绝的媒体采访,替我重新安排上。"

"好的,鹤总。"李助理的回答里带着几分欢快——看来他们鹤总被刺激到,准备正面回应了。

鹤云行吩咐完,回到办公室,可半个小时过去,桌子上的文件,他一点儿也没翻动。办公室里笼罩了一层烟雾,久久未散。

鹤云行晚上八点就回到家了,卧室亮着灯,但是没见到人,他转而去了衣帽间,就看到沈月瑶在收拾行李。

这几天,他们表面上看似友好相处着,实则隔着一面跨越不了的墙。

"要去哪儿?"

"瑞士。"沈月瑶把小裙子叠好收进去,"我要参加GCC的珠宝展。"

一周前,沈月瑶收到了GCC发来的邀请,在前两天就订好了前往瑞士的机票,莺莺会陪着她一起去。

见她放了一条布料很单薄的裙子进去,鹤云行走过去,弯腰把那条裙子拎了出来:"换一件。"

"我不要,我就想穿这件。"沈月瑶伸手要把裙子抢回来。

从鹤云行说他没准备好这句话之后,两人就陷入了诡异的氛围里。

鹤云行的掌心贴着她的腰,他温热的呼吸落在她额头上,气氛变得有些暧昧。

就在他作势要吻她时,沈月瑶偏过头,躲开:"你今天身上的烟味太重了,太难闻了,你离我远点儿。"

鹤云行洗完澡后,沈月瑶已经收拾得差不多了。她随后冲了一个澡,吹好头发,做好护肤后就上了床,并且主动提及:"我明早九点的飞机。"

鹤云行声音沉沉:"我送你。"

"你不是早上七点就要去公司?"她问。

鹤云行不疾不徐:"送鹤太太的时间还是有的。"

"好吧，我睡了，晚安。"

沈月瑶收拾完行李后就感觉到了困意，说完，她就把灯关了，闭上眼睛。

黑暗中，鹤云行慢慢靠近离自己有些远的女人："瑶瑶，别跟不熟悉的男人来往。"

沈月瑶睡得有些迷糊，没听清楚他说的什么，也不知道自己是应了，还是没应。

翌日，鹤云行送沈月瑶和莺莺去了机场，还安排了保镖陪同。

坐了十几小时的飞机，她们终于抵达了苏黎世。第二天晚上，沈月瑶便盛装出席了 GCC 的珠宝展。

当晚各界知名人士都来了，GCC 官方还做了现场直播，毕竟，现在是自媒体时代，他们这些历史悠久的品牌也不得不紧跟潮流。

G 市，长乐集团，李助理看了看时间，问："鹤总，GCC 的珠宝展已经开始了，您要看吗？"

鹤云行接过李助理的手机，屏幕上，镜头刚好停在沈月瑶的身上，可是没两秒就转移了。

"保镖跟着吗？"

"跟着。"

"让他开直播。"

鹤总是想太太了吧！

李助理不是没察觉到他们两人之间奇怪的氛围，但是鹤总没有找他排忧解难，而他一个下属，也不方便过问他们的私事。感情上的事，还是得他们慢慢地摸索往前走才有意思。

李助理联系了保镖，保镖听从吩咐，很快就开了直播，把手机镜头对准了沈月瑶。

镜头里，沈月瑶很专注地看着秀，偶尔跟莺莺交头接耳，看起来心情很不错。

鹤云行看着手机，视线一直没有离开过，在沈月瑶不经意抬头时，他感觉她的目光像是透过屏幕在看他。

那一瞬间，好似所有晦暗都消散不见了。

只不过，在 GCC 的直播间里，他们眼尖地发现 Williams，他拿着单反相机，但是他没有拍台上的模特，而是把镜头对准了沈月瑶。

莺莺发现了T台对面的Williams，抬了抬下巴："瑶瑶，是上次跟VCM合作的摄影师。"

沈月瑶顺着莺莺示意的方向看过去，正好和Williams的目光对上。

看到对方脸上扬着浅浅的笑，沈月瑶只是微微颔首。

Williams是摄影师，而且名下也有一家珠宝品牌公司，规模不小，会出席GCC的珠宝展并不意外。

这时，Williams旁边的朋友看到沈月瑶后，问他："Williams，她就是你的前女友？"他无意间在Williams的钱包里看过她的照片，印象深刻。他曾经问过Williams她是谁，他当时说她是自己的前女友，只是他不小心把她弄丢了。

Williams检查着相机里的照片，没说话。

"你打算把她追回来吗？"他的朋友又问。

"嗯。"

"Good luck（祝你好运）！"

"谢谢。"

G市，长乐集团总裁办公室里，鹤云行注意到沈月瑶似在跟谁打招呼，不禁发问："她在看谁？"

李助理小声回："鹤总，是Williams。"

鹤云行的眼神顿时冷沉下来，办公室里本来回暖的气氛又瞬间冷下去了。

沈月瑶的作品是最后亮相的，她的作品受到了珠宝界业内人士的一致好评，让更多人对东方元素的珠宝产生了兴趣。

暗处，一直待在国外的EVA也来了GCC的秀展，她没有收到邀请函，而是跟着别人来的。

自从她的名声一落千丈之后，她在珠宝界就寸步难行。

参加完展会，沈月瑶疲惫不堪，就回了酒店。

她并不打算参加完珠宝展就回国，而是计划在苏黎世逛两天，然后去卢塞恩。

沈月瑶原本是打算睡懒觉的，但一大早就被莺莺吵醒了。

沈月瑶没睡好,半夜做了一个噩梦被吓醒了。梦里,她跟鹤云行离婚了。醒来的时候,她发现枕头已经被眼泪浸湿了大半。

"瑶瑶,你看这个。"

沈月瑶接过手机一看,明白了莺莺来找自己的原因——网上突然出现很多传谣说她的设计风格模仿珠宝界大神Orli的文章。这样大规模且有针对性的举动,显然对方是有备而来,要置她于死地。

沈月瑶模仿Orli?!

莺莺早上起来看到文章的时候都蒙了,心想到底是谁在兴风作浪。

还有博主放出了沈月瑶和Orli的作品比对图,认为沈月瑶不仅模仿Orli的风格,还模仿Orli设计上的小细节。

沈月瑶伸了一个懒腰,夜里没睡好,现在她人看起来还有些无精打采的。

莺莺道:"瑶瑶,你只要登录Orli的账号说明你的身份,这件事就可以澄清了。"

沈月瑶点点头,拿起手机,五分钟后,她还没登上,因为——她不记得账号登录密码了。

莺莺急得不行,谁能想到,澄清这件事最大的阻碍不是没有证据,而是她不记得账号密码了?!

沈月瑶也不想这个时候突然宕机,但实在是这个账号许久没登录,她真的忘记密码了。

不过,异常关心鹤太太的鹤云行主动给她打了电话,在得知事情始末之后,迅速把密码发给了她。

沈月瑶收到后试了一下,果然登录成功了。这个账号上一次发表博文还是在四年前,是她在迪拜旅游的时候拍的一条视频。

"我挂了。"她迫不及待地想要挂电话。

鹤云行没有阻止她,只说:"沈月瑶,我很想你,早点儿回来。"

结束通话后,沈月瑶脑子里还盘旋着鹤云行说的话,她咬了咬嘴唇,他会想她?骗谁呢,她才不相信!

电话结束以后,鹤云行坐在书房里,又沉闷地抽起了烟,这时,李助理拨来了电话:"鹤总,查到了,还是Eva。"

鹤云行闻言,手指一用力把烟掐了,吩咐道:"不管她在哪里,只要不出现在我面前就行了。"

"好的,鹤总。"

沈月瑶把有关鹤云行的事抛于脑后,编辑完文字,又发了几张自拍照,还设置了在瑞士的定位。

沈月瑶用了Orli的账号发了博文和图片之后,关于沈月瑶模仿Orli的谣言很快就不攻自破。

Williams在下面评论:"你是最棒的!"

这条评论又引发了网友的热议。

Eva也在瑞士,她怎么都没想到沈月瑶就是Orli。她接受不了这个事实,气急败坏地在套房里摔了不少东西。半个小时后,房间里一片狼藉。

收拾好情绪后,Eva叫酒店服务员来打扫卫生。最后,酒店统计了她需要赔偿的费用。

Eva看到账单后,面无表情地拿出一张卡。

但不一会儿,酒店员工道:"Eva小姐,您的卡被冻结了,里面的钱用不了。"

Eva的脸色变得苍白起来,卡怎么会突然被冻结了?

随后,她把所有的卡都试了一遍,结果全是不可使用的状态。这也就意味着,她除了身上的两千元钱现金,什么都没有了。

霎时间,Eva陷入了恐慌。

沈月瑶在卢塞恩住了快两周。瑞士真的很适合居住,虽然她还是最喜欢南城,但不妨碍她想在这里多住一段时间。

十月份的瑞士已经进入了秋季,平均气温在10摄氏度左右,满城落叶,麦田金黄,远处的雪山时而云朵浮掠,时而烟雾缭绕。

在这样美好的环境里,沈月瑶每天除了寻找灵感、做设计,就是跟莺莺出去玩。她几乎已经忘记了远在G市的鹤云行,一门心思只想着工作和游玩。

沈月瑶和莺莺游玩回来的时候,发现隔壁的民宿特别热闹。听说是有国际名模来这里拍摄大片,所以吸引了当地的居民。

沈月瑶还发现了人群里有熟人在,是Williams。

清俊的男人也看到了她,离开人群朝她走来:"瑶瑶,好巧。"

莺莺心里腹诽：怎么到哪儿都能见到你啊？真烦人。

沈月瑶礼貌性地笑了笑："是挺巧的。"

"今晚要跟我们一起吃个饭吗？"

沈月瑶委婉地拒绝了："我跟莺莺是吃了饭才回来的。"

"好，卢塞恩最近很冷，注意保暖。"他没有强求，温柔地叮嘱。

"嗯，你也是。"

回屋后，莺莺试探性地问："瑶瑶，你跟鹤总最近有聊天吗？"

"很少聊。"

鹤云行很识趣，除了每天说"晚安"，很少找她聊天。他前天回了老宅，倒是陪鹤老爷子的时候给她打了一个电话，但都是她跟老爷子在聊，他没怎么说话。

沈月瑶去了浴室，出来的时候，却发现屋里的暖气坏了，她冷得瑟瑟发抖，一溜烟儿躲进了被窝。

她赶紧联系了房东，然而房东说现在太晚了，只能明天找人来修。

虽然很冷，但因为出去玩了大半天，她很快就困了，她把自己卷成一条虫宝宝，沉沉地睡去。

凌晨，夜深人静。

房子外，一辆黑色轿车缓缓停下，身材颀长而俊美的男人走了下来。

莺莺下楼给他开了门："鹤总，瑶瑶她睡着了。"

鹤云行点了点头，对她说了谢谢，并附赠了一份昂贵的谢礼。

这两个星期里，沈月瑶总是对他爱搭不理，很多消息，他都是从莺莺那儿知道的。她每天在做什么，莺莺几乎都有跟他提及。

莺莺捧着谢礼，很想说：我不要谢礼，只是你们能快点儿结束这种尴尬期和好吗？

二楼，走廊尽头的房间，鹤云行推门而入。

借着从窗户透进来的月光，他看到沈月瑶把自己裹成了一个虫宝宝，只露出半张精致的小脸。她眉头紧皱，睡得不是很踏实。对于他的到来，她毫无察觉。

鹤云行脱下外套，又将皮带搭在椅子上。完全躺下来后，他就将沈月瑶连带着被子一起卷入怀里。

沈月瑶睡意深深，恍惚间感觉到有一丝冷气闯入，可是很快一股暖暖的气息又袭来，将她整个裹住，她下意识地往那处温暖地靠近。

鹤云行的体温在被窝里源源不断地散发着，沈月瑶的眉眼渐渐舒展开，已经感觉不到冷意了。

半个月不见，鹤云行毫无睡意。他打量着沈月瑶的睡颜，她好像瘦了一点儿。

她应该是涂了护唇膏，是草莓味的，散发着香甜的气味。

鹤云行抬起她的下颌，吻住那张红唇，草莓味在呼吸里蔓延。

第二天，沈月瑶睁开眼睛的时候吓了一跳，原来昨天晚上见到鹤云行不是在做梦。

沈月瑶抬起头，就看到男人胸膛处有一处划痕，说："你起来，自己去找药抹一抹。"

鹤云行对处理伤口这件事消极怠工，他握住她的手，缠着不放："再给我一点儿时间。"

沈月瑶差点儿要被他蒙骗过去，是要给他一点儿时间爱上自己吗？难怪有人说先爱上的那个人是输家，沈月瑶心里很不好受，整颗心都是空荡荡的，情绪也因为他起起落落。

不过，看在鹤云行这么低声下气的分儿上，沈月瑶想了想："我考虑考虑。"

"好。"

"你放开我。"沈月瑶还是有点儿生气，过了两个星期，鹤云行才知道来找她！

鹤云行把她拽回了被窝："瑶瑶，我很想你。"

这是想使用美男计？

沈月瑶正想着该怎么跟他周旋时，莺莺怯怯懦懦的声音在门外响起："瑶瑶，鹤总，你们醒了吗？"

两分钟后，裹上外套的沈月瑶打开门，有点儿不好意思地问："你怎么起这么早？"

莺莺摸了摸鼻子："楼下来客人了，来找你的，是Williams和那个国际名模。"

大概十分钟后，沈月瑶洗漱换装完毕，下了楼。

名模叫Sini，在见到沈月瑶后，很热情地跟她打了招呼，并说道：

"我太喜欢你的作品了。"

"谢谢。"

Williams一直注视着她："瑶瑶，你这里的暖气坏了吗？"

沈月瑶点点头："昨晚坏的。"

"你应该和我说，我们民宿还有一个空房间。"他说道。

应该跟他说？他们之间没熟到那个地步吧！

沈月瑶浅浅一笑："我昨晚睡得挺好的，不冷。"

这时，Sini却笑着说道："我看出来了，Orli小姐的确睡得挺好的。"

Williams顺着Sini的目光缓缓下移，然后眼神一下子变了。

沈月瑶压根没注意到自己的脖子，他们来得太突然，她匆匆忙忙之下，穿了一件长至脚踝的厚款圆领长裙，然后搭了一件羊毛开衫。

沈月瑶在Sini和莺莺暧昧的眼神下，把头发和衣服整理了一下，而后咬了咬唇，心里暗骂。

Sini笑道："看来我们来得不是时候，打扰了你们美好的早上。"

沈月瑶不是扭扭捏捏的人，她大大方方地露出一个笑容："不打扰，你们来得正是时候。"

Williams试探性地问："瑶瑶，你跟你先生是打算离婚吗？"

这时，楼梯口传来了鹤云行慵懒冷沉的声音："离什么婚？"

鹤云行在看到Williams侧脸的时候觉得有些眼熟，不过想不起在哪里见过他。

但更让他在意的是，这个Williams多次出现在沈月瑶身边，说这人对沈月瑶没什么想法，他是绝对不信的。

这是身为男人的直觉——对方觊觎他的鹤太太。

闻声，楼下的人纷纷转头看过去。

鹤云行也换了一身家常服，一条黑色休闲长裤搭配着一件黑色高领毛衣。

Williams看见他，目光停顿几秒后，收敛了一些，神色冷淡："看来是我误会了。"

沈月瑶转移了话题："你们一大早来找我是有什么事吗？"

Sini这才说明来意："Orli小姐，我是你的忠实粉丝，很喜欢你的珠宝设计，所以想要拥有一款你设计的珠宝。"

"我今年已经不接单子了。"

"明年我也可以。"

莺莺跟着说道："明年是可以的，具体细节可以跟我谈。"

"好。"

谈完这个话题后，Sini又道："对了，你们这周末要不要和我们一起去滑雪？"

来瑞士，怎么可以不去滑雪？

沈月瑶和莺莺本就想离开之前去玩一玩，便应下了。

"太好了！"Sini喜欢热闹，人越多，才越好玩。

鹤云行坐到了沈月瑶的旁边，握住她的手，十指紧扣，漫不经心地把玩起来。

屋子里的暖气还没有人来修，沈月瑶抵挡不了寒气的侵袭，手指其实冻得都有点儿僵了。

他掌心炽热的温度，让她没有甩开他的手，反而把另一只手也塞进了他的手里："这只手也要。"

不一会儿，沈月瑶的手便暖和起来了。

Sini见状，便起身道："我们不打扰了，得开工了。"

沈月瑶起身送客，鹤云行跟着起来，依然牵着她的手没有放开。

一直毫无表情的Williams在转过身去的时候，脸色骤变。

六年的时间足以改变许多，甚至是她喜欢的口味。他在沈月瑶的眼里，看到了对鹤云行暗藏的情愫。

Williams心里痛苦不已：可是我能怎么办呢？自从我认识到自己的错误开始，就一直痛不欲生，我发现自己根本不能失去你！瑶瑶，你连一个认错的机会都不肯给我吗？

他们离开后，沈月瑶的肚子饿得咕咕叫，她摸了摸肚子："我饿了。"

鹤云行体贴不已："我去做饭。"

鹤云行给沈月瑶和莺莺煮了两碗香喷喷的面条。

莺莺已经很久没吃过这种家常的面条了，平日里她和沈月瑶大多数都是吃简餐。

"感谢鹤总下厨煮的面条，我吃饱了。"说完，莺莺起身想要去洗碗。

沈月瑶制止了她："你先上楼继续睡吧，碗留给他洗就行。"

三分钟后，沈月瑶喝完杯子里的牛奶，舔了舔唇："我也吃好了，洗吧。"随即上楼补觉。

被独自扔下的鹤云行撸起袖子，打开水龙头，开始认认真真地刷碗。他伺候得心甘情愿。

大概二十分钟后，他上楼后重新躺下，抱住沈月瑶。

沈月瑶能感觉到男人贴上来的体温，被窝里一下子更暖和了。

"碗洗好了，鹤太太需要我帮你取取暖吗？"男人低沉的嗓音里藏着蛊惑。

沈月瑶已经开始犯困了："你安分点儿就行。"

鹤云行将唇贴在她的耳朵上，轻轻蹭了蹭："好。中午想吃什么？"

"饺子。"说完，沈月瑶闭上眼睛，不想再搭理他。

鹤云行喉结滚了滚："鹤太太，我说我想你，你是不是没放在心上？"

沈月瑶无言以对，她确实没放在心上，甚至觉得鹤云行不过是在甜言蜜语罢了。但是转念想想，鹤云行根本不会什么甜言蜜语，说过的情话，大概只有"我想你"这种级别的了。

等沈月瑶再醒来，已经快中午了，暖气也已经修好了。楼下传来动静，她穿好鞋下楼，发现鹤云行在包饺子。

沈月瑶说想吃饺子，只是一时念想而已，没想到鹤云行真的会做。

沈月瑶走了过去："鹤云行，谁教你包的饺子？"

"李助理。"

李助理果然很万能，什么都会。

鹤云行不管做什么，永远是那么赏心悦目。

气氛有些安静，沈月瑶想着自己帮不上忙，便道："你包吧，我出去走走。"

"还剩很多没有弄完，两个人会更快一些。"鹤云行明示。

"我不会。"沈月瑶挣扎了一下。

"我教你。"

鹤云行也不给她拒绝的机会，直接站在她身后，将她困在自己怀里。

感受着他落在自己耳边的呼吸，沈月瑶想，她刚才应该严正拒绝才对，不给鹤云行手把手教她包饺子的机会。

"瑶瑶,认真点儿。"

"哦。"她下意识地回答。

显然,她已经没有再拒绝的机会了。

其实,沈月瑶没嫁给鹤云行之前,每年过年她母亲都会包饺子,她也包过,但每次都包得很丑,一般包了两三个,便丧失了兴致。

尽管有鹤云行手把手地教,她捏出来的饺子还是不好看,但她没有罢工。

沈月瑶有点儿恼羞于自己抵抗不了鹤云行的诱惑,就算鹤云行没有承认喜欢她,她还是会沦陷在他的温柔里。

沈月瑶最后放弃挣扎,开始专心包饺子。在男人细心的指导下,她包的饺子越来越好看了。

她脸上露出喜悦,转过身:"鹤云行,你看我包的饺子好不好看?"

"好看。"鹤云行望着她甜美的笑颜,只觉得整个世界都灿烂了。这是鹤太太对他冷淡了将近一个月后,对他露出的第一个笑容。

鹤云行将手撑在桌子上,情不自禁地缓缓低头。

沈月瑶却拿起手里的饺子,挡在他的嘴唇前。

还想亲我?想得美!

不知不觉,饺子全包完了。

饺子只要蒸十分钟左右就能吃,客厅里,很快弥漫着一股淡淡的玉米的香甜气息。这么久没吃过饺子,她甚是怀念,而且这还是她和鹤云行一起包的饺子。

很快就到了周六,是和Sini约好滑雪的日子。

鹤云行自然跟着去了,他不可能放心沈月瑶和不熟的人出去玩,况且,还有个男人对她虎视眈眈。

雪山的温度会低许多,但依然无法阻挡他们的热情。滑道总长30多千米,海拔是在1800米到3000多米。

他们都是有滑雪经验的人,所以不需要教练。

沈月瑶戴上滑板工具之后,就把鹤云行抛到脑后,很麻溜地就往山下滑了。

鹤云行在看到Williams紧随着沈月瑶后,也跟了上去。

这里的湖泊、森林、群山、蓝天和白雪，一眼望过去，像是开了滤镜一样，有一种强烈的美的视觉刺激。

沈月瑶穿着一身黑色滑雪服，戴的帽子也是黑色的，在一片白茫茫的雪地里格外显眼。

她没注意到，鹤云行和Williams分别在她左右两侧。

滑雪的畅快感让沈月瑶有些忘我，许是在欣赏周边的风景，她一时间没有注意到前面有人摔倒躺在了地上，等她注意到的时候，已经来不及了。

沈月瑶身影左右摇摆，开始没办法控制身体的平衡，惊慌之余，她发现自己的胳膊被人抓住了。她转过头，这才发现是鹤云行，原来他一直跟在自己身侧。

另一侧的Williams也想伸手抓住她另一条手臂，鹤云行却恰好在这时抱着沈月瑶齐齐往下滚。

"这里雪厚，我不需要你给我当肉垫。"

"瑶瑶，那是我的本能反应。"鹤云行害怕她会受伤，在他的认知里，鹤太太娇贵，一点儿磕磕碰碰都不能有。

沈月瑶吸了吸鼻子，这个男人，什么都好，偏偏在喜欢她这件事上，让她难过。不是不可以等，她只是怕到最后等来的结果不是她想要的。

沈月瑶现在心跳太快了，她撑起身子要起来，可是鹤云行摁住她的腰，沈月瑶整个人又跌下去。

沈月瑶抓着他的衣服，没有抗拒，她听到了从身边经过的人的欢呼。

Williams也看到两人在雪地里拥抱、接吻。

他们一行人今晚要在这里度过一夜，酒店就在山脚下。身为夫妻，沈月瑶和鹤云行自然是住同一间房，房间里有温泉，晚上可以怡然自得地一边泡温泉，一边欣赏美丽的夜景。

可沈月瑶泡上了温泉，仰头看着天上的星星的时候，只觉得百般无聊，她抬起手开始数星星……

她是真的不喜欢跟鹤云行生疏，不喜欢彼此离心的那种感觉。

泡完澡，沈月瑶也没心思理会鹤云行，缩进被子里，倒头就睡。

房间里，沈月瑶放在床头的手机一直在闪，是Williams打来了微信电话,但是沈月瑶的手机静音了。

Williams拿着酒杯,旁边的手机一直在拨通中,直到最后断开。他面无表情,浑身散发着冰冷的气息。最后,酒杯被砸在了墙壁上,碎了一地……

不一会儿,他的手机弹出来一条邮箱信息,有人发来了一份文件,而这份文件,和鹤云行有关。

李助理去G市国际机场接机,看到鹤总牵着睡得迷迷糊糊的太太出来的时候,就知道这一次,他们鹤总去瑞士把太太哄好了。

沈月瑶一回到家就继续睡,鹤云行则要出门一趟。临出门前,他吩咐用人:"太太醒了给我打电话。"

接下来一周的时间里,沈月瑶都忙着把设计好的作品制成成品。她在瑞士半个月不仅仅是玩乐,还挑选了不少宝石。

不得不说,想要找一颗D色无瑕的钻石有些困难,但好在皇天不负有心人,最后她还是找到了一颗,然后花高价买了下来。

沈月瑶卡在十一月把作品送去了纽约的苏富比拍卖行。

这个时候的G市已经开始降温了,早晨的室外多了一种萧瑟感。

她不清楚鹤云行到底需要多少时间,回来后,她一直没有再提过那件事。

不过,这几天鹤云行每天都会变着花样给她送礼物。

只是再多的礼物,对于沈月瑶来说,远不如他的一句"喜欢"让她来得欢喜。

晚上,沈月瑶接到了母亲打来的电话,说弟弟生病了,嘴里嚷着"我想姐姐",眼睛红红的,可怜兮兮的。

弟弟是父母的老来子,生下来后就体质弱,生病是家常便饭。

沈月瑶对这个小自己二十来岁的弟弟也是疼爱有加,接到母亲的电话后,她便打算回南城。

准备回去前,沈月瑶给鹤云行发了微信:"弟弟生病了,我回去看看他。"

第二天天刚黑,沈月瑶就回到了沈家。给鹤云行报了平安后,她便去了弟弟的房间看他。

四岁的小孩儿躺在床上,额头上贴着退烧贴,正张着嘴巴呼吸。

听母亲说,她出嫁的时候,他还哭了,说是舍不得她。

她也是喜欢小孩儿的,以前虽然不理解母亲为什么冒着风险也要把弟弟生下来,但是在弟弟出生以后,她从弟弟身上感受到了爱和被爱的温暖。

沈家的小孩儿里,除了弟弟长得可爱,小叔的一对龙凤胎以及堂妹沈素素的女儿,也都长得特别可爱。

到了晚饭时间,杨澜把儿子叫醒。在看到沈月瑶的时候,即使很不舒服,弟弟还是像个小太阳一样笑着,不停地喊着"姐姐"。

他很想跟沈月瑶抱抱,但是又担心自己的感冒会传染给姐姐。

沈月瑶摸了摸他的脑袋:"快快好起来,到时候姐姐带你去公园玩。"

"姐姐不许骗人。"

沈月瑶在沈家待了好些天,在弟弟的感冒总算有所好转后,她履行约定,带弟弟去了公园,还约了徐扶熙一起。徐扶熙把龙凤胎也带了出来。

虽然临近冬天,但当天阳光明媚,她跟徐扶熙有一搭没一搭地聊着。

看出沈月瑶很喜欢小孩儿,徐扶熙轻轻笑了一下:"喜欢的话,可以跟鹤云行生一个。"

"我不想跟不喜欢我的男人生孩子。"她从来没有和谁提及过这件事,不过,徐扶熙不是外人。

"鹤云行说了不喜欢你?"

"他没说,但他也从未说过喜欢我。"沈月瑶说着说着,语气委屈起来,"我之前暗示过他,说只要他说喜欢我,我就可以跟他谈恋爱,但他什么表示都没有。"

"有点儿奇怪。"徐扶熙没想到,沈月瑶会在这段婚姻里处于下风。

"他只是让我给他一点儿时间。"

沈月瑶自动理解为,他会试着喜欢上她。

沈月瑶有时候也恨自己不争气,被他平日里的纵容宠爱迷了眼,丢了心。

但等待总是磨人的,如果鹤云行这辈子都不会爱她,那么,别说生孩子,沈月瑶连离婚的心思都有了。

她从来不是会委屈自己的人,更做不到在他不爱她的情况下,还和他和谐地生活。得不到，她不如放弃。

徐扶熙却认为，那么纵容沈月瑶的男人不可能不爱她。

"你是沈家的大小姐，不管做什么，不需要委屈自己。"

"我知道的。"

夕阳西下，沈月瑶带着弟弟回到沈家，他玩累了，在回来的路上就睡着了。

鹤云行好像很忙，之前说处理完手里的事就会过来探望她父母和弟弟，却迟迟没有来。

沈月瑶原本没放在心上，毕竟他工作忙也不是一天两天的事了。只不过，让沈月瑶没想到的是，她回来没几天，鹤云行就被拍到在 G 市跟别的女人出去吃饭了，有人还不安好心地把视频发给了她。

视频里是一个留着短头发，穿着职业装的女人，不知道鹤云行跟对方聊了什么，他的脸上似有一丝笑意。

那抹笑容，在沈月瑶眼里格外刺眼。很快，她就给鹤云行发了那条视频，并问道："解释，她谁啊？"

但半个小时过去了，沈月瑶并没有收到鹤云行的任何解释。

沈月瑶不再犹豫，又把他的微信拉进了黑名单。

之后没多久，沈月瑶接到了一个境外来电。她没有接，但对方再次打了进来。看来不是诈骗电话，是有人找她，而这个人是谁，她多少猜到了。

沈月瑶寻思片刻，接通了电话，果不其然，是 Eva。

"我还以为你猜到是我打来的电话，不会接呢！我看了你送去苏富比拍卖的作品，没想到你这次的主题居然是爱情。沈月瑶，你爱上了鹤云行，我猜得没错吧？"

沈月瑶没有反驳，Eva 的笑声透过话筒传过来，刺耳不已，那是掩饰不了的幸灾乐祸。

对于喜欢上鹤云行这件事，沈月瑶并不觉得自己需要遮遮掩掩，但是没想到，有朝一日，这居然会成为被别人嘲讽的笑料。

"难怪我当初只是稍微挑衅你，你就把我当成眼中钉。你那个时候就已经对鹤云行动心了吧？"Eva 用刻薄的声音继续说道，"鹤云行是宠着你惯着你，不过，那也只是因为你是鹤太太而已。视频你也看到了，你该不会天真地以为他们只是普通朋友吧？要是这么想的话，你就错了。

"这个女人叫黎画姿，跟鹤云行在高中的时候就认识了，而且以前两人经常出双入对，关系好得很。人家刚回国，他们就约吃饭了，你看，鹤云行还笑得那么开心。"

"我等着你被黎画姿取代，沈月瑶！"

她的话里，全是满满的恶意。

可沈月瑶到底是那个高傲的人间富贵花："你错了，没有人能取代我。如果鹤云行在这段婚姻里不忠，如果他不能给我想要的，只会是我不要他。"

对他的这份喜欢，如果最后失望越来越大的话，她可以选择收回。

Eva的挑衅，沈月瑶虽然没有放在眼里，但的确将她心里对鹤云行的那团无名火烧得更旺了。

沈月瑶心里冒着酸气和火气，让她给他时间的是他，现在连一声解释都没有的，也是他。

第八章
跋山涉水的明月

G市,浅水湾。

鹤云行接到女佣的电话后,就立刻赶回了他跟沈月瑶的住处。一回到家,他便看到客厅沙发上坐着一个打扮贵气的中年女人,她端着印着精致花纹的茶杯,慢条斯理地品尝着玫瑰花茶。

鹤云行看着她,英俊深邃的面容毫无波澜,只是眸里散发着冷冽的寒意。

一直待在国外的梅丽芳悄无声息地回国了,而且没经过他的同意,就擅自来到了他跟沈月瑶婚后的家。

梅丽芳见到他,神色淡淡:"回来了。"

鹤云行薄唇微抿:"没有爷爷的允许,你擅自回国想做什么?"

"G市才是我和子鸣的家,这一次回来,我们不打算走了。"梅丽芳抬头,那张红艳的唇勾起一抹笑,"要不是那个老头子派人一直盯着我,我怎么会现在才带子鸣回来。"

她放下手里的茶杯,手搭在沙发的抱枕上:"看得出来,你婚后和沈月瑶过得很不错。那老头子果然偏心你，把所有好的都给你了。这么多年，他去看了子鸣几回？"

鹤云行替鹤老爷子辩驳："爷爷去得少，难道不是因为你一直闹吗？"

"他眼里分明就没有子鸣这个孙子！"一说到鹤子鸣，梅丽芳就开始控制不住地发怒。

鹤子鸣出事后的第二年，梅丽芳在老宅大闹了一场，鹤老爷子不得已，将她和鹤子鸣送去了国外，并且直言没有他的同意，两人不可以再回 G 市和鹤家。

可她现在居然偷偷回来了。

鹤云行每次见到她，小时候跟这个女人同住一个屋檐下的那种窒息感就会席卷重来，压抑得他想发狂。

"都怪你！要不是你，我的子鸣也不会年纪轻轻就成了植物人！凭什么你能风风光光地娶妻、继承家业，他却要在医院躺上整整七年？！"

梅丽芳望着鹤云行的眼神全是刻到骨子里的恨意，她忍不住拿起桌上的茶杯，朝着鹤云行狠狠地砸了过去。

鹤云行听到"鹤子鸣"三个字的时候分神了，等回过神的时候已经来不及躲避。

此时，茶水泼了他一身，茶杯砸在他额头上，而后四分五裂，碎片割伤了他的额头，血汩汩地往下流。

用人们吓了一跳。

鹤云行却仿佛感觉不到疼痛，冷冷地看着眼前的女人，说："闹够了就给我滚出去！"

看到他流血受伤后，梅丽芳又恢复了高贵优雅的样子，嘲讽道："翅膀硬了，已经不把我这个后妈放在眼里了。既然我回来了，你也别想过得安宁，属于子鸣的，我会一分不少地拿回来。"

整个夜空灰蒙蒙的，梅丽芳离开后，鹤云行并没有处理伤口，而是坐在沙发上抽烟。

客厅里烟雾缭绕，他吩咐管家："别再放她进来。"

"知道了，大少爷。"

这时，李助理打来电话："鹤总，大家都在传你跟黎小姐在外用餐的视频,最关键是太太那边,我联系不上了。"

鹤云行拿出手机打开微信,就看到了沈月瑶发来的消息,他刚想给沈月瑶打语音电话解释,却发现自己被拉黑了。

他又尝试着打她的手机号码,却收到对方的手机已关机的提示。

沈月瑶一向很容易入睡,只不过今晚她心情浮躁,即使点了安神的熏香,也依旧毫无睡意。

她下楼拿了一瓶红酒,喝了将近半瓶酒,才有了些许醉意。

但即使这样,沈月瑶也睡不着。她趴在床上,头是疼的,心是堵的,想起鹤云行,眼泪就不受控制地夺眶而出。

其实跟其他女人吃饭只是小问题,让她伤心难过的,让她在意的,一直是鹤云行不喜欢她这件事。

喜欢上一个不喜欢自己的男人,而这个男人虽然把无上的宠爱给了她,但就是不爱她。沈月瑶觉得可笑极了,她躲在被子里哭得稀里哗啦。

杨澜半夜起来看儿子的时候,注意到女儿房间的灯是亮着的,便想看看沈月瑶大晚上不睡觉在干什么,结果,隔着门就听到里面传来女儿细细的哭声。

沈月瑶被他们保护得太好了,从小到大,哭的次数屈指可数,她可是被他们娇宠着长大的小公主啊!

眼下,沈月瑶锁着房门哭得那么伤心,杨澜心急不已,她多少能猜到原因,从知道鹤云行和别的女人传出绯闻后,沈月瑶就开始魂不守舍,晚饭都没吃几口。

以前自己的女儿根本没有那么在意鹤云行,现在却已经到了为他流眼泪的地步了……

"情"之一字,果然磨人。

不过,两个小时前,鹤云行声称联系不上沈月瑶,已经把电话打到了她父亲那儿解释过了,说只是和普通朋友在外面吃了一顿饭,两人并没有什么特别的关系。

鹤云行的为人,他们是清楚的。只是,当他们在沈月瑶面前提到鹤云行的时候,自家女儿就闹起脾气,捂着耳朵说什么都不想听。

就在杨澜束手无策的时候,鹤云行健步如飞地上来了。

鹤云行一路从 G 市赶了过来，风尘仆仆。

"妈。"

"瑶瑶在里头哭，你好好安慰一下她。"

鹤云行知道沈月瑶平日里很少哭，她哭得最凶的一次，是沈老爷子去世的时候。

杨澜注意到他额头上的纱布："你受伤了？"

"小伤，不碍事。"

"夫妻之间有矛盾就要及时解决，否则，矛盾深了，日后化解起来就难了。"杨澜点到为止，"瑶瑶这里就交给你了。"

他们夫妻之间的问题，不是做父母的能够插手解决的，鹤云行来找沈月瑶，说明他是重视沈月瑶的。所以，杨澜也放心把沈月瑶交给他。

"嗯，我来处理。"

鹤云行站在门口，听着沈月瑶细碎的哭声，感觉连呼吸都是疼的。

"瑶瑶，开门。"鹤云行尝试着唤她。

这时，沈月瑶已经哭累了，也听到了鹤云行的声音，只不过，她以为这是喝醉后的幻听。

她缓缓地坐起来，抬起头，看着墙上挂着的那张婚纱照。

照片上，沈月瑶在摄影师的要求下，洋溢着笑脸，但鹤云行连一点儿多余的表情都没有，感觉没有任何结婚的喜悦。

沈月瑶扶着床头站了起来，松开手的时候，压根站不稳，差点儿就摔了。然后，她踮起脚，想要把墙壁上挂着的婚纱照取下来。

阿姨找到钥匙开门的时候，杨澜并没有一起进去。

鹤云行推门而入，安神香混着红酒香扑鼻而来，紧接着映入眼帘的就是沈月瑶站在床上，眼睛红红的，手里拿着他们的婚纱照直接扔在了床上，然后抬脚就踩。沈月瑶根本没注意到门口的人，泄愤似的在婚纱照里的鹤云行的脸上踩了好几脚，踩完之后，长腿一踢，婚纱照便重重地掉在地上，发出"哐当"一声响。

只是，这一踢，疼的是沈月瑶的脚。于是，她整个人又倒在床上，眼泪止不住地往外冒。

鹤云行走到床边，心疼地握住她的脚踝，检查她的脚。

白嫩圆润的脚指头特别红，估计是充血了。

沈月瑶抬起头，眼睛里蓄满了眼泪，在看到鹤云行的时候，她猛地把脚收回去，带着哭腔道："滚，别碰我！"说完，便转了个身，只留给他一个背影。

鹤云行看着她微微发抖的身形，摸了摸她的头，开口解释："我跟她没什么，你别哭。"

可是这解释来得太晚，沈月瑶心里依然堵得难受，压根没有被鹤云行安慰到。

鹤云行见她根本不理会自己，便将她抱了过来。

沈月瑶原本是闭着眼睛的，她有些抗拒他的拥抱，想把男人推开。但是一睁开眼睛，她就看到他额头上贴着纱布。

"你的额头是怎么回事？"她的关怀脱口而出。

鹤云行言简意赅："分神了，没注意，被砸了。"

他知道沈月瑶不喜欢面对梅丽芳，如果可以，这辈子，他都不想她和梅丽芳打交道。

沈月瑶酝酿着什么，说出口的却是两个字："活该！"

鹤云行把她从床上捞起来，抱到腿上坐着："嗯，我活该。"

"鹤云行，你对我这么好，这么关心我，只是因为我是你明媒正娶的妻子吗？"气氛到这里，沈月瑶就直接问了。

"不是。"

"那是因为什么？"沈月瑶问。

这个问题，鹤云行预感到沈月瑶会问。只是，看着她，他却一个字也说不出。他脑子里闪过很多画面，阴暗的、压抑的……无法言说。

房间里的气氛，又一下子沉了下去。

时间一分一秒地过去，沈月瑶缓缓地垂下眼眸，挡住眼里的无限失落和难过。

突然，沈月瑶很用力地抓着他的衬衫，大声质问："你说呀！你为什么不说？！"

"因为你是沈月瑶。"

她是沈月瑶，所以呢？这根本不是她想听的啊！

"喜欢我有那么难吗？"沈月瑶低喃着。

沈月瑶的心越来越冷，她觉得自己就算给他再多时间，也未必能够让他爱上自己。

许是出发点不一样,她本以为鹤云行是喜欢她的,结果,没想到,这段时间一直是她一个人在唱独角戏,在玩心动的游戏。

在他黯然沉默的神情下,沈月瑶逐渐清醒了过来,因为微醺放大的情绪,也渐渐恢复正常。

"算了,一句喜欢都那么难说出口,我给你再多的时间或许都没用。"沈月瑶彻底失望了,她语气平静地说着,"鹤云行,我以后不会再问你了,你当我从来没提过这件事吧。"

生活总是这样,不能叫人处处满意。她的人生已经拥有太多了,她不缺爱,鹤云行不肯给的话,就这样吧,她已经不想要了。

一旦真的动了放弃的念头,沈月瑶就好受了许多。如果她不勉强从他那里得到爱情,他们两人之间的婚姻就这样也挺好的。

鹤云行对她很好,她也过得自由自在、无拘无束,是她之前的执念太深了。

沈月瑶躺回床上,闭上眼睛,缓了缓,很快就睡着了。

唯独坐在床边的鹤云行,表情凝重,眼神无措,他试着对睡着的人表达情感,可是大脑不管怎么下达指令,那张嘴就是无法说出沈月瑶想要听到的答案。

很快,弥漫的黑暗将他笼罩,将其吞噬。

他痛苦地在压抑的深渊里挣扎,无人拯救,而唯一的稻草,已经放开他的手,将之抛弃。

许久,鹤云行把婚纱照重新挂了起来,指腹轻轻戳了戳照片里的女人,他不能再让沈月瑶对自己失望了。

翌日,沈月瑶一觉醒来,伸了伸懒腰,她有点儿担心自己昨晚哭得太猛,现在眼睛会肿得特别难看,便掀开被子起身想要去照镜子。

然而,目光一转,沈月瑶就看到坐在沙发上一动不动地看着自己的鹤云行。

他的衣服还是昨晚那一套,没有换,好似坐了一夜。

"我没有不让你睡床。"

"是我的问题。"

沈月瑶没有说话,扭头去了浴室。她的眼睛是有些肿,不过还好,不算太难看，用冰袋敷一敷就能消肿了。

洗漱后，沈月瑶换了一身衣服，米白色毛衣搭配着休闲保暖的直筒棉裤，又扎了一个马尾，看起来神清气爽，一改昨晚哭得像小可怜的模样。

她出来后，鹤云行的视线又落在了她的身上。这也让他发现，沈月瑶不生气了，但看他的眼神好像不一样了，已经少了那种亮晶晶的光彩。

意识到什么后，鹤云行身上的气息变得更加压抑可怕。

外面传来阿姨喊他们吃早餐的声音，沈月瑶应了一声，见鹤云行还是坐在沙发上盯着她一言不发，她不禁红唇微微翕动："你去洗漱换身衣服，我不想爸妈为我们的事担心。"

她的口吻里，有着明显的冷淡，很容易察觉——她以往不会这样的。

"好。"鹤云行依言照办。

早饭结束后，鹤云行要回G市，但沈月瑶不想回。她不想每天面对鹤云行，她内心没那么快平复，还需要好好调整一番。

但从今天开始，她不想再为鹤云行伤心烦恼。不谈恋爱也有不谈恋爱的好处，做一对没有感情的豪门夫妇其实也没什么。但要是回到以前那种状态，沈月瑶感觉自己好像已经做不到了。

鹤云行没有说什么，因为手头上还有工作，他不得不回到G市。

鹤云行一夜未眠，头很疼，坐在车里，闭上眼睛，满脑子全是沈月瑶一直掉眼泪，问他喜不喜欢她的画面。

有人把喜欢常挂嘴边，有人深埋于心，有人爱而不自知，也有……像他这种，无法将爱宣之于口的。

"鹤总，梅丽芳在浅水湾买了一套别墅，就在您跟太太住处的对面。"

自从梅丽芳悄无声息地回到G市后，鹤云行就吩咐李助理派人盯着对方的一举一动，这才得知了她今天一大早做的匪夷所思的事。

李助理继续汇报："鹤董已经知道梅丽芳回了G市，早上的时候把她叫回了老宅，但梅丽芳坚决要留下来，两人大吵了一架，鹤董因为血压升高，喊了家庭医生。"

鹤云行道："先回老宅，再去公司。"

好在鹤老爷子身体没什么大碍，但是也被气到了，这阵子需要静养，不能动气。

"瑶瑶她弟弟的身体情况好些了吗？"鹤老爷子问。

"好些了。"

"她什么时候回来？"

鹤云行不知道她打算什么时候回来，所以没办法回答。

"我听说你跟画姿吃饭的事被人造谣了，跟瑶瑶解释了没？"鹤老爷子立马就察觉到不对劲了。

黎画姿是鹤老爷子朋友的孙女，鹤云行十几岁那会儿很不听话，年少轻狂，鹤老爷子就让黎画姿盯着鹤云行，把他的行踪告诉自己。

"解释了。"

"既然解释过了，那瑶瑶怎么没跟你一起回来？"

"是我的问题。"

"尽快把自己的问题解决了。当初明明就是你借着玉佩的事赖上了瑶瑶，要跟她订婚，爷爷不过是顺水推舟罢了。"

他们鹤家有一块祖传玉佩，是象征身份的存在，是鹤家男子在订婚后要赠予未婚妻的。

鹤老爷子当初一直想要让鹤云行早点儿结婚，无非是这个孙子大学毕业以后，生活里除了工作，还是工作。除了在他这个老头子面前有点儿温度，在别人面前，他就像个无悲无喜的冷冰冰的机器人。

提到玉佩，鹤云行想起六年前他跟沈月瑶的渊源。

第一次见面，沈月瑶开着车上路，但因为车技太差撞到了他的车，可能以为他是什么坏人，在他面前人怂胆小，客客气气却十分豪横地想用钱补偿他。

第二次见面，分明是她失魂落魄走路不看路撞到他，他不过是说了她一句，她的眼泪就跟不要钱一样往下掉。

他难得当一回善人关照她一把，想送她回家，她却不肯回，嚷嚷着要去喝酒，他只好带她去了。结果，一杯红酒下肚，她便醉得稀里糊涂，拽着他的玉佩怎么都不肯松手。没办法，鹤云行只好先把玉佩给她，想着过两天再找她拿回来，没想到，沈月瑶竟把他的玉佩摔坏了。

当时鹤老爷子隔三岔五让他相亲，鹤云行只好打起沈月瑶的主意，既然结婚的事躲不掉，不如找一个自己看着顺眼的。

鹤云行沉默不语，他的确应该把她带回来，只有把她放在自己身边，他才能安心。

只是,他很清楚,如果自己强迫沈月瑶回来,而他又没办法说出她想要的答案,两人的矛盾只会越来越大。他得先解决了自身的问题,才能把她哄好。

鹤云行又把话题绕了回去:"梅丽芳的问题,我会解决,爷爷不用管。"

梅丽芳那种人,惹急了,她什么事都做得出来。爷爷只是把她赶出国,并没有解决根本问题。

鹤老爷子看他眼里泛着冷然,就知道他对梅丽芳回来这件事存着很大的戒心。

自从鹤子鸣成了植物人后,梅丽芳非但不检讨自身的问题,还把错全怪罪在鹤云行身上,事情刚发生后的那两年,三番四次地找鹤云行的麻烦。

那时的鹤云行看在鹤子鸣的面子上,对她再三忍让。

但就凭这个女人嫁进鹤家却从未真心对待过鹤云行,甚至在他小的时候对他做那些事,鹤家就不需要对她手下留情。

鹤老爷子想到自己某天去看鹤云行,却发现好好的一个大孙子竟浑身是伤地被关在地下室里,没吃没喝的,被饿了两天,就恨得牙痒痒。

"子鸣可以留在G市,但这个疯女人,你必须找个机会再把她送出去!"

就算是儿媳妇,鹤老爷子也不待见她,要不是她不肯离婚,她早跟鹤家没有关系了。

鹤老爷子一想到躲在寺庙的四儿子就来气。鹤令山以前因为忙于工作对鹤云行不闻不问,如今醒悟了,却因为自责悔恨躲在了寺庙。

眨眼就到十二月了,寒风萧瑟,冬日冷冽。

沈月瑶不在鹤云行身边,鹤云行又恢复成从前冷冰冰的模样。

长乐集团的所有员工都叫苦连天,老总加班,他们下面的人自然都得跟着一起。

手机铃声响起,有电话进来。

鹤云行接通后,一抹清冷的女声传来:"我已经把你的情况跟我师兄提过了,下周你找他谈吧。难得啊,无悲无喜、目中无人的鹤总居然这么着急想解决自己的病症!"

鹤云行有情感应激障碍这件事,也是在沈月瑶问他喜不喜欢自己后才发现的——简简单单的一句"喜欢",他却没办法说出口。

他和沈月瑶虽然同样家世显赫,但是他们从小就生活在截然不同的世界。

鹤云行语气冷漠:"没别的事,我挂了。"

除了对沈月瑶,他对其他女人一向没有多少耐心,即便是老同学黎画姿,也不例外。

鹤云行为了彰显自己的存在感,隔三岔五就派人送礼物到沈月瑶面前,但这些东西统统被她扔到了衣帽间。

自从沈月瑶把他从黑名单里放出来后,他就每天在微信里问她什么时候回G市,沈月瑶要么不理会,要么回一个表情图。

沈月瑶现在的立场很明确,鹤云行不爱她,她也不稀罕了!她不会再因为他把自己搞得那么狼狈了。

沈月瑶不想回去,在南城待着,实在是太舒服了。

只是她在南城家里待得杨澜都看不下去了。这天,在沈月瑶吃了早饭后,杨澜就让阿姨帮她收拾行李,纵然沈月瑶一百个不情愿,杨澜还是把她送回了G市。

沈月瑶许久没回来,倒不觉得陌生,这里上上下下都充满了鹤云行的气息。

沈月瑶倒在床上,属于鹤云行的气息就扑鼻而来,已经有一段时间没有被他的气息裹挟,她还有些不适应。

用人放好行李后,问道:"太太,花房里的玫瑰被大少爷照顾得可好了,您要去看看吗?"

沈月瑶没什么兴致:"不想看,你下去吧,我想休息。"

"好的,太太。"用人出去后,轻轻把门关上。

管家本想把沈月瑶回来的事告诉鹤云行,电话打过去却没人接。年底了,鹤云行异常忙碌,经常早出晚归。管家没再打电话,不过他叮嘱了李助理,晚上一定要让先生回家。

李助理忙坏了,收到管家发来的消息,回了一句"知道了",就接着忙去了。

沈月瑶一觉睡到晚上十一点多，鹤云行还没有回来。

换作以前，她必然会为此生气。但现在，她只是让用人给她做了夜宵，吃饱后也没过问鹤云行现在在做什么。

沈月瑶消完食，上楼冲了个澡，把投影仪打开后又躺在了床上，准备看一会儿电视剧。

窗外，夜色漆黑，像是浓重的墨泼在了天地间。

沈月瑶撑着脑袋，懒洋洋地打了几个哈欠，乌发长发松散地倾泻在枕头上。

鹤云行自从接管家族事业后，参加朋友聚会的次数是少之又少。

今晚有一位朋友生日，赵森只是帮对方问了一下，没想到鹤云行竟然来了。

鹤云行到了之后，也不怎么说话，只一杯接一杯地将烈酒往肚子里送。

他们自认算是酒量好的，但是看到鹤云行这般喝，还是自愧不如。

半夜，G市街头略显冷清，赵森将鹤云行送回了浅水湾。

主卧里，吊灯亮起，沈月瑶被一些磕磕碰碰的动静吵醒了，她穿着长袖丝质睡裙，揉了揉眼睛，片刻便清醒了过来。

鹤云行回到房间里，睡在一侧的沈月瑶立马就嗅到了他身上浓浓的烈酒味，光是闻一闻，就够呛人的。

他脖颈儿上泛着薄红，闭着眼睛，如刀刻般凌厉的眉宇紧紧皱着，呼吸沉沉，看起来很不舒服的样子。

沈月瑶坐起身子，望着他的侧脸轮廓，鹤云行平日里很少会放纵，她跟他认识六年多，还是头一回见他醉成这样子。

沈月瑶捏住他的鼻子，不一会儿，男人的薄唇便微微张开，喉结滚动，然后缓缓地睁开了眼睛。

灯光刺眼，面前的女人乌发垂落，肤色雪白，一张脸蛋生动漂亮，是他夜夜想念，渴望搂进怀里的人儿。

沈月瑶不想伺候他，松开手："自己把衣服脱了，一身酒味，真难闻。"

鹤云行一动不动地盯着她，呼吸又沉了几分。他没敢眨眼，仿佛下一秒，她就会消失在自己面前。

片刻后,他抬手解开领带,然后猛地一扯衬衫领口,好几颗扣子顷刻散落在被子上,衬衫被扯掉后,男人精壮的好身材便随之露出来,接着他将皮带解开,随手一扔,压在了地上的白色衬衫上。

沈月瑶起身去了浴室,用热水打湿了一条毛巾。回到卧室后,她踮起脚,替鹤云行擦了脸和身体。她擦得很敷衍,没两下就扔下毛巾:"自己去衣帽间找睡衣穿,我要睡了。"

鹤云行搭在她腰上的力道加重:"给我一点儿时间,很难吗?"

"关键是,你连喜欢我都做不到,你让我看不到答案,给再多的时间都没用,我已经放弃你了……"

这话太伤人,没等她说完,鹤云行就吻上了她那张仿佛含着刀子的嘴。这个女人被他宠坏了,在他这里是一点儿委屈都受不得。

可正因为是他宠的,又是他本人给她的委屈,所以一切都是他自作自受。

"做得到。"他已经在看医生了,医生说他只要克服这个心理障碍,迟早可以把"我喜欢你"说出口。

他已经努力在克服了,每天都在尝试开口。

沈月瑶别过头:"我不稀罕了。"

"你稀罕的,兔兔。"

因为沈月瑶很喜欢兔子,自己也很像一只小白兔,于是鹤云行总这样喊她。

沈月瑶实在是恼怒他模棱两可的态度:"说了不稀罕就是不稀罕!鹤云行,是不是要我跟你离婚,你才肯相信我是认真的?"

"我们不会离婚。"他的语气坚决又冷沉。

沈月瑶看着鹤云行,只觉得他的眼神变得恐怖起来,"离婚"两个字,似乎刺激到了他。

沈月瑶起初就不喜欢鹤云行用鹤老爷子想要重孙那一套压着她,只不过,那个时候没有现在这么排斥。然而,在遭遇了鹤云行根本不喜欢自己的重击后,那种失落感,让她现在不想跟他有任何肢体上的接触。

"你放开我!"

鹤云行做不到,双手紧紧地箍着她。

沈月瑶气急败坏:"鹤云行,你再这样,我明天就回南城!"

"回来了,你就哪儿都不许去,只能待在我身边。"

男人的强硬,让沈月瑶觉得窒息。

怎么会有这种不喜欢你,又对你暧昧不清的男人?只因为她是他老婆,是他的鹤太太吗?

鹤云行试图解释,但不管他怎么磨破嘴皮子,问题的重点还是在沈月瑶以为他不喜欢她这件事。偏偏,他的治疗没有任何起色,根本无法言说,还因此产生严重的焦虑感,不得不吃药。

而他也不想跟沈月瑶说他有情感应激障碍。他从生下来,所经历的事情就和她的截然不同,以他从前的品性,根本配不上如此单纯无邪、与世无争、从小被娇惯着长大的沈月瑶。

他骨子的清高和自尊让他无法放下姿态告诉她,自己曾经在家庭里遭遇过的悲惨,最重要的是,他有一段年少轻狂的过去,那时的他,叛逆而恶劣。

从前,他无欲无求,自然也不在意别人怎么看他;可现在,唯独沈月瑶,他不敢去赌。

"行,我再问你一次,鹤云行,你喜欢我吗?"

沈月瑶这一次问,其实根本不抱什么希望,她早就做好了鹤云行再次沉默的准备。

沈月瑶是一个简单的人,她不想去猜他眼里复杂的情绪到底是因何而来。在她这里,喜欢没有那么难以启齿,只有不爱才会如此。

可他甚至连欺骗自己,都不乐意。

沈月瑶一回来就病恹恹地躺了两天,只有莺莺知情,所以她马上来探望这个受伤的小仙女。

沈月瑶坐着,不知道在想什么事情,想得很出神。

莺莺在她面前晃了晃手:"你在想什么呢?"

沈月瑶脱口而出:"想离婚。"

莺莺被噎了一下,要是换作之前,她肯定举双手赞同沈月瑶的想法,但是现在,她总觉得离婚不是什么好念头。

"瑶瑶,我觉得你可以再考虑一下。鹤总是喜欢你的,你看,你不高兴,他就想方设法来哄你高兴,还舍得给你花钱。你们之间会不会有什么误会啊？"

沈月瑶懒懒地垂下眸，离婚这事其实只能想一想而已，她嘴上是那么说，心里还是很不情愿的。

不可否认，莺莺说的有几分道理。

但沈月瑶觉得现在过得不开心，不开心的时候，自然就很想挣脱这个束缚。况且，鹤云行好像真的有把她关在这偌大别墅里的兆头……

冬日的暖阳晒得人懒洋洋的，沈月瑶提不起一点儿精神，即便是养了两天身子骨，人还是无精打采的。

"瑶瑶，你之前不是跟我说鹤总给你造了一座花房？你快带我去看看，顺便走动走动。"

沈月瑶回来后就没去过一次花房，用人说那里的玫瑰被鹤云行照顾得很好，她当时想，鹤云行一个大忙人，天天都早出晚归的，怎么会有心思帮她养花？

左右无事，沈月瑶便带莺莺去了花房。花房里的玫瑰的确盛放得灿烂娇艳，那股令人心旷神怡的香气在空中散发，一眼望去，橙黄色的花海，让人感觉仿佛误入了一个童话世界。

沈月瑶感觉脚下踩到了什么，低头一看，是一个银色的打火机，一看就是鹤云行的。

莺莺看到了吊起来的粉色水晶吊椅，两眼放光："冬天的早晨坐在这里看书简直不要太棒，晚上还可以看到星星！"

沈月瑶捡起打火机，拍了拍上面的泥土，一边回应着莺莺："是挺好的。"

莺莺突然说想吃曲奇饼干，沈月瑶便道："我安排甜品师做。"

"反正无聊，我们跟着一起做啊！"莺莺提议。

于是，一上午的时光，沈月瑶和莺莺都在跟甜品师学习怎么做曲奇饼干。

找点儿事情做转移了注意力，沈月瑶心情轻松了不少。

曲奇饼干做出来后，屋子里便萦绕着一股浓郁的香甜气息。她们尝了尝，饼干口感酥脆，就算连吃好几块，都不会觉得腻味。

饼干做得有点儿多，莺莺带了两盒回去，剩余的，沈月瑶想着送两盒给鹤老爷子尝尝。

原先不想出门的沈月瑶，想起自己回G市还没有去探望过鹤老爷子，便换了一袭长裙，穿上外套，又化了一个淡妆——没什么精神气的女人在腮红和口红的点缀下，明艳了许多，也精神了许多。

见到沈月瑶提着东西回来，鹤老爷子甚是欢喜："瑶瑶，你来看爷爷了。"

沈月瑶晃了晃手里的饼干，眉眼弯弯："在家里跟莺莺动手做了一些饼干，想着让您也尝尝我们的手艺。"

鹤老爷子欢喜地说着"好"，然后让用人把上好的茶叶拿出来泡，他要用最好的茶搭配沈月瑶做的饼干。

"爷爷种的石榴也熟了，待会儿带你去摘石榴吃，子鸣没出事前就……"鹤老爷子的话戛然而止。

鹤老爷子虽然讨厌梅丽芳这个儿媳妇，但是鹤子鸣从小就讨喜，他和梅丽芳的性格截然相反。这个孙子成了植物人，一直让他痛心不已。

沈月瑶对鹤云行这个同父异母的弟弟的名字不陌生，只是，她连梅丽芳都没见过几回，鹤子鸣，自然更没机会见。

每次回老宅，鹤家人都很识趣地没有提过梅丽芳和鹤子鸣。

"爷爷，子鸣出事是什么意思？"沈月瑶问。

"子鸣十八岁的时候出过一场事故，成了植物人，至今都没有醒来。"鹤老爷子觉得是时候告诉沈月瑶这件事了。

鹤云行之前说过他有愧于鹤子鸣，而Eva是鹤子鸣喜欢的人，所以才会帮助Eva。她好奇地问："爷爷，鹤子鸣会成为植物人，是不是跟鹤云行有关系呀？"

植物人，光是听着就觉得让人惋惜，而十八岁，又是那么美好的年龄——他错过了人生中最美好的青春年华。

"唉，这事其实不只是云行一个人的责任。"

不只是鹤云行的责任，所以他还是有责任，沈月瑶想，难怪他觉得有愧于鹤子鸣，难怪梅丽芳那么讨厌鹤云行。

鹤老爷又拿出一张照片，照片里的鹤云行才十五六岁，表情肉眼可见的冷漠，反观鹤子鸣，在一旁捧着石榴，笑容灿烂。

很难想象，这个少年会是梅丽芳那样的女人养出来的儿子。

沈月瑶看着照片里少年时期的鹤云行，跟他在一起生活了这么多年，她还从来没见过他小时候的照片。

沈月瑶想问什么，可还是忍住了——她才不要去了解鹤云行以前的事。于是，她干脆转移话题："爷爷，不说这些陈年旧事了，提了您心里也难受。快尝尝我做的饼干吧！"

见沈月瑶没有再想问下去的意思，鹤老爷子就知道这对小夫妻之间又有问题了。

他听说沈月瑶这次并不是自愿回 G 市的，鹤云行又是一个有事不喜欢往外说的闷葫芦，两人之间有什么问题，鹤老爷子压根不清楚。

老宅后面果园里的石榴树上，一个个鲜红的石榴正羞答答地挂在枝头，等人采摘。

沈月瑶把石榴一个个摘下来放进篮子里，她踮起脚，想要摘树顶端的那个，却怎么都够不着。

忽然，沈月瑶被抱了起来，整个人腾空而起，鹤云行低沉的嗓音跟着响起："摘吧。"

沈月瑶愣了一下，平静地摘下那个石榴后，语气冷淡地说道："你放我下来吧。"

"怎么不穿外套？"

"不冷。"

脚落地后，沈月瑶拎起篮子就往前走。在鹤老爷子面前，她总不好不理会他。

实际上，前两天她的确话都不想跟鹤云行说。

他们之间的隔阂不是不提就不存在了，在老宅，沈月瑶对他和颜悦色，只是看在鹤老爷子的面子上，仅此而已。

鹤云行找来一个干净的碗，开始动手给她剥石榴。不多会儿，他就端着一盘石榴放到她面前："吃吧。"

沈月瑶睫毛颤了颤，犹豫了一下后，她拿起一颗石榴籽放进嘴里，很甜。而后，沈月瑶抱住了那碗剥好的石榴籽，反正都剥好了，不吃白不吃。

但是，丑话她得说在前头："鹤云行，你对我再好，但只要不爱我，那做什么都没用，我不会感动的。"

他声音沉沉："瑶瑶，我做的这些，还不能证明我心里有你吗？"

有她，但不是爱情啊。鹤云行对她有感情是正常的事，他们好歹夫妻一场，且认识了六年多。

沈月瑶垂着眼皮："我不想跟你说这些，你不爱我，我已经放弃你了，反正我们之间不会有任何结果。"

说完，她坐在沙发上，留给鹤云行一个背影。

鹤云行望着她，眸里涌动的情绪无比强烈。

她的这些话，就像一把刀子，插在他的心上，可是他的人生经历，不允许他说疼，他也开不了口。

沈月瑶现在不喜欢黏着他睡了，有意与他隔开距离，但每次早上醒来，她都会发现自己睡在鹤云行的枕头上。

沈月瑶跟他同床共枕了这么久，已经习惯把他当成抱枕。但习惯总是可以慢慢改的，她不信自己改不过来。

不过，她不了解他也是真的。动心之后，她渴望了解他的一切，只不过，还没来得及去了解他的过往，两人就闹僵了。

一觉醒来，鹤云行已经出门了，沈月瑶望了望窗外的暖阳，然后起身到阳台伸了伸懒腰。女人乌发垂落，人比花娇。

舒展完筋骨后，沈月瑶回到房间就收到了Williams发来的消息，说他因为工作的原因来了G市，等工作忙完后，想在G市游玩两天。但因为人生地不熟，不知道如何规划，问她有没有时间，能不能请她当导游。

沈月瑶想了想，答应了。

Williams："太好了！等忙完，我就联系你。"

沈月瑶："嗯。"

在回复完Williams的消息后，沈月瑶就在网上看到了关于鹤云行红粉知己的绯闻，而这个红粉知己，从原本的Eva变成了黎画姿。

黎画姿疑似出现在长乐集团，而后坐上鹤云行的车，跟他一同离开。

论坛上的内容沈月瑶看了一些：

"早前就听说鹤云行心里有个红粉知己，但不知道是谁，这个人不会就是他的老同学黎画姿吧？"

"你们这么说，我想起来了，其实在鹤总和沈大小姐结婚当天，就有人说他有红粉知己。"

"我在别的地方看到的,有自称是鹤云行同学的人说,鹤云行念书那会儿根本不搭理别的女同学,除了黎画姿。他要真有红粉知己的话,肯定是她了。"

"两人看起来好般配啊!!!"

鹤云行说过他跟黎画姿之间是清清白白的,沈月瑶倒不怀疑,而红粉知己,他说过没有,那时,她亦是相信的。

只是,在看到这铺天盖地的言论时,沈月瑶陷入了沉默。她忽然一秒也不想留在这里了,她想离开,去哪儿都行。

于是,她跟Williams说了抱歉,说自己过两天会离开G市,没办法给他当导游了。

而后,她拿出之前冲动之下找律师拟定的离婚协议书,快速地在上面签下自己的名字,接着装进文件袋里,交给司机:"这是鹤云行留下的文件,务必送到他手里。"

做完这些,沈月瑶把手里的婚戒摘了下来,放在床头柜上,粉钻亮晶晶的,闪着耀眼的光芒。

她连行李都没收拾,只是从抽屉里拿走身份证和护照,而后避开用人和保镖,悄无声息地离开了。

她约了一辆阿尔法专车,直接去了G市国际机场。

经由司机的手,把离婚协议书转交给鹤云行,这么做是不太理智。沈月瑶深知自己是受不得委屈,最会及时止损的人。可是,自从回来G市后,她发现之前那些风平浪静也仅存于表面,她还是钻进了死胡同,执着于一个答案而不能释怀。

她还是做不到对鹤云行不在意。

她以前说不喜欢谁就不喜欢了,分明容易得很,她以为对鹤云行,自己也可以轻易做到。

可是,心里空空的,好像不管往里面填补什么都没有用。

他的宠爱和纵容已经刻进她的生活里,想要抽丝剥茧,谈何容易。

沈月瑶发现自己太矫情了,但她控制不了。鹤云行把她宠坏了,她像极了一个得不到糖的小孩儿,非要闹脾气,闹到把糖吃到嘴里才罢休。

李助理在为澄清红粉知己的事忙得团团转时,司机拿着文件找到了他,说文件是太太给的,叮嘱他务必交到鹤总手里。

可这会儿鹤云行因为私人行程出去后还没回来,李助理便道:"给我吧,我看看是什么工作文件。"他没听鹤总说有工作文件落在家里了。

李助理带着疑惑将文件袋拆开,只看了一眼,他的手就止不住开始抖了,脑子里瞬间闪过几个字——

完了,出大事了!

VSS心理诊所的咨询室里,一股淡淡的让人感觉舒适的香气萦绕着。

鹤云行清冷的眉目里藏着疲惫,从和沈月瑶的关系变得疏远开始,他的睡眠质量就变得越来越差,他已经有一个多月没有好好睡觉了。

在跟心理医生沟通的过程中,他先睡了半个小时,醒来后,又跟何医生进行了半小时的沟通。

"我要怎样才能正常地倾诉感情?"鹤云行不是个急性子,可现在,他不急不行了。

何医生缓缓开口:"你的心理障碍并不是一朝一夕能够解决的。你最近的睡眠情况应该很糟糕,自控能力下降,我先给你开一点儿药。如果你真的很害怕失去她的话,我建议你试着做出一些最基本的回应,比如她问你喜不喜欢她,你可以通过点头或者别的方法去正面回应她。

"从你口中,我了解到你太太的世界里没有太多复杂的东西,她也不够了解你,你又偏偏是什么事都闷在心里不说的人,但夫妻之间要多沟通才能减少矛盾——"

话未说完,助理突然敲门进来了:"何医生,鹤先生的助理来了,说是有很重要的事情要和鹤先生说。"

何医生:"请他进来。"

李助理可以说是快马加鞭赶过来的。在看到离婚协议书的时候,他就知道会出事,果不其然,太太还离家出走,现在已经不知去向了。

鹤云行接过李助理递过来的离婚协议书,看到署名那里有沈月瑶签的名字,只觉得刺得眼痛。

沈月瑶太清楚怎么气他了。

鹤云行面容冷沉阴郁,他手里的离婚协议书很快成了一堆废纸片。

"已经派人去找太太了。"李助理顿了顿,"鹤总,关于你和黎小姐的事,虽然我们已经澄清是假的了,但是作用不大。"

"去联系上次采访过我的记者,让他今天务必把采访内容发出来。"把撕碎的离婚协议书扔进废纸篓后,鹤云行站了起来,脸上线条轮廓紧绷,戾气很重。

这个时候,沈月瑶已经在飞机上了,她买了飞往泰国的机票。

两个多小时后,沈月瑶就现身泰国曼谷机场。

Ailin来接机。Ailin因中性的长相而闻名于国际,沈月瑶是在秀场认识她的。

鹤云行先回了家,得知沈月瑶去了泰国后,他第一时间赶往机场。他说过的,沈月瑶回来G市后,只能待在他的身边,哪儿也不许去。

鹤云行的手里还拿着沈月瑶留在床头柜上的那枚粉钻戒指,他紧紧地握着,钻石都被他掌心的温度捂出了一丝热意。

游轮上,沈月瑶没吃几口晚餐,反而喝了好几杯红酒。

Ailin知道她今日心情欠佳,但见她没有倾诉的意思,也不多问,只提接下来的安排:"瑶瑶,待会儿下了游轮,你是要回去休息呢,还是继续玩?"

"有什么好玩的地方吗?"

"有个派对,基本是我们自己人,你想不想去?"

"去啊……"她不想一个人待着。

她们乘坐的游轮缓缓靠岸,可她们没有注意到,码头上,伫立着一个颀长的身影,海风吹乱了他的黑发,明明灭灭的光线里,他点着烟,一言不发地抽着。

在游轮靠岸之后,男人径直走了上去。

"瑶瑶,走吧,我们下船。"Ailin见她喝了不少酒,上前扶她起来。

船身还是有些晃,沈月瑶没站稳,她半个身子都靠在Ailin的身上,一手撑着Ailin的手臂稳住身子。

只不过,这一幕落在鹤云行眼里,却是两人举止亲密,好似在耳鬓厮磨。

沈月瑶没还站稳,手臂忽然被拽住,她还来不及反应,整个人便被拽离Ailin的身边,紧接着,一抹暗影覆落,熟悉的清洌香将她席卷。

腰被撞在甲板的栏杆上，下巴被捏得生疼，她忍不住抬眸，顷刻间，红唇被吻住了。

Ailin很快认出来面前的男人正是沈月瑶的老公。

沈月瑶晃了晃神，他吻得一点儿都不温柔。

酒店里，鹤云行靠着烟缓解难平的怒意，那一张离婚协议书，已经把他气疯了。

"沈月瑶，你知不知我有多担心你？"

沈月瑶低着头。

"说话。"

沈月瑶泪眼蒙眬，冰冰凉凉的眼泪如断了线的珍珠般落下，很快，一张精致白皙的小脸就布满了泪痕。

鹤云行心里再多的怒火和躁郁都因她的眼泪而一扫而空了，他替她温柔地擦去眼泪："对不起，我只是气过头了。"

"你没看到我给你留的离婚协议书吗？"听到这声对不起，也看到鹤云行服了软，可沈月瑶心里没有好受一些。她还是想哭，眼泪不受控制地往下流。

"我把离婚协议书撕了。"鹤云行紧紧地搂着她，沉声，"别拿离婚来激我。我们不会离婚的，你休想离开我！"

沈月瑶靠在他怀里，眼神有些呆滞。

他说的这句话，让她的灵魂一颤，思绪逐渐飘远。

沈月瑶又产生了那种错觉，他明明句句没提"我爱你"，可句句都像是在说"我爱你"，她好像对他来说很重要。

可就是因为这样，她才痛苦。

无法肯定，左右摇摆，患得患失。

沈月瑶开始挣扎，睫毛颤得厉害："如果我非要离婚呢？"

"瑶瑶，不管如何，我都不会同意离婚。"他语调平缓，却足够震撼人心。

晚上十点左右，Ailin把沈月瑶白天买的东西全打包好，给她送到了酒店。

沈月瑶哭得眼睛都有点儿肿，如今卸了妆，素颜干干净净的，身上裹着白色浴袍,刚沐浴完,发丝上还滴着水珠。

"不好意思,Ailin,我今晚不能陪你去派对了。"鹤云行不放人,她去不了。

Ailin摆摆手,说:"没关系,我也不敢带你去了。在游轮上的时候,我感觉你老公恨不得把我扔进海里,醋劲真大。"

沈月瑶咬了咬唇:"他以为你是个男生,所以生气了。对不起啊!"

"没事。我还得去派对,先走了。"

"好。"

客厅里堆满了购物袋,沈月瑶心情有多不好,看她买的东西有多少就能知道了。

但她现在没有心思去整理那些东西,躺在床上睡不着,就会胡思乱想,她索性拿出手机,企图转移注意力。

在泰国,她没怎么看手机。所以刚点开微信,她就发现有很多人给她发了消息,莺莺发得最频繁,有二十多条信息。

沈月瑶先回了徐扶熙他们的消息,也有Williams的,问她怎么了,需不需要人陪,如果需要的话,他可以做她情绪的垃圾桶。

沈月瑶蹙了蹙眉,没有回复,转而点开莺莺的消息。

莺莺给她打了语音电话,那时候她没接到,往下拉,还有个视频,是《可访谈》。

沈月瑶轻点屏幕,看到视频里的鹤云行在说:"我平生只宠爱过一个女人,那就是我的太太。"

这是他第一次在公众面前澄清那些流言蜚语,也是第一次在公众面前说这样直白的话,那双深邃的黑眸穿过屏幕,仿佛溢满深情,让她的心脏止不住乱跳。

沈月瑶手指紧了紧,思绪逐渐恍惚,莫名又有点儿想哭。

她思绪很乱,有些不知所措。恍惚许久,她才回了莺莺:"我没事,明天会跟鹤云行回G市。"

莺莺秒回:"你总算回消息了!"

沈月瑶:"莺莺,我的心好乱。"

莺莺:"别想太多,顺其自然。"

沈月瑶:"嗯。"

沈月瑶承认,自己想要得到鹤云行的喜欢这件事,表现得过于急切了,但不代表她现在就不难过。

书房里,鹤云行穿着黑色真丝浴袍坐在电脑桌前,他自然是把今晚跟沈月瑶共进烛光晚餐的 Ailin 的底细查得清清楚楚,在得知对方是女人的时候,眉宇间那抹厉色才缓缓压下。

他回到房间时,沈月瑶正侧躺着,呼吸轻浅,像是睡着了。他不自觉地放轻脚步,在床边坐下,手指轻抚她泛红的眼角。

鹤云行低头轻吻,小心翼翼,眼神里透着疼惜。

沈月瑶于他,就像是跋山涉水遇见的一轮明月。

翌日一大早,沈月瑶就跟鹤云行回了 G 市。她回来后,不管走到哪里,都有人寸步不离地跟着。

沈月瑶跟鹤云行抗议过,但是无效,他估计又怕她跑了。

两天后的下午,Williams 突然来浅水湾找她,这委实是沈月瑶想不到的。不过,人既然来了,不可能不见。

沈月瑶吩咐管家:"把人带到会客厅,我稍后就到。"

Williams 西装革履,带了沈月瑶以前爱吃的抹茶蛋糕,还捧了一束花。见到沈月瑶的一瞬间,清俊的男人眼里闪过暗光。

沈月瑶穿着毛茸茸的毛衣,脚下踩着兔子棉拖,她坐下后,佣人就给她拿来毛毯盖腿,又将一壶冒着热气的花茶端上桌子。

"抱歉,之前联系不上你,委实是有些担心,看到你没事我就放心了。"在得知鹤云行从泰国把沈月瑶带回来,而她却没有回复自己信息的时候,他承认他开始心急了。

"谢谢关心,我挺好的。"

这两天,的确挺好的。谁都让她再等一等,不要过早且轻易地给她和鹤云行之间的关系下定论。

沈月瑶的表情不假,Williams 眸色沉了沉:"瑶瑶,如果你在这段婚姻里不开心,没必要勉强自己,你可以有很多选择。"

沈月瑶很清楚她的选择有很多,如果真的要离婚,只要跟家里人说一声,父亲或者小叔必然会飞来 G 市替她解决这件事。

只不过,沈月瑶才递了一份离婚协议书而已,就已经看清楚鹤云行的态度。

虽然对方是善意的,但不知为何,沈月瑶听了很不舒服,所以她只是疏离地说:"谢谢,我自己心中有数。"

Williams适可而止,他知道,现在自己说得太多,只会引来沈月瑶的反感。他转而拿出抹茶蛋糕:"瑶瑶,我给你带了蛋糕,尝尝吗?"

沈月瑶其实不爱吃抹茶,她觉得苦,而且会让她想起一些不是很美妙的回忆。

以前她跟前男友杜子棋谈恋爱的时候,沈月瑶可不像在鹤云行面前这么暴露本性,她会表现得乖巧拘谨,比如自己虽然不喜欢吃抹茶蛋糕,但是不会说出口。

这好歹是人家的心意,沈月瑶望着面前的抹茶蛋糕,点了点头:"我尝尝。"

说是尝尝,也就真的只是尝尝,只吃了两口,她就觉得太苦,不想吃了。

沈月瑶对身后的女佣说:"把我和鹤云行从老宅带回来的石榴拿过来吧,我想吃。"

长乐集团。

鹤云行知道Williams去浅水湾见了沈月瑶,这个人总是隔三岔五地在沈月瑶面前出现。

鹤云行盯着手机屏幕,吩咐道:"派人查一查他。"

他又给沈月瑶发了消息:"石榴不好剥,等我回去给你剥好了再吃。"

沈月瑶收到鹤云行发来的消息,抿了抿唇,回道:"不要你剥。"

只是,大冬天的,她手冷,一粒粒地把石榴剥下来吃,的确挺难受的。

Williams:"瑶瑶,需要我帮忙吗?"

沈月瑶拒绝了:"不用,我不吃了。"她负气地将整个石榴扔在桌子上,然后转移话题,"你在G市准备待多久?"

Williams回道:"我有在G市开一家分公司的想法,最近都在忙着分公司的事。原本想让你带我四处转转,不过你又临时反悔……"

他停顿了一下,目光落在沈月瑶身上,她已经没有再动他带来的抹茶蛋糕了,而是把扔在桌子上的那个石榴又拾了起来,捧在手里漫不经心地玩着。

"这事是我考虑不周。不过,其实我在G市除了中环,去过的地方不多。如果你还需要导游,我可以介绍朋友给你。"

"行。"他没有拒绝。

时间又过去了半个小时,可是从中环回来,只要二十分钟左右,鹤云行回来得也太慢了。

沈月瑶一向喜欢口是心非,说不要吃他剥的,但他剥好的,她很少拒绝。

Williams很会找话题,对珠宝很了解,但沈月瑶的心绪还是飘了,她拿起手机:"你怎么还没到?"

结果,她等了一会儿,鹤云行还是没有回复她的消息。

沈月瑶没多想,直接给他拨了电话,但接电话的并不是鹤云行,而是李助理。

医院里,李助理显得颇为狼狈,额头上有伤,身上的衬衫也带了血。

"太太,先生出了小车祸,现在在医院。"李助理如实跟沈月瑶汇报。

沈月瑶的脸色倏地一白,手里的石榴滚落在地上。

医院里有一股挥散不去的消毒水味。

病房里,窗户半开着,窗外,枝繁叶茂的大树在寒风里摇曳。

鹤云行还在手术室里,沈月瑶抵达手术室门口的时候,除了李助理在,还有身穿唐装的鹤老爷子。

鹤老爷子拄着拐杖,一脸严肃地坐在椅子上。

"爷爷。"

鹤老爷子闻声后抬起头:"瑶瑶,你来了,先坐下吧,云行的手术没那么快结束。"

沈月瑶来的路上一直在担惊受怕,听到鹤云行在手术室里时,她手心直冒冷汗:"他还说要回来给我剥石榴吃,怎么突然就出车祸了?"

鹤老爷子两手扶在拐杖头上,一边摩挲着大拇指上的玉扳指儿,一边说:

"爷爷以前不是跟你提过,有一段时间,云行年少轻狂,喝酒、赛车,什么都玩,要不是我后来管着他,又出了子鸣那桩事,他怕是会无法无天。

"其实他本性不坏,只是选择了自我放逐。今日伤他的人是他以前赛车认识的，早些年结下了梁子，爷爷之前替他摆平了，可不知怎么回事，又回来寻仇了。"

沈月瑶问："爸跟梅丽芳当初都不管他吗？"

"他父亲以前眼里只有工作，根本不管云行。至于他那个继母，巴不得他当个烂人，要不是她，云行怎么会变成那样？"鹤老爷子的语气里全是责怪。

"梅丽芳对他很不好吗？"

"是你想象不到的糟糕。"鹤老爷子一想起往事就满腔的怒气。

沈月瑶讶然，原来那样矜贵傲慢的男人，竟有一个跟她完全相反的童年啊！

年少时的鹤云行，爹不疼，亲生母亲在生他的时候因难产去世了，他连见一眼的机会都没有，继母又对他不好……

沈月瑶很难想象，他小的时候是那样一个生活环境。认识六年多，她第一次了解到鹤云行有如此凄凉的过去。

那次在老宅，因为赌气，她还故意不去了解鹤云行的过去，她明明很想知道，结果就那样错过了了解他的机会。

鹤云行一直都是惯着她的那一个，反观一下，她对鹤云行却是这样的态度。

等待是煎熬的，尤其鹤云行是因为车祸进的手术室，那种恐惧，像是黑云压城般笼罩在沈月瑶的心头。

直到一个多小时后，躺在病床上的鹤云行才被护士推了出来。他面色苍白，毫无血色，但幸好手术顺利，只需要转入普通病房休养。

医生说，他会在一个小时内恢复意识。

沈月瑶看到他腹部有一个伤口，手心也缠着纱布。

根据李助理的描述，在回来的路上，一辆面包车冲着他们乘坐的车直接撞了过来，被迫停车后，李助理下车准备去理论，结果对方拿着刀就对着他砍，他躲闪不及，手臂上也有一处不浅的伤口。

鹤云行下车制止，但对方一身蛮力，还持利器，场面一度凶险，鹤云行腹上那道比较严重的伤口就是替李助理挡了一刀留下的。

李助理很是感动，要不是鹤总，现在躺在医院的人就是他了。

鹤老爷子要去警局见肇事者一面，于是在鹤云行出手术室之后便离开了。

李助理也是个伤患,出事后,他的父母因为担心他也来到了医院,正在外面与他说话。

病房里,已经超过一个小时了,鹤云行却迟迟不见醒。

沈月瑶握住他的手指,脑袋趴在床边,见他还是一动也不动,又有了想哭的冲动。

"医生说你术后一个小时内就会醒,现在已经超过一个小时了,你要睡到什么时候?"沈月瑶带着哭腔,眼睛泛着湿润。

顿了一下,沈月瑶盯着他缠着纱布的左手,又道:"手伤成这样,还怎么给我剥石榴——"

"不是不要我剥吗?"

鹤云行声音低哑,穿着病服的他,眉宇间多了一丝羸弱感。病服宽敞,领口大开,他的伤口在隐隐作痛。

沈月瑶见他醒了,松了口气:"我现在又要你剥了,不行吗?"

感觉到自己的手指一直被紧紧握着,鹤云行脸上有了一丝笑意:"现在我是伤患,恐怕得麻烦你照顾我了。"他缓了缓,"兔兔,我想喝水。"

"我去给你倒。"

鹤云行要住院一周,日常生活用品司机还没送来,沈月瑶便去问护士要了一个纸杯,给他倒来了一杯热水。

沈月瑶在包住伤口的纱布上轻轻碰了碰:"是不是很疼?"

鹤云行反握住她的手:"还好。"再疼的伤,他也受过。

沈月瑶平时磕破一点点都会觉得很痛,鹤云行都到了上手术台的程度,却说得这么云淡风轻,怎么可能!

"这个时候你还逞强,爱哭的孩子有糖吃,这个道理你不懂吗?"沈月瑶道。

鹤云行从善如流,立即改口:"兔兔,我疼。"

沈月瑶心里软了软:"这段时间好好养病,我会照顾你直到好了为止。"

鹤云行"嗯"了一声,问:"你跟Williams聊什么聊那么久?"

这话题转移得让沈月瑶猝不及防,不知为何,看到他问得一脸认真的样子,沈月瑶莫名想笑。鹤云行说回来给她剥石榴,该不会是介意

Williams 来找她吧？

"就是随便聊聊。"沈月瑶舔了舔干燥的唇，忍住了笑意，坐回椅子上。

她的确不太记得跟 Williams 聊天的细节，她承认自己当时多少是有些三心二意的。

不过，她唯一记忆清晰的，是 Williams 问她："抹茶蛋糕不合你的胃口吗？"

"不是。"

"没关系，你不喜欢可以直接说，我以为你喜欢吃才买的。"

沈月瑶心想：我跟你认识没多久，见面少之又少，你怎么会认为我喜欢吃抹茶蛋糕呢？

沈月瑶便意识到，Williams 或许还是想打着朋友的旗号接近自己。

鹤云行仗着自己现在病弱，沈月瑶会不自觉地对他心软，开口提要求："兔兔，我不喜欢你跟他接触。"

沈月瑶清楚 Williams 的心思，自然不会再跟对方往来。

只不过，小兔子没有那么容易上他的套："鹤云行，你少得寸进尺！我和任何人往来都有自己的分寸。你说你不喜欢我跟他接触，那我说我不喜欢你跟你老同学接触，你就不接触了吗？"

鹤云行知道沈月瑶说的是黎画姿，但从黎画姿回国以来，他跟这位老同学见面的次数就屈指可数。

于是，鹤云行很顺从地回道："嗯，你不喜欢，我就不接触。"

"我只是打个比方。"

对于黎画姿，沈月瑶承认自己心里多少还是有些在意的。他和黎画姿不止认识，就连鹤老爷子也认识对方。

鹤云行身边几乎没有什么女性朋友，突然间出现一个，她自然会好奇他们之间的关系好到哪种程度。

知道鹤云行醒了后，已经处理好伤口的李助理进来探望了一下他，并表达了感谢。鹤云行没有多说什么，给李助理放了假，让他回去休息了。

晚上十点左右，管家把鹤云行住院要用的洗漱用品拿来了，还熬了一份粥——鹤云行刚做完手术，只能吃流食。

沈月瑶喂他喝完粥，说："时间不早了，你早点儿休息，我明天再过来看你。"

　　鹤云行心里自然舍不得她离开,但是他更不乐意沈月瑶留下来陪床,陪床辛苦,金枝玉叶的她没必要吃这种苦。

第九章
圣诞节快乐

翌日,沈月瑶比平时早起了半个小时,洗漱完换了衣服,就把用人准备好的早餐拿去医院。

沈月瑶刚到病房门口,就从半掩的门缝里看到里头坐着一个女人。对方身穿蓝色西装,脚踩着八厘米高的高跟鞋,异常美艳,气质却清冷。

床头柜上放着一个果篮,她坐在椅子上,慵懒地跷着二郎腿,声音里藏着几分揶揄:"老同学,有求于我的是你,把我拉黑的也是你。"

"我没给你支付酬劳吗?"鹤云行冷淡地反问。

门外,沈月瑶抱着保温桶,手紧了紧——鹤云行昨天真的把黎画姿拉黑了?

黎画姿被噎了一下,不止给了,而且给的不少。她倒懒得去探究鹤云行把她拉黑的原因,反正无所谓,两人平日里也没什么交流。

黎画姿想起一件事:"我昨天在中环遇到了梅丽芳,她是什么时候回来的?"

鹤云行声音瞬间冷沉:"有一阵子了。"

"我昨天去看鹤子鸣,躺了七年的人,手腕比我的还细,跟纸片人似的,感觉一阵风就能把他吹跑。"

黎画姿自然也认识鹤子鸣,他们年纪相仿,当初上的就是同一所学校,鹤子鸣比他们小两岁,但是跳了一级。

鹤子鸣乖巧纯良的样子,黎画姿至今印象深刻,他的嗓音清清润润的,活泼且充满朝气,总是笑着喊她"学姐"。

"我们有生之年,还能见到他醒来吗?"

鹤云行墨眸深沉,缓缓启唇:"不知道。"

黎画姿是心理医生,她能看出来鹤云行并不想谈论有关鹤子鸣的事,他们兄弟之间有一个无法跨越的鸿沟——梅丽芳。

黎画姿看了看时间,站起身:"九点我有一个问诊,走了。"

沈月瑶从女人露出来的侧脸便猜到了她的身份。沈月瑶站在病房门口,想着刚才两人的对话——梅丽芳回来了,可鹤云行从未跟她提过这件事。

门忽然敞开,黎画姿手里拎着女士公文包,映入眼帘的是穿着梅子色卫衣,头发扎成丸子头,雪肤红唇,五官精致得像是被精雕细琢过的沈月瑶,她手里还拎着保温桶。

"真是便宜鹤云行了。"黎画姿浅浅勾唇道。

沈月瑶听到她的话,眼里闪过疑惑。

黎画姿唇角的笑意更深了,开始进行自我介绍,接着又问:"沈小姐,能加个微信吗?"

"好。"

加上沈月瑶的微信后,黎画姿便走了。

早上原本是阴天,但现在天上乌云散去,一缕缕温暖的光透过云层从外面照射进来。

不知医院里种了什么花,还有一股花香随风轻拂而来。

沈月瑶进来后,鹤云行的目光便定定地落在她身上,昨晚没睡好的躁郁一散而空。

"黎画姿本人比照片上还要好看。"沈月瑶把保温桶放下,平静地陈述。

在鹤云行眼里,黎画姿跟其他女人没什么区别。

"你好看。"

"我又没让你夸我。"沈月瑶就是单纯地想表达黎画姿是个大美女而已,"吃早餐吧。"

"吃早餐之前,我想洗漱一下。"

"哦。"

沈月瑶给他拿来轮椅,推他去了洗手间。

"好了喊我。"

洗手间里,鹤云行洗漱完,又脱了衣服,打湿毛巾擦拭身体。

沈月瑶见他好一会儿没出来,便催促:"你再不出来喝粥,粥就凉了。"

不一会儿,鹤云行就自己转着轮椅出来了,然后慢条斯理地坐回了床上。

沈月瑶把粥放在餐桌上,就玩手机去了。她打开微信,朋友圈有人给她点赞、评论,点开一看,发现居然是黎画姿。

这时,鹤云行喉结滚动,问:"兔兔,你不喂我吗?"

闻言,沈月瑶抬起头,板起一张脸:"昨天晚上喂你是因为你右手在打针,你现在又没打。"

"不打针我手也疼。"不管在什么处境下,他一直都很会替自己谋取福利,"兔兔,帮人帮到底,我需要你喂我。"

沈月瑶眼睫一颤,捏紧手机,忍住把它砸向鹤云行的脸的冲动。而后,她"啪"一声把手机放下,破口大骂:"鹤云行,你别得了便宜还卖乖!"

鹤云行低垂下眉眼:"是我不对。"

见状,沈月瑶摸了摸鼻子,再次催促:"你快点儿喝粥,磨磨蹭蹭的,粥都凉了!"

鹤云行宁愿沈月瑶对他生气,也不乐意看她对着自己冷冷淡淡,不爱搭理的样子。

他适可而止,乖乖地把粥喝了。

早餐过后,鹤老爷子来了:"爷爷昨晚去了一趟警察局,不过那个人嘴巴很严,什么都不肯说。"

"爷爷,就算手里有证据又如何,这件事根本不用查,我心中有数。"

鹤云行已经从李助理那里得到了消息，那个人这些年一直在捣鼓生意，只是经营不善，负债累累。

今早，李助理得到消息，那人的母亲生病了，急需一大笔手术费用。

鹤云行笃定，必然是有人允诺了那个人一些好处，所以他才会对自己兵刃相见。

鹤老爷子没在医院久留，把时间留给了鹤云行跟沈月瑶。

沈月瑶拽住鹤云行的袖口，张口就问："那个人是谁派来的，是梅丽芳吗？"

"不用担心，以后不会再……"

没等他把话说完，沈月瑶就出声打断他："你只需要回答是还是不是。"

"……只有她才会做这种事。"

"爷爷说了，鹤子鸣的事不是你一个人的责任。她胆子这么大吗？"沈月瑶又追问，"还有，梅丽芳回国这事，你为什么没有和我说？"

"她手脚干净，没有证据。"鹤云行看她拽着自己的袖子不放，眉眼里有了一丝笑意，"你不是不喜欢她吗？"

"我不喜欢她是一回事，但你不告诉我就是另一回事了。"

"好，知道了，没有下次。"

鹤云行在医院里待了三天便出院了，他不喜欢医院。

早晨，冬日暖阳，浅水湾别墅，用人敲了敲主卧的门："大少爷，管家说梅丽芳在门口发疯，非要见你。"

沈月瑶本来还想再睡会儿，一听说梅丽芳来闹，她睫毛轻颤，猛地睁开眼。

鹤云行给出回复："不见。让管家转告她，再赖着不走便报警处理。"

"好的，大少爷。"

这一大早，梅丽芳就来扰人清梦，铁定是鹤云行做了什么才让她坐不住了。

沈月瑶问："你做了什么？"

鹤云行并不隐瞒："我用鹤子鸣大哥的名义给他办理了转院手续，并且，在没有我允许的情况下，她不能见鹤子鸣。"

梅丽芳会那么恨鹤云行，也侧面说明她对鹤子鸣这个儿子有多喜欢和看重。

放在床头上的手机很快响了，鹤云行接通后，那头传来梅丽芳尖细的质问声："鹤云行，你把我儿子藏到哪里去了？你把我儿子还给我！"

"鹤子鸣姓鹤，现在由鹤家来接管他，理所应当。"

"你不就是想拿子鸣要挟我离开G市嘛！鹤云行，你的如意算盘要落空了！子鸣躺了这么多年，我已经不指望他能醒过来了。你把我儿子害得那么惨，我绝对不会让你好过！"

沈月瑶被梅丽芳阴冷刺骨的声音弄得起了一身的鸡皮疙瘩。显然，鹤子鸣这么多年无法清醒，让她绝望不已。

鹤云行从前并不明白，为何梅丽芳对自己的恨意那么强。直到后来，他才了解到，原来他父亲鹤令山年轻的时候就跟梅丽芳有过一段恋情，她一直满心满眼地期待着鹤令山能娶她进门。可后来，鹤令山为了事业，为了自己的野心，把她抛弃，转而娶了跟自己门当户对的人——鹤云行的母亲。

只是，谁也想不到，当年G市众多名门子弟心中的女神，却在生下鹤云行后香消玉殒。

正因为如此，梅丽芳才有了嫁给鹤令山的机会。

鹤令山以为把她娶回来，她能够照顾好家庭，他也能放心地继续他的事业。可他不曾想过，梅丽芳怎么可能甘心养别人的孩子！

如今，鹤云行已经是无人敢轻易招惹的商业权贵了，可是童年的心理阴影，却依旧无声无息地伴随着他。

其实，这段时间，鹤云行就一直在查，是不是有什么人秘密协助梅丽芳，否则，以她的本事，做不到回国而不被发现。

沈月瑶心里怵归怵，但莫名来气，梅丽芳凭什么那么理直气壮地把一切怪在鹤云行的身上？鹤老爷子说了，会发生那样的事，根本不是鹤云行一个人的责任。

沈月瑶气不过，一把抢过手机，对着电话那头的人大声怒斥道："我警告你，你少拿鹤子鸣的事来欺负我老公！你要是再敢伤害他，我沈月瑶第一个不放过你！"

说完，她就把电话挂了，又将这个号码拉进了黑名单。

她这一套操作行云流水，鹤云行险些没反应过来。他不禁眸光灼灼地盯着她。

沈月瑶觉得有点儿别扭:"看什么看?!"

鹤云行抱住她:"你刚才的样子很迷人。"

沈月瑶将下巴抵在他的肩窝,想了想,还是说:"她对你下狠手,你可不能因为鹤子鸣对她手下留情。"

"不会。"他勾起手指轻轻蹭了蹭她脸上的软肉,又将她的发丝拂到耳后,眼神无比温柔,"吃早餐吗?"

沈月瑶点点头,不再跟他对视,起身去换衣服。

沈月瑶在伦敦接受采访的杂志最近才刊登出来。

她的粉丝都清楚,她今年设计的最后一款珠宝上了苏富比拍卖,是一对比翼鸟形状的袖扣,其背后的故事元素和主题分明是和爱情有关。

在那个采访里,主编问她为什么之前不设计和爱情主题有关的作品,她说自己没经历过,所以,没有这方面的灵感,但现在有了。

李助理知道鹤云行不爱上网,于是,在看到采访后,立马把这条消息发给了他,并附言:"鹤总,给了太太爱情灵感的人肯定是你。"

毕竟那个时候,沈月瑶就有了想跟鹤总谈恋爱的心思。

李助理相信自己的直觉,要不然,以太太怕麻烦的性子,怎么可能会因为一个采访就飞去伦敦。

当然,最先动心的那个人肯定不是太太。

鹤云行看着手机,陷入了沉思。

原来,沈月瑶那个时候就对他动了心吗?

或许更早。

她应该一直在等他主动,等他开口。然而,他让她失望了。

对沈月瑶,他从六年前就开始觊觎。

这六年,鹤云行一直在精心娇养着这朵人间富贵花。不管她在自己面前怎么作,他总是纵容。他对沈月瑶的爱,其实早就已经深入骨髓。

鹤云行回:"你去联系当时买下比翼鸟袖扣的富商,告诉他,我愿意高价买回来。"

李助理:"没问题,鹤总。对了,Williams的底细已经查到了。"

鹤云行接收了李助理发来的文件,看完后,他不禁勾起一抹冷笑。

藏得够深啊!

沈月瑶读书那会儿谈过一个男朋友——杜子棋,单纯无邪的小兔子被这个男人利用了。好在,小兔子不傻,知道真相后立马把人踹了。

小兔子多好啊!自然而然,没多久,杜子棋就开始后悔了。

可惜,兔子不吃回头草。

没多久,鹤云行便借着玉佩的事,促成了两人的婚事。

六年了,杜子棋竟然还敢觊觎沈月瑶?!

冬日,G市再冷也不会下雪,倘若不下雨的话,最低气温也有七八摄氏度。

临近圣诞节,管家在鹤云行的吩咐下,买回来一棵圣诞树。他们趁着沈月瑶跟莺莺出去逛街购物,正忙着在圣诞树上挂星星和月亮的装饰,还有不少礼物盒子。每一份礼物,都昂贵无比。

沈月瑶见了两位珠宝商,并从他们手里购入了一些成色不错的宝石,又逛了会儿街,然后找了一家书吧休息。

临近六点,窗外的天空像是挂上了黑色幕布,没有一颗星星冒头,只有一弯月亮孤寂地悬挂在上面。

不过,月色下的城市,灯光如海,街道四处透着繁华与热闹,还有人装扮成圣诞老人在路边发着传单。

书吧里,沈月瑶和莺莺两人面对面坐着,圆桌子上放着两杯热饮。

冬天疲惫的时候坐下来喝一杯热奶茶,一股暖意在身体里蔓延,舒服得让人想眯上眼睛。

"瑶瑶,鹤总还好吧?"

"已经恢复得差不多了。"

莺莺最关心的其实还是他俩的感情问题:"你跟鹤总和好了吗?"

沈月瑶端着杯子,轻轻抿着吸管:"我在给他时间。"

她很没有安全感,之前太着急于从他口中得到一个答复,认为他不说就是不爱自己,总会胡思乱想。但是闹了两次,每次鹤云行都会赶来哄她,那种小心翼翼的姿态,她其实也很少见。

身边的人都说鹤云行心里是有她的,他很害怕失去她,沈月瑶就当自己是当局者迷吧,相信旁观者清这个道理。

"对了，瑶瑶，有件事还得跟你说一下，那个Williams这两天一直在探我的口风问关于你的事，他是不是对你有非分之想啊？"莺莺说。

"不用理他。"

在医院的时候，鹤云行就说了不喜欢她跟Williams来往，她虽然没有答应，但是，自那之后，她就几乎不回他的消息了。

而且，那次偶然注意到他的侧脸，以及他买的抹茶蛋糕，沈月瑶突然就想到了杜子棋，那个曾经利用她，一直对她忽冷忽热的前男友。

沈月瑶从前太年轻，对何为喜欢了解得也肤浅，现在才尝到爱情酸甜苦辣的滋味。过去的早已成为过去，即使他出现在自己面前，她心里也不会有任何波澜。

很快到了八点，两人打算结束今天的行程，各回各家。刚走出门口，莺莺便看到远处缓缓驶来一辆跑车，她用手肘轻轻地蹭了下沈月瑶的腰："鹤总来接你了。"

沈月瑶一抬头，便看到鹤云行穿着高领黑色毛衣从黑色跑车里下来。他一出现，整个繁华的街道，人来人往，都好像成了他的背景板。

鹤云行已经到了她面前："美甲很好看。"

"不止好看，还很锋利，挠人很疼的。"沈月瑶回道。

鹤云行近日在某些方面已经是一个惯犯，有饮鸩止渴的意思。但他越是这样，沈月瑶越不想让他得逞。

鹤云行哪里听不出她的言外之意，压低了声音："我不怕疼。"

沈月瑶耳根热了热，把包包和手提袋扔给他："好冷，回家。"

莺莺目送两人离去后，才开车离开。

到家后，沈月瑶发现原本摆在客厅里的圣诞树不见了踪影。

衣帽间里，多了一件高定礼服，在她的印象里，自己近日并没有定制过这么一件衣服。

鹤云行提着她的东西跟了进来。

沈月瑶指着那件高定礼服问："你找人定制的？"

鹤云行把她的包包和东西归纳放好，然后回道："这个月28号是长乐集团的年会，我想让你陪我出席。"

沈月瑶虽然不想去年会，但是，这条裙子她太喜欢了。

"好吧，我知道了。看在漂亮礼服的分上，我勉为其难陪你去吧。"

圣诞夜,沈月瑶随鹤云行回了老宅,和鹤家人一起吃了一顿饭。

回来时,沈月瑶因喝了酒,不小心在车里睡着了。

月色朦胧,花房里,吊椅上,躺着一个容貌绝美的睡美人,她身上盖着男人的西装,呼吸浅浅,曲着双腿,睡得很香。

玫瑰花在月下争奇斗艳,鹤云行让人把放置在客厅里的钢琴搬来了这里。

沈月瑶是被琴声唤醒的,循着好听的钢琴声,她望向坐在钢琴前的那道挺拔的身影。

一曲完毕,她听得入了迷。

沈月瑶还没回过神来,鹤云行就已经走到她的面前,抬起她的脸,薄唇印在她的眉心:"兔兔,圣诞快乐。"

以前圣诞节的时候,沈月瑶总会跑去国外感受那种过节的氛围。

"你怎么把钢琴搬来花房了?"沈月瑶起来后,发现因为刚才一直侧睡着,手跟脚都有些麻了。

"你这几天晚上总是喜欢待在这里,把钢琴放在这里,我就有理由来找你了。"

沈月瑶心里软了软,她抬眸,跟他对视:"好吧,圣诞节快乐,鹤云行。"

鹤云行又亲了她一下:"我给你准备了礼物,跟我来。"

之前不知去向的那棵圣诞树,此刻被搁置在泳池旁边的草坪上,一树的星星和月亮亮着光,上面的礼物盒多得让人眼花缭乱。

圣诞树下还立着梯子,方便沈月瑶拿最上面的礼物。

沈月瑶很喜欢鹤云行准备的圣诞惊喜,她迫不及待地拿下一个礼物盒子,打开看里面装的是什么。

拆了大半个小时,沈月瑶都拆出汗了,然而,整棵圣诞树上的礼物,她还没拆完。

沈月瑶踩在梯子上,鹤云行就站在下面小心地扶着梯子。

后来,沈月瑶气喘吁吁地坐在草坪上,脸颊粉粉嫩嫩的,双腿泛着酸:"不拆了,我累了。"

鹤云行好笑地看着她:"一到冬天,你就懒得动,这样不行。"

她就是不想动,反正鹤云行拿她没办法,她就喜欢大冬天睡懒觉。

"你是第一天认识我吗?抱我回去!"沈月瑶理直气壮地使唤他。

鹤云行不费吹灰之力就把她横抱起来,走回别墅。

沈月瑶拆开的礼物,已经让用人收拾好,全都摆在了她偌大的衣帽间里。

把人抱到楼上后,鹤云行捏了捏她腰上的软肉:"兔兔,你看你不运动,腰上都已经长肉了。"

沈月瑶的腰很敏感,躲闪了一下。

"要你管!"

浴室里,沈月瑶看着镜子里的自己,腰上哪儿有长肉,柳腰纤细,盈盈一握。见没有真的变胖,她这才放心地洗澡。

洗完澡后,沈月瑶穿上了真丝长袖睡裙,卧室里有中央恒温空调,温度刚好,就算是光着腿也不会觉得冷。

有很多人给她发了节日祝福的信息,沈月瑶拿起手机一一回复,唯独落下了Williams的。他每天都会给她发消息,今天发的是"圣诞节快乐"。寻思片刻后,沈月瑶决定把他拉进黑名单。

一直得不到回应的Williams又给沈月瑶发了一条信息,结果界面只显示了一个红色感叹号。

Williams已经收到鹤云行在查他的风声了,想来鹤云行已经知道了他的身份。也许用不了多久,他做了些什么,鹤云行也都会知道了。

望着桌子上那张长乐集团年会的邀请函,Williams眸色森寒,暗潮涌动。

长乐集团每年的年会举办地点都在四季酒店。年会当天,酒店门口铺着红毯,隔一会儿就有一辆豪车驶来,甚至有直升机掠过,停在楼顶上方。

董事会的股东们基本上都会出席年会,还有明星来热场子。

年会开始前,鹤云行回浅水湾接沈月瑶,鹤云行穿的西装是深灰色款的,黑色领带,内搭马甲,外套长度刚好,胸前别着胸针,还别了款式好看的袖扣。

男人举手投足都显得那样矜贵,且不失绅士气质。人长得好看,不管什么风格的衣服,他都能驾驭得很好。

沈月瑶第一眼看到他的时候还没觉得有什么，可定睛细看才发现，他别的袖扣正是她送去苏富比拍卖的那对。

"鹤云行，这对袖扣怎么在你手里？"她记得拍下这对袖扣的是一个来自英国的富豪。

"我买回来了。"

"你又乱花钱。"

鹤云行理直气壮地回："这对袖口的灵感来源于我，它们就理应属于我。"

沈月瑶耳朵微微泛红："谁说灵感来源于你了？你少往自己脸上贴金。"说完，她提着裙摆往外走。

发现她小巧的耳朵瞬间染了粉色，鹤云行的眸眼不禁添了几分温柔。他跟在后面，温声提醒："别走那么快，小心摔了。"

夜色漫漫，一辆劳斯莱斯在马路上飞驰，很快抵达四季酒店。

鹤云行下车后，朝里面的人伸出手。

内场里，鹤老爷子身穿唐装，被董事会的一群股东围着聊天。

裙摆偏长，沈月瑶走不快，鹤云行一只手牵着她，一只手拎着一款与沈月瑶礼服同色系的包包，放慢步伐。

俊男美女一路往里走，不知吸引了多少视线。

沈月瑶今日的妆容很甜美。都说穿粉色容易显黑，甚至很多明星都很难驾驭粉色，但是肤如凝玉的沈月瑶穿上这条粉裙子，仿若仙境里的公主。

沈月瑶抬眸，注意到鹤云行手里拿着她的粉色手提包，对冷峻矜贵的男人而言，这抹粉色实在是太抢眼了，她不由得扯了扯嘴角。

长乐集团的员工们议论纷纷。沈月瑶和鹤云行走到哪里，他们的目光就转到哪里，台上的明星已经无法吸引他们的注意力了。

鹤云行先是带着沈月瑶到鹤老爷子跟前打了招呼，而后把沈月瑶介绍给长乐集团董事会的股东们。

这些股东们也是第一次见沈月瑶，打量的眼神里难免充满好奇。

半个小时下来，沈月瑶都要笑僵了。

跳舞的环节，他们夫妻俩都没有参加。沈月瑶的裙摆过长，而且她本就没什么舞蹈基础，勉强跳更容易出事。

沈月瑶跟鹤老爷子坐在同一桌。

"瑶瑶，待会儿你就可以看到云行工作时帅气的一面了。"鹤老爷子眉开眼笑。

沈月瑶想象了一下，嘴巴很甜："肯定没爷爷年轻的时候帅。"

鹤老爷子听到后，笑得合不拢嘴："他跟爷爷比是差了那么一点儿。"他又说，"但云行经商的能力比爷爷当年要强，长乐集团因为他才发展得越来越好。他今晚把你带过来是件正确的事，你们夫妻是一体的，不时地在公众场合一起露个面，那些外人才不会质疑你们的感情。"

"知道了，爷爷。"

莺莺发来消息："瑶瑶，我听说长乐集团的年会请来了傅凌野，你帮我要一张签名照吧。"

沈月瑶："这不是刚红不久的男明星吗？你是他的粉丝？"

莺莺："我堂妹是他的粉丝，我替她问的。"

沈月瑶："好。"

沈月瑶见鹤云行还没有上台，估摸是去做准备了，应该没那么快发言，便提起裙摆，对正在跟旁人聊天的鹤老爷子道："爷爷，我去替莺莺的妹妹要个签名照，去去就回。"

鹤老爷子点点头："去吧。"

此时，傅凌野在后台休息室换衣服，沈月瑶在工作人员的带领下往前走。

只是，面前突然出现一个人影，沈月瑶定睛看向他："Williams？"

Williams 盯着她："瑶瑶，我们谈一谈。"

"Williams 先生，我想我们之间没有什么好谈的。"沈月瑶只想跟他划清界限。

"瑶瑶，你是真的认不出我吗？"Williams 不死心，继续追问。

他们以前认识吗？

沈月瑶的目光又回到眼前的人身上，她还是没看出来他是谁。

"我原先是想用全新的身份出现在你面前，慢慢地跟你从朋友做起，但是，看到你越来越在意鹤云行，我便知道，慢慢来，只会让我离你越来越远。"

他的话语里透露的深情，让沈月瑶觉得莫名其妙，她真不记得自己以前在哪里招惹过他。

"我已婚了,你不是知道吗?"沈月瑶平心静气,言辞却很冰冷。

他的这番深情坦白只让沈月瑶觉得恶心,他这是想破坏她跟鹤云行的婚姻?

"我知道,但你本应该是属于我的,是我不该放你走……"

闻言,沈月瑶才恍然大悟:"你是杜子棋?"

"是我。"

沈月瑶看他的眼神更冷了,甚至看着这张陌生的脸,她只感觉荒唐。

良久,她开口:"你是有病吗?我跟你的事早就埋葬在岁月洪流里了。况且,你别忘了,当初是你利用我,我才踹了你,都过了这么多年,你现在还敢回来硌硬我?"

"是我醒悟得太晚。你跟鹤云行订婚后,我曾试图忘记你,但我发现做不到。后来又出了一些事情……我不是故意那么久才回来找你的——"

沈月瑶打断他:"我不想听。我跟你之间已经毫无可能,请你不要再出现在我面前!"

沈月瑶担心杜子棋对自己死缠烂打,提着裙摆扭头就走,一刻都不想跟他多待。

杜子棋一脸受伤的表情,可眨眼又满脸阴沉。他深知沈月瑶必然一时之间接受不了自己现在的身份,但是,只要解决了鹤云行,他们之间就有更多的可能。

沈月瑶回去时,鹤云行已经站在台上开始发言了。灯光下,他耀眼无比,一下子房获了沈月瑶的注意力。

只是,在他背后的投影里,原本的商业宣传视频突然变成了另一个视频。

视频里,混乱昏暗的酒吧,一个长相酷似鹤云行的人正搂着一个女人,两人在舞池里放浪形骸地拥吻。

这一幕,让沈月瑶的心揪成了一团,周围的声音好像都被屏蔽了。她怔怔的,灵魂像被人勾走一般,只剩下一具空洞的躯体。

内场里,台下的人看着突然出现在投屏里的视频,无不面面相觑,窃窃私语。

"怎么回事啊？没看错的话，刚才屏幕上出现的视频男主角是鹤总吧？"

"看起来有点儿像鹤总，以前的鹤总是花心的类型吗？"

"谁那么坏心眼啊？鹤总夫人还在这里呢，她看到了会怎么想啊？"

……………

长乐集团的员工们不停地在议论。

鹤云行第一时间切断了视频，他的目光落向台下，便发现鹤老爷子身边已没有沈月瑶的踪影。他二话没说，直接从台上下来寻人。

李助理拿起麦克风："各位请安静！负责投影的员工，我会追究彻查你的责任。至于这个视频，在此澄清一下，这绝不是鹤总！我跟在鹤总身边多年，很了解他的为人，他私底下去酒吧的次数少之又少，其中肯定是有什么误会。好了，接下来的年会由我来主持。请各位不要再打听鹤总的私事。"

台下，鹤老爷子喊来了自己的助理："去查一查这个视频是从哪里来的。"

在如此盛大的场合突然放出这么一段视频，摆明是想搞事情。

沈月瑶的心有点儿乱，刚才在内场，太多人看着她，那种探究的视线着实让她难受，不得已，她只好离开。

沈月瑶走快了些，高跟鞋不小心踩到了过长的裙摆，人差点儿摔倒，幸好她一手撑着墙，又被人扶了一把。

她正想说谢谢，见来人是杜子棋，神色骤冷，沈月瑶甩开他的手，提着裙摆，和他分开了一些距离。

"我刚才说得不够清楚吗？我希望你别再出现在我面前！"

杜子棋对她这番冰冷的措辞不予理会，只是温柔地问："有没有扭伤脚？"

"不关你的事。"沈月瑶见到他就心烦。

她的冷漠，让他难受。杜子棋望着她："瑶瑶，鹤云行的过去你看到了吗？他配不上你。"

"视频是你放的？"

"是我放的，我只是想让你认清楚鹤云行的真面目。瑶瑶，我知道你忍受不了一个过去来者不拒还不爱你的男人跟你相伴一辈子。"

杜子棋会这么做，无非就是自己有过被沈月瑶甩的经验，因为那时的他不仅利用了她，还跟向甜有来往。

她的世界很干净，她是高高在上的沈家大小姐，活得肆意洒脱，不会委曲求全。

沈月瑶没说话。

"我敢保证，视频里的就是鹤云行，我没有作假骗你。"杜子棋上前一步，信誓旦旦。

"他配不上我，所以呢？"

"你不需要委屈自己。"

沈月瑶笑了："你这后半句是不是还想说我可以甩了他，就像当初甩了你一样，是吗？"

杜子棋就是秉着这种念头，所以费尽心思地放出这段视频，他也不否认："是，我的确是这么想的。他以前玩得那么花，万一哪天突然蹦出来个私生子也不意外，到时候你想后悔都晚了。你说，对不对？"

"我是不是还得谢谢你这么关心我？"

沈月瑶太冷静了，对于他的话几乎无动于衷。杜子棋看了看时间，有些心急，对她伸出手："瑶瑶，先跟我走吧，我带你离开这里。"

"我不会离婚。"她说。

闻言，杜子棋顿了顿，然后道："他不爱你。"

"他爱不爱我，跟你没有任何关系。"

沈月瑶没有如他想象中那般怒不可遏，当初他没得到沈月瑶的原谅，现在鹤云行却好似可以得到。

杜子棋突然上前，很用力地握住沈月瑶的手腕："瑶瑶，我带你离开这里。"

楼顶现在停的那架直升机，是他安排的。只要他能带沈月瑶离开G市，他就可以有很多时间去求得她的原谅。

沈月瑶今天晚上穿的裙子实在太不方便了，让她根本施展不开，不能像当初杜子棋纠缠自己一样，给他来一个过肩摔。

沈月瑶只能拼命地挣扎："你放开我——"

忽然，凌厉的拳风从沈月瑶后背一穿而过。

鹤云行一拳打在杜子棋的脸上："她让你放开，你耳聋了？！"

鹤云行眼神阴戾，上前一脚踹开旁侧的门，又拽住杜子棋的领带。

"兔兔，站着别动，等我。"

话刚落下，鹤云行就把杜子棋拖了进去。

沈月瑶没有阻止鹤云行，他身手了得，根本不会吃亏。但她也没有留下来等他，而是脱下高跟鞋，提着裙子离开了。

不过，沈月瑶没走远，她只是觉得鹤云行一时半会儿不会出来，她刚才站的走廊处，有太多人进进出出，容易惹人注意，她更不想回内场，便去了楼下的酒廊。

刚开始看到那个视频的时候，她的脑子一片空白，根本无法思考。

毕竟她是一个小气又容易吃醋的人，根本见不得鹤云行和别的女人扯上关系，不管是现在，还是过去。

但直觉告诉她，视频里的不是鹤云行。

酒廊里没什么客人，沈月瑶可以不被打扰。她拿出手机，却发现手机快没电了。她赶紧给鹤云行发了一条微信，说自己在楼下酒廊等他。

但刚点击"发送"，手机便黑屏关机了，她立刻问调酒师："你们这儿有充电器吗？"

"小姐，抱歉，我们酒廊不提供充电服务。"调酒师已经把沈月瑶点的鸡尾酒调好，推到了她面前，"您的酒。"

内场里，鹤老爷子见鹤云行还没有带沈月瑶回来，不禁有些焦急。

那个视频里的人瞧着挺像鹤云行的，在酒吧里吃喝玩乐，鹤云行年轻的时候是去过酒吧的，但鹤云行以前不知道多讨厌女孩子，绝对不会跟一个陌生女人卿卿我我。

不知何时，黎画姿走了过来："鹤爷爷。"

黎画姿的母亲是长乐集团的高管之一，黎画姿自己手里也有长乐集团的股份，她在母亲的要求下过来参加年会，不过因为工作来晚了。

来了之后，她在洗手间里听到了一些关于鹤云行的谣言，黎画姿的第一反应是挑了挑眉，鹤云行以前别说跟女生往来了，甚至一度让她觉得他不喜欢女生。现在这一出，只怕是鹤云行得罪了人，才惹出来的。

鹤老爷子看到她,像是看到了救星一样:"画姿,你来得正好,爷爷待会儿要上台致辞,一时半会儿走不开,你帮我找找云行和瑶瑶。瑶瑶如果生云行的气,你就替他说两句好话。那个臭小子,嘴笨得很,我实在是不指望他能哄好瑶瑶。"

老头子对自家孙子的性子倒是了解得特别透彻。

黎画姿乖巧地点点头:"知道了,鹤爷爷。"

鹤云行在改邪归正之后,已经很久没和别人动过手了,因为他从前答应过鹤老爷子会收敛,这么多年没破过例,结果,杜子棋轻而易举就让他破例了。

杜子棋虽然常年健身,也习得一些防身之术,但一直是处于下风的那一个。

房间里凌乱不堪,沙发翻倒,桌子上的玻璃杯和花瓶碎了一地。

杜子棋倒在地上,念念有词:"瑶瑶她不会再要你了,她一定会跟你离婚的,就像当初毫不犹豫地甩了我一样。"

鹤云行正暴躁地扯着领带,手指骨泛红。闻言,他冷笑一声,眼神更为冷酷:"你也配跟我比?就算没有我,她也不会回头看你一眼,少痴心妄想!她是属于我的,从六年前就是,以后也是。"

说完,鹤云行便转身离开。可他出来后,走廊里压根不见沈月瑶的踪影。

说不会离婚的是她,但是没有乖乖听话的也是她。

鹤云行一下子犹如深陷万丈深渊,无法呼吸。

他给她打了电话,但显示无法接通,一瞬间,这具挺拔高大的身影像只被抛弃的大狗狗,可怜不已。

李助理下台之后就在找鹤云行,总算是找到了人,他快步上前:"鹤总……"

鹤云行截断他的话:"她手机关机了。去查一下酒店监控,看她去了哪里。"

酒廊里,沈月瑶喝了一杯鸡尾酒,杏眸似含秋水,藏着诗意般的朦胧水润。

鹤云行到底在做什么?怎么这么久了还不来找她?

黎画姿已经在酒廊里找到了沈月瑶。她拉开椅子，坐在沈月瑶旁边："我还以为你生鹤云行的气已经离开了，原来是在这里喝闷酒。"

　　沈月瑶脸颊染着薄红，扭头便对上黎画姿带笑的脸。她只是有点儿头晕，但没有醉："我给鹤云行发消息说我在这里等他，但是他慢得很，一直没来。"

　　"原来是这样。"鹤老爷子的担心是多余的，沈月瑶摆明是很相信鹤云行的。

　　两人加了微信好友后就挺聊得来的，沈月瑶对她也没有芥蒂，问："你怎么在这儿？"

　　"我也是长乐集团的股东，来参加年会的，不过一来就听说了那个据说男主角是鹤云行的视频，你放心，那不是他。"

　　"我没信。"

　　"我知道，你要是信了的话早跑了，也不会在这里等他。我猜应该是换脸技术，现在还经常有犯罪分子利用这种技术进行诈骗。"黎画姿不疾不徐地说着，"我跟鹤云行认识很多年了，算是除了鹤老爷子之外最了解他过去的人，我可以把我知道的事，统统告诉你。"

　　半小时后——

　　沈月瑶哭成了一个泪人。

　　她之前就从鹤老爷子那里得知，鹤云行虽然身为鹤家长孙，但是童年根本不幸福。

　　只是，她从来没想过，鹤云行小时候的遭遇，会这么让人心疼。

　　黎画姿手忙脚乱地给她递纸巾："我跟你说这些的目的不是惹你哭，鹤云行要是知道了，恐怕得找我的麻烦。"

　　沈月瑶用手背抹了抹眼泪，声音带着哽咽："我要去找他。"

　　李助理在鹤云行的吩咐下，联系了四季酒店的保安部门。

　　此时，走廊里，只有鹤云行一个人在，顾长的身影在灯光下显得尤为落寞。

　　保镖没有跟在他身边，被他吩咐去找沈月瑶了。

　　这时，一个穿着工作服，疑是酒店员工的女人走上前来："鹤总，您是在找鹤太太吗？"

鹤云行瞥了她一眼。

她继续道:"我知道鹤太太在哪儿,可以给您带路。"

沈月瑶想回去找鹤云行,她提着裙摆,走路摇曳生风。考虑到沈月瑶喝了酒,黎画姿自然是要把人护送回去的。

刚到宴会厅门口,沈月瑶正要进去,就被李助理喊住了:"太太,鹤总一直在找您,您刚才去哪里了?"

李助理看到她回来,一副谢天谢地的表情。天知道他刚才去找鹤总的时候,鹤总的表情有多压抑多可怕。

"我一直在楼下的酒廊等他,他现在在哪儿?"沈月瑶着急反问。

"鹤总让我去调取监控,我刚拿到监控回来,也在找他。"李助理拿出手机,"我给鹤总打个电话吧……"

同一时间,鹤云行的手机在某一层楼的套房里响起,房间的地上则躺着一个昏迷不醒的女人。

鹤云行在洗手间里,他脖颈儿泛着薄红,手撑在洗手台上,手背青筋若隐若现,呼吸很沉——他不是第一次闻到这种香水的气味了。

手机不停地在振动,鹤云行从洗手间出去,捡起他的手机,接通后,正想说什么,却听见沈月瑶娇娇软软的带着哭腔的声音传来:"鹤云行,你在哪儿?"

听到她的声音,鹤云行只觉得自己好像重新活过来一般。

沈月瑶只听到他呼吸越来越沉,好像特别难受——不会是他也受伤了吧?

沈月瑶声音骤然拔高:"你快说话呀!"

"兔兔。"

"我在。"

鹤云行的声音哑得可怕:"1101。"

是房间号!

李助理赶忙联系酒店客服经理,说明情况后,准备去前台拿房卡,沈月瑶则先一步到了1101的门口,她拍着门:"鹤云行,你在里面吗?"

只是,没有得到任何回应,沈月瑶着急不已。

李助理带着房卡上来已经是十分钟后了,他刚把门打开,沈月瑶就迫不及待地捞起裙摆跑了进去。谁知，她竟意外地看到地上躺着一个女人，而且是她认识的人！

女人刚醒，在看到沈月瑶的时候，脸色倏地一白。

Eva？！

李助理大惊失色。

沈月瑶仿佛明白了什么，二话不说，上前就甩了 Eva 一巴掌。

Eva 被打得脑袋晕晕乎乎的。她是大前天在梅丽芳的帮助下回到 G 市的，梅丽芳说，只要她做一件事，就能帮她过上从前那种风光的日子。

从长乐集团年会开始后，Eva 就一直被安排待在这里。她很快就明白了梅丽芳的计划，她本来可以走，然而，利欲熏心，她还是选择留了下来。她不甘心！

她幻想着，等她跟鹤云行做完一切的时候，沈月瑶再赶来，一切都晚了，她也就赢了。

"太太，鹤总在浴室，Eva 交给我处理吧，您去看看鹤总。"李助理说道。

沈月瑶闻言，顾不上其他，快步上前，推开浴室的门，便看到躺在浴缸里的鹤云行。

领带被他扔在了地上，浴缸里放的应该是冷水。

鹤云行把身体埋在水里，一双长腿无处安放，一条腿屈着，一条腿搭在浴缸边缘，衣衫敞开，冷白的皮肤此刻泛着薄红，嘴唇也是红的。

他闭着眼睛，任水珠从俊美的脸上滑落，整个浴室只有他沉沉的呼吸声，他安静得像是睡着了。

此时，李助理已经把房卡留下，拽着 Eva 出去了。

沈月瑶无心关注其他，满心满眼都只有眼前的男人。

鹤云行没对她说喜欢的时候，她以为他对她好，仅仅是因为她鹤太太的身份。后来虽然改观了，但沈月瑶还是觉得他对自己的爱不多。

可原来，从一开始，她就误会了他，他喜欢她，和她喜欢他一样的喜欢。

在沈月瑶搂住他的时候，鹤云行突然伸出双手把她拽进了浴缸，两人搂得更紧了。

鹤云行缓缓睁开眼睛，眼里的恐慌在感受到沈月瑶的体温时才彻底消失不见。

在找不到沈月瑶的时候,他以为把自己小心翼翼捧在手心的宝贝弄丢了,就像小的时候,不管是他辛辛苦苦做的飞机模型,还是钢琴……只要他表现出一丁点儿兴趣,就会被那个女人破坏得彻底,然后彻底地失去。

那个女人打压式地摧残,不过只是想让他成为无能的废物。她的存在,会让他感觉自己是失去亲生母亲且不被父亲关心的可怜虫。

"谁给你送的模型?我允许你玩了?"

"你也配学钢琴?这么大一架钢琴,我们家可容不下!"

鹤云行还记得她丑恶的嘴角,记得她拿棍子重重地打在他身上,一下又一下。

"你根本就不该存在在这个世界上,你为什么要活着?你根本就是多余的!没有你,我们一家三口多幸福……"

鹤云行十三岁的时候,甚至以为自己这辈子会死在那个永无天日的地下室里。

沈月瑶问他喜不喜欢她的时候,他真的很想说喜欢,但当时脑子里浮现的全是不堪回首的过往。他这才发现,原来那个女人在他的人生里,留下了如此深刻的阴影。

他不敢轻易说爱,他也害怕沈月瑶会离开。

时间抚平不了伤痕,即使愈合了,它也永远存在。

"兔兔。"他将薄唇贴在她柔软的耳郭上,嗓音缱绻而隐忍。

沈月瑶的裙摆被冷水打湿了,黏着大腿,很不舒服,但她无暇顾及。

鹤云行的眼睛越来越红,薄唇开始摩挲她的皮肤:"为什么没有在原地等我?"

沈月瑶软声解释:"我穿着高跟鞋,脚很累,以为要等上好一会儿,就没在那儿等你。而且我给你发了微信,说我在楼下的酒廊等你。"她捧住他的脸,红唇印在他的眼尾,"鹤云行,我知道视频里的人不是你,我不是故意不等你的……"

沈月瑶相信他,鹤云行一颗悬着的心终于落了下来,不用再担惊受怕了。

"你不是不喜欢我,只是说不出口,对吗?"

心理医生说如果无法将喜欢说出口，可以通过点头来回应。

鹤云行重重地点了点头。

沈月瑶眼睛更红了。

鹤云行问："你知道了些什么？"

"我什么都知道。梅丽芳不是人，仗着你年纪小就欺负你！"一想到因为梅丽芳，鹤云行被迫经历了阴暗的童年，以致他年少时差点儿走入歧途，沈月瑶就心疼极了。

鹤云行身为当事人都没哭，沈月瑶却好像要把他过去受的委屈通过哭诉全部发泄出来。

看她哭得那么伤心，鹤云行心口的创伤，好像一下子被治愈了。他忽然觉得，他的过去，其实也没有那么难以启齿，没什么可丢人的。

高傲的大尾巴狼，可以放心地将他的丑陋与阴暗揭开，他的小兔子会心疼他，会替他鸣不平，她也会一直陪在他的身边，这就足够了！

鹤云行抬起手给她抹眼泪，却怎么抹都抹不完，他的指腹被她的泪珠打湿，只觉得她的眼泪比这水还要凉。

他只好吻住她的红唇，把她的哭声全都吞没，而她也闭上眼睛，乖巧地抱着他拥吻。

内场里，鹤老爷子已经致辞完毕下来应酬许久了，但鹤云行跟沈月瑶还没回来，派出去找的人也一个都没回来，他的眉心写满了沉重。

直到李助理和黎画姿回来，他才着急地问："他们呢？"

"鹤爷爷，放心吧，他们和好了，在房间里亲密着呢！"黎画姿笑着道。

鹤老爷子一听，眉目舒展开来："太好了！还以为我孙媳妇要跑了。"

李助理回来之后，自然是要消除假视频对鹤云行的名誉产生的负面影响。

他上台替鹤云行澄清："首先，视频里的人不是鹤总，那个视频刚才送去技术部检测，检测结果已经出来了，是技术换脸。"

接着，他将证据通过大屏幕投放出来，如此一来，无人再质疑。一段小插曲，也很快被众人抛之脑后了。

第二天上午，鹤云行带着沈月瑶去了延庆寺找父亲鹤令山。

延庆寺，建筑雄伟古朴，布局严谨规整，大树参天，空气里飘散着一股令人安心的檀香。这里香火不断，人来人往。

早上的时候，鹤令山已经从鹤老爷子那儿得知了梅丽芳私自从法国飞回来，还做了很多过分的事情。

鹤老爷子一来便把鹤令山大骂了一顿，骂得很难听，就差没一拐杖打在他身上，和他断绝父子关系了。

鹤令山什么都好，唯独没有经营好自己的家庭。他不是没后悔过娶了梅丽芳，也因自己曾经对鹤云行漠不关心而懊悔万分。

但等他醒悟过来的时候，已经晚了，鹤云行已经对他这个父亲失望透顶了。

他之前一直尝试着弥补，可无济于事，鹤云行早已对他这个父亲视而不见。

这一切，是他咎由自取。

也许上天就是要惩罚他这个父亲做得不称职，梅丽芳对鹤云行的恶劣行径的报应，最后竟落在了鹤子鸣的头顶上——一场事故，让鹤子鸣成为植物人，在床上躺了近八年，至今未醒。

这对鹤令山来说，无疑又是沉重的打击，一夜之间，他苍老了许多，更加后悔不已。

鹤子鸣成为植物人后，梅丽芳越发疯狂，闹得家里鸡犬不宁。在鹤老爷子将她送去法国后，鹤令山便来了延庆寺，从此，隔绝世俗。

他自知罪孽深重，无颜面对所有人。最开始进入佛堂，他多是想借此逃避，可后来，他开始吃斋念佛，希望有奇迹发生在鹤子鸣身上，这样，他的罪孽或许能减轻一些。

偏堂里，鹤令山见到鹤云行和沈月瑶，拿出了上好的茶叶招待他们，茶香四溢。

鹤令山沏好茶，缓缓开口："你爷爷今早已经把所有的事都跟我说了，子鸣这些年来一直没醒，梅丽芳也因此已经疯魔到无药可救了。"

这些年里，梅丽芳不是没有给他打过电话。一开始，梅丽芳每次在电话里总是怨恨他当年娶鹤云行的母亲，抛弃了她，指责他维护鹤云行，不替鹤子鸣讨个公道。不管别人说什么，她都听不进去，一直嚷着要回来。

但最近一年里，两人沟通交流的电话就不超过十次了。

"我来找你只有两件事。"面对父亲的愧疚和歉意，鹤云行依旧冷淡，"第一，我要你以和梅丽芳分居多年为由上诉离婚；第二，我是来通知你，我怀疑梅丽芳的精神有问题，打算把她送去专业的精神病院。"

沈月瑶在得知鹤云行的童年经历后，对鹤令山很是不满。

一个父亲能失职成那样，真的很过分！梅丽芳凌虐鹤云行的时候，他但凡分出一丁点儿精力在鹤云行身上，都能察觉出端倪。可在鹤云行十三岁之前，他竟然没有察觉出一分一毫。

但是现在看他如此卑微，沈月瑶心里又有点儿不是滋味。

鹤令山点了点头："不管是离婚还是送她去精神病院，我都同意。"他顿了顿，小心翼翼地问，"你的伤，好些了吗？"

鹤云行冷淡地"嗯"了一声，递出上诉离婚的文件让他签字。

鹤令山根本没细看，只扫了一眼，就签上了自己的名字。

把文件递回给鹤云行时，他笑了笑："看到你们俩感情这么好，我就放心了。"

但转头想到小儿子，他不免又伤神起来。

鹤云行自始至终都没有跟鹤令山多说什么，收好文件后，就带着沈月瑶从偏堂出来了。

沈月瑶忍不住回头看了一眼，年过半百的中年男人穿着朴素的衣服，一脸落寞。

沈月瑶发现寺院内种了很多银杏、玉兰、松柏等，只是，四处有些陌生，好像不是来时的路。

等她反应过来的时候，她迷茫地停下脚步，回头质问身后的男人："鹤云行，你干吗不提醒我走错路了？"

"鹤太太的背影很好看，我想多看一会儿。"

沈月瑶的反应却是："怎么之前不见你这么会说话？"

鹤云行失笑。

这时，有一个和尚经过，见到沈月瑶，忽然停下脚步，慈善地跟她打了招呼，问："我们延庆寺的平安符很灵验的，女施主要求一个吗？"

沈月瑶想都没想，便应下来了。

"鹤云行，你跟我一起进去吗？"她回头问。

"不了，我在外面等你。"鹤云行是唯物主义者，他只信自己。

沈月瑶不勉强他，她跟在和尚后面，踏上台阶，进入殿内。

和尚问她："我们这儿的平安符，一个人只能求一个，这样最灵。女施主的平安符，是想替谁求呢？"

闻言，沈月瑶不假思索道："我想替我先生求。"

和尚似乎猜到了她的答案，并不感觉到意外，说道："来，按照我的要求做，拿着这个，跪在佛祖面前，心中所想，皆能成真。"

鹤云行在外面等了十五分钟左右，沈月瑶总算是出来了。她捏着平安符，塞到他手里："给。"

鹤云行看着手里的平安符："鹤太太，你给我这个做什么？"

沈月瑶回道："师父说他们这里的平安符很灵，所以我特地给你求了一个，你可要好好带在身边。"

鹤云行沉默不语。其实这样的平安符，在鹤子鸣出事之后，鹤云行在他身上看到过一个。

鹤云行知道那个平安符是鹤令山在这里替鹤子鸣求的，而延庆寺的规矩是，平安符一人只能求一个，求多了，便会不灵。

从小到大，鹤令山都不知道他想要什么，也从未给过他什么。

十三岁，他被鹤老爷子从地下室里救出来，反复发烧，昏迷了一个多月，那个时候，鹤老爷子也曾找方外之人来给他看过，而对此信仰多年的父亲却没有任何表示。

鹤令山只是觉得愧对他罢了，他这个儿子，于鹤令山而言，或许可有可无。

鹤云行也不稀罕，尤其现在他已经有了沈月瑶给他求的平安符："兔兔，你知道我不信这些，为什么还求给我？"

沈月瑶对着他笑："你不信，我信啊！悄悄告诉你，我每次许的愿都会实现哟！"

鹤云行办事效率还是非常高的，在鹤令山签下离婚起诉书之后，他便找了G市专门打离婚诉讼的律师来操办这件事。

鹤老爷子对此非常满意。

这一年也迎来了最后的尾声，沈月瑶和鹤云行这天回老宅和鹤家人一起过了跨年夜。

鹤老爷子其余的三个儿子,还有其他的孙子、孙女、重孙,都回来了。

家宴很热闹,晚饭后,他们坐在一起畅聊。

排行老三的孙女已经怀孕七个多月了,而且是二胎。听说这次是意外怀孕,她的大儿子才一岁。

"在想什么?"鹤云行捏着她的手指把玩。

沈月瑶圣诞节前做的美甲已经卸了,没有再做那种亮晶晶的钻,只是简单地涂了粉粉嫩嫩的指甲油,也没有留长指甲。

沈月瑶跟他说出了心里的疑惑。

"你想要宝宝了?"

"你不想要吗?"

他的计划是生两个,本来已经打算去做疏通手术了,但两人之前闹了矛盾,就耽误了。如今,疏通手术可以让李助理安排个时间去做了。

鹤云行漫不经心地挠她的掌心:"知道了。"

看两人坐在一块儿说着悄悄话,鹤老爷子便知道他们已经解开芥蒂,和好了。

鹤老爷子的果园里,石榴种得最多,到现在都没有摘完,趁着太阳还没下山,沈月瑶提着篮子,和一众弟弟妹妹去了果园。

鹤云行现在黏老婆黏得很,仙女老婆去哪儿,他就跟到哪里。

"大哥,你怎么来果园了?爷爷不是让你和少远他们去后花园的药田锄草吗?"五妹问。

鹤老爷子最近迷上了种药草,后花园的花全搬到了别处,把地空出来种药草了。

鹤云行的理由冠冕堂皇:"果园会有老鼠出没,你大嫂怕老鼠。"

话落,他寻到沈月瑶的身影,步履从容地走过去。

沈月瑶站在石榴树前,脚边放着木篮子,身上穿着甜美的粉色毛衣,搭了一条薄款的纱裙,乌黑秀发扎成麻花辫,只有几缕柔软的发丝垂落在脸颊两侧。她哼着小曲儿,一道金光落在她身上,任谁见了,都会不由自主地被吸引。

"鹤太太,你脚下有只老鼠。"鹤云行的声音响起。

天还没黑,老鼠就出来觅食了?

沈月瑶没有丝毫怀疑,浑身一颤,转过身躲到了鹤云行怀里:"快,你快赶走它!"

美人投怀送抱,鹤云行抱得心安理得,唇角扬着笑。

然而,鹤家其他人看到冷漠寡情的大哥居然在戏弄自己老婆,个个都目瞪口呆——这还是他们印象里那个不近人情的大哥吗?

他们面面相觑,原来大哥在大嫂面前也会如此恶趣味。

五妹开口戳穿了鹤云行的幼稚把戏:"大嫂,没有老鼠,是大哥骗你的。"

闻言,沈月瑶抬起头,见男人脸上扬着坏笑,抡起拳头在他胸口捶了一下:"鹤云行,你干吗戏弄你仙女老婆?"

这一拳捶得根本不疼。

"就是想吓吓你。"然后沈月瑶就可以像刚才一样,躲在他怀里,求他抱抱。

沈月瑶清透乌黑的眼睛瞪着他:"你真幼稚!"

鹤云行不置可否。

第十章
我喜欢你

天黑以后,鹤家老宅突然来了不速之客——梅丽芳的父母。

两人在梅丽芳嫁给鹤令山之后,就一直定居新加坡,在联系不上女儿之后便知道出事了。他们连夜从新加坡飞回来,直接找上了鹤家。

管家向鹤云行汇报情况时,鹤云行表情很淡,转头对沈月瑶说:"我回去处理一下,你继续摘石榴。"

沈月瑶摇摇头:"不摘了,我陪你一起回去。"

梅丽芳的父母没有什么显赫的背景,在梅丽芳没嫁入鹤家之前,两人在尖沙咀开了一家早餐店,性子都比较霸道,虚荣心强,心眼儿多,还蛮不讲理。

在梅丽芳嫁入鹤家后,两人从鹤家拿了不少钱,然后去了新加坡定居做生意。

梅母盛气凌人地叫喊着:"你们鹤家对我女儿真是太过分了!几年前把她赶去巴黎不让回 G 市便罢了,现在居然还说她有疾病,要把她送去精神病院!鹤云行害得我外孙躺了八年至今未醒,我女儿对他再过分,他也得一直受着！"

鹤老爷子一听便生气了："别以为你们现在在新加坡生意做得不错，就有资格在我面前大呼小叫！"

"不管是以前，还是现在，你还真是喜欢欺负人。你不就是看不起我们小户人家？可有什么用，你儿子最后不照样忤逆你娶了我女儿！我告诉你，这一次我们就算是倾家荡产，也要给我们女儿讨个说法！"

鹤老爷子就是看不惯他们不讲道理，反倒打一耙的嘴脸。

到底是谁欺负谁？你女儿做恶就行，我们教训回去就不行了？！

鹤老爷子血压高，医生建议他平日里情绪不能过于激动，这会儿却被他们气得血压一下子升高了。

然而，梅父和梅母还在蛮不讲理地骂骂咧咧，仿佛鹤家真的欠了他们，什么事都得顺着他们。

客厅里吵吵嚷嚷，场面一度混乱。

鹤老爷子需要吃药平缓一下，但用人还没有拿药过来。

鹤云行和沈月瑶回来后，便发现鹤老爷子明显不舒服。

"爷爷。"沈月瑶担忧地上前。

"我没事，别担心。"

正好这时女佣拿来了药，沈月瑶赶忙把药倒出来，给鹤老爷子递水，让他把药吃了。

梅母见到鹤云行，眼神凶狠："鹤云行，你就是狼子野心！当年害了我外孙不说，现在又想害我女儿！"

沈月瑶却听不得这样的话，没等众人反应过来，拿起桌子上的茶杯就冲他们泼了过去，茶水准确地泼在了对方的身上，而且茶杯不小心脱了手，砸在了对方的脑袋上。

"你再骂我老公试试？！"沈月瑶的声音凶狠异常。

梅母没想到沈月瑶会动手，没来得及躲开，血从额头上流了下来。

梅母"哎哟"一声："血，血……"

梅父站起来："你们鹤家别欺人太甚！"

"哪儿比得上你们养出来的疯子！她有精神病这件事，我看你们早就知道了，就是看着鹤家心存愧疚，所以你们才有胆子把她放出来。"沈月瑶气呼呼的，"爷爷若是被气出病来，她也别想好过！"

许是被沈月瑶的话震慑到了,而一旁的鹤云行气场也过于吓人,梅父和梅母不敢再嚣张了。

说起来,自从女儿梅丽芳被迫去了法国,他们又移民去了新加坡后,就再没见过鹤云行了,当初那个阴郁冷漠的少年,竟已经成长为令人闻风丧胆的商界翘楚。

梅母强撑着反驳道:"我女儿根本没有精神病!鹤云行,我要起诉你!"

"随便你。"鹤云行眼神更冷,"趁我还没发火前,滚出去!"

之后,梅父和梅母没有再去鹤家老宅闹,转而去了长乐集团大门口。

沈月瑶没有再管这件事情,她相信鹤云行能处理好。

这段时间,她一直寻思着给鹤云行补送圣诞节的礼物,可就是没有挑到合适的。

今天,莺莺也陪她跑了很多地方,依然毫无收获。

"那里人怎么那么多?"沈月瑶看向窗外,问。

莺莺瞄了一眼:"那条街是花鸟市场,专门卖花花草草、小动物的。"

沈月瑶思考片刻后说:"我们下去看看。"

两个小时后,临近中午,沈月瑶抵达长乐集团。

沈月瑶手里拎着在G市酒楼打包好的午饭,以及她在花鸟市场买给他的礼物。

总裁办公室,沈月瑶敲门后推门而入,里面有好几个高管在,见是沈月瑶,异口同声地问好:"总裁夫人好。"

"没打扰你们吧?"

"不打扰,已经跟鹤总谈得差不多了。"

等众人出去后,鹤云行才问:"你手里拿的什么?"

"补给你的圣诞节礼物。"沈月瑶献宝似的递给他。

"我看看。"鹤云行接了过来。

不得不说,商家包装得还挺有仪式感,外面用礼物盒包着,还缠着彩色丝带,并将丝带绑成了一个精致的蝴蝶结。

只不过,礼盒里竟是一棵小发财树。

鹤云行看着这棵树,陷入了沉默。

"鹤太太,我挣的钱还不够你花?"

"你不喜欢吗？"

鹤云行哪敢说不喜欢，这方面的情商，他在看了几本相关的书籍后，已经提升了不少：" 你送的我都喜欢。"

沈月瑶望着那棵绿油油的发财树，笑得花枝乱颤。她伸出纤纤玉指挑起男人的下颌："你可要好好养，看电脑久了，就可以看着发财树养养眼睛，一举两得。"

鹤云行把小发财树放在笔筒旁边，然后一把搂过沈月瑶，让她坐在自己腿上："我对养鹤太太比较感兴趣。"

李助理敲门进来的时候提心吊胆的，生怕打扰了两人恩爱，但他有重要的事汇报："鹤总，医院那边来电话，说子鸣少爷醒了。"

鹤子鸣醒来这件事在住院部都传开了，躺了八年的植物人还能醒过来，可谓是奇迹。

鹤子鸣醒来后，医生给他做了各种检查，他除了眼珠子能动，身体的其他部位暂时还无法动弹。

他的眉眼跟鹤云行有几分相似，此时，他正安静地望着天花板。

医生说他躺了八年，但对他来说，他只是睡了一觉而已。

他这个觉睡得太久了，以至于思绪恍恍惚惚、混混沌沌的。他想起了父母，想起了爷爷，还有大哥……

沈月瑶陪着鹤云行一起去了医院。她看到了在床上躺着的男人，他的头发应该有一段时间没有打理了，已经长到了脖颈儿，模样精致但颓唐，不像照片里那么阳光乖巧。

护士率先看到病房门外的两人，低头道："鹤子鸣，你的家人来看你了。"

鹤云行对于这个弟弟的情感，从前是不喜，如今也一样。但他能醒过来，对鹤家来说，是一件喜事。

鹤子鸣在看到鹤云行的时候，脑子里一下子涌出许多记忆。

对于这个同父异母的大哥，鹤子鸣更多的是愧疚。他一直以为，他们虽然同父不同母，但只要他努力跟大哥打好关系，他们一样可以成为好兄弟。

但是，他的母亲扼杀了一切……

时隔八年，鹤子鸣再次见到鹤云行，面前的大哥比记忆里更加成熟稳重、高大挺拔，他宽阔的肩，像是伟岸的山，可以撑起属于他自己的一片天地。不过，他望着自己时的冷淡，倒是没有任何变化。

他牵着一个年轻女人的手，女人的双眸像是被水浸过一般清透，他们的无名指上都戴着戒指。鹤子鸣猜，这个女人应该是大哥的妻子。

鹤子鸣在短短的时间内，就接受了已经过去八年的事实。他八年没有说过话，嘴巴里像是塞了沙子，嗓音沉哑无比："大哥，大嫂……"

四个字，已经用光了他所有的力气，他现在太虚弱了。他的脸色苍白，毫无血色，额头冒着冷汗，这具身体就像是干枯受损的木头，表面看着完好无损，里面早已脆弱不堪。

"有什么事，等你养好身体再说。"鹤云行给出了回应。

鹤子鸣点了点头，缓缓闭上眼睛，很快，再一次陷入沉睡。

鹤子鸣睡着后，鹤云行向医生咨询了鹤子鸣现在的情况，之后让李助理放下补品，便准备离开了。

一个躺了八年的植物人，得慢慢养才行。

但医生办公室又来了人——鹤令山，在听说鹤子鸣醒了之后，他马不停蹄地赶来了医院，正好撞见了鹤云行。

"云行，子鸣他情况如何？"

"醒了。"

"你亲眼看到了？"

"嗯。"

鹤云行的冷淡也影响不了鹤令山心中的喜悦，他对鹤云行心存愧疚，想弥补，但他从小就忽略大儿子，父子之间的情谊并不深厚。人的心偏起来，只会让人心凉半截。

沈月瑶从小就备受宠爱，即使后来父母老来得子，即使她嫁了人，父母对她还是呵护、关爱有加的。

正因如此，她更加替鹤云行难受。

两人离开后，鹤令山就留在了病房里，满眼都只有躺在病床上的小儿子。

进了电梯，沈月瑶伸手搂住鹤云行的腰："爸怎么可以那么过分，一句关心你的话都不问！"

"不重要。"他早已经不在乎了,"鹤太太,你看我的眼神不用这么慈爱。"他没那么脆弱。

沈月瑶将头埋在他的胸口:"我替你难受,我心疼。"

鹤云行万万没想到自己被亲生父亲薄待,老婆反而替他哭了。

沈月瑶的确哭了,那双眼睛湿漉漉的,淌着眼泪,一想到鹤云行小时候的遭遇,她就控制不住。

鹤云行哭笑不得,抬起她的下巴,用指腹轻轻替她擦拭眼泪:"别哭了,再哭,我就在电梯里亲你了。"

鹤令山在鹤云行和沈月瑶离开后好一会儿,才后知后觉自己刚才只顾着关心鹤子鸣的事,都没有跟鹤云行说点儿什么,眼下回过神来,一切都晚了。

鹤令山从前就是这样,总是容易忽略鹤云行这个大儿子。不是鹤云行存在感不强,而是每次看到他,鹤令山都会想起因鹤云行而难产去世的妻子。

他那时忙于工作,身边有一个固定的女人,可以让他省不少麻烦,所以他找了梅丽芳。

但在喜欢上鹤云行的母亲后,他便顺着家族联姻娶了她,与梅丽芳断了联系。鹤令山也不知道自己为什么会那么喜欢鹤云行的母亲。

他起初是想跟她好好相处的,只是,她不喜欢他,对他永远都是那么冷漠,充满了距离感。

他也不是没有做出过努力,但效果甚微。他渐渐心灰意冷,那段时间,家都很少回,而她似乎也并不需要他。

可谁都没想到,她会因为生鹤云行而难产去世。

即使得不到那个女人的爱,他也没想过她会就这样走了。

鹤令山是有些怨这个儿子的,因为鹤云行的出生,让他和心爱的女人阴阳两隔。

他也从来没管过鹤云行。后来,他会娶梅丽芳,只是因为听身边的朋友说,鹤云行还小,需要一个母亲。

梅丽芳不断地讨好他,还给他生了一个儿子,一切似乎在往好的方向发展。

对鹤云行，他下意识地想要逃避，久而久之，就成了习惯。

一个星期后，鹤子鸣已经能从床上起来了，只是行走还很困难。

他推着轮椅，来到住院部的楼下晒太阳。

他皮肤苍白，身上穿着病服，披着一件黑色外套。他有些怅然，他已经二十六岁了啊！

这一个星期里，家中的长辈、小辈都来探望了他，唯独鹤云行，没有再来过一次。

忽然，两个老人朝他扑上来："子鸣啊，你还记得我们吗？我们是你的外公外婆——"

鹤子鸣身体本来就孱弱，那两个老人又没有收力，他的手一下子就被抓红了。

他看向自称是自己外公外婆的老人，想起了之前父亲说的话。

他能够正常说话后，问过梅丽芳的情况。

鹤令山吞吞吐吐地解释了："在你出事后，你母亲因为你，对你大哥做了不少过分的事，被你爷爷强制送去了法国，你之前也一直在法国的医院接受治疗。但是，你母亲去年偷偷带你回国，找人伤了你大哥，还意图破坏你大哥大嫂的夫妻关系。我跟你母亲，准备离婚了……"鹤令山顿了顿，"子鸣，你要是想见你母亲，我去跟你——"

鹤子鸣冷淡地回道："不用了，我不想见到她。"

鹤子鸣对梅丽芳如此态度，鹤令山是头一回见，不禁有些惊讶，但鹤子鸣没有解释。

鹤子鸣认出了眼前的老人，他们对他这个外孙倒是挺好的，只不过，鹤子鸣一直都不喜欢他们——他们太虚伪了，他也只是他们在外炫耀的工具而已。

"……他还不让我们见你，凭什么？！我们可是你的外公外婆，你知道吗？你父亲把当初打算留给你的股份都给了鹤云行，还把鹤氏总裁的位置给了他——这一切，本该属于你的！"

"等你身体养好了，一定要好好照顾你母亲，然后把属于你的一切都拿回来！"

他们还在激动地叫着，鹤子鸣却平静无波："你们说的这些，我都做不到。"

然后,他看着自己被勒得生疼的手腕,冰冷地问道:"外婆,可以放开我了吗?"

他说的话,让两位老人愣怔了。

回过神来时,见他无动于衷的样子,梅母怒不可遏,一巴掌扇了过去:"那是你母亲,你知不知道你在说什么?!"

这一巴掌,让鹤子鸣的记忆猛然回到了发生车祸的那一天。

"妈,我说了不想学金融,我对做生意没兴趣,你为什么总是不肯听听我的想法?我喜欢的是音乐,我想当歌手……"

"我说过多少次不要在我面前提音乐!你不学金融怎么管理公司?你以后怎么继承家业?"

"大哥比我更适合做生意,我们家有大哥就够了!"

重重的一巴掌打在了他的脸上,让他猝不及防。

"你是你,他是他!我说过多少次,不管你做什么,你只能把他当成对手!你总是把我的话当耳边风。有妈妈在的一天,你这辈子都不能碰音乐!我不允许你碰!听到没有?"

鹤子鸣从懂事起,他的母亲就教育他:鹤云行不是你的哥哥,不管做什么,你都要比他优秀,比他更出色。

但凡他哪里没做好,他的母亲就会变本加厉地逼迫他学习,他的人生被安排得明明白白的。他没有自由,没有私人空间,他不像是她的儿子,更像是她培养出来的用来攀比、较量的工具。

如果人活得那么压抑,那为什么要活着?

他不想读金融,他喜欢音乐,他渴望跟鹤云行成为真正的好兄弟,可是,他想要的,从来都得不到。

那天,雨下得淅淅沥沥,被关禁闭的鹤子鸣从家里逃了出来,他觉得好开心,终于像大哥一样逃出了恶魔的牢笼。他以前嫉妒大哥,嫉妒大哥能跟着爷爷一起生活,后来知道大哥在这个家经历了什么后,他根本无颜再面对鹤云行。

树影婆娑,清瘦苍白的青年在众目睽睽下被扇了一巴掌,脸上指痕浮现。

周围的人对他们指指点点:

"再生气也不能对病人下手啊!"

"这个小帅哥不就是最近住院部传得沸沸扬扬的那个躺了八年的植物人吗?好不容易醒了,才养了一个星期,身子骨儿都没恢复,竟然就被打了。这是他家谁呀?下手这么重。"

"刚才那两个人自称是他的外公外婆!"

"我们赶紧叫护士来。什么外公外婆,哪有一来不先关心外孙的身体情况,还动手打人的?"

四周响起的热议声让他们悻悻然,梅母只好收回手,但并没有就此放过鹤子鸣:"子鸣,外婆不是故意要打你的,只是你怎么能置你母亲于不顾呢?你母亲一直指望你能醒来,好争气一点儿……"

"够了!"鹤子鸣情绪变得激动起来,"我听说她一直把我出车祸变成植物人的事怪到我哥的头上,就因为那天我去找了他?她凭什么?明明一切都是她的错……"

他从家里逃出来后去东京找鹤云行,那个时候,鹤云行在东京大学读管理学。

他哥真的很厉害,没有用家里的钱,独自在东京也混得风生水起。

梅丽芳知道他去了东京,就立刻派人要把他带回来。他不肯走,他想跟鹤云行说说话,可是大哥没有接他的电话。他打了三个电话,鹤云行都没接。

他是为了躲避母亲派出来找他的那些人才出的车祸,如果说,鹤云行有错,那么也仅仅错在没有接自己的电话——可是,鹤云行凭什么要接他的电话?

从树缝透落下来的光分外刺眼,梅母根本体会不到他的怨恨,指责他的声音越来越大,就因为梅丽芳是他的母亲,仅此而已……

他只觉得头疼欲裂,手指用力地抓着衣服,脸色泛白……

直到一对蓝牙耳机塞进他的耳朵里,堵住了外界的一切纷扰。

鹤子鸣抬起头,瞳仁里倒映着黎画姿的身影。

黎画姿手里捧着一束花,穿着高领毛衣和浅色牛仔裤,踩着长靴,打扮得时尚又年轻。她看着面前的梅父梅母,声音清冷:"他才醒过来一周,你们现在对他说这些,合适吗?"

"你是谁?我跟我外孙说话,关你什么事?"

"他不想听你说话。"

黎画姿转动轮椅,准备带鹤子鸣回住院部。

梅母快步上前,想要阻拦,但被及时赶来的医生和护士拦了下来。

回到病房,护士拿来冰块要给鹤子鸣敷脸消肿,他却说不需要。

黎画姿放好花束,接过冰块,二话没说,将它直接贴在了他肿起来的脸上。

"鹤子鸣,你还记得我吗?"

半晌,鹤子鸣才低低地"嗯"了一声,黎画姿,他怎么会不记得?

鹤子鸣看着她,那双清浅的瞳仁没有一点儿光:"当初出车祸的时候,我以为我要解脱了,谁知道,一睁开眼,已经过了八年。我什么都没做,就已经二十六岁了,这种感觉,真的心如死灰。"

黎画姿很担心鹤子鸣现在的状态,但是他并不怎么听人劝,如果说还有谁的话能让他听进去,估计只有鹤云行了。

而鹤云行此时正在看心理医生,沈月瑶在外面等得昏昏欲睡,脑袋开始左右晃动,眼见着就要倒下来,被正好从里面出来的鹤云行用手托住了。

沈月瑶掀开眼皮,瞌睡虫立刻飞走了:"医生怎么说?"

"让我不用来了。"

"真的?"

鹤云行点点头:"医生说,你就是我的良药,有你在我身边,用不着他。"

沈月瑶兴奋地在他脸颊上亲了一下,不过她忘记自己涂口红了,一个唇印落在了上面。她眉开眼笑,拿出纸巾替他擦拭:"以后就让我当你的医生,给你治病。"

"万一治不好呢?"

"治不好也没事,我知道你喜欢我就够了。"沈月瑶现在一点儿都不执着于让鹤云行说喜欢自己了,她已经是懂得心疼老公的小仙女了。

鹤太太不闹脾气的时候的确让人省心,也让人欢喜。鹤云行捏了捏她脸颊的软肉,眉眼里含着宠爱。

这个眼神,让沈月瑶心怦怦乱跳,鹤云行的这双眼睛好像在说话,在说他爱她。

只是，黎画姿打来了电话："我今天路过医院，去看了鹤子鸣，他外公外婆见到他，打了他一巴掌。"

鹤云行的外公外婆在他母亲去世后也相继离世，只留给他一大笔财产，而舅舅舅妈都移民国外了，和他的关系一般。

但鹤子鸣从小有父母，有外公外婆疼爱着长大，本该是幸福的。但似乎，他的生活和自己想象中的不太一样。

"他们为什么打他？"

"他们想让鹤子鸣把梅丽芳从精神病院转出来，还让他从你这里夺回股份和长乐集团执行总裁的位置，但他拒绝了。"黎画姿站在医院的走廊里，语带讽刺，"真有意思。他才醒来一周，身体都没有康复，更别说，他目前的心理年龄还停留在十八岁。"

鹤云行不语。

"他的状态不太对，我觉得得请一个心理医生对他进行疏导。"

鹤云行："嗯，这件事就拜托你了。"

夜浓如墨，别墅里亮着灯光，在干燥寒冷的冬夜里，透着一丝温暖。

浴室里水汽氤氲，镜子里的女人，有着一种朦胧的美感。

沈月瑶觉得自己也没有对鹤云行表明过心意，她穿着黛绿色的睡裙，乌发垂落，正对着镜子练习"我喜欢你"四个字。

练习得差不多了，她就跑去书房，此时的鹤云行正在处理工作。

沈月瑶看着他，却是半晌都说不出话来。

那句喜欢，她对着镜子练习的时候分明说得很顺畅，可是面对鹤云行的时候，她却发现自己怎么也说不出口。

原来"我喜欢你"这句话，就是正常人也很难说出口。

但其实她平日里说"喜欢""我爱你"都是说得很顺嘴的，毕竟，以她大大咧咧的性子，一向是有什么说什么。只是，对象换成了鹤云行的时候，她就心跳加速，大脑一片空白，反而难以启齿了。

"鹤太太，你在我面前支支吾吾了半个小时，到底想说什么？"鹤云行桌子上的文件看了一半，下一页迟迟没有翻，他很有耐心地等着沈月瑶继续往下说。

沈月瑶只好先放弃："你先工作吧，我待会儿再跟你说。"

鹤太太的欲言又止引起了鹤云行的好奇心,不过鹤云行没有往她要说的方面去想。他想着手上的工作马上可以结束,待会儿再找沈月瑶问清楚也不迟。

从书房出来后,沈月瑶就回到了主卧,整个人倒在床上,给莺莺发消息。

莺莺:"瑶瑶,别害羞呀!"

沈月瑶的确是害羞了。

莺莺:"鹤总要是听到你的表白,今晚肯定兴奋得一夜都睡不着。你要是实在害羞,去喝点儿红酒,保证你想说什么就都说出来了。"

沈月瑶听从了莺莺的建议,下楼到酒室取了一瓶红酒,拿上楼喝了起来。

鹤运行结束手里的工作,回到主卧的时候,便闻到了一股红酒的醇香。很快,他就发现桌子上放着一瓶红酒和一个酒杯,酒杯里还残存着红色液体。

女人的裙摆曳地,乌黑的长发也倾泻而下,她抱着枕头,躺在沙发上,脸色绯红,唇上水色潋滟,显然是喝醉了。

沈月瑶闭着眼睛,呼吸浅浅。

鹤云行拂开贴在她脸颊上的发丝:"穿得这么少在沙发上喝酒,也不怕感冒?"

沈月瑶掀开眼帘,见是鹤云行回来了,她撑起身子,结果手一滑,没撑住,整个人往他身上倒。

鹤云行赶忙搂住她,女人身上淡淡的酒气瞬间萦绕在鼻尖。

沈月瑶用脸颊亲昵地蹭着他的脖子,声音娇软:"老公,你忙完了?"

她喊得人心里甜丝丝的,鹤云行"嗯"了一声,把人从沙发上横抱到床上。

"不是有话要跟我说,怎么喝酒了?"

沈月瑶杏眸湿漉漉地看着他:"有些话,要喝了酒才能说。"

"想对我说什么?"

"想对你说我喜欢你。"

说完,沈月瑶双手搂住他的脖子,仰头又对他说了一遍。

鹤云行过去拥有的东西总是很容易失去,失去得多了,逐渐就有了阴影。但沈月瑶，是他小心翼翼守护了六年的宝贝。

他现在明白，为什么沈月瑶会那么期待他的表白了。

今天她的一句"喜欢"，就好像在他心里放了一束烟花，又像是波涛汹涌的海浪拍打着礁石，海水一下子将礁石淹没。

"回来的时候，我一直在想，我未曾对你说过'我喜欢你'这种话。以前想等你先表白，但是你没办法说，那由我来说也可以，主要是我特别想告诉你，我爱上你了！"

她的心动，或许在没结婚之前就有征兆了，只是那个时候她忽略了那些讯号。

"在书房的时候，我太害羞了，说不出口，莺莺说可以喝点儿酒，她的建议果然有用。"

沈月瑶对一个人好的话，就真的会很乖、很贴心，她眼里只看得到她爱的人。

还有十天便要过年了，鹤子鸣在除夕前就可以出院了。

黎画姿是心理医生，鹤子鸣的确存在心理问题，加上鹤云行给了她不菲的报酬，所以她对疏导鹤子鸣这件事格外上心。

她今天同样买了一束花去医院，只是，刚要进去，却发现鹤令山神色紧张地从病房里出来，逮着医生和护士就问："你们看到我儿子了吗？"

黎画姿今天从前辈那里得到一个消息，原来鹤子鸣在八年前就在前辈那里问诊过，他在十六岁的时候，就已经患有中度抑郁症了。

她立刻给鹤云行打了电话："来医院一趟吧，鹤子鸣不见了。"

住院部顶楼，北风凛凛，冷意侵袭。

今天阴雨连绵不绝，鹤子鸣居高临下地望着车水马龙的城市。

猛然间，他冰凉的手被握住，他下意识转过身，看到了气喘吁吁的黎画姿。

他想起以前的黎画姿，记忆里，她穿着白色运动服，扎着马尾，戴着耳机，在校园操场上夜跑。

学校几乎一大半的男生都喜欢她，她一跑步，就会有很多人去看她，还经常有人假装跟她偶遇。但她那时候大多数跟在鹤云行身边，学校里便开始流传他们在谈恋爱的谣言，他一直也是这么以为的。

如今的黎画姿，和他记忆里的黎画姿没什么区别，眉眼的清冷一如既往，只是更成熟了。

八年来，她一直都很优秀，而他却止步不前。

"楼顶风这么大，你身体还没好，吹感冒了怎么办？"

鹤子鸣的手腕被她抓得紧紧的。

"我只是想上来看一看车水马龙的新世界，学姐不用抓我的手抓得那么紧。"

鹤子鸣的头发被风吹得乱飞，挡住了那张精致漂亮的脸。

黎画姿力道松了松："你一声不吭地离开病房，所有人都在找你。"

"抱歉。"

"我们先下去。"

他们终于进了电梯，但黎画姿并没有松开他的手。

鹤子鸣问："你跟我哥为什么分手？"

黎画姿无奈失笑："我跟你哥分什么手？我们就没谈过。"

"当初学校里的人都说你们谈恋爱了。"

"你哥当时太野了，是鹤爷爷让我帮忙看着点儿，不然我才懒得跟他接触。"黎画姿的语气要多嫌弃就有多嫌弃。

回到病房后，鹤子鸣自然没少被医生和护士数落。

"子鸣，你以后去哪儿告诉爸一声，好吗？"鹤令山道。

鹤子鸣淡淡地点了点头，然后重新躺回病床上，不过手里多了一杯热水。

不一会儿，鹤云行跟沈月瑶来了。

车开到半路的时候，黎画姿就跟他们说人找到了，但鹤云行还是带着沈月瑶来了。

鹤令山站起来打招呼："云行、瑶瑶，你们来了，子鸣醒来后，提到的最多的就是你们了。你们聊吧，我出去一下。"他不敢留下来，怕会让鹤云行不自在。

鹤令山出去后，还把门掩上了，病房里又变得鸦雀无声。

鹤子鸣把鹤云行的反应看在眼里，还是记忆里的样子，对自己总是冷着一张脸。

沈月瑶放下手里的花束,笑着向他问好:"你好,子鸣。"

鹤子鸣露出善意的笑:"你好,大嫂。"

沈月瑶还给他准备了一份礼物,是一把做工精致的吉他:"听说你喜欢音乐,养病无聊的时候可以娱乐一下。"

鹤子鸣看到吉他的时候有些愣怔,眼圈微微泛红:"谢谢大嫂。"

他摸着吉他,指腹轻轻地碰了碰琴弦,表情有些沉重,带着哀愁。

沈月瑶用手肘顶了顶鹤云行的腰,暗示让他说话。

"关于你母亲的事,你有什么想对我说的吗?"鹤云行抓住她的手揣进兜里,转而问鹤子鸣。

"没有。"

鹤子鸣醒来后,唯一不想面对的人就是他的母亲。她若是知道他醒了,一定会继续让他做他不愿意做的事情。从开始懂事起,没有哪一天,他是过得不压抑的。

"对不起,哥,八年前我私自去东京找你才出了事,我听说了,我妈她一直找你的麻烦。"鹤子鸣低着头,话语里全是愧疚。

"已经过去了,你想快点儿出院,就好好配合医生做康复治疗。你已经自由了,想做什么就做什么,没有人会阻拦你。"

鹤子鸣情绪不好的时候的确很任性,会不配合治疗,但是在哥哥面前,他乖得像只小绵羊:"知道了,大哥。"

黎画姿打完电话回来,看到鹤子鸣在鹤云行面前乖巧听话的样子,嗤笑一声:"鹤子鸣,你在接受心理治疗的时候能有现在这么乖巧,我都会感动得稀里哗啦。"

鹤子鸣静静地望着她,没有说话,而后缓缓垂眸。

跟太聪明的抑郁症病人打心理战,其路漫长。

阳光透过乌云散落在四处,医院楼下,沈月瑶买了一份热乎乎的鱼蛋,坐在椅子上吃了起来。她嘴里塞得满满的:"鹤云行,你之前说愧对你弟弟,是因为没接他的电话吗?"

鹤云行坐在她旁侧,"嗯"了一声。

那三通电话,他看到了,只是,当时的他选择了无视。

在那个家里,鹤子鸣是对他友善、想和他亲近的异类。

因为梅丽芳的存在,他对这个弟弟并不喜欢,但也谈不上讨厌。

高中毕业后,他去了东京。在一个没有他们的城市里,他过得十分自在、轻松。倘若他接了鹤子鸣的电话,也许悲剧就不会发生,他这个弟弟也不会一躺就是八年。

"没有梅丽芳,你们或许可以成为很好的兄弟。"

"没有梅丽芳,也就没有他。"

沈月瑶弯了弯眉眼,往他嘴里塞了一个鱼蛋:"梅丽芳是梅丽芳,弟弟是弟弟,我觉得你多一个弟弟也不错。"

"再说吧。"

"再说什么呀?你看你,身边没什么朋友,弟弟妹妹又大多数怕你,不敢跟你亲近,你仙女老婆又不能时时刻刻陪着你,以后无聊的时候,你想打麻将怕是都凑不齐人。"

嘴里的鱼蛋口感很好,但是他不太喜欢吃这种玩意儿。

鹤云行低头看着面前念念叨叨的女人,她那无瑕的脸蛋素净好看,嘴唇不抹口红也透着一层红润。鹤云行挑了挑眉:"鹤太太,关心则乱。"

沈月瑶气哼哼的,往他嘴里又塞了一颗鱼蛋:"我吃不下了,你统统帮我解决了。"

鹤云行皱眉看着被塞到手里的东西,真是怕什么来什么。

腊月二十九,鹤子鸣出院了,鹤令山陪他一起回了老宅。

鹤老爷子一如既往地不待见鹤令山,对他没有好脸色。

身为父亲,鹤令山的失职,是他人生里最大的败笔。

至于他跟梅丽芳的夫妻关系,离婚诉讼的程序已经走完,他们已经正式离婚了,从法律上讲,梅丽芳不再是他的妻子。

梅丽芳做了太多的错事,鹤令山去精神病院看过她。女人疯疯癫癫的,两人没说几句话就谈不下去了。

她对鹤云行的厌恶和憎恨,归根结底都来源于鹤令山,这使得他对鹤云行越发愧疚。

他在鹤家已经是一个尴尬的存在,心里实在是不好受,便也有年后回寺庙继续吃斋念佛的打算。

撇去鹤令山不说,这个年鹤家过得还算是很有年味的,一大桌子人一起吃年夜饭,坐在一起看电视,一起谈笑风生。

夕阳西下,晚霞把天空染成了橘红色,映在别墅门口的大灯笼和橘子树上,也把桌子上放着的一颗颗圆滚滚的石榴染得更红。

沈月瑶晚饭吃得太撑,拉着鹤云行外出散步。

她穿着一件白色衬衫,搭着红色羊毛裙,外套一件黑色棉服,锦缎般的乌黑秀发用簪子绾着,几缕碎发贴在耳边。

两人牵着手,沿着人工湖开始散步。沈月瑶在微博发了一张手牵着手的照片,配上文字:凛冬散尽,星河长明,新的一年,恭祝大家万事顺遂!

他们回到老宅时,正赶上放烟花。烟花从炮筒里发射升到天上,炸开的烟花璀璨无比,一如他们往后的人生。

年初一,赵森他们来了鹤家。

鹤子鸣没出事之前,也有玩得好的朋友。

他当时性子开朗,朋友比鹤云行多多了,只是到后来他脸上的笑容才越来越少。

因为媒体走漏了风声,鹤子鸣当初的同学也知道他醒过来了。

这两天来拜访的人不少,不过年初二的时候,鹤云行已经陪着沈月瑶回了南城。

一别八年,鹤子鸣的性子已经没有从前那么开朗了,他和赵森在聊着从前的事。

鹤子鸣坐在椅子上,清瘦的男人已经长了些肉,膝盖上放着一本书。

"你之后有什么打算吗?"

"没想好。"回来之后,他连吉他都没怎么碰,就连歌,也不曾听过。

除此之外,还有自称是Eva父母的人来找他求情,说是让他看在Eva是他心上人的分儿上,请鹤云行放她一马。

"抱歉,我不喜欢什么Eva,恕我无能为力。"鹤子鸣的回答很直接。

而后,Eva的母亲就开始情绪激动地骂他是窝囊废,骂他是胆小鬼,醒来后什么都不敢做,还提到梅丽芳,说他是白眼狼。

"你还醒来干什么?不如死了算了!"

鹤子鸣的脸色难看不已。

鹤令山立刻把人赶了出去。不过，自那之后，鹤子鸣便把自己关在房间里，谁也不见。

沈家老宅里，几个粉雕玉琢的漂亮小孩儿凑在一起玩。

鹤云行接到鹤令山打来的电话："子鸣现在谁都不肯见，我担心他会出事，你能不能给他打通电话，跟他聊聊……"

"我没空。"

"云……"

鹤云行直接把电话挂了。

沈月瑶跟小婶徐扶熙、堂妹沈素素坐在一块儿嗑瓜子聊天。

"十，九，八……"她倒数着，还没数到"五"呢，鹤云行就已经在给鹤子鸣打电话了。

沈月瑶眯了眯眼睛："嘴硬心软的男人。"

这一次他们回南城，感情飞快升温，徐扶熙她们看在眼里。

鹤子鸣自然不会不接鹤云行的电话。

鹤云行："你想要她回来可以直说。"

"谁？"

"Eva。"

"她跟我没关系，我为什么要管她？"鹤子鸣怏怏地回道。

"你不是喜欢她？"

鹤子鸣不知道鹤云行怎么会以为他喜欢Eva，他重复了一遍："哥，我不喜欢她。"

听他的口吻没有任何波澜，仿佛Eva只是个陌生人，应该是真的不喜欢。

鹤云行沉默了一会儿，不再去纠结他喜不喜欢Eva，转移话题："听父亲说你今晚锁在房间里还没有吃晚饭，爷爷肯定会担心你，好好吃饭，那些不相干的人，不用理会。"

鹤子鸣只问："哥，你是不是从小到大都很讨厌我？"

鹤云行不假思索："我不讨厌你。"

鹤子鸣眼眶一热，心中的郁结似乎散了些。

见鹤云行挂了电话，沈月瑶扔下手里的瓜子，双手缠住他的腰："你跟子鸣聊了什么？"

"让他好好吃饭，别让爷爷担心。"鹤云行将手自然地搭在沈月瑶的腰后。

"还有吗？"

"他说他不喜欢 Eva。"

"啊……子鸣一看就不是眼光差的男人。"

鹤云行会误会鹤子鸣喜欢 Eva，是因为他有一天看到鹤子鸣遗留的书本里夹着一张女孩子的画像，那张画像里的女孩儿不管是发型，还是穿衣打扮的风格，都跟 Eva 很像。最重要的是，那个女孩儿手上有一串手链，他记得 Eva 手上有一条一样的。

如果鹤子鸣不喜欢 Eva，那画像里的女孩儿又是谁？

翌日，沈月瑶醒来的时候，鹤云行已经不见了踪影。

鹤云行起那么早，去哪儿了？

第一天，沈月瑶倒是没有放在心上，可是，第二天、第三天、第四天，鹤云行还是早出晚归，她问他到底干什么去了，他也只说去办事了。

床头还亮着灯，沈月瑶昏昏欲睡，不过睡意很浅，在听到脚步声后她就睁开了眼睛。

"你最近神神秘秘的，早出晚归，到底在做什么？"

鹤云行一边脱外套，一边解释："南城这边的公司有个项目有点儿问题需要解决。"

沈月瑶一副"我不信"的表情，不过，男人面不改色，没有露出任何端倪。

算了，情人节快到了，鹤云行估计是想给她准备惊喜，她就勉为其难不拆穿他了。

鹤云行看到沈月瑶背过身去，以为她不开心，问："这几天没有陪你，不高兴了？"

"是啊！"沈月瑶懒洋洋地应着。

起初没想起情人节快到的时候，她是有点儿不开心——好不容易过年，结果，才年初三，他就开始忙得不见踪影。但想通之后就好了。她现在完全是假装生气，想让鹤云行哄她。

鹤云行摸了摸她的脑袋："乖，别气，还吃不吃瓜子？我给你剥。"

大年初七，距离情人节还有一周的时间。沈月瑶有一条定制的手帕，她决定在上面绣一只兔子。只不过，她从来没做过针线活，在尝试了几次以失败告终后，只能跑去请教自己的母亲。

徐扶熙拿着自己做的曲奇饼干来到老宅，就看到杨澜在教沈月瑶绣兔子。

"一只这么简单的兔子，你都扎自己手指多少次了，我说我来你又不让。"

沈月瑶含着手指头，垂头丧气："这是我要送给我老公的，肯定得我自己来。"

"缠个创可贴再继续吧，不然你老公回来要心疼了。"徐扶熙笑着打趣。

沈月瑶耳根微微泛着红，忙转移话题："扶熙，你不给我小叔准备礼物吗？"

"你小叔情人节那天要出差，都不跟我过节，我给他准备礼物做什么。"徐扶熙一边说着，一边从包里拿出鸭子图案的创可贴，给沈月瑶贴上。

"小叔真大胆，情人节出差。"

不过，按照小叔的性子，情人节肯定不会什么都不表示的。

徐扶熙笑了笑："我们都老夫老妻了，不过情人节也没什么。"

杨澜表示："也就你们小年轻喜欢过情人节。"

沈月瑶毫不留情面地拆穿自己的母亲："也不知道是谁去年收到老公送的一束花，当宝贝一样养了好些天，枯萎了都舍不得扔。"

"你这孩子，不会说话就别说！"杨澜作势要打她。

沈月瑶缩了缩脑袋："我还是继续绣我的兔子吧！待会儿你老公又要下来教训我了，我老公不在，没人护着我。"

杨澜听了是哭笑不得，但也欣慰自家女儿跟鹤云行这段姻缘从一开始就没有错。

沈月瑶一旦动了心，动了情，就容易露馅儿，包括之前发脾气跑回来，少女心事全写在脸上了。

徐扶熙把曲奇饼干拿出来，又泡了一壶解腻的花茶。

杨澜把该教的都教了，又跟徐扶熙聊了会儿天，就上楼午睡去了，只剩下徐扶熙陪着沈月瑶消磨时间。

徐扶熙会绣些小玩意儿，手够巧，倒也能指点一二："时间很充足，你可以慢慢来。"

不过，到底是天赋不足，沈月瑶消磨了一下午的时间，连一只兔耳朵都没能绣出来，手倒是被扎了好几下。

门外停了一辆小车，沈听澜从车上下来，西装革履的男人成熟英俊，三十好几的男人，身上有一股沉稳的魄力。

"小叔，你来接扶熙回家了？"沈月瑶先看到了自家小叔。

沈听澜微微颔首，目光落向一点多出门，都快到晚饭时间了还不回家的女人身上，就连自家宝贝儿子和女儿都在说妈妈在生爸爸的气，所以不肯回家。

徐扶熙抿了抿唇："谁要他接！"

果然还是在生气的。

沈听澜拿出一束桔梗花，声音低沉含笑："沈太太，先回家，嗯？"

沈月瑶望着两人牵着手从老宅离开的背影，心里有些感慨。徐扶熙二十岁的时候就和她小叔在一起，如今七年了，两人的感情还是一如既往地好。

沈月瑶以前会羡慕，但现在已经完全不会了，因为她也有一个爱她的老公。

感慨完，她继续笨拙地在手帕上绣着小兔子，绣着绣着，两眼耷拉，直接在沙发上睡着了。

等沈月瑶醒来的时候，已经要准备吃晚饭了。过年期间每天都是丰盛的菜，她已经吃腻了，所以晚饭没怎么吃。

而且，她母亲一直惦记着她生孩子的事，天天让她养生备孕，还打算让熟悉的阿姨去G市照顾她的饮食起居。

鹤云行没有她这么多的烦恼，杨澜只是让他不要抽烟喝酒。

晚饭后，沈月瑶陪着杨澜招呼登门拜访的客人，大概九点才结束。

鹤云行却还没回来，沈月瑶直接给他打了电话。

"鹤云行，你什么时候回来？"

"想我了？"

"没呢，你回来的时候给我带一份蒜香味和麻辣味的小龙虾，我还想吃紫微阁的烧烤,还要一杯奶茶。"

"妈不是不让你吃这些?"

"我不管,你今晚不带回来的话,就睡地板去吧。"

十点左右,杨澜和沈盛元已经回房休息了。而沈月瑶下午睡足了,又嘴馋,就拿着一本漫画书躺在床上边看边等鹤云行回来。

听到楼下有车声,沈月瑶看了看时间,然后踩着拖鞋就下楼了。她一眼就看到鹤云行手里拿着她想吃的小龙虾和奶茶。

沈月瑶笑容满面地迎上去:"老公,你回来了啊,爱你!"

"毕竟不给鹤太太买小龙虾就要睡地板。"

沈月瑶踮起脚在他脸上猛亲了几口:"这是奖励,够了吗?"

沈月瑶亲得特别敷衍,鹤云行抬起手指,指了指自己的嘴巴:"鹤太太,请认真发奖励。"

"你太高了,头低下来点儿。"

鹤云行配合地低下头,清冷月光下,沈月瑶拽着男人的衣领,亲在男人的薄唇上。

夜色静谧,清风拂过,夹带着一股甜意。

餐厅弥漫着一股小龙虾味儿,鹤云行在给沈月瑶剥着小龙虾,她则两手捧着奶茶,桌上的手机正在放一个综艺,她看得津津有味。

只是,好景不长,杨澜的声音冷幽幽地响起:"我的好女儿,吃得开心吗?"

沈月瑶吓得被奶茶呛到,俨然像当年念书的时候面对教导主任,心惊胆战。

她整个人往鹤云行怀里缩,支支吾吾地甩锅:"妈,是鹤云行非要投喂,我才勉为其难吃的。"

鹤云行看着往自己怀里缩,还把锅扣在自己头上的女人,不禁眉梢微扬。

沈月瑶仰头跟他对视,用唇型对他说:"老公,救救我。"

鹤云行以前都是年初二来沈家老宅过年,经常是吃了一顿午饭便忙去了,很少久等。这是他陪沈月瑶在沈家住得最久的一次,从年初二到初七，待了有六天。

沈月瑶一家的氛围是他从来没有体验过的，父母恩爱，家庭和睦，待的时间越长，他的体会就越深。沈月瑶就是在这么有爱的环境下长大的，她的世界太美好了，他想在她的世界里停留一辈子，陪着她，保护她，直到离开世界的那一天。

鹤云行开口："妈，你别骂她，是我最近总是那么晚回来，怕她不开心，特地买了小龙虾和奶茶来哄她的。"

沈月瑶心花怒放，要不是杨澜在，真想亲亲他。

"云行，你不能这么惯着她，会把她惯坏的。"杨澜怎么会不清楚自己的女儿，她转头继续教育沈月瑶，"让你备孕呢，你还乱吃东西，以后生出像你这么笨的孩子，我看你怎么办！"

"妈，我哪里笨了？！"沈月瑶反驳。

"你初中数学考 10 分的事不记得了？"

小龙虾吃不得，还要被教育，不管她现在几岁，都会被父母当成小孩子。

被教育了一顿后，沈月瑶还要写一份检讨书上交，这是她觉得最没面子的事。

鹤云行推门而入的时候，就看到沈月瑶坐在那儿垂头丧气的，他眉眼里全是笑意："鹤太太，还不快点儿写检讨？"

沈月瑶觉得没面子极了："你出去，鹤太太不想跟你说话！"

鹤云行把门关上："鹤太太原来在娘家是这么没人权的。"

沈月瑶气恼极了："你还笑我！"

鹤云行低头，在她耳边说："鹤太太不用振妻纲，你在我们家，我都听你的，我会永远宠着你，偏心你。"

"你再说一遍，我要录下来。"沈月瑶不气了，开开心心地拿起手机。

"晚点儿我用手机录了音发给你。"

沈月瑶笑靥如花，过了一会儿，又敛了敛，她觉得自己要矜持。她咳嗽一声："鹤云行，你别说那么多好听的话，先帮我把检讨书写了。"

那边，杨澜放下手机准备继续睡，猛然想起，以鹤云行那么纵容沈月瑶的性子，指不定会给她写检讨书。于是，她又拿起手机，给沈月瑶发了一条微信："检讨书要手写的，用毛笔写，别想让云行帮你写，明天下午我要检查。"

沈月瑶看到这条微信,白皙精致的脸瞬间比苦瓜还要苦:"杨女士太过分了,还要求我拿毛笔写。"这不是把让鹤云行代写的路堵死了嘛!

"不写会怎么样?"

"不写的话,杨女士大概会罚我拔草,会罚我头顶一盆水站军姿。"

沈月瑶从小到大都很乖,但也有顽皮的时候。她记得很清楚,自己五年级的时候,因为同学的忽悠,下午没有请假就跑出去玩,被老师通报后,杨女士上门来抓人。

"我那次回家被杨女士罚站罚到晚上九点钟才有饭吃,还是我爸给我求的情。"

从此以后,乖巧的小兔兔再也不敢不上学了。

有一个慈爱的父亲,那么,母亲相对来说就会严格一些。

鹤云行对沈月瑶的童年了解不多,倒是听得津津有味:"有你小时候的照片吗?"

"有啊,我小时候特别喜欢拍照。"

沈月瑶起身,从书架上翻出好几本厚重的相簿。她把相簿放在桌子上,用手压着:"我上次在爷爷那里就看到一张你小时候的照片,没有其他的了吗?"

"没了,都被梅丽芳烧毁了。"本来就只有寥寥几张,包括从小的毕业照、学生照等,最后都一无所剩。听到这句话,沈月瑶更加讨厌梅丽芳了。

沈月瑶的相簿封面上会写下她从几岁到几岁的照片,他拿起她婴儿时期到小学的那本相簿,一翻开,就是她穿着纸尿裤,吃着小手指,笑得眉眼弯弯的样子。

那双眼睛像洗干净的黑葡萄,纯澈透亮,鹤云行盯着看了好一会儿。

"鹤云行,你盯着这张照片看得也太久了。"

"很可爱。"

沈月瑶耳根泛着红。陪着另一半看自己小时候的照片,感觉还挺有趣的。

上小学后拍的照片,她多少有些印象,会说一些她记忆深刻的点。

他们一边说着话,一边看着相簿,时间眨眼就到了凌晨,沈月瑶猛然想起自己的检讨书还没写,居然还有如此闲情逸致,陪着鹤云行欣赏自己从前的美貌。

"别看了,我的检讨书还没写呢!"

鹤云行抱着她,继续优哉游哉地翻着相簿:"已经让李助理整理了一份两千字的检讨书,明天一早鹤太太醒来可以借鉴一下。"

沈月瑶一听,欣然大喜,转过身,两手捧着男人的脸,在他脸颊上亲了一口。

不知不觉两人就翻到了沈月瑶高中时期的照片,鹤云行意外地发现有一张沈月瑶跟另一个男生拍的合照。她跟同学拍了很多照片,但单独跟一个男生拍的,只有这一张。

他们都穿着南城一中的校服,白色的上衣,黑色的裤子,沈月瑶扎着马尾,两人在树下并肩站着。男生长得俊秀,他的目光微侧,正想看向沈月瑶,但没想到,拍照片的人按快门按早了。

鹤云行盯着这张照片看了很久,问道:"鹤太太,这是你同学?"

沈月瑶飞快地回答:"这是我们班的何斯。"

沈月瑶竟然清楚地记得他的名字。"怎么就单独跟他拍了照片?"鹤云行继续追问。

"因为是他主动要跟我拍的。"

说来奇怪,当初除了他,没别的男生要跟她合照了,这张照片也是后来何斯寄给她的。

大年初九有高中同学聚会,沈月瑶还在考虑要不要去,这是毕业八年来,高中同学第一次聚会。

鹤云行把照片从相簿里拿了出来,透过光,他看到照片后面隐隐约约有字,把照片翻过来,鹤云行便看到上面用圆珠笔写了——沈月瑶同学,我可以请你看电影吗?

明晃晃的邀请,这人当时分明就对沈月瑶有意思。而沈月瑶也保存了这张照片八年。

借着照片表白,倒是学生时期做得出来的事。

不过,当时互联网已经很发达了,想邀请沈月瑶看电影,微信上问一句不就可以了?

"鹤太太,你当初跟他去看电影了?"

看到这张照片的人,应该都能感受到青春时期的那种美好。

"啊?!"沈月瑶眼睛都瞪圆了,当初收到这张照片的时候,她看了两眼,就塞进相簿里了,压根没注意到后面的字。

对方等不到她的回复,两人也就没有了联络。

"没有啊,我压根就没发现。"

"鹤太太语气里怎么还很可惜的样子?"

沈月瑶在看到照片背后的秘密时的确是有些惊讶,不过当初她对何斯没什么感觉,即便看到了也会拒绝。

"你还好意思说我,你不看看你长什么样子,以前肯定有很多女孩子喜欢你,追求你。我都能想象到,你打篮球的时候,中场休息,很多女生争先恐后地给你递水的画面。"

"我没接过。"

"那情书呢?"

"都扔进垃圾桶了。"

"好吧。"沈月瑶笑意更深了,"那我是你的初恋。"

鹤云行"嗯"了一声,说:"可惜我不是鹤太太的初恋。"

开始疯狂地吃陈年老醋的鹤云行真的很难哄!

"谁年轻的时候没有瞎过眼?杜子棋完完全全是过去式,你是现在,也是我的未来。老公,我最爱你了!"

哄好了,但又好像没哄好。

沈月瑶醒来已经是早上十点了,镜子前的女人,精神气色极好。

李助理已经把两千字的检讨书发到她的微信了,沈月瑶给他转了账以表示感谢。

李助理欣喜地收下,虽然年终奖比往年翻了三倍,但是太太给的奖励也很可观:"谢谢太太。"

沈月瑶感觉今天应该是忙碌的一天,又要用毛笔抄写检讨书,还要在手帕上绣一只兔子。

那头,鹤家老宅。

黎画姿坐在客厅沙发上,她黑发披落,身穿卫衣和浅色牛仔裤,搭着小白鞋,俨然一个女大学生,再普通的衣服,她穿起来也格外好看。

黎、鹤两家除了是世家关系,黎画姿小的时候,鹤老爷子还救过她一命，所以，鹤老爷子有什么请求，她必然不会拒绝。

就比如现在，她陪着父母来鹤家拜访，鹤老爷子说："画姿，爷爷又得麻烦你一件事了，子鸣这孩子出院了也不肯出去散心，你啊，帮爷爷带他出去走走逛逛。"

黎画姿点头应下，清瘦的少爷还是个需要精心呵护的上好瓷器，是不能磕磕碰碰的。她牵起鹤子鸣的手："走吧，今天带你出去看看八年后的G市。"

"我要是不想看呢？"

"鹤子鸣，不要抗拒。你能醒过来已经是一个奇迹了，你得重新接纳这个世界，迈出你的第一步，让你停滞不前的人生再次出发。"

鹤子鸣沉默着，盯着被紧握的手腕，女人的手很软，温温凉凉的。

片刻后，他问："你会陪我一起吗？"

黎画姿回道："会。"

黎画姿开着车带他转了很多地方，几乎是绕了半个G市。

G市还是他记忆里的那个G市，八年了，很多地方都没有什么变化，唯一在变的就是时代和经济。

鹤子鸣手里拿着一杯港式奶茶，在一个专门做蛋挞的老店前站着。

"你还记得这家店吧，以前我们放学路过都喜欢在这里买蛋挞吃。"

"嗯。"

"放心吧，口味还是和以前一模一样。"

"变了也没关系。"他顿了顿，"不是你说的，我得往前走吗？"

黎画姿欣慰地摸了摸他的头："不错嘛，孺子可教。"

前面还排着三个客人，黎画姿的手机忽然响了，她拿着手机到旁边去接听了。

鹤子鸣看着她，她好似是约了人吃晚饭，脸上的笑容跟往常看起来有些不一样。等她打完电话回来，鹤子鸣问："晚上是要跟朋友一起吃饭吗？"

黎画姿颔首："是未婚夫，他昨天才从旧金山出差回来。"

鹤子鸣早就猜想过她身边已经有了陪伴她的人，只是没想到两人已经进展到即将步入婚姻的阶段了。

蛋挞还是记忆中的那个味道，很甜，可他已经没有了食欲。

第十一章
野鹤与皎月

大年初九，沈月瑶还是答应了晚上七点去参加同学聚会。她化好妆，打扮得甜美无比后出门了。

同学之间许久不见，沈月瑶有些不自在，特别是在他们很热情地跟她打招呼的时候。

因为那张照片，沈月瑶一下子就认出了何斯。

她听玩得比较好的同学说过，何斯现在发展得挺不错的，开了一家公司，而且和高中的时候一样好看，事业有成，帅气多金，是许多女孩子心目中的理想老公。

沈月瑶便想，那鹤云行岂不是也是别人眼中的理想老公？

好在，他已经是属于她的了。

此时，何斯也看向了她，目光好巧不巧地跟她对上，沈月瑶便大大方方笑了一下，对方回以微笑。

另一边，鹤云行给沈月瑶发了微信："今晚不许喝酒。晚上几点结束？我去接你。"

他等了两分钟，没有等到沈月瑶的回复，便又发了一条消息给她，试图引起她的注意。但是又等了一会儿，他还是没有等到回复。

鹤云行回南城时，李助理留在 G 市没有跟过来，现在在他身边的是南城总经办的王助理。

王助理的业务能力跟李助理不相上下，这几天一直在帮鹤云行给沈月瑶准备惊喜，所以知道鹤云行对她有多么重视。

一大早，鹤总还让他调查一个男人的资料。这不，他马不停蹄地把人家的资料收集完拿过来了。结果，他就看到鹤总盯着手机，薄唇紧抿，一脸不高兴的样子。

"鹤总，您要的资料。"

鹤云行接过资料打开，里面赫然是何斯这些年的个人背景信息。

他没有别的想法，只是想了解一下这个当初在学校暗恋沈月瑶的男人而已。

原本他也没想去查这个人，只不过昨晚赵森他们在微信群聊到一个话题，鹤云行看到一直有信息弹出来便扫了一眼。

赵森说男人对第一次喜欢上的女人会记忆特别深刻，还说他有个朋友大学时候喜欢的女生回 G 市了，以前不敢明着追求，现在正铆足劲儿追求对方，甚至不介意对方有个女儿。可见当初没能在一起，错过了，如今也会多一份执着。

从资料上看，何斯大学四年里没有谈过一次恋爱，一直忙着学习和创业，其间大学校花对他穷追不舍三年，都没能攻下他。现在他经营的公司在南城也算小有名气，可身边依然没有女朋友。

而他曾经喜欢过沈月瑶……

想到这点，鹤云行眉头皱得更深了。

沈月瑶的确抽不出时间给鹤云行回消息。

来找她说话的同学络绎不绝，倒没有因为她的身份对她说些恭维的话，只是说高中三年都不知道她是南城沈家的千金大小姐，以前只知道她家境不错，但没想到家境这么优越，他们知道的时候都傻眼了，最关键的是，她的才华惊艳到了他们。

沈月瑶被他们夸得不知该说什么好，她不太会应对别人的夸赞。好在他们很快转移了话题,说到她结婚的事,说她办婚礼也不通知他们。

沈月瑶那个时候嫁得没有那么心甘情愿,就没有把结婚的消息告诉念书时候的同学,只是叫了关系不错的朋友参加,其余的女方来宾,都是父母一手操办邀请的。

"没邀请你们的确是我的不对,我自罚一杯。"

沈月瑶喝完一杯果酒后,很巧妙地转移了话题。

聊了快一个小时,饭都没怎么吃,她喉咙有点儿干,又端起桌子上的一杯果酒润了润喉咙。

这时候他们又提到了何斯。

"他谈女朋友了吗?"

"单身呢!"

还单着?上学的时候,他们明显能看出来何斯喜欢沈月瑶。

谁又能想到,沈月瑶年纪轻轻,家里就给她订了婚,让她嫁给了鹤家大少爷。

"他这些年都没谈过恋爱。"有个男同学说道。

女同学们纷纷惊异不已,以何斯帅气的外表在大学肯定很受欢迎,但他居然连恋爱都没谈过。

何斯浅笑了一下:"以前不谈是因为心里有喜欢的人,现在不谈,是因为工作真的太忙了。"

沈月瑶如果没有看到那张照片后面的字,肯定不知道何斯口中所指的喜欢的人就是自己。

不过她打算假装什么都不知情,毕竟即使当初看到他的邀请,她也会拒绝的,结局不会有任何改变。

吃过饭之后,从饭店出来,大家来到了对面的KTV,接下来的娱乐活动是唱歌。

大家抵达包厢后,气氛比在饭店雅间的时候还要欢快。

沈月瑶一直在跟几个同学玩游戏,快乐得眉飞色舞。

不知不觉,已经快十点了,包厢的门忽然被打开。

"我喊的酒来了。"某个男同学刚说完,就发现来人根本不是服务员,而是一个陌生的男人。

"先生,你找人吗?"男同学问。

包厢里的人下意识地望向门口，门口站着一个身材挺拔高大、西装革履、英俊的男人，他的长相很有攻击力。

沈月瑶自然也跟着看过去了，见到鹤云行的时候愣怔了一下——鹤云行怎么来了？

沈月瑶望着他，不由得眯了眯眼。

片刻后，鹤云行缓缓开口："走错包厢了，抱歉。"说完，还很礼貌地把门关上了。

许是灯光太暗，鹤云行又是逆着光的，五官轮廓不够清晰，所以除了沈月瑶，在场的人没有一个认出来他是鹤云行。

另一个包厢里，鹤云行明面上是来应酬的，实际是来找沈月瑶的。

不过，包厢里的其他人并不知情，虽然见他目光一直看着手机，不太好上前打扰，但毕竟机会难得，他们平日里想要跟鹤云行见面打一场高尔夫都约不到。

"鹤总？"

鹤云行并没有听到别人喊自己，而是在寻思：距离他走错包厢过去了五分钟，沈月瑶为什么还没有找他？

沈月瑶抽空点开微信，看到了鹤云行发来的好几条信息，但是她之前忙于跟同学叙旧，一直没有看手机。

所以，鹤云行果然是来找她的，但是又不好明着找她。

她唇角微弯，敲字回复。

鹤云行准备收起手机的时候，便看到了来自沈月瑶慢吞吞的回复："喝了。"

鹤云行："什么时候回家？"

沈月瑶："还早呢！"

从这三个字来看，沈月瑶在这次的同学聚会里玩得甚是愉悦。

鹤云行；"我等你。"

沈月瑶的笑容更甜了，在昏暗的包厢里，像是散发光辉的夜明珠。

她收起手机，继续玩。

快到十一点的时候，沈月瑶去了一趟洗手间。洗手的时候，她脑子里还思绪不断。

这么晚了，也该回去了——尽管有些舍不得。

同学们变化很大，有些人正一步一步朝着自己的梦想前进，事业有成，也有的人像她一样早早地步入了婚姻的殿堂，甚至有的小孩儿都已经两三岁了，婚姻中的生活无非就是柴米油盐酱醋茶，有女生甚至为了家庭，牺牲了自己的事业，做起了全职太太。

许是同学之间的氛围太融洽，让沈月瑶恍惚回到了学生时代，他们也这样聚在一起，有说有笑。

只不过，她的思绪很快被洗手间里的谈话声打断，是两个打扮得花枝招展的女人在聊天。

"没想到今晚能见到鹤云行，真是太幸运了。"

"鹤云行真的好有魅力啊！我赶紧补个妆，准备回去搭讪，争取加个微信。"

"你也太敢想了吧！我的野心没你么大，我能和他说上两句话就够了。"

"万一加上好友了呢？我倒是觉得自己不比他老婆差，可惜就是没她那么好的命啊！要是能像沈月瑶一样，让我一辈子吃素都没问题。"

女人补完妆后，对着镜子里的自己臭美着，同行的女人想翻白眼，但又忍住了。

沈月瑶把这个大言不惭的女人从头到脚打量了一遍——哪来的自信说比她好看的？

"看什么看？"女人见有人打量自己，语气很不好。

沈月瑶轻笑了一下："也没见你长得有多好看。自信是好事，不过你这充其量叫自大。"

女人的脸色一下子就变了，面前的女人的确好看得过分，皮肤白皙且光滑细腻，五官精致得像是精心雕刻出来的艺术品，且她的好看不止于表面，而是由内到外散发出来的。

两人站在镜子前，谁都能分得清孰优孰劣。都是好看的皮囊，只是，她看起来空有外壳，而沈月瑶熠熠生辉，比她耀眼百倍。

同行的女人不禁在心里感慨：真是说出了我的心声啊！

这个自大的女人自知比不过，低声骂了一句，转身离开了。

沈月瑶便问还没走的那个女人："鹤云行的包厢是几号？"

那人打量了沈月瑶两眼，认出沈月瑶后，告诉了她包厢号。

"谢谢。"

女人望着沈月瑶离开的背影，觉得待会儿有好戏看了。

刚刚在沈月瑶那里吃瘪的女人回到包厢后，还很生气地甩了甩头发。她现在特别想证明自己，于是目光一扫，锁定了鹤云行。

她拿起一杯酒，走了过去。

沈月瑶走到鹤云行所在的包厢门外的时候，发现包厢的门没有关紧，于是推门而入。

鹤云行已经看到了沈月瑶，她穿着一袭长款纱裙，披着一件羊绒外套，头发用好看的绑带缠着，麻花辫在绑带的衬托下，更有那种仙女的氛围，很精致。

那个已经快走到鹤云行跟前的女人自然也看到了她，当即脸色就变了：她怎么来了？

沈月瑶瞥了她一眼，然后当着她的面，微微弯下腰，目光跟鹤云行平视，嗓音软甜："鹤总，我们加个微信怎么样？"

女人握紧拳头，这是来打她的脸的？别以为你长得好看，鹤云行就搭理你。但是——

鹤云行回："好。"

在场的人都惊了，除了早已认出面前的女人是沈月瑶的陈远。

鹤云行在沈月瑶的腰上捏了捏："走吗？"

沈月瑶本来就打算上了洗手间后就跟同学们告别的，但照现在的情况，鹤云行横竖都是要缠着自己的，便点了点头。

回去的车上，沈月瑶懒洋洋地靠在鹤云行的肩膀上。

沈月瑶说："今晚不回老宅了，我怕回去后，我妈闻到我身上的酒味，又要说我了。"

"回的是景苑，鹤太太放心。"

第二天吃了早餐，鹤云行就把她送回了老宅。

时间在不知不觉中飞速流逝，终于到了情人节。

街上很多人在卖花，在繁华的街道、咖啡厅、公园和游乐园，到处能看到情侣。

沈月瑶终于把手帕上的兔子绣好了，她还在上面绣了自己的名字。

她用一个小礼盒装了起来，里面还放了一块表，毕竟她绣的小兔子挺丑的，怕单单这一份礼物的话拿不出手。

情人节这天，家里十分冷清，沈月瑶的父母已经出去约会了，弟弟由阿姨在带，沈听澜则是把徐扶熙带去出差了，还把双胞胎儿女送去了大都外公那里。带着老婆在情人节出差，沈听澜竟能做出这种事。

沈月瑶中午跟弟弟吃了午饭后，给他讲了故事，又陪他睡了一场午觉。醒过来的时候，天都快黑了。这时，阿姨突然来汇报："瑶瑶，家里来了客人。"

客人是一位比较有名的化妆师，是鹤云行安排的。今晚要穿的衣服，也是鹤云行准备的。

沈月瑶就知道鹤云行最近早出晚归是在给自己准备惊喜。可什么惊喜要准备那么久？她已经迫不及待地想去见鹤云行了。

车子停在一座奢华宏伟的艺术馆前，沈月瑶从车上下来，已经有人在等着她了。见到她后，那人上前给她递了一捧娇艳欲滴的花束："鹤太太，请随我来，鹤先生已经在等你了。"

在她踏入艺术馆的时候，沈月瑶便听到有人在讨论：

"听说这家艺术馆被一个富商买下来了，说是送给老婆的。"

"哪个富商啊？"

"不知道，艺术馆还把名字改成了 Moon Rabbit，感觉好浪漫啊！"

…………

鹤云行把这里买下来了，还取名为月兔？

偌大的艺术馆里陈列着很多珍贵的藏品，而且是之前没有的，所以在免费开放之后，来参观的人络绎不绝。

沈月瑶沿着一条长廊一路观赏，直到走到尽头，她推开了面前的这扇门。

里面黑漆漆的，仿佛置身在幽深的黑洞里面。但是，很快，穹顶之上亮起了光。那光不是一下子全亮起来的，而是从暗到明，最后汇成了一条银河。

然后，一个可爱的机器人来到了沈月瑶的面前："你好呀，我叫月兔一号。请问，这个男人是你的老公吗？"

声音落下，机器人的屏幕上就出现了一张鹤云行的照片。

沈月瑶："他是我老公。"

月兔一号："你老公托我给你带了礼物，但是你得通过一个闯关小游戏才能得到他的礼物，你准备好了吗？"

"我准备好了。"沈月瑶跃跃欲试。

沈月瑶看到那些小游戏的时候，陷入了长达一分钟的沉默——鹤云行居然设置这种简单又降智的游戏，是生怕她通不了关，拿不到礼物吗？

在通过一关游戏后，月兔一号的背面打开了一个门，里面是一封信。沈月瑶拿过那封信慢慢拆开，里面没有写浪漫至极且文艺清新的句子，只有三个字——我爱你。

如果说，在这段婚姻里，沈月瑶的心动是一场豪赌，那鹤云行就是她制胜的筹码。

她把这封只有三个字的情书，当宝贝似的放进了自己的包包里。

沈月瑶想，这封情书，她要用最好看、最昂贵的盒子装起来。

月兔一号引领她接着往下走，沈月瑶也轻松地过了第二关，这一关的礼物是一只兔子玩偶。

沈月瑶知道，像这种兔子玩偶是有录音款的，果不其然，她在兔子的耳朵上发现了一个开关。

在她按下开关之后，鹤云行低沉悦耳的声音响起，他用法语念了一首沈月瑶听不懂的情诗。她把这段法语录了下来，打算找个会法语的朋友翻译一下。

第三关的礼物是一瓶香水，应该是定制款的，香水瓶的设计既华丽又精致。

在第九关通关之后，月兔一号投影出了一段视频。

视频里出现了鹤云行，他尝试着在镜头里跟她表白。起初还是很困难，鹤云行的表情还因此变得有些阴郁起来，明显是不高兴了。但是在他一天天地坚持努力下，在视频的最后一秒，在寂静的星辰宇宙里，她听到了那三个字。

他的眼神真诚动人，他透过屏幕望着她，深邃的眼眸里透着浓烈的感情。

这时，月兔一号又接着往前滑动了。

沈月瑶抬眸,鹤云行正站在不远处看着自己。男人西装革履,肩膀挺阔,身影颀长,就站在那里,耐心十足地等着她。

千万星辰,在他出现之后,一下子黯淡无光,她的眼里只有他。

沈月瑶在思绪回笼之后,迫不及待地朝他奔去,嫦娥奔月,而她奔向他。

沈月瑶一把抱着他,呼吸急促:"我听到了!"

从知道他有情感障碍后,沈月瑶已经不再执着于听他说喜欢自己这件事,但鹤云行还是克服了心理障碍,做到了。

鹤云行宠溺地拥住她,笑问:"还想听吗?"

沈月瑶将脸颊埋进他的胸膛:"嗯,还想听。"

"亲我一下?"

沈月瑶毫不犹豫地踮起脚,精准地捕捉到了男人的薄唇,然后印了上去。

鹤云行的薄唇碰了碰她柔软的耳朵:"兔兔,我爱你。"

真正听到鹤云行说"我爱你"的那一刻,沈月瑶内心涌起喜悦,感动极了。

她笑着回应:"我也爱你。"

忽然,有说话声响起,紧接着是纷杂的脚步声。

"天哪,这里也太好看了吧!"

"做得也太逼真了吧,有钱人真会玩啊!"

"还有机器人,太可爱了。"

…………

这里人太多,已经不适合两人单独相处了,于是,沈月瑶握住鹤云行的手:"我也有礼物要给你,我们走吧!"

车子停在了一家照相馆门口。

沈月瑶已经换好衣服从里面出来了,她穿着鹤云行高中母校的校服,白色衬衫加百褶裙,扎着可爱的丸子头,脚下穿着一双黑色的英伦小皮鞋,搭着白色中筒袜子,好像一下子就回到了十七八岁。

过了一会儿,更衣室的门总算打开了,沈月瑶猛地抬起头。成熟的鹤云行在脱掉西装，换上校服之后，瞬间变成了男高中生，没有一点儿违和感。

鹤云行穿着黑色长裤，白色衬衫的扣子没有完全扣上，敞开了两颗，黑色碎发垂落在额头，鼻梁高挺，薄唇偏淡，扑面而来的清爽感，又带着一丝痞痞。

鹤云行毕业之后就再也没有穿过校服，很显然，这套合身的校服，应该是他曾经穿过的。

"鹤太太，你对我犯花痴了？"鹤云行微微蹙起眉头。在这之前，沈月瑶可从来没有对他露出这样的表情。

沈月瑶耳根微微泛着红："我对我老公犯花痴怎么了？"

鹤云行捏了捏她的耳朵："我平时不帅吗？"

沈月瑶微微低垂着眉眼："帅，但少年的鹤云行，我也同样心动啊！"

听到这句话，鹤云行的眉眼缓缓舒展开，他笑着抬起她的下颌，在她眉心亲了一下。

照片里，银杏树下，两人牵着手，沈月瑶甜甜地笑着，梨涡浅浅，而在一旁的鹤云行，眉眼间藏着深情的温柔。

沈月瑶拿着从照相馆里洗出来的照片，对他说道："好了，这样你就不用羡慕别人了。"

鹤云行没有反驳，他愉悦地收下了照片，又发微信让李助理定制一个相框。他要把照片裱起来，挂在书房。

沈月瑶还把买的手表和绣好的手帕一并送给了鹤云行。

一看到手帕上绣得歪歪扭扭的小兔子，鹤云行就知道这是沈月瑶的杰作："鹤太太晚上有的时候背着我偷偷摸摸的，就是为了绣这只小兔子？"

"你不喜欢吗？"

鹤云行当然很喜欢，沈月瑶绣的兔子，诚意十足。她送的不只是一条手帕，而是一颗价值连城的真心。

"我很喜欢。"

回到景苑后，沈月瑶也不着急把身上的校服换下来，而是到衣帽间找箱子。然后，她还给莺莺发了消息，问鹤云行念的那首法语情诗是什么意思,不过莺莺估计没看到信息,没有回复她。

地毯上放着兔子玩偶,沈月瑶正在一遍一遍地播放着鹤云行念的那首诗。

沈月瑶翻出了一个盒子,盒面雕刻得很精致,镶嵌了珠宝,亮晶晶的,流光溢彩。她跪坐在地毯上,把情书放进盒子里,也没有着急把盒子盖上,而是一边哼着愉悦的歌,一边看着情书,笑得眉眼弯弯。

鹤云行进来了她都没有发现。

鹤云行握住她的手腕:"以后我每个月都给你写一封情书,直到你的珠宝盒装满为止。"

"一个月一封,那要什么时候才装得满?"

她看了看珠宝盒的深度,按照一个月一封,一年就十二封,十年可能都装不满。

"那我给你写一辈子。"

沈月瑶满意地笑了:"好吧,本仙女原谅你了。"

鹤云行静静地看着她,他仍然记得,第一次见到沈月瑶的时候,便生出了逗弄欺负她的念头。

在她身上,他看不到世间疾苦,她从生下来,就是集万千宠爱于一身的。

沈月瑶凑上去,眼里倒映着他的脸,他的表情被她敏锐地捕捉到了,她说:"除了爷爷,以后有我爱你。"

翌日,沈月瑶点开微信,发现一向回信息很迅速的莺莺一晚上都没有回复她。

她正要打电话过去,莺莺就发来了语音通话的请求,沈月瑶接通后,就听到了莺莺有些沙哑的声音:"瑶瑶,昨晚我手机没电了,你发的录音我待会儿就听,然后给你翻译。"

然而,实际上,她昨晚参加了一个男明星的生日派对,后来这个人居然把心思打到了她的身上。幸好她后来遇到了程序,然后……

"你再不给我打电话,我都要去你家找你了。"

"嘿嘿嘿,我没事,你别担心。"

可实际上,她恨不得捶床。程序肯定是故意的!这个男人心思坏得很，表面上光风霁月，心肠怎么这么黑！

不过，郁闷的心情很快被沈月瑶发来的那段录音治愈了。

"鹤总好会！！！瑶瑶，我马上给你翻译。"

"好。"

莺莺润了润喉咙，开始翻译：

"除了爱你，我没有别的愿望

一场风暴占满了河谷

一条鱼占满了河

我把你造得像我的孤独一样大

整个世界好让我们躲藏

日日夜夜好让我们互相了解

……"

莺莺说："这是艾吕雅的诗。再说一次，鹤总好会！"

"哪有？"沈月瑶笑着吐槽。

被吐槽的男人此时此刻正在开视频会议。

鹤云行曾经是一个工作狂魔，往年大年初三就已经进入了工作模式，但今年到正月十五了，他才开始处理工作。

这个会议开始之后，鹤云行看了很多次手表，到会议后半程的时候，他竟直接断了视频退出了会议。

李助理表示，谈了恋爱的鹤总竟然也会不务正业。

李助理现在最害怕的是鹤总会休年假，鹤总一年年假有十天，往年鹤总都不休息，这些年假堆积下来，竟然累积到了两个月。到时候，他这个助理的工作量之大可想而知。

这边，沈月瑶挂了电话，心里还在回味着那首情诗字里行间的意境，鹤云行就走了过来。

沈月瑶问："你不是在开会吗？这么快就结束了？"

鹤云行回："结束了。"

沈月瑶："那我们什么时候回 G 市？"他们在南城待了十多天，也该回去了。

鹤云行不答反问："想跟我出去玩吗？"

李助理收到消息的时候就在想，真是怕什么来什么，鹤总休年假了，而且一休就是一个月！工作全都扔给了他和副总。

他想，这将会是自己过得最煎熬、最难受的一个月。

当晚，沈月瑶和鹤云行就收拾行李离开了南城，开始了为期一个月的游玩之旅。

一个月的时间，说长不长，说短不短，却是沈月瑶和鹤云行在一起度过的最轻松、最浪漫的时光。

他们手牵着手一起走在宏伟、繁华、具有历史感的建筑下；一起置身于风景绝美的山河中，留下一张张极具纪念意义的照片；下雨天，他们一起在草原上露营，一起听着雨声在房车里拥吻；他们也在岛上住了好几天，让步伐慢下来；他们早上一起看日出，午饭后一起午休、看书，一起研究制作美食的，夕阳西下时，还一起到海边钓鱼……

他们仿佛与世隔绝，只有彼此。

沈月瑶称之为老年后的生活，如果能养一条狗和一只猫，再好不过。

"好舍不得，后天就要回去了。"

"那就不回去。"

沈月瑶本来觉得自己是那个玩物丧志的人，但没想到鹤云行比她放纵得更厉害。

她立马反驳："不行！"然后舔了舔唇，接着说，"我的意思是，我想爷爷他们了。"

鹤云行挑了挑眉："是吗？"

他的确不想回去，那些催他回去的电话和信息他一并忽略了。

他的人生从小就没有乐趣，成年后工作是他的重心，更谈不上有什么乐趣。他若是能早点儿开窍，他们夫妻之间，会更早地进入现在这种状态。

沈月瑶抬起手在自己的小腹上摸了摸，转移话题："你说我会怀孕吗？"

"不确定，我们继续努力，免得回去你会失望。"鹤云行在她耳边说。

春天，万物复苏，南方的城市春意盎然，生机勃勃。

鹤子鸣年后就去了G市大学继续念书，学的是音乐专业。

他的生活慢慢地步入了正轨，只不过，梅家二老还是很难缠，他们隔三岔五地出现在鹤子鸣的身边,一直提醒着他,他的亲生母亲因为他还在接受精神治疗,指责他怎么好意思过上自己的好日子。他们说的每一个字都像是一把锋利的刀,刺得他遍体鳞伤。

他在学校里总是独来独往,虽然有很多人想跟他做朋友,但是他大多时候只是礼貌地和他们保持着同学关系,不温不火。

晚上回老宅吃晚餐时,鹤老爷子对他说:"你大哥和大嫂后天回来。"

鹤子鸣脸上才多了一丝笑容:"大哥不是还有很多假期吗?可以和大嫂在外面多玩几天。"

"我看他是不想回来的,是瑶瑶想回了。"鹤老爷子看着他,眼里藏着心疼,"你啊,在学校里多和朋友相处,别总是一个人。"

"嗯。"鹤子鸣愣了一下,然后点头应着。

应该是黎画姿跟爷爷打小报告了。

想到黎画姿,鹤子鸣就想起自己前几天见到她和她的未婚夫。那天黎画姿来学校找他,是她未婚夫开车送来的,那是一个幽默风趣、成熟稳重的男人,是在国际上都很有名的律师,对黎画姿很信任,不管是样貌还是条件都很优秀。如果不出意外,他们两人应该会结婚。

挺好的,优秀而善良的人值得被爱。

"我听说有个小姑娘在学校挺关照你的,那人恰巧是爷爷朋友的孙女,你可以和她做做朋友。"

爷爷口中的小姑娘叫童玲,三番四次来音乐系找他,但他不怎么搭理人家。

"爷爷,她喜欢我,我不喜欢她,我不会跟她做朋友的。"

他喜欢黎画姿,很早就喜欢了,一睡八年,醒来物是人非,他已经没有资格去争取了。

鹤云行回公司上班后,李助理一见到他,就两眼泪汪汪。

而沈月瑶的期待也落空了,没有怀孕,她失落不已。

回来后,沈月瑶还发现了一件事——莺莺总是隔三岔五地往南城跑。她总觉得哪里不对劲,问她:"你是谈恋爱了吗?是上次那个男明星?"

莺莺回复:"我怎么可能会谈恋爱?!"

她的耳环不小心落在程序那里了,她只是想拿回来而已!

可是，他总是有各种理由不把耳环还给她，把她耍得团团转，她又没办法！

莺莺："我最近有点儿事才往这边跑的。"

沈月瑶："总觉得你在隐瞒我什么，从实招来！"

莺莺："好吧，情人节那天，我跟程序出了一点儿意外，哎呀，我真的是不小心的！"

沈月瑶惊呆了，这两人简直八竿子打不着啊！

接下来几天，鹤云行很忙，因为安排了下周做身体检查，所以这周的工作量很大。

黎画姿约沈月瑶吃饭，说是有事想让她帮忙，是关于鹤子鸣的。黎画姿想让沈月瑶找青峰传媒签下鹤子鸣，让他做歌手，到南城发展。

让青峰签下鹤子鸣不是什么难事，但是——

"子鸣会同意吗？"

黎画姿说："音乐一直是他的梦想，他心里一定是渴望的。这件事你回去跟鹤云行说一说，让他劝一劝，鹤子鸣不会不听的。"

沈月瑶应了下来："你说的话，他肯定也会听。"

黎画姿："恰恰相反，他不肯听我的。"

沈月瑶有些意外。

黎画姿无奈失笑："他现在越来越不会对我敞开心扉了，我想我应该做不了他的心理医生了。"

她真的希望鹤子鸣能够越来越好。

阳春三月，夜里温度低，得披一件不厚不薄的外套才不会感冒。

跟黎画姿吃过晚饭后，沈月瑶就去接鹤云行下班，她只告诉了李助理，然后躲在车里等他。

停车场里，沈月瑶等得有些无聊，好在加班的男人总算结束了这一整天的行程，准备回家了。

鹤云行上车时，没有注意到光线昏暗的车内还有自己心心念念的人，不过，他嗅到了一股甜甜的熟悉的味道，而后，双眼被蒙住了。

"鹤总，你今天有没有想你的小情人？"沈月瑶问。

鹤云行喉结滚动，打趣道："专门在这里等我，倒是挺会选位置。"

这么晚了，停车场里已经没什么车了，大家都下班回家了。

沈月瑶立马就收回手，不敢玩了："我只是来接你回家的，你正经点儿。"

鹤云行见她怕了，笑了笑："行，让我抱一下。"

沈月瑶眉眼弯弯地投入他的怀抱："感动吗？我特地来接你下班哟！"

"不是顺路吗？"鹤云行知道沈月瑶今晚跟黎画姿吃了饭，就在长乐集团附近。

"顺路接也是接，你要是有意见，我不给你抱了。"沈月瑶作势不让抱。

鹤云行连忙哄她："我哪儿敢有意见？没意见。"

车子缓缓驶出长乐集团。

沈月瑶给徐扶熙打了电话，让她介绍青峰传媒的经纪人给自己。徐扶熙在青峰，是陶艺带的她。陶艺是青峰的金牌经纪人，除了她这个半隐退的演员，现在手里带的演员目前在娱乐圈都过得风生水起。

"陶艺她没带过歌手，我问问她愿不愿意带。"徐扶熙回她。

"如果艺姐不带的话，让她推荐一位靠谱的。"

"好。"

看到沈月瑶挂了电话后，鹤云行问道："黎画姿拜托你的？"

"嗯，子鸣不是喜欢音乐吗？当艺人应该是他的梦想。画姿说子鸣最近状态不是很好，可能需要换心理医生了。另外，让子鸣签约经纪公司，可能得你出面跟他说。"沈月瑶一口气把黎画姿交代的事情都说了。

鹤云行没有推托，立刻给鹤子鸣打了电话，让他明晚来浅水湾一趟。

翌日，灯光照亮黑夜，鹤子鸣在跟鹤云行下棋。鹤子鸣今天穿了一件棕色毛衣和一条牛仔裤，整个人挺清爽的。他想起小的时候他在老宅就经常跟鹤云行下棋，那是他过得最开心的时候。

鹤子鸣虽然输了，但心情很好。

这时，鹤云行拿出一份文件："还记得刚才我说的，你输了就得答应我一件事吗？"

鹤子鸣点点头。

"签了它。"鹤云行把文件推到他面前。

那是一份签约合同，鹤子鸣看了一眼，抿了抿唇："哥，你也太直接了。"

鹤云行又说："你若是不喜欢黎画姿，我可以给你换一位心理医生，但抗拒治疗是不行的，除非你好了。"

鹤子鸣沉默半晌，像是在做抉择，然后说："学姐挺好的。"让他跟黎画姿从此没有接触，他发现他也做不到。

鹤子鸣签下了那份合同，从明天开始，他就是青峰传媒旗下的艺人了，而陶艺正式成为他的经纪人。

夜里，鹤云行跟鹤子鸣喝了点儿酒，鹤子鸣不胜酒力，醉了之后就被安排在客卧休息。

沈月瑶还没有洗澡，她乌黑的长发半绾着，身上穿着一件定制的云锦布料的旗袍，这一针一线，这手感，她喜欢极了，正对着镜子欣赏。

"谁送给你的？"

"一个很厉害的女生，名字叫萧蔷，她是专门做云锦的。鹤云行，你知道云锦吗？"

云锦有"天衣"之称，是公认的"东方瑰宝"，堪称"锦中之冠"，从元朝开始就是皇家御用制品。云锦织造精细，纹样精美，锦纹绚丽多姿，在古代，是普通老百姓可望而不可即的。

"知道。"

"云锦只能手工制作，而且工序繁复，现在会云锦这门手艺的人越来越少了，好在依然有人坚持做这一行。那个女生很有诚意，想要找我合作，专门给我送来了一件云锦旗袍。"

沈月瑶原本的计划是一年四季，她只设计四幅作品，不过，现在她改变主意了。

"你跟子鸣聊完了？"她问。

"嗯。"鹤云行上前抱住她，下颌蹭着她的脖颈儿，"他喝醉了，在客房休息。"

沈月瑶被他蹭得脖子发痒："我怎么觉得你也喝醉了？"

"我只喝了两口。"鹤云行轻轻地咬着她的耳朵，"鹤太太，我没醉。"

没醉，干吗像是换了一个人似的？看她的眼神都不一样了。

第二天，鹤云行安排了身体检查，所以一大早两人就去了医院。

在沈月瑶做检查的时候，鹤云行接到了一个电话，只见他眉头紧皱，眼神发沉："我每个月给你们医院投资那么多钱，你们连一个人都看不好？"

医院的人除了道歉，只能到处找梅丽芳，把人找到了才好交差。只不过现在棘手的是，没人知道她去了哪里，会做什么，要知道她可是有精神病的。

人是他们半个小时前才发现不见的，她故意引护士去找她，还把监控遮挡住了，前台正好在换班，她就趁机把护士打晕，穿上护士的衣服跑出了医院，然后上了一辆出租车。距离她离开医院，已经过去一个多小时了……

此时，沈月瑶已经做完检查了，现在只要等报告出来就可以回家了。

沈月瑶从彩超检查室里出来后，环视四周，原本应该在门口长椅上坐着的鹤云行不知道去哪里了。她有点儿想上洗手间，便朝着左边尽头的洗手间走去。

洗手间里，人进进出出。

鹤云行打完电话回来之后，发现沈月瑶不见了，顿时有一种不好的预感。

洗手间里，沈月瑶站在洗手台前，抬头就看到镜子里映出站在她身后的那个人。即便对方回来G市后她们没见过，可是，沈月瑶对梅丽芳这个女人还是记忆深刻的。

门被梅丽芳关上了，有人想进洗手间却拧不开门，听到里面有动静，于是高声嚷道："洗手间里有人在打架啦！门打不开，快来人哪！"

这一顿吆喝，成功把人吸引了过来。医院的工作人员来了后不停地敲门，见没人开门，便试图把门撞开。

半分钟左右，门被撞开了，然后他们便看到一个素颜朝天，但五官精致，一看就是被家里人养得很好的大家闺秀，正骑在一个女人的身上，一只手拽着她的头发，一只手照着她的脸打："让你欺负我老公，让你欺负我老公——"

梅丽芳挣扎得厉害，她歇斯底里地叫喊着，满眼的不甘心，满眼的仇怨。

梅丽芳听说鹤子鸣醒了,可是,醒来之后的鹤子鸣对她这个母亲不管不顾。

也不知道鹤云行对鹤子鸣做了什么,从小鹤子鸣就对鹤云行言听计从。她把鹤子鸣抛弃自己的错全都怪罪在了鹤云行的身上,所以,她逃出来之后,第一件事就是想收拾鹤云行!

但是在看到沈月瑶的时候,她又改变了主意,鹤云行最在乎的就是沈月瑶,要是沈月瑶有什么三长两短,他一定会痛不欲生。抱着这种想法,她找上了沈月瑶。

只是,她没想到,沈月瑶居然是练过的!

工作人员赶忙上前拉住沈月瑶,架着她出去了。

梅丽芳这个原本优雅傲慢的贵妇,现在只剩下狼狈。她红着眼睛,站起来后,猛地又冲向沈月瑶,伸长双手,重重地推了她一把。

医生和护士没有扶稳,他们一并摔倒的同时,"砰"的一声,沈月瑶也倒在了地上,脑袋磕到了地板,霎时间,她感到天旋地转。

鹤云行找过来的时候正好看到这一幕,他的瞳孔下意识收缩,他飞快上前,把沈月瑶从地上扶起来抱在怀里:"兔兔——"

沈月瑶额头有血滑落而下,人已经晕过去了。

鹤子鸣接到鹤老爷子打来的电话后,便赶往了医院,才到医院门口,就被他的外公外婆拦住了。

他们一个劲儿地说:"你妈妈她只有你了,都是你不管她,她伤心不已,所以才会做出这么激进的事情来的。"

鹤子鸣的灵魂似乎正在从躯体里挣脱开,他像是风一吹就会倒的提线木偶。他浑身上下弥漫着一股很沉的低气压,他从前就不太擅长发泄自己的情绪,现在也是。

"够了!"鹤子鸣冷漠地盯着他们,"我哥从来就没有错,错的是她!是她毁了这个家,毁了我,毁了一切!我帮不了她,我这条命是她给的,如果她想要回去,我可以随时还给她!"

早在车祸之前,鹤子鸣就已经受够了梅丽芳给他的压力,他快喘不过气来了,一直想要解脱。如今,他的生活好不容易有点儿起色了,她又出现了。

对于沈月瑶出事一事,鹤子鸣分外愧疚。

然而，不管鹤子鸣怎么说，梅家二老根本不理解他，只觉得他就是白眼狼，对自己母亲见死不救。他们眼里似乎只有梅丽芳，根本看不到他的存在。

好在鹤老爷子赶到，沉着一张脸，怒呵："少在我孙子面前胡言乱语！他好不容易醒过来，好不容易有了自己的生活，你们从未关心过他就算了，还敢打他、骂他！看看你们教出来的好女儿！要是我孙媳妇有什么三长两短，你们都别想好过！"

"我们女儿怎么了？也不看看你教的好儿子，先抛弃我女儿，娶了别的女人，那个女人死了后才把我女儿娶回家，目的就是帮他养和那个女人生的儿子，他把我女儿当成什么了？"

"但她不该把大人的错怪罪在孩子身上，云行小的时候被她虐待得还不够惨吗？"

鹤老爷子不想再跟他们掰扯，勒令保镖把他们赶走了。

沈月瑶出事的消息很快传到了南城，她的父母以及小叔、小婶已经在飞来的路上了。

医生说她脑内部有出血的情况，目前正在手术。沈月瑶被推入手术室两个小时后，沈家人也来到了医院。

鹤云行一直守在手术室门口，未曾离开过半步。

关于沈月瑶出事的来龙去脉，沈家人已经清楚了，他们并没有责怪鹤云行。

只是，杨澜担心女儿的安危，一直止不住地哭泣。沈盛元也是，慌得不行。徐扶熙一直陪着，在旁安慰。最冷静从容的还是沈听澜，他在向鹤老爷子询问沈月瑶的情况。

鹤老爷子一直在自责："是我们委屈了瑶瑶，没有照顾好她。"

沈听澜安慰道："人生总会有些意外是我们没办法控制的，鹤老放宽心，瑶瑶是有福气的孩子，她不会有事的。"

但不管怎么说，只要人还在手术台上，就不可能真的放心。

好在手术很顺利，沈月瑶被推出来时，头发被剪掉了，成了一个小光头。

因为脑内部出血，医生要给她做手术，只能把头发剃掉。

鹤子鸣当初也是因为车祸致使脑部受伤严重，成为植物人，躺了八年,他能醒过来是一个奇迹。

虽然医生说沈月瑶的情况并不严重,可是,看着沈月瑶躺在病床上,像个易碎的玻璃娃娃一样一动不动的,鹤云行根本安不了心。

她的身上还有别的伤口,比如她的手腕上,有被指甲掐得青紫的痕迹,脖子也被抓的指痕。

她花心思保养的头发没了,醒来后,她若是看到了,肯定会哭鼻子,鹤云行最怕她哭了。

夕阳西下,余晖很快被黑夜吞噬,沈月瑶依然没有转醒的迹象。

病房里针落有声,鹤云行握着她的手,缓缓开口:"妈,我想去一个地方,瑶瑶若是醒了,麻烦你第一时间通知我。"

杨澜开口,声音都哭哑了:"你去吧。"。

鹤云行驱车去了延庆寺。

医院里,医生隔一会儿就来看沈月瑶的情况,正常情况下,做完手术后几个小时内便能清醒过来的。

从沈月瑶出事起,一直有人来探望,房间里堆了不少水果和鲜花。

此时,杨澜在给沈月瑶按摩手和脚。

鹤老爷子又来了:"云行去哪儿了?怎么还没回来?"

杨澜回:"他说要去一个地方。"

鹤老爷子走到床边看着沈月瑶,越发觉得遇到梅丽芳真是他们鹤家的不幸,然后又想到鹤令山那个儿子,更是一肚子气。

鹤老爷子在床边碎碎念:"瑶瑶,你别太贪睡,爷爷明早过来看你的时候,希望能看到你笑嘻嘻地跟爷爷打招呼的样子。爷爷种的草莓开花了,等到了夏天,你就能来爷爷这儿吃新鲜的草莓了。"

杨澜替她按摩完后,问起梅丽芳:"那个女人现在是什么情况?"

鹤老爷子回:"说是脑袋缝了六针,一直在装睡不醒。"他轻嗤,"那梅家二老还想着借此机会把人带出国。敢做出这么过分的事,我怎么可能会便宜她!"

杨澜便道:"这件事云行其实不太方便出面,毕竟他是鹤子鸣的大哥,而梅丽芳又是鹤子鸣的母亲。之后的事情可以交给听澜,让他出面解决。"

鹤老爷子同意了。

病房里，徐扶熙跟杨澜轮流守着沈月瑶。沈月瑶醒过一次，但很快又迷迷糊糊地睡过去了。

清晨，医院的住院部谈不上安静，早醒的人多，下楼散步的散步，吃早餐的吃早餐。走廊外，护士会查房，也有人走来走去。

徐扶熙浅眠，听到门被推开的声音，睁开眼一看，发现是鹤云行回来了。

鹤云行："辛苦小婶婶了。"

徐扶熙伸了伸懒腰，目光落到鹤云行头上时，不由得笑了："你还特地把头发也剃了？"

"有我陪着她，她才不会太难过。"

徐扶熙觉得他这个举动挺好的，人长得帅，就算是剃了光头，也是好看的。她起身说道："既然你回来了，那瑶瑶这里便由你看着，我去买早餐。"

"你对G市不熟，让我的助理陪你去。"

"好。"

不一会儿，病房里只余两人，躺在病床上的沈月瑶呼吸浅浅。

鹤云行握住她的手，把平安扣温柔地套到沈月瑶的手腕上。

"兔兔，别睡了，睁开眼睛看看我，我很想你。"

沈月瑶好像听到了他在喊自己，眼睫毛颤了颤。

"兔兔——"

沈月瑶的眼睫毛动得更厉害。

"兔兔——"

沈月瑶像是从很沉的水里挣脱出来，身上的一切枷锁都解开了。她睁开眼睛，尽管喉咙很干很不舒服，但是在感受到鹤云行强烈的不安时，还是轻轻地给出了回应："我在。"

沈月瑶能醒过来，所有人都松了一口气，不过她早上醒过来之后，只过了十来分钟，就又睡了。

大概过了一周，沈月瑶才恢复了精神气，这才有心力为自己的一头乌黑长发被剃光的事表达难过之情，当然，还有对鹤云行头发被剃后的难过。

鹤云行拿走她的小镜子："别看了，喝粥了。"

沈月瑶摸了摸男人的脸："我没有头发就算了，你还把自己的头发剃光了，你赔我有头发的老公！"

沈月瑶脑袋磕到地上的时候，脑子一瞬间的痛感和眼前突然一片的漆黑让她甚是恐慌。她害怕自己会因此一睡不醒，再也见不到鹤云行，见不到亲爱的家人。所幸只是虚惊一场。

鹤子鸣去见了梅丽芳，但他们之间说了什么，无人得知。然后，梅丽芳就被沈听澜送走了。

在那之后，鹤子鸣也申请了转校，说是打算去南城上大学，毕竟他签的经纪公司也在南城。

沈月瑶的一生无风无浪，一直很幸运，人人都说她有福气，她也一直这么觉得，但是在出了这件事情之后，她就明白，运气再好的人，也不会一帆风顺。

沈月瑶一想到自己还能见到鹤云行，还能感受到他怀抱的温暖，便也释怀了。光头就光头吧，没有什么比靠在他怀里、比活着更重要。

又过了一个星期，沈月瑶终于长了一点儿头发出来，她准备戴帽子出门。

住院期间，鹤云行一直陪着她，病房里搁置了一张书桌，是他办公用的。

沈月瑶在做完脑CT检查之后就顺利出院了，鹤老爷子摘了很多车厘子送来浅水湾，很新鲜很甜，听说过阵子还有草莓可以吃。老人家年纪大了，就爱在自己的果园种水果。

为了庆祝她出院，莺莺他们还组织了一个庆祝会，她在南城的朋友差不多都来了沈月瑶家庆祝她出院。

沈月瑶戴着一顶帽子，拿着一串鸡翅坐在椅子上优哉游哉地烤着，但作为一个十指不沾阳春水的大小姐，烤出来的鸡翅都是焦黑的，惨不忍睹。

"你烤成这样子，谁吃啊？"薛琪琪问。

"我老公吃。"沈月瑶一本正经地回答。

薛琪琪给她竖起大拇指："你这是要给你老公投毒啊！"

莺莺哈哈大笑:"琪琪姐,你形容得好好笑哟!"

沈月瑶被他们嘲笑得耳朵微微发红,她盯着自己用心烤出来的鸡翅,只觉得除了黑了一点儿,还是很香的。

沈月瑶很不服气:"这鸡翅虽然卖相一般,但是味道肯定很不错。"她拿着鸡翅放到鹤云行跟前,"你仙女老婆给烤的鸡翅,快尝尝。"

鹤云行看着眼前烤得乌漆麻黑的东西,不由得笑了。

沈月瑶身后的朋友们开玩笑:"鹤总,你老婆给你的哪里是蜜汁烤翅,是在给你投毒。"

沈月瑶回头,朝他们挥起小拳头。

鹤云行不疾不徐地回:"只要是鹤太太喂的,我都吃。"

然后,沈月瑶身后的打趣声更大了。

十一点左右,这些朋友才陆续离开,鹤云行抱着沈月瑶上了楼。

在医院的时候,沈月瑶睡觉的时间多,鹤云行甚至都不敢用力抱她,生怕自己会弄疼她。此刻,看着怀里健健康康,两颊泛着红晕的心上人,鹤云行喉结微微滚动,掌心覆在她的手背上,然后微微低头,吻住她的唇。

这是一个满怀珍视又缠绵悱恻的吻。

凌晨,沈月瑶已经进入了甜甜的梦乡,鹤云行却毫无睡意。他盯着沈月瑶的睡颜,听着她浅浅的呼吸声,最后小心翼翼地把她拥入怀里。

他从小就不断地失去重要的东西,只能吸取教训,让自己成为坚不可摧的冰山,可谁知道,冰山也会有在某个人手里变成冰激凌的一天。

沈月瑶迷迷糊糊中好像听到鹤云行的声音,他好像在说:有尔存焉,得之我幸。

鹤子鸣决定去南城上大学这件事,黎画姿是支持的,大不了以后她跑去南城看他,也谈不上麻烦。

只不过,在沈月瑶出事后,在他见了自己的母亲之后,鹤子鸣表面上虽然没什么,但是内心的情绪一直很压抑,比起之前,他越发地沉默寡言了。

黎画姿找到他的时候,他在海边的礁石上坐着吹风,她从车里拿出披肩,上前盖在了他的身上。

"这里风大,小心感冒。"

鹤子鸣的黑色头发被风吹得很凌乱："学姐对病人都这么温柔体贴吗？"

黎画姿在他旁边坐下："那倒不是，你比较特殊。"

鹤子鸣扭头看向她，那双清澈的眼眸里好似藏了一丝期待。

黎画姿继续道："你是鹤爷爷的孙子，是我的学弟，对你当然不能像对普通的患者一样。"鹤子鸣眼里的光瞬间淡了。

"说说吧，是不是还在因为你母亲的事而烦恼？"黎画姿问。

"我恨她。"鹤子鸣望着黑暗里的海，海风带着湿咸的味道吹向他的脸，"她是生我、养育我的人，不管她做什么，我是最没有资格去埋怨她的人。但她到最后都不肯悔过，不肯认清现实，不肯认错，她明知道我活得很痛苦，却不想让我解脱。"

黎画姿感受到了他的绝望、他的痛苦，知道他渴望有人拉他一把，于是，她握住他的手："我知道你很难，但一切都会过去的。你很快就可以站在舞台上唱歌了，其实我还蛮想看看你站在舞台上唱歌是什么样子的，也很想听一听你写的作品。"

黎画姿的手心很暖，暖得鹤子鸣根本不想放开。

他觉得自己是一个卑劣的人，一旦有人给予他温暖，尤其这个人是黎画姿时，他便贪婪地想要，浑身都在叫嚣着，渴望着面前的女人是他的。但她不是。

"我能抱抱你吗，学姐？"

"可以。"

"你就不怕你未婚夫吃醋？"

"他不会，他理解我。"

鹤子鸣缓缓低头，遮住他眸里的晦涩："你很爱他吗？"

黎画姿说"当然"，脸上全是笑意，没有撒谎。

鹤子鸣的心沉落到了海底，同深海里的鱼一起，长眠在里面了。

一眨眼的工夫，夏天就来了。沈月瑶的头发终于长长了不少，已经长到耳朵的位置了，新长的头发依然柔顺乌黑。

沈月瑶正在放一首歌，是鹤子鸣的歌——《绿意》。这首歌在上个月发行之后，就已经占据了各大音乐软件的榜首。

这时，莺莺打来了电话："瑶瑶，你还记不记得，年前有一个夫妻旅行的综艺节目，他们联系到我，说非常诚心地想邀请你跟鹤云行参与拍摄一期。反正你最近没什么工作，档期空得很，要不你跟鹤总去玩玩？"

节目组其实最开始没想过要邀请他们，毕竟他们不是节目组能请得起的。但是年初的时候，节目组在微博上发起了投票，问粉丝想要看谁参加节目，节目组会打电话邀请投票榜前三名的夫妻参加。

沈月瑶夫妻的票数排在第一。

因为夫妻俩的私下生活太保密了，粉丝们很好奇这对夫妻到底是怎么相处的。

"我有空，但我老公不知道有没有空。"

"你去问问，他就算没空都会说有空的。"

沈月瑶看过这档节目，觉得挺有意思的，无所事事的她倒挺想体验一下录节目的乐趣。于是，她想了想，说："那我试一试。"

"好呀，等你的好消息啊！"

"好。"沈月瑶说着，转移了话题，"你跟程学长还有联系吗？"

人类的本质是八卦，沈月瑶知道这两人的关系后，当然很想知道后续如何。

莺莺："没有啦，我要回我的耳环之后，就跟他撇清关系了。我才不想跟这么黑心的男人有任何关系！"

夜色降临，沈月瑶穿上一件性感睡衣，在镜子面前美美地转了一个圈。她看了一下时间，鹤云行还没回来。

月儿弯弯，悬挂在天上，浅浅的部分锋芒尽显，却把最温柔的光留给了大地。

沈月瑶听到外面的车声，立刻放下手机，把卧室里的灯关了。

很快，鹤云行上了楼，身姿挺拔的男人推开卧室的门，但卧室漆黑一片。他打开壁灯，看到了躺在床上把自己卷成一团的沈月瑶。

他不急不缓地走上前，坐在床边，伸手捏了捏她脸颊上的软肉："鹤太太，在玩什么小把戏呢？"

沈月瑶被掐得有点儿痒，睁开眼睛，笑得眉眼弯弯："你回来了啊！"

鹤云行嗓音沉沉："嗯，回来看看我家瑶瑶有多想我。"

沈月瑶问："累不累？"

"不累。"

"那就是最近工作不忙咯！"

"想出去玩了？"

"是有一档夫妻档的综艺节目想邀请我们参加，我觉得挺有意思的，想去。"

沈月瑶现在有什么要求，鹤云行都不会拒绝："那就去。"

节目组在微博上公布了鹤云行和沈月瑶会参与录制一期节目之后，粉丝们狂欢不已，已经开始纷纷期待了。

录制的地点是在海岛，团队会在他们出发当天一早给粉丝们发布一个 Vlog（视频）。

Vlog 上线之后，网友们就迫不及待地打开观看了。

视频一开头的内容是鹤云行外出晨跑，并且对着他的脸来了一个特写镜头。网友们上一次看到鹤云行还是在一个采访视频里，男人即便穿着休闲服，也是那样矜贵帅气。刚晨跑完回来的男人，一股荷尔蒙的气息扑面而来。

鹤云行摘下耳机问："×××节目的工作人员？？"

他们异口同声地回："是的，是的。"

"跟我来。"

在他的带领下，工作团队顺利抵达景苑。

鹤云行问他们吃了早餐没有，虽然看似表现得特别随性，但是，身居高位的男人，还是给了他们一种无形的压迫感。

"吃了，吃了。"带头的摄影师点点头，转而问道，"鹤太太还没有起床吗？"

鹤云行看了看时间，沈月瑶昨晚调了早起的闹钟，只不过估计闹钟一响就被她按了。于是，他吩咐用人："去喊太太起床。"

之后，客厅的氛围变得沉闷和安静。好在沈月瑶不一会儿就从楼上下来了。

她见到鹤云行，眉眼弯弯地上前，抬起他的下颌，在他脸颊上亲了一口："早上好呀，老公。"

鹤云行平日里出门上班，很少能收到来自鹤太太的早安吻，更别说附加一声甜甜的"老公"。毕竟他早起去公司的时候，沈月瑶大多还在睡梦中。

他眉目舒展，手搭在女人的细腰上，很自然地亲了回去："早上好，兔兔。"

沈月瑶在闹钟响了之后就起来了，她没忘记节目组会在去海岛录制之前，来他们这儿先拍摄一段 Vlog。不过，用人上去的时候也没跟她说节目组的人来了，只是喊她起来，说鹤云行已经在楼下等着她了。于是，她就下楼了。

她和鹤云行互道早安后，一扭头，看到沙发上坐着节目组的导演和摄影师的时候，人都傻了。

她听说这个综艺的团队都非常积极向上，努力刻苦，但是没想到会到这种地步——才早上七点钟就来了！

但沈月瑶到底是见过大场面的，她眼睫毛眨了眨，而后就朝着他们大方地扬起一个笑："早上好啊！各位吃早餐了吗？"

节目组团队众人异口同声地回："吃过了，吃过了。"

这时候，沈月瑶的脸颊又传来了温软的触感，鹤云行低沉的嗓音在耳边响起："我上楼冲个澡换身衣服，你先招呼客人，嗯？"

沈月瑶木讷地点点头："你去吧。"

Vlog 到这里就结束了，短短的几分钟，粉丝们看得意犹未尽。

工作人员随着沈月瑶和鹤云行乘坐私人飞机抵达了海城机场，他们是第一对抵达海岛的夫妻。

第一天，基本上就是几对夫妻互相认识，大家聚在一起吃饭，到了晚上，才是重头戏。

有夫妻默契大考验，拿分最高的可以住豪华海景房，拿最低分的只能住条件不是很好的房间，节目组会对女方提问题，女方写下答案，男方来回答。

导演提的问题奇奇怪怪，比如如果家里着火，只能救一样东西，你的伴侣会救什么？还有，第一次收到伴侣送的礼物是什么？伴侣最喜欢的领带是哪一条？后面的问题更离谱，出去约会当天，伴侣等你等的最长的时间是多少分钟？

沈月瑶每次写下答案，都心虚不已——这些问题，她希望鹤云行的回答能和自己的一样。

但是，想象是美好的，现实就是，他们是所有夫妻里面错得最多的。

家里失火只能救一样东西这个问题，沈月瑶答了保险柜，鹤云行的答案却是老婆的珠宝。

第一次收到的礼物，她写的是耳环，鹤云行说的是玉佩。

所以，两人提着行李，前往最远、环境最差的房间时——

沈月瑶问："你真的等了我一个小时？"

"不然？"

"好吧。"沈月瑶承认自己没什么时间观念，但一个小时，着实让她脸颊热了热。

"但你第一次送我的礼物分明是一对耳环，玉佩怎么能算是送给我的？"

对鹤云行来说，玉佩一开始的确是被沈月瑶抢走的，抢走就算了，沈月瑶还把他的玉佩弄坏了。用胶水把玉佩粘起来这件事，也就沈月瑶干得出来。

那晚他执意把玉佩要回来也不是不行，但他没有。

沈月瑶："你那晚为什么不把玉佩拿回去？"

其实没有那块玉佩，按照他们的缘分，最终还是会走到一起，然后订婚、结婚。

鹤云行回："你当时在哭。"

昏暗的灯光下，除了他们的脚步声，周围还有昆虫响起的声音。

沈月瑶原本是走在前面，闻言便回过头，主动伸出手示意鹤云行上前牵她。

鹤云行握住她的手，两人并肩往前走。

沈月瑶嘴里哼着歌，脸上洋溢的笑容能把人甜化了。

两人住的地方是一栋处于山林间的小木屋。

小木屋里的灯光亮起，推开房间的时候，有一股房子陈置了许久的味道，倒不像是霉味，毕竟这里的气候挺干燥的。而且，在他们来之前，节目组派人来打扫过的，空气中还带着消毒水的味道。

房间不大，就一张床，床的对面是落地窗，她拉开白色窗帘，又把落地窗打开，外面有一个阳台，晚风徐徐吹来。

沈月瑶看到天上闪烁的繁星和月亮，高兴地回过头："鹤云行，你快看，这里的风景好棒啊！"

在听到沈月瑶的呼唤后，鹤云行放下行李，往阳台的方向去。

这里是半山腰，一眼望去，周围都是树木，但是一抬头就是明月和群星，让人眼前一亮。

因为靠海，夜里有些冷意。沈月瑶穿着单薄的白色挂脖针织衫，露出两条细长的胳膊，晚风拂过，她下意识地打了一个冷战。

鹤云行走到她身后，将她抱住，而后两手撑在阳台的栏杆上。

男人的体温一下子传过来，沈月瑶靠在他怀里，不再觉得冷。鹤云行将下巴抵在她的头上："倒是有意外收获。"

一轮红色的太阳压着海平线升起，而后悬挂在云层中，海被染得橙红鲜亮，如同有一团火在海中沸腾，此时，海面上渔船点点，海风举浪。

沈月瑶醒来后，先把闹钟关了，让鹤云行再睡了十分钟后，才把他叫醒。

吃过早餐后，节目组宣布接下来需要做任务挑战拿积分，然后用积分去兑换中餐和晚餐。任务挑战期间，完成任务得到的积分，别的夫妻可以通过PK（对决），或者是用做任务得到的无敌卡抢走对方的积分。

第一关开始，导演给每队夫妻发了一张地图。

沈月瑶本身就很喜欢玩游戏，而鹤云行又是一个不管做什么都很有野心，要拿第一的男人，他们玩起游戏来的冲劲儿，让其他夫妻组合怨声连连，玩不过就算了，还要防备沈月瑶夫妻俩来偷积分。

晚上，公布游戏积分排名的时候，两人毫无悬念地排在了第一，能拿到的食物是最多的。

游戏毕竟只是为了增加他们在岛上的体验感，夜里，他们又聚在大房子里一起聊天了。

鹤云行和其他人在厨房做晚饭，他正在学着怎么做红烧肉。

沈月瑶则坐在沙发上跟其余五位太太聊着天，欢声笑语不断，场面很温馨。

吃过晚饭后,两人沿着小路回他们林间的小屋。

沈月瑶累了,最后是鹤云行背她回去的。

月亮下,两人的身影被拉长。

沈月瑶将脑袋靠在他的后背上:"时间过得好快!鹤云行,你陪着我参加录制这个节目,会不会觉得无聊?"

"有你在,怎么会无聊?"

沈月瑶又问:"红烧肉你学会做了吗?"

鹤云行回:"周先生已经把做法整理好发给我了,我回去再学学。"

今晚第一次做的红烧肉作废了,好在他积分多,又跟节目组要了一份猪肉,不然,今晚的晚餐,沈月瑶和其余五位太太们是吃不到这么美味的红烧肉的。

第三天,节目组安排了水上游戏。

第四天,他们在岛上的节奏就慢下来了,节目组并没有安排太多任务,只是让他们体验了一次早上赶海,然后去了风景优美的景点游览观光,又拍了一组很好看的夫妻合集照片,晚上,则是螃蟹和鲜虾的海鲜大餐。

不过,围着桌子在吃晚饭的时候,沈月瑶把鹤云行剥好的蟹腿蘸了酱汁刚放进嘴里,突然间有些反胃,她下意识地捂住了嘴巴。

鹤云行低声问:"怎么了?"

"有点儿想吐。"她回。

鹤云行眉头皱了皱。

"刚才我老公问你老公喝不喝酒,你老公说不喝,正在备孕,所以你该不会是怀了吧?"一位太太说。

"有可能,要不要去医院做个检查?"

"瑶瑶平时对海鲜应该不过敏吧?"

沈月瑶摇了摇头,表示自己平时对海鲜不过敏。在那股反胃的感觉淡了不少后,她又夹了一块虾肉,但是,虾肉还没放进嘴里,她闻到那股味道,立马又把虾肉放下来,再次捂住了口鼻。

鹤云行放下筷子,一脸凝重:"我们去医院。"

然后,出岛的直升机降落,两人的镜头到这里就结束了。

至于是不是怀孕,节目组也没有告知,只说沈月瑶因为身体不适,两人的行程提前结束了。

不知不觉,又是一年春。

鹤云行发了一条博义:母子平安。

孩子的名字是鹤老爷子取的,叫鹤凌泽。

沈月瑶在月子中心待了一个月后,就抱着儿子出现在酒店里,因为鹤老爷子打算大办孩子的满月酒。

鹤云行的手搭在她的腰上,他微微低头,望着她的眉眼里,全是温柔和宠爱。

一年过去,很多人都有了变化,变化最大的是鹤子鸣,他现在成了大明星,歌迷遍布五湖四海。

他实现了当歌手,开全国巡演的梦想。

但是听黎画姿说,他的抑郁症并没有好转,有时候写歌压力大,就会发作,她还得从G市飞过去安抚他。她耗费了不少时间和精力在鹤子鸣的身上,而且,两人也传出了绯闻。

所以,参加满月酒的时候,她是一个人来的。

沈月瑶问她:"你未婚夫呢?"

黎画姿喝着酒:"我们一个星期前吵架了。"

沈月瑶问:"是因为子鸣吗?"

"我原本答应陪他去见他父母的,但是一个星期前,子鸣的病情发作……我没能在那天赶回来,他生气了,我正想着怎么哄他。"黎画姿有些头疼。

"好好哄一哄,作为你的大律师男朋友,已经很包容你了。毕竟你花费了很多心思在子鸣身上,他也没抱怨过,换作别人,可能早就吃醋了。"沈月瑶道。

黎画姿当然明白:"所以,鹤云行生气的时候你一般是怎么哄的?"

沈月瑶有些尴尬:"你可以问问莺莺,一般都是我生气比较多。"

黎画姿便把目光投向莺莺,莺莺身边有一个男人正在献殷勤,是她的相亲对象,绅士有礼。不过,莺莺显然对他兴趣不大。

这个时候,去年年底拿了最佳男主角的程序出现在她身侧。

莺莺的表情写满了防备，但不知道程序说了什么，之后他就把莺莺带走了。

黎画姿便想，算了，莺莺现在都自顾不暇，估计传授不了什么经验给她。

那头，鹤子鸣身穿燕尾服，端着酒杯，走到了鹤云行跟前："哥，恭喜你。"

鹤云行微微领首，举着酒杯跟他碰了碰："下一场的演出，是不是定在了G市？"

鹤子鸣点了点头："我给你跟大嫂留了票。"

鹤云行看着他，提出自己的疑问："你一直都有吃药，按道理来说，情绪是不可能崩溃的，你有什么事瞒着我？"

鹤子鸣低下头，隐藏住眸底晦涩的光："哥，这是我的秘密，我可能没办法告诉你。"

"我听过你的歌，你的《绿意》是一首关于暗恋的歌，我知道你以前有喜欢的人，我在你书里找到的那张素描画，就是你喜欢的女孩子。我之前误以为是Eva，但你跟我说不是她。你知道的，如果我真的想知道，很容易就能查到。"

鹤子鸣倏地抬起头。

鹤云行看着他："是黎画姿，对吗？"

鹤子鸣没再隐瞒，回道："是。"

鹤云行原本没想到那张素描画上的人是黎画姿，可喜欢一个人，是有迹可循的。

满月宴结束之后，鹤云行私底下跟鹤子鸣聊了很久才回浅水湾。

等他到家时，发现沈月瑶睡在了孩子的房间，于是，鹤云行又去把她抱回了两人的卧室。

沈月瑶被吵醒了，她问："你跟子鸣聊什么呢？"

鹤云行回："作为他的大哥，教育了他一顿。"

"你的话，他肯定听得进去。他要爱惜自己的身体才好。这一年里，画姿费了不少心思在他身上，因为子鸣，她还跟未婚夫吵架了，也不知道现在怎么样了。"

"改天我找她未婚夫谈一谈。"鹤云行说。

沈月瑶抱住他的腰,穿着冰丝长袖睡裙的女人紧贴着他,身上有一股淡淡的奶香椰子味。

"子鸣他——"她顿了顿,"是不是喜欢画姿?"

"机灵。"鹤云行刮了刮她的鼻子。

"不是就好了。"沈月瑶不由得感慨。

不论如何,鹤子鸣也好,黎画姿也好,莺莺也好,沈月瑶都希望他们能拥有一份美好的爱情,像她一样。

洗澡回来,床上的人儿早已入睡,鹤云行躺在她身侧,薄唇温柔地贴在她的眼尾:"晚安。"

半夜,沈月瑶因为被鹤云行抱得太紧而热醒了。

她借着朦胧月色,打量着男人的眉眼。

她用手指勾勒着男人的轮廓,开始回想他们在一起的点点滴滴。而他们能有现在的美好,无非:从初见开始,野鹤奔向皎月,而我属于你。

番外
鹤先生与鹤太太

沈月瑶查出怀孕后,就回了G市养胎。

不知是心情太好,还是她太能吃,某天清晨起来,她一照镜子,发出的尖叫声差点儿没把镜子震碎。

此时,她孕期已经五个月了,平日里不怎么化妆,之前漂亮的裙子已经穿不了了,她也不怎么照镜子。

平日里她也护肤,知道自己脸上长了点儿肉,但在可接受的范围内。今早,她破天荒地想要称一下体重,结果一看到体重秤上的数字,她就两眼发昏。再看看全身镜里的自己,丰腴不已,凸起来的肚子让她的美丽至少减去了七八分。

从小到大都爱美的沈月瑶,一只手摸着圆滚滚的肚子,哽咽了。

女人怀孕真的好辛苦!

但孩子是她要生的,即使看到现在自己这个模样,她也是心甘情愿的,就是有一点点难过。

这一声尖叫愣是把还在睡梦中的鹤云行惊醒了,他以为是沈月瑶摔倒了,于是鞋也没穿,神色慌张地快步奔向衣帽间。

只见沈月瑶坐在地上,对着镜子发呆。女人现在的身材不如孕前那般曼妙婀娜,脸蛋圆了些许,可皮肤依然细腻白皙,五官精致,穿着白色蕾丝睡裙,从头到脚,包括每一根头发丝,都透露着漂亮和娇气。

鹤云行见她不是摔倒受伤,顿时松了一口气。但看她呆呆地对着镜子绷着一张脸,地上还放着一件她以前买了没穿过的裙子,便知大事不妙了。

鹤太太以前就极度爱美,重视身材管理,现在这副样子,肯定是因为身材变样刺激到她了。

没有受伤是万幸,但伤心难过的鹤太太难哄。

鹤云行把镜子反转过去,继而蹲下:"鹤太太今天怎么起得这么早?"他试图转移沈月瑶的注意力。

沈月瑶抬起头,将满脸的崩溃模样展示给了男人,她竖起手指,声音带着几分哽咽:"我胖了十五斤……"

十五斤是什么概念?!

她以前就算长胖,也最多在三斤以内,每一项指标都卡得很好。

鹤云行作为每天陪伴在沈月瑶身边的人,当然发现她因怀孕一天天长胖了。但鹤太太知道的话必然会伤心难过,所以为了不让她发觉,他便安排管家把她平日里穿的衣服隔一段时间换一次,还把家里的镜子撤掉了不少。

有意为之确实让她没有那么及时地发现问题,但这显然不是持久之计,现在沈月瑶还是发现自己长胖了不少。

鹤云行握住她的手指,面不改色地撒谎:"秤坏了。"

"是吗?"

"嗯。"

"拿别的秤来,我再称一次。"

鹤云行沉默了三秒。

沈月瑶扬高声音:"秤根本没坏,你骗我!"

"善意的谎言?"鹤云行斟酌片刻,小心翼翼地答道。

然后,他腰间就被鹤太太猛然用力掐了一把。

鹤太太是真气,他被掐得也是真疼。

但鹤云行可能有病,他觉得生气的鹤太太看起来很可爱,想亲一口。

"别生气,对身体不好。"鹤云行在她眉心落下一吻。

"你在意的不是我,是我肚子里的孩子!"说完,沈月瑶气呼呼地站起来,她需要时间来消化自己长胖了十五斤的事实。

鹤云行跟在她身后:"鹤太太明察,我最在意的分明是你。"

"哼!"

他又道:"鹤太太就算长胖十五斤,在我眼里也永远是最好看的小仙女。"

沈月瑶头也不回:"你闭嘴!"

她现在不想听见"十五斤"这三个字。

恃宠而骄,说的就是沈月瑶。她平日里脾气就大,怀孕之后,脾气比牛市时的股票还能涨。

鹤云行追上去,牵住她的手,声音比起刚才更温柔了几分:"鹤太太要怎样才不难过?"

沈月瑶回:"我没有难过,就是一时之间难以接受。扶熙怀龙凤胎的时候都没有长胖这么多,我怀一个就胖那么多!"

"每个人的体质不一样。"

是这个理,沈月瑶心里明白。

"不管什么样,你都是我喜欢的样子。"

沈月瑶嘴角浅浅上扬,鹤云行的情话说得越来越……讨她欢喜了。

尽管如此,一大清早,鹤太太还是因备受打击而食欲不佳。

而且沈月瑶前两天出去逛街被某G市名媛拍了视频,平日里看她不顺眼的几个人到处笑话她,说她变丑了。

沈月瑶得知后,虽不屑于她们讲自己坏话,但本来就不好的心情更加不美丽了。

鹤云行为了哄鹤太太,上午没有去公司,早会交给了李助理主持。

李助理主持完早会,便接到鹤云行打来的电话:"中午的饭局推了。"

李助理颇为惆怅:"鹤总,中午是跟万林资本的商总吃饭,突然拒绝对方的话,商总可能要对后续的合作重新考虑了。我还听说他这个人不喜欢被放鸽子,小心眼儿。"

鹤云行淡淡地回:"项目重要还是我老婆重要?"

"自然是太太。"只要跟沈月瑶有关,商总什么的都得靠边站,鹤云行现在是妥妥的"老婆奴","我这就去联系商总的助理。"

李助理一点儿都不担心鹤云行放人鸽子会得罪人,反正在G市能跟他们鹤总拼实力的压根没几个,商总是为数不多的一个。他们若是成了对手,必然有好戏看。

沈月瑶花了一天的时间,终于接受了自己胖了十五斤的事实。

她只能在心里安慰自己,等孩子出生了,她再减回来就是了。

时间转瞬即逝,一个月匆匆而过。

刚吃完晚饭躺在沙发上吃苹果的沈月瑶接到了莺莺打来的电话:"瑶瑶,鹤总虽然变胖了,但是在我眼里,为爱变胖的鹤总天下第一帅。"

沈月瑶听得稀里糊涂:"什么为爱变胖?"

她已经大半个月没见到鹤云行了,鹤云行去出差,说什么都不肯带上她。

莺莺笑嘻嘻地回道:"你自己看视频。"

沈月瑶疑惑地点开莺莺发来的视频,出差大半个月的鹤云行出现在了G市某高级会所的包厢里,可这个鹤云行,她瞧着陌生得很。

沈月瑶眼睛瞪成了铜铃——怎么回事?她帅气的老公居然圆润了许多!但他气场依然强大,掩饰不住那股帅气凌厉。

"鹤哥,出差半个月,你⋯⋯你怎么胖了那么多?"

"你变成这副模样,你老婆会不会跟你离婚啊?"

"⋯⋯"

众人议论纷纷。

鹤云行淡然自若地挑了挑眉,根本不在意。

这时,知情人跳出来解释:"你们懂什么啊?鹤哥这是为爱变胖,特地陪他老婆一起体验的。"

众人唏嘘不已。

沈月瑶看完视频,赶紧给鹤云行打去电话。

男人很快接了。

沈月瑶第一句问的就是:"老公,你的腹肌还在吗?"

鹤云行失笑,声音低沉:"鹤太太,我要是说不在了,你⋯⋯"

话未说完,沈月瑶打断他:"会比我自己长胖了还难受。"

鹤云行笑得更大声了，阵阵闷笑声传入沈月瑶的耳朵："只剩一块了。"

沈月瑶再次哽咽。

"等你把孩子生了，我再练回来。"

"我又没让你陪我。"

"是我想陪你。"

沈月瑶表面上嫌弃鹤云行多此一举，半夜还是会躲在被窝里反复看这段视频偷偷发笑。

到了预产期，沈月瑶承受了这辈子最煎熬、最难忍的一次疼痛，终于在上午十一点零五分，顺利地让他们的孩子呱呱坠地了。

鹤云行进了产房。

沈月瑶问："是男孩儿还是女孩儿？"

"男孩儿。"鹤云行温柔地轻抚她湿透的发丝，"好好休息，鹤太太。"

有的人不会张嘴天天说"我爱你"，但他的爱意藏在每一次暗流涌动的眼神里，藏在每一个细致入微的行动里，即使不说，所有人都知道他爱她。

在鹤凌泽两岁的时候，沈月瑶萌生了生二胎的念头，因为她想要一个女儿。

不管是徐扶熙的女儿，还是莺莺和程序的女儿，都可爱得让她羡慕。

她不生一个，她那些漂亮的珠宝以后留给谁继承？

很快，这种念想就盖过了当初生产时留下的阴影。沈月瑶洗完澡，挑了一件性感的吊带睡裙去书房找鹤云行。

书房里，男人鼻梁上架着金丝框眼镜，桌上摆了一堆文件，他正和人打着工作电话。

沈月瑶眉眼里像是落满了星河，笑盈盈地扑进了英俊又沉稳的男人怀里。

鹤云行将手扶在她腰上，和电话那头的人说："细节明天再谈，我老婆找我。"

他把手机扔在桌上后看向沈月瑶。

沈月瑶声音甜得腻人："老公，夜深了，别忙工作了。"

鹤云行成功接收到了鹤太太的主动邀约,只是,他记得自己前两天才被无情拒绝过,他挑了挑眉:"在打什么主意,鹤太太?"

"鹤太太宠幸你是你的荣幸。"沈月瑶扯住男人的衣领,坐在他的腿上,傲娇道。

鹤云行失笑:"今晚不约,鹤太太。"

沈月瑶只好趴在他耳朵边,老实告诉他自己的计划:"老公,我想生个女儿。"

这个想法很突然,他以为沈月瑶经历过一次生产后,不会再动生孩子的念头。毕竟她那么怕痛,痛过一次,应该不敢再来第二次。

鹤云行握住她柔软的手指:"鹤太太,你的想法可能要落空了。"

沈月瑶咬了咬唇,仿佛猜到了什么,声线拔高了几分:"你什么时候做的?"

"你坐月子的时候。"对鹤云行来说,一个孩子就够了。

沈月瑶有点儿生气:"你做手术之前都没有问过我的意见。"

这点确实是鹤云行不对,他也没想到,一向怕疼,娇气得不行的女人会想要生二胎。

至于没告诉沈月瑶,只是因为他那时忙着照顾坐月子的沈月瑶,不小心把这件事抛之脑后了。

"对不起,是我不好。"鹤云行低头认错,他抬起女人的手,在手背上亲了一口,"鹤太太,别生气。"

鹤云行这么一哄,沈月瑶再大的脾气都消了。

他很懂得怎么让她心软,懂得怎么拿捏她。她心里也清楚,鹤云行会去做手术的根本原因还是太爱她。鹤云行怕她吃苦,怕她疼。

"好吧,我想生女儿的愿望打水漂儿了。"

鹤云行已经替她想好了:"我们以后可以合法领养一个。"

领养?

沈月瑶思考再三,觉得可行。

她靠在男人怀里重新露出了笑容:"好,以后我们去领养一个。"

说完,沈月瑶便从鹤云行腿上下来了,她还是回房睡觉吧,不打扰他加班工作了。

"那我回去睡觉了。"

不料，鹤云行起身，将她横抱起来，朝房间走去："我反悔了，鹤太太的邀约，我接受了。"

在鹤凌泽五岁的时候，沈月瑶和鹤云行领养了一个女儿，取名鹤宁晚，小名一一。

一一才一岁多，长得白白胖胖的，粉雕玉琢。看到她的第一眼，沈月瑶就特别喜欢她，觉得和她有缘。

鹤凌泽却很忧伤，在家里，他本来只宠妈妈就好了，现在又多了一个妹妹，他还要宠妹妹。

鹤云行把他带到书房，问："不喜欢妹妹？"

"爸爸，我不喜欢你，都不会不喜欢妹妹的。"

"……可你看起来很不开心。"

"我在想，以后家里两个女人要怎么宠？"

"我老婆我自己宠，你多关心照顾妹妹就行了。"

"行吧。"

盛夏酷暑，蝉鸣虫叫。

鹤凌泽今年七岁了，他的性格和鹤云行小的时候完全相反。他一出生有沈月瑶宠着，长辈对他疼爱有加，以至于小小年纪，性子过于放荡不羁，宛若泼猴，总是上蹿下跳。

周日，天气晴朗，万里无云，鹤凌泽刚被鹤云行轻轻地揍了一顿，正蔫儿吧唧地打开书包，拿出笔和本子。

这周老师布置了小作文，主题是："我的爸爸"。

鹤凌泽带着怨气，拿起笔，思如泉涌。

我的爸爸很有钱，他的钱多到我下下下辈子都花不完。但他很小气，天天想着怎么克扣我的零花钱。

他脾气还很坏，在家里动不动就打我，罚我面壁思过，我幼小的心灵遭受了巨大的伤害。

我问妈妈，我们能不能换一个爸爸？妈妈还没有回答我的问题，爸爸就突然出现，把我吓了一跳。

爸爸的表情好恐怖！

我心想，完了！我又要被爸爸揍一顿了。

唉，做鹤云行的儿子真难！下辈子，我要做他的爸爸，把这辈子遭的罪全还给他。

次日，班主任看完这篇"父子情深"的作文，想起鹤凌泽今天来学校的时候手臂青了一块，顿时，脑子里浮现出不好的画面，眉头紧皱。

她没想到，平日里在学校盛气凌人的鹤凌泽，在家里过得这么可怜。身为老师，她必须把鹤凌泽的父亲叫到学校来好好谈一谈。

于是，鹤云行被老师约谈了。

因为工作忙，鹤云行接送鹤凌泽的次数少之又少。接到老师的电话时，他颇为意外，因为老师还要求他必须来一趟学校。于是，鹤云行推了下午的行程，去了学校。

办公室，温煦的阳光投射在玻璃窗上，折射出斑斓色泽。

班主任一脸严肃地盯着鹤云行。

鹤云行穿着黑色衬衫、黑色西裤，他气场强大，神色慵懒冷峻，坐在黑色皮革沙发上，俨然带着三分邪佞的反派角色。

坐在对面的班主任突然变局促了，她还是第一次见鹤凌泽的父亲，平日里都是他母亲或者保姆来接送。

鹤云行问："鹤凌泽在学校惹事了？"

班主任摇了摇头，壮着胆子道："鹤同学很乖，这段时间没有在学校惹事。今天喊鹤先生来的主要目的，是想谈谈鹤先生的问题。"

他的问题？

班主任拿出鹤凌泽写的作文放在桌上："鹤先生，你平日里怎么对待鹤凌泽的，他都写在了作文里。在他的作文里，你不是一个合格称职的好父亲。"

闻言，鹤云行沉默三秒，然后伸手拿过桌子上的作文，垂眸看去，片刻后，他的嘴角便勾起了一抹冷笑。

班主任继续道："鹤凌泽虽然不太听话，但本质上是一个好孩子，我希望鹤先生对鹤凌泽好点儿，在家里不要打他，他还小。"

跟在鹤云行身后的李助理没忍住笑出了声，小少爷还挺会给鹤总整事的。

班主任一脸严肃地推了推鼻梁上的眼镜，笑什么？这是一个很严肃的问题。

感觉到班主任老师投来误解的眼神,李助理连忙解释:"老师,这是一个误会,不信的话,您可以问我们太太。"

班主任是见过沈月瑶的,很漂亮,气质出众,听说是珠宝设计师,平日里应该挺忙的,她知不知道自己老公在家对孩子不好呢?

不管李助理怎么解释,嘴皮子都说累了,可班主任依然不相信他的话,就觉得鹤云行是十恶不赦的坏人。

鹤云行只道:"烦请老师把鹤凌泽叫过来。"

鹤凌泽做梦都没想到,他写的一篇作文会让班主任把鹤云行请来学校约谈。

"鹤同学,有老师帮你撑腰,你不用害怕。"

鹤凌泽一脸疑惑,害怕什么?

到了办公室,见到坐在沙发上的鹤云行,他眼睛一亮:"爸爸,你怎么来学校了?"

他好感动,忙天忙地的男人终于有时间来接他放学了!

鹤云行不急不缓:"作文写得不错。"

鹤凌泽瞪大了眼——

大事不妙!原来班主任说的是这件事!

"爸爸,作文是我瞎写的。"

班主任以为他是怕了:"鹤同学,你不用怕,老师说了会给你撑腰。"

"老师,这篇作文我就是写着玩的。"

班主任还是不信,觉得是鹤凌泽太害怕鹤云行,所以不敢承认。

"老师,你信我吧!"鹤凌泽怎么解释都说不清了。

铃声一响,终于放学了。

班主任甚至担心鹤凌泽跟鹤云行回去后,鹤云行又会打他,于是给沈月瑶打了电话,让她来接鹤凌泽,顺便聊聊。

沈月瑶在来的路上已经了解了事情的经过,到办公室后,看到鹤云行的身影,她脸上顿时挂满浓浓笑意。

不怪班主任不信他,她第一次和他相见,也觉得他像个坏人。

"妈妈,你快帮我跟老师解释解释。"鹤凌泽急得满头大汗。

沈月瑶拿出手帕给他擦汗:"急什么?反正你爸都生气了。"

鹤凌泽想了想，觉得有道理："好吧。"

经过沈月瑶苦口婆心地解释，班主任这才半信半疑，一脸复杂地目送这一家三口离开。

刚上车，鹤凌泽就狗腿地扑上去抱住男人的胳膊："爸爸，虽然你动不动就打我，但是我最爱的人，除了妈妈就是你啊！"

我根本没有打你，好吗？

鹤云行板着一张脸，扯了扯领带："坐好。"

鹤凌泽松开手："妈妈，你快亲爸爸一口，帮我哄哄他。"

沈月瑶凑过去，在鹤云行的脸颊上亲了一口："你儿子说了，除了我，最爱的是你。"

"他撒谎。"

被拆穿的鹤凌泽在有沈月瑶撑腰后逐渐胆大，在爸爸之前，妹妹排第二。

"妈妈最爱的是你不就行了？"

"还顶嘴。"

"妈妈，你再亲爸爸一口。"

沈月瑶眉眼里的笑意更浓了，帮着儿子，在男人另一边脸颊上又亲了一口："别气了。"

有鹤太太哄，鹤云行神情柔和了下来，他瞥了鹤凌泽一眼："作文重写，写到我满意为止。"

鹤云行唯一一次上节目就是随自己太太上的夫妻档综艺，后来，再也没有出现在大众的视野中。

反观沈月瑶，因为是珠宝设计师，所以经常会出现在各大品牌的活动现场，偶尔也会在社交平台上分享日常。

让众人意想不到的是，这次，鹤云行竟带着儿子出现在了一档亲子综艺节目上。

弹幕上清一色的疑惑和震惊：

"我记得鹤云行上次参加综艺还是五年前，之后再也没有现过身，他怎么会突然参加亲子综艺？"

"可能是沈月瑶叫他参加的？"

"他会带娃吗？"

"泽泽好乖啊！爸爸在车上睡着了，他还会拿小被子给爸爸盖上。"

"好可爱啊！"

"他们的孩子好漂亮啊！"

....

在后续的环节里，导演总算是把观众的疑惑提出来了："鹤先生是怎么想到要带泽泽参加我们的综艺的？"

鹤云行回："鹤太太想看，我没办法拒绝。"